# MARKIER MICH

## IHRE UNSTERBLICHEN GEFÄHRTEN

### MILA YOUNG

# INHALT

# IHRE UNSTERBLICHEN GEFÄHRTEN

## The Houses

House of Gold and Garnet

House of Blood and Beryl

House of Air and Amethyst

House of Earth and Emerald

House of Spirit and Sapphire

House of Death and Diamond

House of Fire and Fluorite

House of Sea and Serpentine

## No Man's Land

No Man's Circus - Portland, Oregon

**Supernatural Syndicates**

*New York City*

Manhatten - The Wards - Shifters

Brooklyn - The Roses - Fae

Staten Island - The Outcast Coven - Witches

Queens - The Divine - Angels & Demons

Bronx - Clan Tepes -Vampires

# MARKIER MICH

**Ich bin gezeichnet, aber ich lasse mich nicht zähmen.**

Der Verlust hat mein Leben gezeichnet. Ich habe unermüdlich trainiert, unvorstellbare Schmerzen für ein einziges Ziel ertragen - mich der Bestie zu stellen, die mich beobachtet hat, die hinter mir her war. Aber stattdessen nahm sie mir meine Familie.

Es gibt nichts, was ich nicht tun würde, um Rache zu üben.

Bis mich drei sündige und verstörte Monster finden, die mit scharfen Zähnen und Krallen aus den Schatten treten, die mein Leben so leicht zerreißen könnten wie die Knöpfe von meinem Kleid.

Sie denken, sie können mich brechen ... absurd.

Ich bin gefangen in ihrem verdrehten Krieg in einer Welt, die in Trümmern liegt und an den Rändern ausfranst. Sie lassen mich nicht in Ruhe und bestehen darauf, dass ich ihnen gehöre, dass sie mich unwiderruflich zu ihrem Eigentum machen werden.

Es wird von Tag zu Tag schwieriger, den Fantasien

zu widerstehen, die sie versprechen, und es erschreckt mich, wie leicht ich angefangen habe, sie als meine eigenen Monster zu betrachten.

Aber ich erinnere mich daran, dass ich niemandem gehorche. Vor allem, wenn ich vermute, dass sie etwas mit dem Tod meiner Familie zu tun haben.

Sie sind nicht die ersten Monster, denen ich begegnet bin. Sie werden ganz sicher auch nicht die Letzten sein ...

# PROLOG

## BILLIE

Man sagt, dass kurz vor dem Tod das Leben an einem vorbeizieht … Nun, bei mir waren es zerbrochene Träume und ein Alptraum, der in die Realität überging.

Mitten in der Nacht ist jemand in mein Zimmer eingedrungen.

Das Knarren der Dielen lässt mich in mein Kissen zurückweichen, das Pochen meines Herzens wird lauter. Ich kratze mich am Arm, wo sich die Spuren in meine Haut geätzt haben, das Gefühl ist wie beißende Ameisen, wie immer, wenn ich Angst habe.

Der Himmel gibt ein donnerndes Krachen von sich, und ich zucke unter der Decke zusammen, während der Regen unaufhörlich gegen das Fenster trommelt. Meine Gedanken kreisen um meine Eltern, die nach mir sehen wollen, und darum, dass ich mir das vielleicht nur einbilde.

Dann ertönt ein weiteres leises Knarren im Raum, und ich weiß, dass ich mich nicht geirrt habe.

Meine Augen reißen auf und suchen die Dunkelheit ab.

Da ...

Ein Schatten verweilt in meinem Zimmer, dunkler als die mondlose Nacht. Es ist nicht meine Mutter oder mein Vater; der Größe des Schattens nach zu urteilen, können sie es nicht sein. Ein Schauer läuft mir über den Rücken, als er näherkommt.

Ich schreie, aber der Eindringling ist in Sekundenschnelle an meiner Seite, eine große, raue Hand drückt auf meine Kehle, kalt und unbarmherzig.

Die Dunkelheit, die Stärke, sein *"Schhhh"* klingt eher wie ein Knurren.

Ich schlage um mich, suche mit meinen Händen nach irgendetwas, das ich greifen kann, und stoße dabei auf mein Tagebuch, das auf meinem Bett liegt. Es war noch nie so nützlich wie jetzt, als ich es verzweifelt meinem Angreifer gegen das Gesicht schlage.

Überrascht lässt er mich für den Bruchteil einer Sekunde los, lange genug für mich, um von meinem Bett von ihm weg zu krabbeln.

Mein Vater hat mir beigebracht, zu kämpfen, denn das war der einzige Weg zu überleben.

*Lauf, Billie Girl. Lauf und versteck dich, bis ich komme und dich finde.*

Aber die Hand des Schattens packt meinen Fuß.

Nein, bitte, nein.

Schreiend trete ich ihm in den Magen und greife nach der Lampe auf dem Nachttisch, gerade als er mich mit solcher Wucht auf das Bett wirft, dass wir nach vorne geschleudert werden. Meine Welt verwandelt sich in eine Explosion aus Funken und Scherben, als die Lampe auf den Boden fällt.

Ich falle aus dem Bett, der Schatten kommt mit mir, und wir beide schlagen mit einem dumpfen Schlag auf dem Boden auf. Mir tut alles weh, ich schreie, strample gegen die monströse Gestalt, die sich über mir abzeichnet.

"Bleib ruhig." Da ist wieder das Knurren. "Ich verspreche dir, es schnell zu machen, Billie."

Er kennt meinen Namen.

Der Schatten kennt meinen Namen.

Das ist kein Zufall. Kein Einbruch. Der Fremde ist meinetwegen hier.

Ich zittere unter ihm, weil ich weiß, dass in meiner Welt gefährliche Monster leben. Ich habe die Geschichten gehört und den Tod auf den Straßen gesehen, auch wenn meine Eltern denken, ich wüsste es nicht.

Jetzt ist einer von ihnen zu mir gekommen ...

Die Panik verschlingt mich.

Ich kämpfe gegen ihn an, schlage, beiße, aber er könnte auch ein Felsbrocken sein und bewegt sich kein Stück.

Das Zimmer dreht sich, während ich mich an seinem Arm festkralle und schrill schreie. Dann ruft Moms Stimme von irgendwoher aus dem Haus, verzerrt und weit weg.

"Billie!"

In diesem Moment des Entsetzens durchströmt mich Hoffnung.

Der Griff des Schattens zieht sich um meine Kehle

zusammen, die Dunkelheit trübt meine Sicht an den Rändern meiner Augen und raubt mir den Atem. Wütend kralle ich meine Fingernägel in seine Armen und versuche, seinen Griff zu lockern. Mit der anderen Hand greife ich nach oben und reiße an der Maske, die sein Gesicht verbirgt, und gerade als ich das tue, kracht die Tür zu meinem Zimmer auf.

Er zieht sich abrupt zurück.

Dad stürmt wie ein Dämon in den Raum und stürzt sich auf den Mann, der mich töten will.

Mom ist genau hinter ihm, ihre Augen weit aufgerissen, mein Name auf ihren Lippen.

"Lass sie los, du Bastard!", befiehlt Dad wie der dominante Wolfswandler, der er ist, und stürzt sich auf meinen Angreifer, sodass beide gegen die Wand knallen.

Hysterie.

Wahnsinn.

Unkontrolliert zitternd schleppe ich mich in die Ecke des Zimmers, rolle mich zusammen und umarme meine Knie, während mir die Tränen kommen. Ich zucke bei jedem Schlag, jedem Grunzen zurück. Ich kratze mich an meinen kribbelnden Armen, die Fingernägel graben sich in die Haut, während der klebrige Schleim meines Blutes meine Finger bedeckt.

Meine Mutter kommt zu mir, und ich greife schluchzend nach ihr.

Das ist auch der Moment, in dem die Dunkelheit einen weiteren Schatten gebiert, eine größere, grunzende Gestalt. Mit einem unheimlichen Knurren streckt er seinen Arm aus und schleudert meine Mutter mit solcher Brutalität gegen die Wand, dass ich aufschreie. Dann stürzt sich die zweite Gestalt auf meinen Vater, der immer noch kämpft.

Mom wimmert, ist aber auf den Beinen, ihr Körper ist unscharf, als sie sich in ihre Wolfsform verwandelt. Ihr goldenes Fell schimmert im Mondlicht, das durch das Fenster fällt, und ihre verlängerten Zähne glänzen, als sie sich auf den Neuankömmling stürzt.

Dann bricht das Chaos aus.

Der Raum besteht aus wilder Gewalt, die vor mir verschwimmt, und ich bin mir nicht sicher, wohin ich schauen soll, weiß nicht, was ich sehe.

Grimmiges Knurren.

Meine Eltern werden wie Marionetten durch die Gegend geschleudert, aber sie hören nicht auf zu kämpfen, bleiben nicht liegen.

Der Kampf ist ein Chaos, und irgendwie finde ich meine Stimme.

"Halt! Hört einfach auf!"

Der Rücken meines Vaters knallt mit einem dumpfen Aufprall gegen die gegenüberliegende Wand, und das Mondlicht glitzert auf der Klinge in der Hand des Schattens, der ihn festgehalten hat.

Ich springe auf, meine Beine sind schwach und schwer, und ich eile näher und rufe: "Tu ihm nicht weh!"

Vaters Blick wandert zu mir.

Herzschmerz und Kummer schwimmen in seinen Augen. Er weiß, dass dies das Ende ist. Ich sehe es in seinem Gesicht, und ich möchte mit ihm sterben.

Mit einem gutturalen Knurren stößt der Schatten

das Messer in das weiche Fleisch der Brust meines Vaters. Blut spritzt, seine Augen sind groß, ein Wimmern liegt auf seinen Lippen.

Ein Schrei explodiert aus mir, als sein Körper zu Boden fällt.

Ich suche verzweifelt den Raum nach Mom ab und finde sie neben der Tür auf der anderen Seite des Raumes liegen und nach Luft schnappen. Sie umklammert ihren blutigen Bauch, als sich der erste Schatten neben ihr erhebt. Dann kommt er mit einem Auftrag auf mich zu.

Mein gedämpftes Wimmern erstickt in meiner Kehle, während die Tränen entweichen. Ich zittere heftig, ein durchdringender Schrei kommt mir über die Lippen.

Ich stehe da in meinem Zimmer mit meinen toten Eltern. Mit zwei Feinden, die mich holen wollen.

Wut. Mehr Wut. Herzschmerz. Sie wickeln sich um mich wie Stacheldraht. Meine Striemen flammen wieder auf, schlimmer als zuvor, und brennende Schmerzen ziehen über meine Arme. Der Schmerz ist eine willkommene Ablenkung, eine Erinnerung daran, dass ich noch hier bin und noch atme.

Die Galle steigt mir in die Kehle, ich kann nicht mehr klar denken und nicht mehr sprechen.

Plötzlich beißt sich die Schrift der alten Worte, die auf meine Arme geätzt wurden, in mein Fleisch. Ihr blaues Glühen leuchtet auf, während die Schatten erstarren und ihre Aufmerksamkeit auf mich richten.

Eine manische, brennende Wut pocht in meinen

Adern, und ich fühle nichts als völlige Wut über das, was mir genommen wurde.

"Billie", ruft mich der Schatten noch einmal mit dieser rauen, tiefen Stimme, als ob er ein Recht hätte, meinen Namen zu sagen.

"Halt die Klappe", schnauze ich. Die Schrift auf meinen Armen hebt sich mit Leichtigkeit von meiner Haut ab, erhellt den Raum und enthüllt die Männer in schweren, schwarzen Mänteln, mit Kapuzen, mit schwarzen Masken.

Die alten Worte wirbeln durch die Luft zwischen uns, dehnen sich aus und nehmen die Form zweier dünner Schwerter an. Mir bleibt der Mund offenstehen. So etwas habe ich noch nie gesehen ... Die Griffe der Schwerter gleiten in meine Hände und passen wie ein Handschuh, als ich meine Finger um sie lege, und ich mag, wie sie sich anfühlen. Etwas summt in meinen Armen und erfüllt mich mit einem Mut, von dem ich nie wusste, dass ich ihn habe. Mit fünfzehn hatte ich die Wurfmesser meines Vaters benutzt, aber niemals ein Schwert ... niemals so.

Ein primitiver Schrei entringt sich meinem Mund, und bevor ich Zeit habe, ihn zu verarbeiten, lasse ich die Wut in mir die Kontrolle übernehmen.

"Interessant", drängt der größere Eindringling, als sei ich eine Faszination, die es zu bewundern gilt.

Nun, scheiß auf ihn.

Etwas Seltsames geschieht, als ob die Schwerter einen eigenen Geist hätten, der meine Hände führt und meine Arme in schnelle, kraftvolle Schläge lenkt. Mit jedem Schwung durch den Raum zwischen uns zischen die Klingen durch die Luft, und ich stürze mich auf den ersten Schatten, der nicht rechtzeitig reagiert.

Meine Klingen schneiden quer durch seinen Oberkörper, als wäre er aus Flüssigkeit.

Blut spritzt an die Wände.

Er fällt wie ein Sack.

Ich sollte Angst haben, ich sollte aufhören, aber als ich meinen Blick auf den zweiten Schatten richte, der immer noch hinter seiner Maske verborgen ist, überkommt mich Hysterie.

"Ihr habt meine Eltern getötet", rufe ich.

"Ich wusste, dass du etwas Besonderes bist." Das Ungeheuer dreht die Klinge in seiner Hand lässig hin und her. "Nicht, dass es darauf ankäme."

Eis bildet sich in meinen Adern, und dann kommt die Wut, die in meinem Herzen brennt.

"Wer bist du?" Meine Stimme hat Kraft, auch wenn ich in seiner Nähe stehe und merke, wie viel kleiner ich im Vergleich zu ihm bin.

Sein Lachen, ein tiefer, grausamer Ton, schallt durch den Raum.

Ich umklammere die Schwerter fester und hebe mein Kinn. Wenn ich eines von Dad gelernt habe, dann, dass man alles einsetzen muss, was man hat, um zu überleben, sogar Zähne und Klauen - sogar magische Schwerter, die ich noch nie gesehen habe. Manchmal ist das Einzige, was man tun kann, zu kämpfen.

Die Dielen knarren unter dem Gewicht seiner monströsen Präsenz, als er nach vorne tritt.

"Bleib zurück." Mein Herz krampft sich zusammen.

"Du hast gesehen, was ich mit deinem Freund gemacht habe."

"Ich habe keine Freunde", schnappt er und hebt sein Messer, an dessen scharfer Schneide etwas Blaues glitzert, genau wie an meinen Schwertern.

Magie.

Plötzlich dröhnt ein lautes Krachen durch das Haus, als wäre eine Bombe explodiert. Als hätte etwas die Eingangstür durchgeschlagen.

"Draven!" Eine männliche Stimme, die von unten widerhallt, ruft meinen Vater. Es ist unser Nachbar, ein Freund der Familie. Dann ertönen mehrere donnernde Schritte, die durch die Wohnung eilen.

"Hier oben!", rufe ich, damit sie mich hören können.

Während ich meine Schwerter auf das Monster vor mir richte, hält der Schatten inne, sein Blick gleitet zum Gang und zurück.

Ich ergreife die Gelegenheit und kanalisiere jedes Quäntchen Wut, jede Verzweiflung, in eine schnelle Bewegung. Die Bewegung meines Schwertes entspricht meiner Absicht, ich stoße vorwärts und schneide direkt in seinen erhobenen Verteidigungsarm.

Blut blubbert an seiner Hand, und er bedeckt sie schnell mit seinem Ärmel und zischt.

Donnernde Schritte eilen die Treppe hinauf, und der Schatten prallt mit der Geschwindigkeit des Windes zurück.

Ich stürze mich noch einmal auf den Mörder, der ein wütendes Stöhnen in seiner Brust ausstößt.

Bevor ich erneut zuschlagen kann, stürzt er zur Seite, und ich verfehle ihn.

Er reißt den Körper seines gefallenen Freundes vom Boden hoch. Dann stürzt er sich mit einer Geschwindigkeit, die mich überrascht, aus dem Fenster, zerschlägt das Glas und verschwindet in der Dunkelheit.

Einen Moment lang stehe ich da, mein Herz pocht in meiner Brust, die Schwerter zerfließen zu Schriftzeilen, die vor mir schweben und dann auf meine Arme gleiten. Das Adrenalin, das durch meine Adern geflossen ist, ebbt ab und hinterlässt knochentiefe Erschöpfung.

Die leeren Augen meines Vaters starren in die Nacht, und das Bild macht mir weiche Knie.

Unsere Nachbarn stürmen in den Raum, finden das Chaos, den Tod, das Ende. Ich höre ihr Geschrei, ihre entsetzten Worte nicht. Ich stolpere in Zeitlupe zu ihr und werfe mich an die Seite meiner Mutter, greife verzweifelt nach ihrem Arm, sie atmet noch.

Tränen kullern über mein Gesicht.

Sie atmet flach ein, ihre Augen verblassen, und schon ist sie wieder in ihrer menschlichen Gestalt.

"Mom, bitte steh auf." Meine Finger verschränken sich mit ihren in einem schmerzhaften Griff.

Jemand hinter mir berührt meine Schulter. "Billie." Aber ich weiche aus.

Moms Augen finden meine. Sie ist alles, was ich in einer Welt des Schreckens sehe, die in den Tiefen ihres Blicks brodelt und mich tief in meiner Seele berührt. Sie holt zittrig Luft.

"Mein kleines Mädchen", krächzt sie. Ihre Finger bewegen sich schwach zu ihrem Hals, wo sie ihren goldenen Anhänger trägt, ähnlich dem, den ich trage, und ein leises Wimmern kommt aus ihrer Brust.

"Versprich mir etwas." Sie hustet, Blut spritzt aus ihrem Mund, und alles in mir tut weh. Sie zeigt auf die Kette und den Anhänger um meinen Hals, der zu ihrem passt. Ihr Arm ist zu schwach, um danach zu greifen. "Nimm ihn nie ab, egal, was passiert. Er beschützt dich. Oder er wird dich noch einmal finden."

"Du kennst ihn, nicht wahr? Wer ist ..."

Ihre Augen sind glasig, das Leben entweicht aus ihr, und ich muss zusehen.

"Billie", keucht sie. "Verlass dieses Haus, ändere deinen Namen, geh zu niemandem aus der Familie, sonst findet er dich."

"Wer ist er?", flehe ich.

Doch mit einem letzten bebenden Atemzug wird ihre Hand in meiner schlaff.

"Mom, nein!" Der Raum kippt, als ich ihre leblose Hand umklammere, während die unbewegliche Gestalt meines Vaters nur wenige Meter entfernt ist. Ich schluchze.

Meine Nachbarn heben mich hoch, damit ich aufstehe, aber ich kann nicht auf meinen eigenen Beinen stehen. Jemand im Raum ruft nach den Behörden.

Für mich brennt meine Welt um mich herum. Ich stehe in den Trümmern meiner Vergangenheit, allein, mit dem Flüstern der Warnung meiner Mutter in meinem Kopf und der Erinnerung an die letzten Atemzüge meiner Eltern, die sich für immer in mein Herz eingebrannt haben.

**1**

---

BILLIE

**6 Jahre später**

"Du wirst es nicht glauben. Ich habe meine erste Beute gemacht", flüstert mir Sasha am anderen Ende des Tisches zu. Wir befinden uns auf dem übergroßen Balkon meines Arbeitsplatzes. Ich schaue mich um, um sicherzugehen, dass niemand die Begeisterung meiner besten Freundin mitbekommt.

Verstehen Sie mich nicht falsch. Ich freue mich riesig für sie, aber gleichzeitig bin ich schockiert, dass es von ihr kommt. Ja, ich bin voller Widersprüche.

"Das hast du nicht!" Ich blinzle sie ungläubig an, unsicher, ob ich richtig gehört habe. Sasha ist eine verdammt gute Kopfgeldjägerin, aber sie tötet nicht. Einmal hat sie eine Stunde damit verbracht, eine Spinne in unserem Haus zu retten, damit sie sie wieder in die Freiheit entlassen konnte. Ich starre sie an und frage: "Oder soll das eine Metapher für etwas sein?"

"Oh, du bist witzig." Sie kichert, weil sie meine Frage wirklich lächerlich findet. "Schau, ich habe uns zur Feier des Tages Kuchen mitgebracht." Lässig stellt sie zwei kleine, weiße Schachteln hin, die viel zu gewöhnlich wirken für den Ernst ihrer Ankündigung.

Ein Windstoß flattert durch ihr aquamarinfarbenes Haar, das in sanften Wellen aus dem Gesicht gestylt ist und die leuchtend blauen Augen hervorhebt. Ihre Lippen sind voll und herzförmig, und sie ist absolut umwerfend. Mit ihren einen Meter sechzig mag sie wie ein Schwächling wirken, aber sie ist das genaue Gegenteil, wenn es um ihren Job geht, vor allem in Verbindung mit ihrer Lockkraft, mit der sie flüchtige Zielpersonen fangen kann.

Eine Meerjungfrau zu sein, hat definitiv seine Vorteile.

"Warte ... Ich bin immer noch verwirrt. Du hast also tatsächlich jemanden getötet?" Es würde mich nicht überraschen, wenn noch jemand eine solche Behauptung aufstellen würde. Söldner, Spione, Schmuggler, Mörder, Wächter und so viele andere sind in dieser Stadt zu Hause. Der Tod ist ein Teil unseres Lebens.

Südafrika, wo ich mein ganzes Leben gelebt habe, steht unter der Herrschaft von König Kaspian. Er herrscht über das Haus aus Gold und Granat, das sich über mehrere Länder auf der ganzen Welt erstreckt und von ihm kontrolliert wird. Er hat seinen Sitz in der Zentrale in Reykjavik, Island. Unser Haus steht für Reichtum und Prestige, und wir haben die größte Konzentration von Söldnern.

Menschen aus anderen Häusern auf der ganzen

Welt engagieren unsere Spezialisten oft wegen ihrer einzigartigen Fähigkeiten.

Die Welt war natürlich nicht immer so. Einst, als die Menschen noch herrschten, öffneten sich auf der Erde eine Reihe von Portalen und brachten Magie in die Welt. Das Chaos brach aus und zerstörte so vieles, viele Menschen starben, bevor wieder ein Hauch von Ordnung einkehrte. So wurden die Häuser geschaffen und die verschiedenen übernatürlichen Wesen wurden ihnen zugewiesen. Jetzt muss sich jeder einem Haus anschließen.

Der Vorteil des Lebens im Haus aus Gold und Granat ist der schiere Reichtum, den es besitzt. Während andere Orte auf der Welt viele Technologien, die es einmal gab, verloren haben, wie z. B. Flugzeuge und andere Reisefahrzeuge, ermöglicht der Einsatz teurer Magie unseren Bewohnern diesen Luxus. Allerdings gibt es immer noch vieles, dass es nicht mehr gibt, wie etwas, von dem ich gelesen habe, dass es Google heißt.

"Gut, ich verstehe, dass das unglaublich klingt", erklärt Sasha und reißt mich aus meinen Gedanken. Sie streckt ihre Hand aus und drückt meine. "Aber das gehörnte Arschloch, das ich gejagt habe, hätte mich getötet, also war es gewissermaßen Selbstverteidigung. Aber seitdem ich es getan habe, fühle ich mich lebendiger. Warum habe ich so lange mit meiner ersten Tötung gewartet?"

"Geht es dir gut?" Ich lehne mich näher heran und untersuche ihr Gesicht auf Anzeichen dafür, dass sie nur so tut, als ginge es ihr gut. Es wäre nicht das erste Mal.

"Ja, richtig gut." Sie streicht sich die Haare aus dem Gesicht, holt eine glitzernde Sonnenbrille aus ihrer Tasche und setzt sie auf ihr Gesicht. Sie trägt nur zu der spektakulären Ausstrahlung bei, die sie hat. "Das kann man von dem armen Trottel nicht behaupten."

"Dann ist es also in Ordnung, dass du anfängst, Anzeichen zu zeigen, eine Sirene zu werden?" Ich mache mir Sorgen um sie, denn meine Freundin ist wankelmütig. Heute Abend könnte sie weinen, weil sie ein Leben genommen hat und nicht als Sirene enden will, wie ihre Familie. Die Sache ist die, dass Meerjung-frauen zu Sirenen werden können, indem sie jemanden ertränken, während sie ihn küssen, wodurch sie ihm quasi die Stimme stehlen. Und je mehr Menschen sie auf diese Weise töten, desto mehr werden sie mit dem Ozean und sogar mit einem speziellen Gewässer verbunden. Werden Meerjungfrauen zu Sirenen, passiert es, dass ihnen keine Beine mehr wachsen, um das Wasser zu verlassen.

Mit einem Achselzucken murmelt sie einfach: "Vielleicht, aber der Geschmack seiner Stimme ist ... süchtig machend und schwirrt immer noch in mir. Außerdem könnte es mir bei meinen Kopfgeldern helfen, wenn mein Köder stärker wird. Wer weiß, viel-leicht macht es sogar Spaß, noch mehr Bösewichte in ihr Verderben zu ziehen."

Ich beobachte sie und grinse. "Gilt das auch für Pacific, deinen neuen Schwarm, und hat er dir schon seine Kraken-Seite gezeigt?" Pacific ist ein mächtiger

Mann, auf den ein hohes Kopfgeld ausgesetzt war, und mein Mädchen hat ihn gefangen und eingesackt. Dann ist sie mit ihm ausgegangen ...

"Du lässt ihn aus dem Spiel. Außerdem hat er immer noch nicht bestätigt, dass er ein Krakenwandler ist." Sie hebt ihr Kinn und kneift die Lippen auf eine süße, aufgeregte Art zusammen. "Wir sind noch in der Anfangsphase unserer Beziehung."

Ich lache, weil ich schon gemerkt habe, dass sie in den Kerl verknallt ist.

"Du weißt, dass ich dich unterstützen werde, egal was passiert, solange du in Sicherheit bist."

"Ich weiß, Babe. Ich bin auch für dich da." Sie lehnt sich vor, die Ellbogen auf den Holztisch zwischen uns gestützt. "Aber ich habe noch mehr Neuigkeiten, und ich glaube, dieser Teil wird dir gefallen. Ich habe etwas für dich gefunden." Sie schenkt mir ein strahlendes Lächeln.

Das letzte Mal, als ich sie so freudestrahlend sah, hatte sie eine Beförderung erhalten.

"Dann lass mich nicht hängen", stichle ich.

"Während ich unten am Dock mit diesem Rohling rang, ließ er seine Tasche fallen. Der Inhalt quoll heraus: Messer und alle möglichen Folterwaffen, obwohl ich vermute, dass es sich um Sexspielzeug handelte. Er hatte auch viele Ordner mit Dokumenten dabei. Die Dokumente wehten im Wind, und ich schnappte mir ein paar davon."

"Was für Dokumente sind es?" Ich drücke mich gegen den Tisch, als ob sie schneller sprechen könnte, wenn ich näher an ihr dran bin.

Sie blinzelt mich an. "Die Namen der Zielpersonen der Söldner."

Meine Schultern ziehen sich zurück, während meine Gedanken schwimmen, aber ich habe Angst, dass mein Name irgendwie auf diesen Papieren auftaucht.

"Es waren Dutzende, und dann habe ich die Namen deiner Eltern entdeckt."

Ein kaltes, nagendes Gefühl ergreift mein Herz. "Bist du sicher?" Meine Stimme geht kaum über ein Flüstern hinaus, während ich versuche, ihren Fund zu deuten.

Sie nickt, und ihr Lächeln von vorhin ist verschwunden und wird durch eine gerunzelte Stirn ersetzt.

"Lorelei Tempest und Draven Tempest sind ziemlich einzigartige Namen, aber deinen Namen habe ich dort nicht gesehen. Die Papiere sahen alt und abgenutzt aus, als wären diese Listen vor Jahren erstellt worden. Aber alle Namen waren durchgestrichen, weil sie ..." Sie hält inne, ohne das Wort *getötet* auszusprechen. "Der Bastard behauptete, es seien Erinnerungsstücke an erfolgreiche Aufträge, Aufzeichnungen von Söldnern, und er wollte sie verkaufen, um bei Sammlern ein Vermögen zu machen."

"Hast du die Liste?" Ich bemühe mich, meine Stimme ruhig zu halten, weil ich sehen muss, ob mein Name auf einem der Dokumente steht.

Ihre Lippen verziehen sich, und sie seufzt schwer. "Tut mir leid, Babe, aber das war, als er sich auf mich stürzte und wir beide ins Meer stürzten, mit all den Papieren, sie wurden zerstört."

Mir stockt der Atem, als plötzlich etwas in meinem Kopf aufblitzt - der monströse Schatten, der sich über mir auftürmt, während ich vor all den Jahren im Bett lag, der tödliche Schlag, die leblosen Körper meiner Eltern. Meine Finger krümmen sich zu Fäusten in meinem Schoß, und der Atem bleibt in meiner Lunge stecken. Ich hasse es, dass ich selbst nach all dieser Zeit bei der bloßen Erwähnung meiner Eltern den Tränen nahe bin.

"War sonst noch etwas in den Dokumenten?", frage ich mit angespannter Stimme.

Ihr sanfter Blick trifft den meinen. "Oben auf die Papiere waren verschiedene Namen gekritzelt, von denen ich annehme, dass es sich um die Söldner handelt, die für diese Anschläge verantwortlich waren. Ich habe mir denjenigen gemerkt, die bei deinen Eltern standen. *Bryant Ursaring.* Klingt fast wie der Name eines Bärenwandlers, nicht wahr?"

Der unbekannte Name hallt in meinen Ohren wider. Die Dunkelheit meiner Vergangenheit pocht in meinen Adern, während ich die Tränen in meinen Augen zurückhalte und die Bilder meiner toten Eltern in meinem Kopf aufblitzen.

Ich habe die letzten sechs Jahre damit verbracht, die Wahrheit über diese wilde Nacht herauszufinden. Das ist auch der Grund, warum ich vor kurzem bei FaeEcho, einem magischen Kommunikationsunter-nehmen in Südafrika, angefangen habe zu arbeiten. Da ich die Mörder selbst nicht finden konnte, dachte ich mir, dass ich ihre umfangreiche Datenbank nutzen würde, um mögliche Hinweise auf den Anschlag zu finden. Aber ohne einen Namen war es schwieriger, als eine Stecknadel im Heuhaufen zu finden.

*Bryant Ursaring.*

Ich habe endlich einen Namen ... eine Spur.

Ich lasse mir den Namen durch den Kopf gehen, ich hasse schon seinen Klang.

*Ich werde herausfinden, wer zum Teufel du bist.*

Bevor ich bewusst daran denke, meine Hand zu bewegen, wirbeln meine Finger um den goldenen Familienanhänger um meinen Hals. Ich gleite mit der Daumenspitze über den detailliert ausgearbeiteten Wolfskopf, der von verschlungenen Mustern und Symbolen umgeben ist, die in das Gold geätzt wurden. Meine Mutter hat mir einmal erzählt, dass dieses Bild für Stärke, Loyalität und Einigkeit steht, obwohl ich mich schon lange nicht mehr so gefühlt habe. Den Anweisungen meiner Mutter folgend, habe ich die Kette nie abgenommen, aber jedes Mal, wenn ich den Anhänger ansehe oder berühre, stockt mein Herz, bis es weh tut. Ich vermisse meine Eltern unendlich.

"Tut mir leid, Schatz." Sasha schlurft näher an meinen Platz, um den Tisch herum, legt einen Arm um meine Schultern und zieht mich näher an sich heran.

In ihrer Gesellschaft atme ich leichter.

Sasha riecht wie eine frische Meeresbrise mit einer blumigen Note, ein Duft, der meine Nerven immer beruhigt. Sie ist die Einzige, die die ganze Geschichte meiner Vergangenheit kennt, die Einzige, mit der ich meinen Kummer geteilt habe. Als ich mein

Elternhaus verließ, war Sasha der erste Mensch, den ich auf der Straße traf, und sie bot mir eine Unterkunft an, wenn ich für sie arbeiten würde. Meistens klaute sie Dinge aus Geschäften, die sie dann verkaufte, um Geld zu verdienen. Sie ist nur ein Jahr älter als ich, zweiundzwanzig. Seitdem sind wir unzertrennlich.

Jetzt hat sie mir die Chance gegeben, die Geister meiner Vergangenheit zu jagen und zu vernichten.

"Ich liebe dich, das weißt du." Ich umarme sie fester.

"Okay, okay, werde jetzt nicht sentimental. Jetzt will ich mit dir meine erste Tötung feiern und Kuchen essen, denn die halten sich nicht lange in der Sonne." Sasha umarmt mich fester, und ich lächele sie an. Sie war immer für mich da, und ich würde alles für sie tun.

"Einverstanden. Mal sehen, was du für uns hast."

Sie hüpft zurück zu ihrem Stuhl und schiebt mir eine Schachtel vor die Nase, und ich hebe den Deckel an, so wie sie den ihren. Ich habe einen geschichteten Biskuitkuchen mit extra Sahne zum Ertrinken erwartet, aber stattdessen ist es ein kuppelförmiges gelatineartiges Dessert ... denke ich. Das Sonnenlicht spiegelt sich darin, und es sieht köstlich aus, aber ist essbar?

"Hmm ... ist das ein Trickkuchen?" Ich ziehe die Stirn in Falten und schaue meine Freundin an, die mich grinsend beobachtet. "Du weißt, dass Kuchen meine Schwäche ist, aber das ist eine Herausforderung, selbst für mich."

"Ich habe mich für etwas Gesünderes entschieden, da ich auf meine Ernährung achte", erklärt sie allen Ernstes.

Meine Augenbrauen schießen erstaunt in die Höhe, als sie davon spricht, weniger *Kuchen zu essen*.

"Probiere es, bevor du ausflippst. Es ist ein japanischer Regentropfenkuchen aus natürlichem Quellwasser und Agar-Pulver, der so geformt ist, dass er einem Regentropfen ähnelt. Du musst den Inhalt des kleinen Behälters darüber gießen. Ist er nicht herrlich?"

"Ich bin mir nicht sicher, ob ich es essen oder zu Hause an die Wand hängen soll." Ich breche in Gelächter aus, bevor ich den tiefbraunen, nach Honig duftenden Sirup darüber kippe. Dann mache ich etwas auf einen Löffel und schiebe ihn in den Mund. Er gibt einen leichten Widerstand, als ich kaue, dann schmilzt er plötzlich auf meiner Zunge in einer süßen Explosion aus Wasser und Zucker. "Wow. Ich glaube, es hat gerade auf meine Zunge geregnet."

"Ich habe es dir gesagt."

"Überraschenderweise liebe ich es. Wir brauchen mehr Leckereien, aber auch welche mit Sahne", sage ich. "Wir werden heute Abend richtig feiern, und ich werde mehr Leckereien besorgen." Dann greife ich wieder zu, denn die Torte macht irgendwie süchtig.

Eine halbe Stunde später geht Sasha, und ich mache mich gedankenverloren auf den Weg zurück zu meinem Schreibtisch.

*Bryant Ursaring.*

Der Name segelt durch meine Gedanken, und schon bald höre ich nicht mehr das leise Klicken der Tastaturen um mich herum oder die gedämpften Gespräche aus den anderen Kabinen. Stattdessen durchsuche ich verzweifelt die Datenbank nach Bryant.

Ich öffne mehrere Akten zu verschiedenen Unternehmen, die mit ihren Zahlungen im Verzug sind, um den Eindruck zu erwecken, dass ich Nachforschungen anstelle.

Bei FaeEcho bieten wir eine Möglichkeit zur Zustellung von Nachrichten und Paketen an, die mit hohen Kosten verbunden ist. Aber wenn man bedenkt, dass viele im Haus des Goldes und der Granate diesen Dienst irgendwann einmal in ihrem Leben genutzt haben, sind in der Datenbank viele Informationen über ihre Bestellungen gespeichert.

Ich werfe einen Blick auf das Foto meiner Eltern an der Wand meiner Kabine, und Sehnsucht pfeift durch mich hindurch. "Ich werde diese Bastarde finden und sie dafür bezahlen lassen", flüstere ich und strecke meine Hand aus, um ihre Gesichter zu berühren.

Dabei rutscht der Ärmel meines Hemdes hoch und enthüllt den Rand der in meine Haut geätzten Schrift, die im schummrigen Licht schwach leuchtet. Ich habe neben Meditations- und Tai-Chi-Kursen auch ein Kampftraining absolviert, weil man mir gesagt hat, dass es mir hilft, meine Energie zu bündeln und meine Magie zu nutzen. Bisher hatte ich nur Glück, die Magie aus meiner Haut zu ziehen. Sasha behauptet, dass es mit dem Schock über den Tod meiner Eltern zusammenhängt. Aber es muss doch einen Weg geben, die Kraft wieder voll zu nutzen. Ein paar Mal habe ich das Kribbeln auf meiner Haut gespürt, aber das war es dann auch schon.

Wolfsmenschen wie ich sollten nicht über solche Kräfte verfügen, aber ich wurde mit diesen Merkmalen geboren. Meine Eltern nannten mich ihr besonderes Wunder, weil ich eine Frühgeburt war, und meinten, die Magie sei eine Folge davon. Ich bezweifle, dass sie die Wahrheit kannten, denn sie waren nie in der Lage, es zu erklären.

Mit rasendem Puls wende ich meine Aufmerksamkeit wieder dem Bildschirm zu und beobachte, wie die Liste der Ergebnisse zu Bryant Ursaring auf dem Bildschirm auftaucht.

Drei mögliche Treffer.

"Gut, ich schaffe das." Ich stähle mich für die Aufgabe, jedes Profil zu durchforsten, ihre Dateien zu finden und sie alle zu lesen, bis mir etwas ins Auge springt. Hoffentlich.

Eine Stunde später und immer noch nichts. Im Büro wird es still. Es dauert länger, als ich erwartet habe. Der erste Bryant nutzt wöchentlich unsere Dienste aus verschiedenen Ländern im Gold- und Granathaus, und seine Akten sind enorm. In der Datenbank ist nicht genau angegeben, welchen Beruf sie ausüben, da auch Nicht-Söldner in unserem Haus leben, also kann ich nicht einfach nach Söldnern suchen und die Suche eingrenzen.

Ich strecke meinen Rücken und mache weiter. Mein Chef ist heute nicht da, also steht es außer Frage, dass ich meine Projektarbeit nicht erledigen kann.

Aber spätestens beim dritten Namen denke ich, dass das Zeitverschwendung ist, als mir etwas auf dem Profil ins Auge sticht.

Genauer gesagt eine Adresse: 13 Dark Spire Street.

Angespannt starre ich auf den Bildschirm, der die

Adresse meines Elternhauses zeigt, in dem ich aufgewachsen bin und das ich seit der Nacht, in der ich sie verloren habe, nicht mehr betreten habe.

Willst du mich verarschen? Bryant hatte uns einen Brief geschickt!

Hektisch tippe ich auf die Tasten, während mein Herz schneller schlägt. Mit einem Aufflackern der Vorfreude, das mich zusammen mit Wut überflutet, überfliege ich die Details der Lieferung.

Er schickte ihn zwei Tage vor dem Anschlag.

Inhalt ... da steht nur *Einladung*.

Die Luft ist kühl, und sie kriecht mir in die Knochen. Ich lehne mich in meinem Stuhl zurück, starre auf das grelle Licht des Bildschirms und denke daran, dass meine Eltern an diesem Abend in letzter Minute eine Veranstaltung abgesagt haben, weil es meiner Mutter nicht gut ging. Sie wollten ausgehen, aber sie haben mir nie gesagt, wohin.

Die Wahrheit spielt sich in meinem Kopf ab.

Bryant hatte versucht, meine Eltern aus dem Haus zu locken, damit sie mich angreifen konnten. Meine Eltern sagten in letzter Minute ab, sodass die beiden Monster, die hinter mir her waren, keine Ahnung hatten, dass sie nicht mit mir allein waren.

Meine Eltern sind meinetwegen gestorben ... Damit lebe ich seit sechs Jahren. Die einzige Art, wie ich die Schuldgefühle, die mich jahrelang in die Depression stürzten, überlebte, war der Nervenkitzel, dass ich eines Tages meine Rache bekommen würde.

Ich schaue noch einmal auf den Monitor, meine Finger fliegen über die Tastatur.

Über Bryant liegen keine Informationen vor, mit Ausnahme des Ortes, von dem aus er die Einladung verschickt hat.

Lappland, Finnland.

Eiskalte Entschlossenheit strömt durch meine Adern, während sich meine Finger zu einer Faust formen. Ich hatte ihn an einem Ort aufgespürt, der mehr über Bryant verraten sollte und darüber, mit wem er zusammenarbeitete, wer die beiden Angreifer waren und warum es ihnen etwas bedeute, mich zu töten.

Ich drücke mir die Daumen, dass die Dinge nun endlich real werden. Natürlich ist es nicht auszuschließen, dass ich auf dem Holzweg bin und Bryant nicht zu den Mördern gehört. Aber ein Hinweis ist ein Hinweis, und ich will verdammt sein, wenn ich nicht ganz Lappland durchforste, bis ich den ganzen Dreck über ihn ausgegraben habe.

Ich bin die Wolfswandlerin, deren Eltern er ermorden ließ.

Ich bin die Wolfswandlerin, die sich versteckt hat, ich habe meinen Namen von Billie zu Mina geändert, für alle außer Sasha. Mein Haar ist tiefbraun gefärbt, meinen Schutzanhänger habe ich nie abgenommen. Was auch immer nötig ist, um unentdeckt zu bleiben, habe ich getan. Das ist der Grund, warum ich im Büro von FaeEcho arbeite und nicht unten in den Läden bei den Kunden.

Diese Gedanken lassen mich erschaudern, wenn ich daran denke, wie ich mein Leben gelebt habe. Ich erinnere mich daran, dass ich auch eine Wolfswandlerin bin, die mit einer mächtigen Magie geboren wurde, die mich in jener Nacht gerettet hat. Und ich werde einen Weg finden, sie zu nutzen.

Aber ich kann nicht denken, weil Übelkeit in mir aufsteigt.

Ich werde meine Eltern rächen, koste es, was es wolle.

Ich atme tief durch und schaue auf das Wort *Lappland*, wohl wissend, dass auch Finnland von König Kaspian regiert wird. Drei mächtige Söldnerherzöge verwalten die Region zusammen mit ihrem Großvater.

Die Herzöge von Lappland - Verrat, Reichtum und unbezwingbare Macht. Jeder hat schon von ihnen gehört. Ich bin ihnen nie begegnet, aber es sind genug Informationen über sie im Umlauf, um zu wissen, mit wem ich es zu tun habe.

Khaos, der älteste Wolfswandler, hatte einst dreißig Wandler gejagt, weil sie ihn bestohlen hatten. Er spürte jeden Einzelnen auf und tötete sie ohne Gewissensbisse.

Sein Bruder Eryx trägt Gryffin-Blut in seinen Adern. Er ist sehr schlau und kann sich mit den Schatten bewegen, und ehe du ihn siehst, bist du tot.

Der Jüngste, Tallis, hat ein dämonisches Erbe und soll mit seiner Inkubuskraft jeden beherrschen, der ihm über den Weg läuft.

Über ihre Eltern wird nicht allzu viel gesagt, außer dass ihr Vater drei Frauen hatte und ihr Großvater der Gott der Wälder von Finnland ist. Sie sind also eine mächtige Familie und von vielen gefürchtet.

Das Trio hat das Leben zahlloser Söldner, Fährtenleser, Jäger und anderer in der Hand und herrscht über jeden, der es wagt, sie in ihrer Macht und Position zu bedrohen.

Doch die Mächtigen *wurden* schon früher gestürzt. Wenn also diese Herzöge etwas mit dem Angriff in jener Nacht zu tun hatten, werden sie untergehen. Die Herzöge billigen jeden Anschlag außerhalb ihrer Grenzen, also wissen sie genug, damit ich bei ihnen anfangen kann.

Mein Blick wandert zum Bild meiner Eltern.

"Ich glaube, ich habe die Monster gefunden." In meinem Kopf schmiede ich bereits Pläne, wie ich meinen Flug nach Finnland buche, was ich mitnehme und wie ich am besten in ihr Anwesen komme, ohne Aufmerksamkeit zu erregen.

Natürlich muss ich vorsichtig vorgehen und meine Spuren sorgfältig verwischen, aber wenn ich es richtig anstelle, könnten mir die Herzöge bald aus der Hand fressen. Dann werde ich herausfinden, wer vor sechs Jahren hinter mir her war.

Die Herzöge sind mächtig, gefürchtet und gefährlich, aber sie sind mir noch nicht begegnet. Sie haben keine Ahnung, was auf sie zukommt.

## KHAOS

"Unsere Operation wurde kompromittiert", beginnt Clark mit ungleichmäßigen Atemzügen, während er sich nervös räuspert und in der Tür zu meinem Chefbüro steht.

Bitterkeit füllt meinen Mund. Das ist nicht das, was ich jetzt oder jemals hören will, nicht, wenn es um die akribische Struktur geht, die wir für alle Söldner, Fährtenleser und jeden einzelnen der Jäger haben, die in meinem Gebiet und nach meinen Regeln arbeiten.

"Erkläre es mir", verlange ich von meinem Berater, während sich der Raum um mich herum zusammenzieht.

Clark holt tief Luft und streicht sich mit der Hand über sein bereits gut gegeltes Haar. Er ist kein großer Mann, aber was ihm an Größe fehlt, macht er mit Intelligenz wett, und deshalb habe ich ihn eingestellt. Heute steht ihm der Schweiß auf der Stirn, also erwarte ich schlechte Nachrichten, besonders, nachdem er unangemeldet in mein Büro gestürmt ist.

"Mehrere angeheuerte Hits wurden nicht aufgenommen oder ... bezahlt."

Die Bestie in mir regt sich, krallt sich an meinem
Fleisch fest, um zu entkommen und Clark zu
zerfleischen.

"Von wie vielen reden wir?" Ich bin auf den Beinen
und durchquere den Raum in mehreren langen
Schritten.

Sich versteifend sagt er: "Schwer zu sagen, vor
allem, wenn wir die Diskrepanzen noch manuell
aufdecken."

Ich blinzle ihn an und verenge meine Augen. Er
muss verstehen, wie lächerlich er sich anhört, wenn er
mit einem Problem zu mir kommt, bevor er das
Ausmaß des Problems erkannt hat.

Er lässt die Schultern hängen, und *das* mag ich an
Clark. Er weicht nicht vor mir zurück, auch wenn er
verdammt noch mal Angst haben sollte.

"Ich habe eine Beschwerde von einer Kundin mit
einem unvollständigen Auftrag erhalten, die sagte, sie
habe den Söldner mit Blut bezahlt und wolle eine
Rückerstattung. Allerdings gibt es in unserem System
keine Aufzeichnungen über den Auftrag. Ich habe den
besagten Söldner aufgespürt. Aber die Sache ist die, ich
erinnere mich an den Kerl, da ich seinen Auftrag selbst
angenommen und ihn mit dem Kunden zusammenge-
bracht habe. Ich habe ihn in unsere Bücher in der
Registratur eingetragen, aber als ich nachsehen wollte,
war der Auftrag nicht da." Er geht jetzt quer durch
mein Zimmer auf und ab.

"Okay, wir haben uns bei ein paar Kundengeschäften vertan." Es ist nicht das erste Mal, dass ein Auftrag nicht richtig erfasst wurde. Das ist schon vorgekommen, also ist es keine große Sache, solange es bemerkt und korrigiert wird.

"Wenn es nur ein paar wären, würde ich dich nicht damit belästigen, Khaos." Seine Worte purzeln schnell heraus, als er innehält und sich umdreht, um meinem Blick zu begegnen, die Lippen in einer gespannten Linie.

Er nennt mich nur dann beim Namen, wenn er mit seiner Geduld am Ende ist, aber dieses Mal lasse ich es durchgehen. Immerhin hat er mir als Leiter der Söldnerabteilung jahrelang treu zur Seite gestanden und ist mir direkt unterstellt. Jetzt will ich jedes verdammte Detail darüber hören, was ihn verunsichert hat.

"Ich überprüfte andere Aufgaben, die ich koordiniert hatte, und forderte einige aus unserem Team auf, dasselbe zu tun. Ungefähr zehn bis fünfzehn Prozent dieser Aufgaben sind aus unseren Unterlagen verschwunden."

Wenn man schnell rechnet, sind das fast sechzig Aufträge pro Monat, die verloren gehen. Scheiße!

"Wie zum Teufel konnten sie einfach verschwinden, wenn sie in unseren Unterlagen ordnungsgemäß vermerkt waren?" Ich seziere im Geiste den Prozess, den wir aufgebaut haben, indem wir unser Team mit Kunden auf der ganzen Welt zusammenbringen und die Hälfte der Bezahlung im Voraus und den Rest nach Abschluss der Arbeit einfordern. Die Grundregel im Umgang mit hinterhältigen Mistkerlen ist, dass man die Zahlung hartnäckig einfordert, sonst sieht man keinen Cent. Ich habe ein Team, das sich darum kümmert, und dennoch sind uns diese Zahlungen unwissentlich durch die Lappen gegangen.

"Wie kann es sein, dass das bis jetzt noch niemandem aufgefallen ist?" Meine Stimme wird lauter.

Clark schüttelt den Kopf. "Ich arbeite daran, es herauszufinden." Als Rabenwandler ist er gerissen und hat ein Händchen dafür, Geheimnisse aufzudecken, also habe ich keinen Zweifel daran, dass er der Sache auf den Grund gehen wird, doch das beruhigt das Feuer, das in meinen Adern lodert, nicht.

"Ich möchte wissen, wie lange das schon so geht", spucke ich die Worte aus. "Nimm das verdammte System auseinander. Finde das Problem und behebe es. Ich will gleich morgen früh einen vollständigen Bericht."

Clark zuckt zusammen, hält aber meinem Blick stand. "Ja, Euer Gnaden." Seine Stimme verfinstert sich, und er entschuldigt sich und geht aus dem Zimmer.

Was ich noch mehr hasse, als belogen zu werden, ist, wenn mich jemand direkt vor meiner Nase bestiehlt.

Ich gehe zum Fenster und ziehe den schweren Vorhang zurück, um die Landschaft zu betrachten. Die Stadt Rovaniemi, im Herzen Lapplands, erstreckt sich, soweit das Auge reicht. Die Grenzen Finnlands, die Grenzen unserer Heimat, sind mein Leben, solange ich denken kann. Von klein auf hat mein Großvater, der Gott der Wälder, meine beiden Brüder und mich zu Herrschern über dieses Land erzogen. Da meine Eltern nicht da waren, hallen seine strengen Worte, aus meiner Kindheit, noch immer in meinem Kopf nach.

*Du bist ein Talino, halb Gott und mein Enkel, und das bedeutet, dass du ein mächtiger Duke bist, der die Kontrolle hat. Du forderst Respekt und verlangst ihn nicht. Du führst und folgst nie.*

Meine Bestie knurrt in mir, wütend über die Nachricht von Clark. Der Urdrang, meinen Wolf freizulassen, lauert unter meiner Haut. Er brummt immer in mir wie eine Zeitbombe, hungrig nach einem Ausweg, und befiehlt uns, sofort zu handeln.

Ich schließe die Augen, lege meine Hand gegen das kühle Glas des Fensters und atme tief ein, um ihn zurückzudrängen. Die Offenbarung der kaputten Infrastruktur ist ein offensichtlicher Indikator dafür, dass die Dinge durch die Ritzen und aus meinem Griff gerutscht sind.

Ich wende mich vom Fenster ab und verlasse den Raum mit der Entschlossenheit, die Sache in Ordnung zu bringen, bevor jemand außerhalb des Anwesens davon Wind bekommt.

Meine schweren Schritte werden durch den dicken Plüschteppich gedämpft. Reiches, dunkles Holz bedeckt die Wände und schimmert im warmen Licht der schmiedeeisernen Kronleuchter. Mein Großvater baute das Anwesen in der Nähe der Stadt Rovaniemi als zentralen Ort, um das Land zu kontrollieren. Zusammen mit seiner Frau, meiner Großmutter, wollte er unbedingt ein geschichtsträchtiges Haus mit Porträts an den Wänden, die meine Eltern und uns als Kinder zeigen. Jedes Mal, wenn ich an ihnen vorbeigehe, fühlen sich die auf den Bildern festgehaltenen Momente zu weit entfernt an, um real zu sein.

Dabei wohnt er nicht einmal bei uns. In seiner Funktion als Souverän von König Kaspian hat er unser Hauptquartier südlich von Finnland nach Helsinki verlegt.

Jetzt erstatten meine Brüder und ich ihm von unserem Haus in Lappland aus Bericht, versorgen ihn mit Neuigkeiten und teilen einen Teil unserer Einkünfte mit unserem König aus dem Haus Gold und Granat. Mein Großvater hat mich darauf vorbereitet, eines Tages sein Amt zu übernehmen, und ich freue mich, unserem König weiterhin zu dienen. Das bedeutet, dass ich den aktuellen Mist in den Griff bekommen muss.

Als ich Tallis' Zimmer erreiche, finde ich es leer und das Bett als ein einziges Chaos vor. Die Laken sind auf dem Boden verstreut, die Kissen quer durch den Raum verteilt, ein Handtuch ist über dem Tisch drapiert, und in seinem Kleiderschrank liegt ein heruntergefallener Mantel. Ich verlasse das Zimmer und mache mich auf den Weg nach oben, denn ich weiß, wo ich ihn finden kann. Ich erreiche sein Spielzimmer, auch Tallis' Folterkammer genannt, oben im Westflügel, mit Blick auf die Berge in der Ferne, mit großen Bogenfenstern für viel natürliches Licht.

Er ist da. Natürlich ist er da. Er ist berechenbar.

Tallis beugt sich über einen schmuddelig aussehenden Mann, der an die Wand gekettet ist, und ich weiß sofort, dass er ein Fuchswandler ist, weil ein erdiger, stinkender Geruch im Raum liegt und sich meine Wolfszähne erheben.

Qualvoller Schmerz und Schrecken sehe ich im Ausdruck des Mannes, der mich mit verzweifelten Augen anstarrt, als ob ausgerechnet ich sein Retter wäre. Tallis schneidet mit einer Zange einen weiteren Finger ab, was den Mann zu einem gellenden Schrei veranlasst. Blut spritzt über Tallis' Schürze und die Plane, die den Boden bedeckt.

Der Trick ist, unsere Feinde an den Rand des Todes zu bringen, dann werden sie dir alles sagen und alles für dich tun. Allerdings tappe ich im Dunkeln, was er falsch gemacht hat. Aber wenn Tallis darin verwickelt ist, war es etwas gegen das herrschende Haus.

"Bruder", rufe ich, um ihn von seinem Spaß abzulenken.

Tallis dreht sich mit einem bösen Grinsen zu mir um, sein tintenschwarzes Haar fällt ihm wirr bis auf die Schultern, seine schwarzen Augen glitzern. Er sieht ganz wie der Dämon aus, der er ist - wütend, rücksichtslos und mit unaussprechlichen Fähigkeiten ausgestattet.

"Endlich hast du dich entschlossen, dich mir anzuschließen. Das wurde auch Zeit, Khaos. Ich habe dir gesagt, dass zu viel von diesem bürokratischen Mist deinen Schwanz schrumpfen lässt und dich zum Schielen bringt. Du musst Blut vergießen, deinen Wolf befreien."

Ich lache über seine Theatralik. "Ich bin wegen etwas anderem hier."

Er hebt eine Augenbraue. "Und das wäre?"

"Sieht so aus, als hätten wir einen Bruch in unserem Netzwerk." Ich mache mir keine Sorgen, dass der Fuchswandler alles mitbekommt. Ich kenne Tallis gut genug, um zu wissen, dass der Mann nie wieder das Licht der Welt außerhalb dieses Raumes erblicken wird.

Also erkläre ich ihm alles, was Clark mir erzählt hat, zusammen mit meiner Theorie, dass es sich um ein internes Leck handelt und jemand anderes unsere Zahlungen eintreibt. Er runzelt die Stirn. Mein Halbbruder reagiert selten überschwänglich, es sei denn, es betrifft ihn irgendwie direkt.

"Dann bist du an die richtige Person geraten. Ich werde sie richtig fertig machen." Er bricht in sein falsches, wahnsinniges Lachen aus.

"Beruhige dich, verdammt. Zuerst müssen wir herausfinden, wer es ist, aber für den Moment brauche ich dich, um Clark zu überwachen, um sicherzustellen, dass er nicht Teil dieser ... Aufsicht ist." Es ist nicht so, dass ich Clark nicht traue, aber ich traue den meisten Menschen nicht. Wenn es eine Sache gibt, auf die ich mich in diesem Geschäft verlassen kann, ist es, dass die, die dir am nächsten stehen, dir in den Rücken fallen. Mein Großvater hat mir immer beigebracht, dass man in solchen Situationen zuerst sicherstellen muss, dass die Menschen in der Umgebung nicht involviert sind, da sie höchstwahrscheinlich verantwortlich sind. Meine engsten Familienangehörigen sind die einzigen, denen ich bedingungslos vertraue, und ich weiß, dass Tallis die Wahrheit herausfinden wird.

"Den Spion ausspionieren." Er nickt, seine Hände

triefen vor Blut, der Typ hinter ihm wimmert. "Das ist aufregend."

"Das ist ernst, Tallis."

"Ich weiß, ich weiß." Er hebt seine blutigen Hände, von denen eine immer noch die Zange umklammert. "Betrachte es als erledigt."

Die blasierte Reaktion meines Bruders ist ärgerlich und stellt meine Geduld an mehr Tagen auf die Probe, als ich zugeben möchte. Aber im Laufe der Jahre habe ich gelernt, dass das genauso zu ihm gehört wie seine intensiven Augen, denen nichts entgeht.

Ich wende mich zum Gehen, da ich als Nächstes Eryx ausfindig machen muss, als hinter mir Glas explodiert. Unmittelbar darauf folgt ein heftiger Windstoß, der das Glas in den Raum drückt.

Aus reinem Instinkt ducke ich mich und bedecke meinen Kopf, mein Wolf ist in meiner Kehle, bereit zu kämpfen, was auch immer auf uns zukommt. Ich drehe mich um, ein Knurren in der Kehle, als eine gigantische Gestalt wie ein Tornado durch das zerbrochene Fenster eindringt, mit den Klauen voran, und eine horrende Windböe hinter sich herziehend.

"Scheiße, Eryx, nicht schon wieder!" Ich knurre, ich bin nicht in der Stimmung für seine manischen Jagden, bei denen er die Kontrolle verliert. Der Unterschied zwischen ihm und mir ist, dass ich höllisch hart daran arbeite, meinen Wolf davon abzuhalten, mich zu beherrschen, während Eryx sich von seiner animalischen Seite beherrschen lässt.

Seine gewaltige Gryffin-Form - der Körper eines Löwen, der Kopf eines Adlers - dezimiert den gesamten

Mauerabschnitt um das Fenster herum und schleudert Steine und Staub in die Luft. Ich werfe mich zur Seite, um nicht getroffen zu werden. Die riesigen Schwingen spreizen sich weit, jeder Schlag wirbelt den Dreck weiter auf, die Plane am Boden flattert an den Rändern, als mein anderer Halbbruder in den Raum gleitet.

Er hält ein kolossales Rentier in seinen Krallen fest. Die Augen des Tieres sind in seinen letzten Momenten wild und verängstigt.

Eryx stürzt herein und drückt mich mit einem Flügel weiter gegen die Wand, Tallis steht mir gegenüber in derselben Position. Währenddessen rutscht er vorwärts, und das Geweih des Rentiers spießt sich direkt in den an die Wand gefesselten Mann und bringt ihn für immer zum Schweigen.

In dem Staubsturm versuche ich, den Wahnsinn um mich herum zu begreifen. Das tote Tier und die Dummheit meines Bruders lösen in mir eine Urreaktion aus. Der Ärger über die massige Gestalt des Gryffins flammt in meinen Adern auf.

Bevor ich reagieren kann, kommt eine feurige Explosion aus Tallis' Richtung und erhellt den Raum. Ein Feuerball knallt in die Seite des Gryffins und lässt ihn nur noch zusammenzucken.

"Eryx, du verdammter Idiot. Der Kerl war meine Beute, und er war kurz davor, zu reden, aber du hast *mir* den Moment gestohlen." Wütende Flammen flackern über Tallis' Hände. Er starrt ungläubig auf sein vom Geweih aufgespießtes Opfer und schüttelt den Kopf.

Ein Grinsen umspielt meine Lippen, denn die

ganze Situation ist zu lächerlich, um nicht lustig zu sein. Ich unterdrücke mein Lächeln, als Eryx' Körper schimmert und er innerhalb von Sekunden in nackter, menschlicher Gestalt vor uns steht. Sein blondes Haar fällt ihm bis zur Brust, seine Augen sind so golden wie die Sommersonne Lapplands.

"Ich habe ihn dort nicht gesehen", grunzt er. "Meine Federn müssen im Weg gewesen sein."

"Du hast Federn statt Hirn, Arschloch. Bruchlandung in meinem Spielzimmer ... Ich sollte dich kahl rupfen und als Trophäe an meine Wand hängen." Tallis schnaubt Flammen. "Ich habe dir schon mal gesagt, du sollst nicht in der Nähe der Stadt und der Villa jagen, weil du weißt, wie du wirst. Du bist nicht besser als ein verdammter Drache, der Scheiße hortet, aber für dich sind es deine Tötungen."

"Er hat nicht ganz Unrecht", füge ich hinzu und erwidere Eryx' verschmitztes Grinsen. Einmal haben wir in der Villa einen entsetzlichen Geruch wahrgenommen und im Keller einen kleinen Berg halb aufgefressener Kadaver entdeckt. Sein Gryffin hat einen göttlichen Appetit und ist nie gesättigt, was ihn auch für alle anderen furchterregend und äußerst nützlich macht, wenn wir große Aufgaben übernehmen.

"Nun, ich habe uns Fleisch für das Festmahl mitgebracht." Eryx wischt sich den Staub vom Kopf und sieht dabei ziemlich stolz aus, dann wirft er einen Blick über seine Schulter auf seine Zerstörung.

"Gratuliere, Eryx. Du hast erfolgreich den ersten Mensch-Hirsch-Fleischspieß der Welt erschaffen. Und jetzt schuldest du mir einen neuen Verdächtigen", schnauzt Tallis und wendet sich wieder seinem toten Opfer zu.

Ich trete über die Beine des toten Rentiers und die Trümmer.

"Wir haben größere Probleme als Eryx' katastrophale Auftritte." Mein Blick flackert über das Chaos, das der Raum geworden ist, und ich rufe laut genug, dass meine beiden Brüder es hören können.

"Ich glaube, es könnte ein Verräter unter uns sein."

Niemand betritt einfach so das Anwesen des Dukes, ohne persönlich eingeladen worden zu sein.

Aber ich habe ein paar Möglichkeiten. Ich könnte mich als potenzielle Kundin ausgeben, als frischgebackene Söldnerin, die einen Job sucht, oder sogar als Sicherheitsspezialistin, die anbietet, die Verteidigungsanlagen des Anwesens zu überprüfen. Alles Dinge, die mir möglicherweise den nötigen Zugang verschaffen und, was noch wichtiger ist, Zugang zu den Brüdern selbst. Das Problem dabei ist, dass ich keine Referenzen für diese Lügen habe, und ich vermute, dass die Herzöge die Art von Männern sind, die eine Hintergrundüberprüfung einer zufällig in ihrem Anwesen auftauchenden Person durchführen würden. Die Situation könnte mit einer einfachen Fahrkarte in meinen Tod enden.

Die Brüder sind Söldner, die an der Spitze der

Nahrungskette stehen und nicht für ihr Mitgefühl bekannt.

Nein, diese Optionen werden nicht funktionieren, also kommt Plan B ins Spiel. Ich betrete die Villa unauffällig als niedere Arbeiterin, was bedeutet, dass ich nicht die direkte Aufmerksamkeit eines Bruders auf mich ziehe, was mir Zeit gibt, zu spionieren und herauszufinden, wer zum Teufel Bryant Ursaring ist.

Mit einem Plan B im Kopf und all den Szenarien, auf die ich vorbereitet sein muss, bin ich nach Finnland geflogen. Jetzt sitze ich auf dem Rücken eines mit Magie betriebenen Motorrads, die Arme fest um den Transportmann Ivan gelegt. Wir brettern durch das dichte Kieferndickicht des Waldes, das Terrain ist höllisch holprig, meine Eingeweide werden kräftig durchgeschüttelt. Wir haben das Anwesen der Dukes weit hinter uns gelassen, denn derjenige, den ich sehen muss, wohnt mitten im Nirgendwo, und ich habe ihn seit über sechs Jahren nicht mehr gesehen. Ich bin verdammt nervös und hoffe, dass er mir hilft, in das Anwesen zu gelangen.

Ich bin dankbar, dass kein Winter ist, sonst wäre ich jetzt schon gefroren wie ein Eis am Stiel. Es ist Juni, der Beginn dessen, was man hier Sommer nennt. Aber für jemanden, der in Südafrika aufgewachsen ist, fühlen sich diese Temperaturen eher wie unser Winter an.

Ivan fährt wie ein Verrückter, weicht nach links und rechts aus, wobei mein Rucksack durch sein Gewicht ein Problem darstellt. Jedes Mal, wenn er eine Kurve zu scharf nimmt, versuche ich, das Gleichgewicht zu halten, was mich von der Tatsache ablenkt, dass ich in

Finnland bin und was ich hier mache. Vielleicht bin ich heute Morgen auf der Flughafentoilette ein wenig ausgeflippt, aber jetzt geht es mir gut, ich bin ein mächtiger, mit Klingen bewaffneter Wolfsmensch.

Ich will das hier.

Ich greife mit den Fingern in Ivans Seiten, umklammere seine Lederjacke und knirsche mit den Zähnen, denn *ich habe* darum gebeten, in das verlassene Waldgebiet außerhalb der weitläufigen Stadt Rovaniemi gebracht zu werden. Und ich bin bereit.

Eine Stunde später ist mein Hintern taub, und wir kommen schließlich vor einer kleinen Blockhütte im Wald zum Stehen. Die Wände sind mit Moos bewachsen und sehen aus, als gehörten sie zum Wald. Eine alte, abgenutzte Veranda mit ein paar Holzstühlen zum Faulenzen umgibt das Haus. Der Ort ist abgelegen, das perfekte Versteck für einen Einsiedler ... oder einen Mörder.

"Awstin wartet", grunzt mir Ivan über die Schulter zu und parkt das Motorrad neben dem Haus. "Ich warte hier draußen auf deine Rückfahrt in die Stadt."

Ivan muss für Awstin arbeiten, denn er sorgte dafür, dass ich vom Flughafen abgeholt wurde, was ich zu schätzen weiß, weil ich nicht auffallen wollte.

"Danke", murmele ich, steige vom Bike und richte die Gurte meines Rucksacks. Dann strecke ich meinen verkrampften Rücken und atme die frische Bergluft ein. Die Veranda knarrt unter meinem Gewicht, als ich mich der Tür nähere, und ich verpasse die Chance zu klopfen, als sie aufschwingt.

Awstin begrüßt mich mit einem schiefen Lächeln.

Sofort fühle ich mich in meine Kindheit zurückversetzt, an das eine Mal, als er uns in Südafrika besuchte, nur wenige Wochen vor dem Tod meiner Eltern. Er hatte mir Salmiakki mitgebracht, auch bekannt als salzige Lakritze. Meine Eltern hassten es, aber ich liebte die Süßigkeit. Sein helles Haar ist drahtig, ebenso wie sein Bart, aber weißer als in meiner Erinnerung, seine Augen sind dunkelblau wie der Himmel, genau wie die meines Vaters.

Ich kenne ihn nicht sehr gut, abgesehen von dem, was meine Eltern mir erzählt haben, aber mir wurde gesagt, er sei zu beschäftigt, um uns zu besuchen.

"Onkel", sage ich und werfe mich in seine Arme.

*"Verlass dieses Haus, ändere deinen Namen, geh zu niemandem in der Familie, sonst findet er dich."* Moms Stimme ertönt laut in meinem Kopf.

Jetzt breche ich mein Versprechen. Aber als ich in der Umarmung meines Onkels stehe und den waldigen, erdigen Geruch seines Wolfes einatme, erinnert mich das so sehr an meinen Vater, dass ich die Tränen wegblinzeln muss. Das Loch in meinem Herzen wird noch größer, weil ich weiß, dass es niemals heilen wird, egal was passiert.

"Oh, Billie, ich dachte, ich hätte dich auch verloren." Er klopft mir auf die Schulter, und mir bleibt etwas im Halse stecken. "Das mit deinen Eltern tut mir furchtbar leid."

Mein Puls rast, weitere Tränen steigen mir in die Augen, und als er sich zurückzieht, versuche ich, meine Gefühle zu beherrschen. Ich scheitere kläglich und wische mir schniefend die nassen Wangen ab.

"Komm, komm rein." Er legt einen Arm um meinen und zieht mich ins Haus, während er schnell die Tür hinter uns schließt. Dann lasse ich meinen Rucksack fallen.

"Weißt du, ich habe so lange versucht, dich zu finden. Als du dich dann aus heiterem Himmel bei mir gemeldet hast, war ich ganz aufgeregt. Das ist eine große Sache für einen alten Mann wie mich."

Er bringt mich zum Lachen, als wir in einen offenen Raum zu einem Tisch mit Hockern gehen, und sofort schlägt mir der Duft von frisch gebrühtem Kaffee entgegen. Auf dem hölzernen Couchtisch neben der haselnussfarbenen Couch stapeln sich Papiere und Bücher sowie ein Kurzwellenradio. Die Hütte hat etwas Beruhigendes an sich. Die zusätzlichen Mäntel und Stiefel an der Tür verraten mir, dass er vielleicht nicht allein hier wohnt, und ich bemerke, dass er Iwan anstarrt, der rauchend an einem Baum im Hof lehnt.

"Ich wollte schon früher zu dir kommen, aber ich konnte nicht", murmle ich, um nicht zu viel zu sagen und ihn in meine Probleme hineinzuziehen. Selbst hier zu sein, ist ein Risiko, aber ich bin so nah dran, endlich herauszufinden, wer uns in jener Nacht angegriffen hat, dass ich diese Chance nicht verstreichen lassen kann.

Mein Onkel beobachtet mich von der Küche aus, wo er gerade zwei Tassen Kaffee einschenkt. Er stellt sie auf den Tisch und schiebt mir eine davon zu mir.

"Ich hätte nie gedacht, dass ich den Tag erlebe, an dem dein Haar so dunkel ist wie der nächtliche Wald", kommentiert er, wobei sich seine Lippenwinkel amüsiert anheben.

Grinsend greife ich nach oben und wickle eine Strähne meines gefärbten Haares um meinen Finger. "Ich dachte, ich bringe etwas Abwechslung rein", scherze ich und erinnere mich an den Moment, als ich beschloss, mir die Haare zu färben. Es war Sashas Idee gewesen, damit ich nicht so sehr auffalle. Als ich in den Spiegel starrte und sah, wie meine blonden Strähnen dunkler wurden, weinte ich, als mir ein weiterer Teil meines alten Lebens entglitt.

"Es passt zu dir", fügt er hinzu und holt mich aus meinen Gedanken. "Als du mich kontaktiert hast, klang deine Nachricht dringend. Ich nehme an, du bist nicht hier, um über die Vergangenheit zu reden oder mir zu erzählen, wo du die letzten sechs Jahre gewesen bist." Er mustert mich, nimmt meinen Anblick ganz in sich auf, und ich erwidere seinen Blick.

Kann ich meinem Onkel vertrauen?

Ich bin mir ehrlich gesagt noch nicht sicher, aber von allen Großfamilien ist er der Einzige, der uns besucht hat, der Einzige, von dem meine Eltern je liebevoll gesprochen haben. Also bin ich bereit zu glauben, dass er nichts mit dem Angriff zu tun haben kann.

"Ich wünschte, ich könnte dir alles erklären", sage ich. "Aber dem Haus von Gold und Granat sind Geheimnisse und Gefahren nicht fremd. Ich möchte nicht, dass du in meinen Schlamassel verwickelt wirst, aber ich könnte deine Hilfe wirklich gebrauchen."

"Ich verstehe", antwortet er, und sein scharfer Blick wird weicher. "Dein Vater war ein guter Mann und ein noch besserer Bruder. Er hat mir öfter den Arsch gerettet, als ich zählen kann, und die Welt ist viel dunkler ohne ihn." Er hält einen Moment inne, dann räuspert er sich. "Er hat mir viele Dinge anvertraut, und sei versichert, dass ich auf deiner Seite stehe. Sage mir also, was ich tun kann?"

Eine Flut von Gefühlen überschwemmt mich, und meine Hand umschließt instinktiv die Kaffeetasse, als ich sie an die Lippen hebe und einen Schluck des nussig schmeckenden Kaffees trinke, bevor ich die Tasse abstelle.

"Ich bin auf der Suche nach jemandem, und ich denke, er könnte für die Herzöge von Lappland arbeiten oder vielleicht ihre Söldnerdienste in Anspruch nehmen. Ich brauche also Hilfe, um unverdächtig in das Anwesen der Herzöge zu gelangen. Vielleicht kann ich mich als Dienstmädchen tarnen oder so." Ich lecke mir über die Lippen, versuche, meine Nerven zu beruhigen, und bemerke, wie still mein Onkel geworden ist, wie sein Gesicht keine Reaktion zeigt. Meine Knie zittern unter dem Tisch, während ich fortfahre.

"Ich erinnere mich, dass Dad sagte, du wärst Safe House Operator und hättest einige der Tresore im Anwesen der Dukes verwaltet, in denen sie die seltensten Blutkonserven aufbewahren. Dass du mit dem Ort vertraut bist. Dass du Verbindungen hast."

Meine Gedanken kreisen, und ich beobachte jede seiner Bewegungen, um zu sehen, ob sein Gesichtsausdruck etwas verrät. Vielleicht kann ich etwas sagen, um zu zeigen, dass ich nach dem Mörder meiner Eltern suche, aber mein Verstand und meine Gefühle rasen mit einer Million Meilen pro Stunde von mir weg.

Mein Onkel stellt seine dampfende Kaffeetasse auf dem Tisch ab.

"Hast du einen Namen?"

"Bryant Ursaring." Ich sitze still und ignoriere die Enge in meinem Hals.

Er kneift die Lippen zusammen, während sein Blick zur Decke wandert und er die Stirn in Falten legt.

"Der Name kommt mir in meinen Kreisen nicht bekannt vor." Dann blickt er direkt durch mich hindurch. "Sag mir, dass du nicht versuchst, den Mörder deiner Eltern zu finden?"

Ein Blinzeln ist meine einzige Reaktion. Lügen ist keine Option, denn er würde die Wahrheit in meinem Gesicht sehen. Ich bin nicht gut darin, Gefühle zu verbergen, also schweige ich. Sein tiefer Seufzer hallt in dem stillen Raum wider, und ich weiß, dass er die Antwort bereits kennt.

Er hat etwas an sich, das meine Vorsicht beiseite-schiebt und darauf besteht, dass ich ihm vertraue. Das weiche Licht aus dem Fenster und die Schatten aus dem Innenraum verleihen ihm eine verblüffende Ähnlichkeit mit meinem Vater. In meiner Brust krampft sich der verzweifelte Wunsch zusammen, die Zeit zurückzudrehen und meine Eltern zurückzu-bringen.

"Es gibt vielleicht andere Möglichkeiten, wie ich dir helfen kann, Bryant zu finden, ohne dass du die Dukes einbeziehst. Sie sind gefährlich und unberechenbar."

Ich beuge mich vor und atme zittrig ein. "Hast du welche?" Hierherzukommen, war vielleicht doch die klügere Entscheidung.

"Glaub mir, du willst nicht die Aufmerksamkeit der Dukes auf dich lenken." Er lächelt wieder sanft. "Du kannst bei Ivan und mir bleiben. Ich habe ein freies Zimmer. Ich werde die Fühler nach Bryant ausstrecken."

Der perfekte Moment zerbricht in einer Explosion, als die Eingangstür der Hütte aus den Angeln gerissen wird. Ich zucke zusammen, mein Herz will mir aus der Brust brechen, als eine Flut von schwarz uniformierten Wächtern in das Haus stürmt.

Das Adrenalin lässt mich aus dem Stuhl schießen, mein Onkel tut dasselbe, und mir laufen eiskalte Schauer über den Rücken. Das schnelle Aufblitzen ihres goldenen Emblems auf der Brust reicht nicht aus, um mich wissen zu lassen, woher sie kommen, aber mein Verstand ist nicht ganz klar im Kopf.

"Was ist los?", frage ich und schließe meine Finger um den Griff der Klinge, die an meiner Hüfte ruht. Jeder Überlebensinstinkt in meinem Körper erwacht zum Leben, schlägt wie Elektrizität durch meine Adern, und ich weiche vor ihnen zurück.

Alles ändert sich im Handumdrehen.

Die Hand meines Onkels ergreift meine, und wir rennen beide durch die Küche zum Korridor, um die Hintertür zu erreichen.

"Lauf. Bleib nicht stehen, was auch immer sie tun", befiehlt er heiser flüsternd, wobei sein Blick zwischen mir und den Wachen hinter uns hin und her huscht. Ihre Stiefel dröhnen auf den Dielen, der Gang hallt von ihren Rufen wider.

"Halt." Das ist das einzige Wort, das ich höre,

während der tosende Ozean meiner Panik meine Ohren blockiert.

"Wer sind sie? Was in aller Welt ist hier los?"

Die Hintertür ist nur wenige Schritte entfernt, und mein Onkel erreicht sie als erster und öffnet sie.

Doch bevor ich einen weiteren Schritt nach vorne machen kann, um zu entkommen, packt mich ein schraubstockartiger Griff im Nacken und reißt mich nach hinten.

Ich schreie auf, meine Füße verheddern sich, als ich aus dem Griff meines Onkels gerissen werde. Der scharfe Schmerz in meinem Nacken lässt mich kurzzeitig atemlos werden, während ich um mein Gleichgewicht ringe.

Mein Onkel schwingt sich herum, um mir zu helfen, unsere Blicke kreuzen sich in einem flüchtigen Moment, der seinen mit Qualen erfüllt. Er entledigt sich der Klingen, die unter seinen Ärmeln hervorschnellen, und schlitzt die erste Wache auf, die auf ihn zukommt. Aber als sich drei andere an uns vorbeidrängen, um ihn zu erreichen, stürzt er sich aus der Tür und verschwindet aus meinem Blickfeld.

Ich keuche und strample gegen den Wächter, der mich festhält. Ich stoße mit dem Absatz gegen seinen Fuß und drehe mich in einem Anfall von Angst zu den beiden anderen. Ich halte die Spitze der Klinge fest in der Hand und schleudere sie auf eine der Wachen. Sie wirbelt durch den Raum zwischen uns. Er weicht aus und das Messer trifft ihn an der Schulter. Währenddessen schnappe ich mir ein weiteres Messer aus meinem Stiefel.

Ich drehe mich zu dem brutalen Kerl, der nach mir greift, und schwinge das Messer in meiner Faust. Es fliegt in einem Bogen vor mir her und reißt eine Linie quer über seine Brust. Die Uniform zersplittert durch den Schnitt, und eine dünne Blutspur zieht sich von der Stelle, an der ich ihn nur gestreift habe. In diesem Moment erkenne ich auch das Emblem auf seiner Uniform, einen goldenen Baum, besser.

Das unverwechselbare Symbol der Dukes.

*Scheiße!*

"Du kleine Schlampe!", knurrt er.

Ich schrecke zurück, und die Angst durchzuckt mich in einer manischen Aufregung. Warum sind die Männer der Dukes hinter mir her? Stehen sie in Verbindung mit den Killern, die mich jagen?

Erschrocken schnappe ich mir zwei weitere Klingen aus meinem Gürtel, schwinge beide Waffen und stelle mich zwei Wachen entgegen. Sie überragen mich, aber sie machen mir keine Angst. Es ist der, für den sie arbeiten, der mich beunruhigt.

Einer von ihnen bellt vor Lachen.

Moment, er findet das lustig? Gut, ich kann ihm etwas geben, worüber er wirklich lachen kann.

Mit einem tiefen, gutturalen Knurren meines inneren Wolfes stürze ich mich auf ihn. Mein Knie knallt gegen seine Kronjuwelen, während ich wie an einem dicken Baum an ihm hochklettere, die scharfe Kante meines Messers küsst seine Halsschlagader und treibt ihn nach hinten. Er prallt gegen die Wand und heult wie ein verwundetes Tier, als seine Knie unter ihm nachgeben. Dabei stößt er mich von sich, seine

Faust schlägt gegen meinen Arm. Eines meiner Messer entgleitet meinem Griff und wird versehentlich quer durch den Flur geschleudert.

Ich stürze mich noch einmal auf ihn und drücke ihm die Spitze meiner Klinge ins Gesicht. Ich starre ihm in die Augen, als sein Lachen in einem erstickten Keuchen unterbrochen wird.

"Jetzt, wo ich deine Aufmerksamkeit habe. Was zum Teufel machst du hier?"

Plötzlich legt sich ein dicker Arm um meinen Hals, und ich werde von der zweiten Wache weggezogen, während er meine Hand mit der Klinge ergreift.

"Schlampe!", knurrt der verwundete Wachmann, tastet sich an seine Leiste, steht auf und stürzt sich auf mich. Er reißt mich an den Haaren, und ich wimmere wegen des brennenden Schmerzes.

"Die Dukes wollen dir nur ein paar Fragen stellen. Also kommst du freiwillig mit oder auf die harte Tour?"

"Fragen? Worüber?" Ich verkrampfe mich am ganzen Körper, mein Herz klopft gegen meinen Brust-korb. "Lass mich los, verdammt." Ich trete mit dem Absatz gegen die Kniescheibe des Wachmanns, und zwar so fest, dass ich weiß, dass ich sie aus ihrer Posi-tion geschlagen habe. Er knurrt mir ins Ohr, und ich reiße mich von ihm los.

"Fuck, fuck!", heult er und umklammert sein Knie.

Ein plötzlicher Schatten fällt auf mich, doch bevor ich erkennen kann, um wen es sich handelt, durchfährt ein stechender Schmerz meinen Kopf, eine gewaltige Kraft, die Sterne am Rande meines Sehfeldes aufsteigen lässt.

Die Welt dreht sich, und ein Gefühl der Schwerelosigkeit ergreift mich. Meine Beine brechen unter mir zusammen, und ich schlage auf dem Boden auf, während die Dunkelheit über mich hereinbricht. Ich kämpfe mit allem, was ich habe, und dann höre ich jemanden sagen: "Die anderen beiden sind entkommen".

Mit einem schwachen halben Lächeln auf meinen Lippen wird alles um mich herum schwarz.

**4**

---

BILLIE

Eisige Wasserspritzer prallen auf mein Gesicht. Ich schrecke auf, werde aus der schwarzen Tiefe meiner Bewusstlosigkeit gerissen, huste und keuche.

Ich blinzle von meinem Stuhl hoch zum schimmernden Oberlicht, und ein grinsender Wachmann wirft einen Schatten auf mich. Es ist derselbe Typ, dem ich vorhin in die Kronjuwelen getreten habe, und er scheint ziemlich zufrieden mit sich zu sein.

"Wo bin ich?" Ich stöhne und schüttle das Wasser aus meinen Haaren, während mir die Tropfen den Nacken hinunterlaufen.

Er grunzt als Antwort, sein kantiges Gesicht hat noch nicht ganz aufgehört, auf meine Kosten zu grinsen. Als ich meinen Blick von ihm losreiße und feststelle, dass wir uns in einem schrecklich weißen, kahlen Raum befinden, kann ich nicht anders, als zu erschaudern, denn jetzt wird er anfangen, mich zu quälen. Außer ein paar Metallstühlen, die an den Wänden verstreut stehen, gibt es nichts weiter.

Warum hat er mich dann nicht gefesselt?

Er packt mich am Arm, sein Griff ist eisern und er zieht mich in den Stand.

"Du bist dran", sagt er.

Bevor ich auch nur ein Wort darüber verlieren kann, wovon er spricht, zerrt er mich in einen Korridor, in dem es von anderen Menschen wimmelt. Das überrascht mich, meine Aufmerksamkeit schwenkt nach links und rechts und versucht, das Puzzle, in dem ich mich befinde, zusammenzusetzen. Gestaltwandler und übernatürliche Wesen in Freizeit- oder Uniformkleidung stehen verstreut herum, als ob sie darauf warten, dass sie an die Reihe kommen, um vorzusprechen oder so etwas. Ich kann kein Muster erkennen, ob und wie sie alle miteinander verbunden sind.

Nur, dass sie mich alle beobachten. Ihr Geplapper verstummt, und das Gefühl der Verwirrung zieht meine Brust immer fester zusammen.

"Ich bin dran, wofür?", murmle ich und wehre mich gegen den Griff des Wächters. Mir ist leicht übel, während ich mich beeile, um mit seinen langen Schritten Schritt zu halten.

Er dreht sich zu einer Tür am Ende des Ganges, stößt sie auf und schiebt mich hinein. Seine große Hand auf meinem Rücken drückt mich nach vorne.

"Viel Spaß mit ihr", knurrt er dem Mann zu, der drinnen auf mich wartet, und verlässt uns mit einem hastigen Zuschlagen der Tür.

Ich stolpere vor eine Gestalt, die mir gegenüber an einem runden Tisch sitzt und nicht einschüchternd wirkt. Er ist eher klein, doch seine Präsenz scheint den weißen Raum zu erfüllen. Sein schwarzes Haar ist mit Gel geglättet und glänzt im Licht der Lampen, er hat es aus den Augen gekämmt. Bekleidet mit einer schwarzen Hose und einem taillierten Hemd sitzt er in seinem Stuhl, hat ein Bein über das andere geschlagen und lehnt sich zurück, während er mich intensiv anstarrt. Der Raum ist drückend heiß, als hätte jemand die Heizung aufgedreht.

"Was ist hier los?", frage ich. "Wo bin ich?"

"Mein Name ist Clark Eschenfeder, und ich gebe dir mein Wort, dass du in Sicherheit bist." Er deutet mit einer Hand auf den Stuhl auf der anderen Seite des Tisches, doch die Einladung fühlt sich an wie die eines Sperlings, der von einem Falken eingeladen wird, sein Nest zu teilen.

Ich lasse mich in den Sitz gleiten und denke mir, dass es nur eine Möglichkeit gibt, herauszufinden, wo ich bin, nämlich dem Mann mit der schmalen, schnabelartigen Nase zuzuhören. Als ich mich auf dem Sitz niederlasse, streift meine Hand unmerklich über meine Stiefel, und ein flaues Gefühl überkommt mich. Meine beiden zusätzlichen Messer sind weg. Das Arschloch hat sie mitgenommen. Allerdings spüre ich die beruhigende Härte des Messers, das in einer kleinen Scheide steckt, die ich vorne in meinen BH eingenäht habe, sodass es fast nicht zu erkennen ist.

"Hübscher Anhänger", kommentiert er und richtet seine Aufmerksamkeit auf das goldene Emblem, das an der Kette um meinen Hals baumelt. Es ist üblich, es jedem zu zeigen, der sein Land oder manchmal sogar sein Haus betritt, um zu zeigen, dass man ein Bürger des Hauses von Gold und Granat ist. Manchmal wird auch verlangt, dass man sein Blut darüber vergießt, um dem Distrikt die Treue zu halten. Einheimische sind nicht immer vertrauensvoll gegenüber Neuankömmlingen aus anderen Häusern. "Ich kann nicht behaupten, dass ich dieses Design kenne."

Ich schlucke meine Nervosität herunter, dass er mein Familienwappen erkennen könnte, wenn er es zu genau betrachtet, und sage: "Es gibt viele verschiedene." Dann stecke ich den Anhänger zurück unter mein Hemd und hasse es, wie sehr meine Hände zittern. "Es muss schwer sein, den Überblick über sie alle zu behalten. Jedenfalls hast du nicht gesagt, wer du bist."

"Ich arbeite für die Herzöge von Lappland." Sein Blick durchbohrt mich, als ob er meine Gedanken lesen würde, und jagt mir einen Schauer über den Rücken. "Du bist hier, weil wir versuchen, einige Lücken in unseren Informationen aufzudecken."

Könnte er noch vager sein? Und doch bin ich da, und mein Inneres bebt, weil Clark mich so genau studiert, als wüsste er etwas über mich, das ich ihm nicht sagen will. Ich blinzle, Panik kämpft in mir, während sie mein Inneres verbrennt, doch ich bleibe ruhig sitzen und täusche vor, ganz ruhig zu sein, um nicht zu zeigen, wie aufgedreht ich vor Angst bin.

"Und deshalb sind deine Wachen in die Hütte gestürmt und haben uns wie Verbrecher angegriffen?"

"Unglückliche Verkettungen." Kein Aufflackern

einer Reaktion in seinem Gesicht, auch keine Reue. "Also, fangen wir an, Miss ...?"

"Mina Carter", sage ich und gebe ihm den falschen Namen, den ich benutzt habe. Wenn er über mich recherchiert, wird er mein normales Leben und meinen Job bei FaeEcho finden, und dass ich ein Wolfswandler aus einer einfachen Familie bin. Ich habe mich so lange verstellt, dass ich mich jetzt wohler fühle, wenn ich mich hinter dieser Person verstecke, als mein wahres Ich zu offenbaren.

"Hmm, Mina", wiederholt er und lässt sich den Namen auf der Zunge zergehen, während er etwas auf einen Notizblock kritzelt. "Sag mir, wie lange kennst du Awstin schon?"

"Ein paar Jahre", antworte ich, wobei sich mein Magen bei der Erwähnung des Namens meines Onkels zusammenzieht.

Clark brummt anerkennend, kritzelt weiter in seinen Notizblock und hält ihn so, dass ich ihn nicht lesen kann.

"Und wann hast du das letzte Mal unser Anwesen besucht, um einen Auftrag zu erledigen?"

Mir fällt das Herz in die Hose. Auftrag? Wovon zum Teufel redet er? Ich zucke lässig mit den Schultern und denke schnell nach. "Ich kann mich nicht wirklich erinnern. Du weißt ja, wie das ist, mit so vielen Jobs, und im Moment bin ich immer noch aufgewühlt, weil ich von deinen Wachen angegriffen wurde."

Ein leichtes Grinsen umspielt seinen Mund. In seinen Augen schimmert ein gewisses Vergnügen auf, als ob er es genießt zu wissen, wie grob die Wachen mit uns umgegangen sind.

"Wo wurdest du ausgebildet, Ms. Carter?", fragt er mit einer lässigen Stimme, die genauso gut einer Maschine gehören könnte.

Während ich über seine Frage nachdenke, bemerke ich die Hitze, die meine Kleidung an mir kleben lässt. Meine Antwort klebt an meiner trockenen Zunge, und ich fühle mich wie ausgedörrt in meiner Kehle.

"Südafrika", antworte ich wahrheitsgemäß, auch wenn ich nicht genau weiß, welche Arbeit er damit meint.

"Bist du dort geboren?"

Ich nicke und winde mich unter der zunehmenden Hitze der Lichter und seinem intensiven Blick. Sein ruhiges Auftreten hilft mir nicht, einen kühlen Kopf zu bewahren, ebenso wenig wie das Glas Wasser, das er unberührt vor sich stehen hat. Der Wassertropfen, der an der Seite des Glases herunterläuft, lässt mich vor Trockenheit in meinem Mund schlucken. Für einen Schluck würde ich in diesem Moment töten.

"Wie wäre es, wenn du mir sagst, warum du mich in die Mangel nimmst, wenn ich nichts falsch gemacht habe?", frage ich mit brüchiger Stimme und mein Blick fällt unwillkürlich auf sein Wasser. Es ist so nah, und ich kann praktisch seine Kühle auf meinen Lippen spüren.

Sein dunkler Blick flackert zu mir. Ein verschmitztes Grinsen zeichnet sich langsam auf seinem Mund ab, als er nach dem Glas greift, und mein Atem stockt, als er es an seine Lippen führt und einen

Moment innehält, als würde er es genießen. Dann, ganz langsam, kippt er das Glas, und das Wasser fließt direkt in seinen Mund.

Ich möchte ihm wehtun, während ich wie hypnotisiert zusehe, wie er es schluckt. Ein Tröpfchen rieselt an seinem Kinn herunter. Mein Herz pocht in meiner Kehle, aber ich kenne das Spiel, das er spielt, und so schulde ich ihm meinen Durst.

Er stellt das halbleere Glas auf den Tisch, sein Blick schärft sich.

"Und in welcher Funktion arbeitest du mit Awstin zusammen? Installierst du Tresore oder brichst du in sie ein?"

Moment mal! Was?

Der Raum dreht sich, mein Inneres zieht sich zusammen, als ich zwei und zwei zusammenzähle.

Er ist nicht hinter mir her, sondern hinter meinem Onkel. Sie denken, ich arbeite für ihn, und es ist offensichtlich, dass sie keine Ahnung haben, dass ich seine Nichte bin. So beunruhigend meine Situation auch ist, diese Entdeckung ist mein Rettungsanker.

"Hör zu, hier liegt ein Irrtum vor", beginne ich und bemerke das kurze Aufflackern der Überraschung in Clarks Augen, aber ich halte meine Stimme ruhig, denn ich muss ihn dazu bringen, mir zu glauben. "Ich bin nur in der Stadt, um Awstin zu besuchen, er ist ein alter Freund. Mehr nicht."

Seine kalten Augen verengen sich auf mich. Ich rutsche unbehaglich in meinem Sitz hin und her und hoffe, dass er nicht denkt, dass ich lüge und mich umbringt, um dann meine Leiche irgendwo zu vergraben, wo sie niemand finden kann. Ich bin nicht den ganzen Weg hierhergekommen, um nicht herauszufinden, wer meine Eltern getötet hat.

"Dein Freund ist für uns von Interesse. Wenn du ihn nur besuchst, hast du keinen Nutzen für uns. Wir *werden* eine Hintergrundrecherche über dich durchführen, also schlage ich vor, dass du das Land vorerst nicht verlässt. Ich gehe davon aus, dass wir dich in Awstins Haus antreffen werden?"

Mein Atem geht rasend schnell, mein Puls pocht in meinen Schläfen, während ich mich nach vorne beuge. "Ist mein Freund in *echten* Schwierigkeiten?"

Clark zieht eine dicke Augenbraue hoch. "Hat er etwas getan, worüber wir uns Sorgen machen sollten?"

In was hat sich mein Onkel da reingeritten? Und was hat das mit den Leuten draußen im Korridor zu tun? Der Gedanke, dass Söldner hinter ihm her sein werden, wenn er die Dukes verrät, macht mir Angst.

"Er war immer ein vertrauenswürdiger Mann, der sein Wort gehalten hat, also bezweifle ich, dass er etwas falsch gemacht hat. Ich spreche für ihn und will nicht, dass er stirbt."

Da schleicht sich eine Idee in meine Gedanken. Clark arbeitet für die Dukes. Das könnte meine Chance sein, die Sache bei ihnen anzusprechen. Was ist das Schlimmste, was passieren kann? Sie töten mich ... Ich verschlucke mich fast an meiner Spucke.

Ich richte mich auf und zwinge mich zu einem Lächeln, um kooperativ zu wirken. "Ich möchte mit den Dukes sprechen, bitte."

Clarks Gesichtszüge verzerren sich so sehr, dass ich

befürchte, er würde einen Anfall bekommen, aber er lacht nur und schüttelt den Kopf, als wäre ich ein lustiges Kind.

"Hast du einen Termin?", spottet er.

"Und wenn ich es schaffe, einen zu bekommen, bringst du mich dann zu ihnen?" Ich dränge ihn, meine Muskeln spannen sich an, weil er über mich lacht.

"Es ist höchst unwahrscheinlich, dass es dieses oder nächstes Jahr passiert. Aber alles hat seinen Preis. Jeder, der ihre Aufmerksamkeit will, muss eine Probe seines Blutes als Bezahlung abgeben", murmelt er. "Und wenn du eine Chance haben willst, brauche ich deine Bezahlung im Voraus, jetzt."

Ich hasse diesen Kerl wirklich. Sicher, im Haus von Gold und Granat wird viel mit Blut bezahlt, was normal ist, aber ich traue ihm keinen Zentimeter. Es gibt einen Grund, warum ich meine wahre Identität versteckt habe, und ich werde ganz sicher keinen Tropfen meines Blutes an einen Wurm wie ihn geben. Vor allem, wenn er es testet und herausfindet, dass Magie in meinem Blut ist und ich nicht die bin, die ich vorgab zu sein. Eine falsche Bewegung kann mir das Ganze vermasseln, und ich war noch nie so nah dran, die Mörder meiner Eltern zu finden.

"Hm, das habe ich mir schon gedacht", sagt Clark abweisend und erhebt sich von seinem Sitz. Er schlendert zur Tür, öffnet sie und ruft mit lauter Stimme nach den Wachen.

Mein Herz schlägt schneller, als meine Chance entschwindet.

In meiner Verzweiflung springe ich auf, als die

schweren Schritte der Wachen lauter werden und sich dem Raum nähern.

"Warte!", meine Stimme ist angestrengt, denn ich bin noch nicht bereit zu gehen.

Er hält inne, dreht sich aber nicht um und wartet darauf, dass ich fortfahre.

"Ich werde das Doppelte bezahlen, nachdem ich mit Dukes gesprochen habe. Du hast mein Wort", entgegne ich, presse meine schwitzenden Hände auf den Bauch, als ob mir schlecht werden würde.

"Kein Deal." Er tritt zurück, als der idiotische Wachmann höhnisch in den Raum stürmt, seine raue Hand umklammert meinen Arm und zieht mich aus dem Zimmer.

*Nein. Bitte nicht.*

Panik macht sich in meinen Rippen breit, und Tränen brennen in meinen Augen. Schmerz bricht in meinem Arm aus. Er packt so fest zu, dass die Blutzirkulation in meinem Arm unterbrochen wird. Ich widerstehe dem Drang, meine Klinge zu ziehen, denn ich bin so nah an den Dukes dran, und ich darf das nicht vermasseln.

Ich wehre mich gegen den Griff des Wächters, als Clarks Blick auf meinen Arm fällt, genau dorthin, wo der Ärmel bis zum Ellbogen hochgeschoben ist und eine schwache Andeutung der kryptischen Worte, die auf meinen Unterarm geätzt sind, sichtbar wird. Der Blick seiner dunklen Augen bohrt sich in meinen Arm, und ich schiebe den Ärmel hastig wieder nach unten.

Ein beunruhigender Schauer durchfährt mich, als der Raum um mich herum zu schrumpfen scheint. Es ist alarmierend klar, dass Clark kein Mann ist, dessen Neugier ich provozieren möchte. Ich schlucke schwer und schmecke den bitteren Beigeschmack der Sorge.

"Was ist das auf deinem Arm?", zischt er und zeigt mit seinem Kinn auf meinen Arm.

"Nur ein Tattoo, das ich mir als Teenager stechen ließ."

Sein finsterer Blick vertieft sich, er starrt zu lange auf meinen bedeckten Arm, dann sieht er mich mit kalten Augen an. "Schmeiß sie raus", krächzt er schließlich.

Ich flehe: "Warte bitte. Ich bin bereit, zu verhandeln, damit ich mich mit den Dukes treffen kann."

Der Wachmann zerrt mich den Korridor hinunter, und Clark schaut nicht in meine Richtung, sondern schlüpft zurück in den Raum.

Dieses Arschloch! Das Gute war, dass er nicht verlangte, meinen Arm zu inspizieren, aber das Schlimmste war, dass ich gerade meine Chance verloren habe, die Dukes zu konfrontieren.

Ich werde durch die schwach beleuchteten Gänge geführt, und das ständige Ziehen der Wache an meinem Arm schmerzt, aber nichts schmerzt so sehr, wie das verheerende Gefühl, dass ich versagt habe.

"Bitte", flehe ich. "Das ist ein Missverständnis. Lass mich einfach noch einmal mit Clark sprechen."

Ein Schnauben der Wache prallt an mir ab, und mein Herz klopft wie wild, je weiter wir durch das Gebäude gehen. Ehe ich mich versehe, werde ich aus dem Gebäude ins blendende Sonnenlicht gedrängt. Ich blinzle, bis sich meine Augen an den Anblick gewöhnen, der mich absolut umhaut.

Vor mir erstrecken sich gepflegte Rasenflächen, wie ein Meer aus Grün. Goldene Statuen, die im Tageslicht schimmern, sind in der Landschaft verteilt, und die hohen goldenen Tore in der Ferne verstärken den opulenten Eindruck. Ich habe noch nie etwas so Verschwenderisches gesehen. Viele im Haus von Gold und Granat sind reich, aber die Herzöge befinden sich auf einer ganz anderen Ebene des Wohlstands.

Es besteht kein Zweifel, dass ich mich auf dem Anwesen der Dukes befinde, dem einzigen Ort, für den ich nach Finnland gekommen bin. Aber in meinem Bauch kribbelt es, weil ich meine Chance vertan habe.

Während ich den Anblick auf mich wirken lasse, reiße ich am Griff des Wächters und ernte einen strengen Ruck von ihm, der mich über meine eigenen Füße auf dem steinernen Weg stolpern lässt, dessen goldene Sprenkel glänzen.

In diesem Moment nehme ich einen Hauch von Mitternachtsjasmin wahr, der sich in der Brise mit dem starken männlichen Duft von Mahagoni vermischt, gefolgt vom Geruch des Wolfes.

Der Rest der Welt verdunkelt sich sofort, als ich noch einmal tief einatme und verzweifelt nach mehr verlange. Er umhüllt mich, berauscht mich, brennt sich in meinen Verstand ein, zieht an etwas tief in mir, das mir Angst macht.

Mein Magen krampft so stark, dass mir schlecht wird. Ich weiß sofort, was es ist ...

Es ist das unbestreitbare Gefühl, meinen Schicksalsgefährten gefunden zu haben.

Man sagt, wenn man seinen Seelenverwandten trifft, weiß man es sofort. Und das ist es ... wie ein Schlag direkt in meine Brust.

Mit zitterndem Atem und wildem Herzklopfen in der Brust drehe ich mich nervös um. Mein Blick stößt auf den eindrucksvollsten Mann, den ich je gesehen habe. Ich sehe nur blassblaue Augen, die mich mit einer erschreckenden Intensität anstarren und erkennen, dass ich seine Gefährtin bin. Dass er mein ist.

Sein Blick weitet sich, sein Schock liegt in der Luft zwischen uns. Er spürt es auch. So funktionierten diese Dinge.

Bei seinem Anblick schlägt mein Puls unregelmäßig, denn das kann nicht sein. Nicht jetzt.

Noch bevor ich begreifen kann, dass meine Welt aus den Fugen geraten ist, lockert sich der Griff des Wachmanns um meinen Arm. Er fällt auf ein Knie, seine Stimme dröhnt.

"Euer Gnaden".

Mein Herz krampft in meiner Brust. Lacht das Universum über mich?

Ich habe meinen Gefährten gefunden, und er ist nicht irgendein Mann, sondern ein Duke!

5

———

BILLIE

Jeder Instinkt in meinem Körper ist in Alarmbereitschaft.

Der unwiderstehliche Duft des Duke bleibt in meinem Kopf und verdreht mir das Innerste, dieser Mitternachtsjasmin und Mahagonigeruch ist so stark, dass er meine Gedanken vernebelt. Die heftige Reaktion meines Körpers auf ihn bestätigt mir in diesem Moment des Schreckens, dass er mein Schicksalsgefährte *ist*.

Es ist echt ... Scheiße, es ist echt.

Jeder Wolfswandler träumt davon, eines Tages seinen Gefährten zu finden, aber ich nicht. Dafür habe ich keine Zeit, wenn ich die Killer zur Strecke bringen muss. Das kann also nicht richtig sein, schon gar nicht mit einem Duke aus demselben Regime, das höchstwahrscheinlich den Tod meiner Eltern gebilligt hat.

Wenn du einmal deinen Partner gefunden hast, ist es für immer, und dein Körper wird sich nach ihm sehnen. Der Gedanke lässt mich heftig erbeben, aber mit jedem Einatmen bestätigt die Enge in meiner Brust, dass wir miteinander verbunden sind.

Plötzlich kann ich nicht mehr atmen, mein Puls rast in meinen Ohren, meine Knie zittern. Ich weiche vor ihm zurück und vor dem Wächter, der das nicht zu bemerken scheint. Er kniet immer noch und senkt den Kopf vor seiner Gnaden.

Meine Welt zieht sich um mich herum zusammen, bis es zu viel ist und sie sich zu schnell bewegt. Ich brauche Luft. Ich brauche Platz. Ehe ich mich versehe, renne ich in die andere Richtung.

Ich bete, dass das, was ich fühle, eine Illusion ist und dass mein Körper gestresst ist oder so, denn ich bin mir nicht sicher, ob ich das schaffe.

Der Wind bläst mir um die Ohren, während ich über den üppigen Rasen sprinte und das genaue Gegenteil von dem tue, weswegen ich hierhergekommen bin. Ich weiß nicht einmal, wohin ich renne, aber ich brauche eine ruhige Ecke, um zu Atem zu kommen und meine Gedanken zu sammeln.

Als ein riesiger Schatten auf mich fällt, durchzuckt mich die Angst, dass der Wachmann mir auf den Fersen ist. Er wird mich verletzen, und im Moment kann ich nicht klar denken, also könnte ich etwas tun, was ich später bereuen werde. Trotzdem schließen sich meine Finger um den Griff des Messers, das ich in meinem BH trage.

Eine starke Hand ergreift meinen Arm und jagt einen Stromstoß durch meinen Körper. Mit einer schnellen Bewegung wirbelt er mich herum und stößt mich gegen einen Baum. Die große Gestalt drückt sich gegen mich und hält mich fest. Ich wehre mich gegen den Griff mit meinen Fingern und blinzle schnell nach oben, wo ich ihm bereits die Klinge an die Kehle halte. Gott, ist der groß.

Dann stockt mir der Atem, als meine Augen seine treffen.

Es ist der Duke ... mein Schicksalsgefährte.

Wie kann es sein, dass die Dinge so kompliziert geworden sind?

Sein Duft wirbelt durch meine Sinne, berauschend und fesselnd, der Moschus macht meine Beine schwach. Als ob ich keine Kontrolle hätte, atme ich noch einmal tief ein und fülle meine Lungen mit ihm. Meine Knie zittern, aber etwas geschieht mit mir.

Er so nah bei mir, da lodern die Urinstinkte in meiner Brust noch wilder auf. Eine Welle der Begierde dreht sich in meinem Magen, während sich meine Haut erhitzt und ein Feuer zwischen meinen Schenkeln brennt.

Aus der Nähe ist er noch schöner, als ich es mir hätte vorstellen können. Sein Gesicht besteht aus markanten Zügen, einem Bartschatten auf seinem kantigen Kiefer und vollen Lippen, die die gefährliche Ausstrahlung, die er hat, mildern sollte ... aber das tun sie nicht.

"Sag mir, *Gefährtin*, hast du einen Namen?" Er zieht sich nicht zurück, sondern drückt gegen die Klinge, die sich in sein Fleisch bohrt, als ob ihn nichts auf der Welt ängstigen würde.

Vielleicht bin ich dumm oder ängstlich, vielleicht

beides, während die Worte über meine Lippen kommen.

"Das ist ein Irrtum. Ich kann nicht deine Gefährtin sein." Meine Stimme zittert, und ich hasse es, wie wenig Autorität ich über mich selbst habe. "Und jetzt lass mich los."

Er hat volles, dunkelbraunes Haar, kurz und wind-zerzaust, in einem wilden Durcheinander, ein paar Strähnen fallen über ein Auge. Die Pupillen sind so blass, als würde ich in den Winterhimmel starren. Auch sie sind kalt, aber etwas Wildes streift hinter ihnen her.

Ich sehe mich um, aber wir sind allein.

Seine Hand gleitet hinunter zu meinem Kinn, und ich lehne meinen Kopf zurück, um ihn anzustarren.

Meine Wangen erröten.

Ich hebe meinen Blick ganz nach oben zum Duke. Der muskelbepackte Duke ist fast einen Meter fünf-undneunzig groß, im Vergleich zu mir mit einem Meter fünfundsechzig. Ich bin winzig neben ihm, und etwas an ihm, lässt mich zu Gelee werden. Er steht wie ein Berg vor mir, und seine blauen Augen richten sich wieder auf mich.

"Versuchen wir es noch mal. Oder soll ich dich einfach wildes Mädchen nennen?" Ich kann fast die Hitze unter seiner Haut spüren und das Knurren seines Wolfes tief in mir hören.

Ein Teil von mir debattiert darüber, so schnell wie möglich vor ihm wegzulaufen, aber der andere Teil, ein Teil von mir, den ich kaum wiedererkenne, fühlt sich so stark zu ihm hingezogen, dass ich außer Atem bin.

"M-Mina", sage ich. "Du kannst mich Mina nennen."

"Das war doch gar nicht so schwer. Jetzt, Mina, schneide mir entweder die Kehle durch oder senke deine Klinge." Ein Gefühl von kontrollierter Macht umgibt ihn, wie ein Wolf, der sich zurückhält, bevor er sich auf seine Beute stürzt, doch seine Muskeln sind angespannt und bereit zum Handeln.

So sehr ich es auch vorziehe, ihn auf Distanz zu halten, so wenig möchte ich den Duke auf meiner Seite haben. Wenn ich den Gedanken beiseiteschiebe, dass er mein Schicksalsgefährte ist, spielt die Gelegenheit, ihn endlich nach seinen Söldnern zu fragen, in meinen Gedanken mit. Um die ganze Sache mit der Bindung werde ich mich später kümmern.

Eine echte Bindung zwischen Gefährten entsteht schließlich erst beim Sex. So sehr der Duke auch sündhaft schön ist, ich glaube gerne, dass ich einen gewissen Grad an Macht habe, um dem zu widerstehen. Auch wenn mich wieder dieses überwältigende Gefühl tief in der Brust durchströmt, das Gefühl, das mich nach Atem ringen lässt, das Fieber, das mein Herz zum Rasen bringt.

Er sieht nicht wie ein geduldiger Mensch aus, aber der Schein trügt. Er hat mich noch nicht bedroht, aber seine Lippen verziehen sich zu einem höchst gefährlichen Lächeln.

"Wer hätte gedacht, dass ich heute meine Schicksalsgefährtin treffen würde", sagt er mit einer rauen Stimme, die tief und zu sexy ist, um legal zu sein. "Du kannst mich Khaos nennen."

Schließlich ziehe ich die Klinge von seiner Kehle

und stecke sie zurück in meinen BH, wobei ich die rote Linie auf seinem Fleisch bemerke, die ich durch den Druck verursacht habe. Ich beobachte, wie ein einzelner Blutstropfen an seinem Adamsapfel herunterläuft, dort, wo ich die Haut verletzt habe.

*Oh, Scheiße!* Mein Magen krampft sich zu einer feurigen Grube zusammen, weil ich den Duke zum Bluten gebracht habe.

*Gut gemacht, Billie. In dem Moment, in dem du deinen Schicksalsgefährten triffst, der zufällig ein gefährlicher Duke von Lappland ist, schneidest du ihn mit deiner Klinge.*

"Komm mit", befiehlt er. "Wir haben viel zu besprechen." Seine Hand gleitet nach unten und nimmt meine Hand in seine, verschlingt sie mit der schieren Größe seines Griffs. Die Berührung ist wie Feuer, das über meine Haut fließt.

Ich bin immer noch so geschockt von der Situation, dass ich mich nicht wehren kann, als er anfängt, mit mir über den Rasen zu gehen. Ich folge ihm aus dem Grund, weil ich auch mit ihm reden muss. Und Privatsphäre wäre besser.

Seine blassblauen, wolfsähnlichen Augen blicken mich an, und ich könnte genauso gut schweben, so schnell eskaliert die Situation. Seine Haut hat eine satte, sonnengeküsste Farbe, seine tiefbraunen, kurzen, wilden Locken wehen im Wind. Er wischt sich mit der Handfläche das Blut vom Hals, ohne ein Wort darüber zu verlieren, und ich atme erleichtert auf, dass er nicht verspricht, mich zu bestrafen. Was ich erwarte, nach allem, was ich über die Dukes gehört habe.

Mein Herz klopft in meiner Brust. Ich studiere

seine Gesichtszüge, während mein Körper bei seinem Anblick vor Hitze überläuft.

Ist das normal? Es muss Teil der Verbindung zwischen uns beiden sein, diese scharfe Kraft der Anziehung, die meinen Körper vor Erregung zucken lässt und meine Brustwarzen verhärtet. Ich werde schon high, wenn ich nur neben ihm stehe, und ich weiß, dass das falsch ist. Eine Schicksalsverbindung sollte auf keinen Fall so dramatisch sein.

Die Nerven stellen mir die Nackenhaare auf, und in meinem Magen werden die Schmetterlinge lebendig. Mein Körper beherrscht mich, während mein Kopf noch keine Zeit hatte, alles zu verarbeiten.

"Lass uns gehen", sagt er mit einem Grinsen auf den Lippen. Sein Griff um meine Hand wird fester.

Was zum Teufel ist los mit mir, dass ich ihm die Kontrolle über mich überlasse, frage ich mich, während wir loslaufen.

Diese Herzöge haben göttliches Blut in ihren Adern, wer sagt also, dass Khaos nicht auch eine Art von fesselnder Fähigkeit hat, mich zu locken? Je mehr ich darüber nachdenke, desto mehr verkrampfe ich mich. Ich lasse meine Hand aus seiner gleiten.

Er hält inne und wendet sich mir zu, sein Blick wandert an meinem Körper hinunter, verweilt ein wenig zu lange auf meinen Brüsten, bevor er zu meinem Gesicht aufblickt.

"Ist alles in Ordnung?"

"Vielleicht sollten wir hier draußen reden", schlage ich vor und kämpfe gegen den Nebel in meinem Kopf an. "Ich habe nicht die Angewohnheit, mit Fremden in deren Häuser zu gehen."

Er lacht. Der tiefe, satte Klang entzündet meine Nervenenden und gleitet bis zum Scheitelpunkt zwischen meinen Schenkeln. Ich starre auf seinen Mund, neugierig darauf, wie er sich auf meinem Körper anfühlen würde, besonders dort, wo ich mich nach Berührung sehne.

"Drinnen ist es sicherer", sagt er mit fordernder Stimme. "Bist du bereit?"

Ich erschaudere vor der Stärke des Verlangens, das mich überfällt, wie ich es noch nie zuvor empfunden habe.

"Ich brauche nur etwas frische Luft", sage ich und stolpere von ihm weg. "Ich fühle mich nicht gut."

Sein Einatmen wird tiefer, seine Nasenlöcher blähen sich auf, als ein ursprüngliches Knurren aus seiner Kehle ertönt. Meine Brust streckt sich ihm sofort entgegen, während sich tief in meinem Bauch ein Druck aufbaut.

Verdammt, was ist los mit mir?

Khaos mustert mich aufmerksam, ein weiteres Knurren kommt von ihm. Ich zittere am ganzen Körper, das Geräusch ist wie eine Vibration, die über mich hereinbricht und mich verzehrt.

"Bitte hör auf, diese Geräusche zu machen", keuche ich atemlos.

Seine vollen Lippen verziehen sich. "Interessant."

"Vielleicht habe ich mir etwas eingefangen", schlage ich vor, während mein Puls in mir pocht. In diesem Stadium bin ich am Verglühen.

Khaos dringt in meinen persönlichen Bereich ein, seine Hand fährt über meine Kieferpartie. Feuchtigkeit durchtränkt mein Höschen mit solcher Intensität, dass sich die Welt dreht. Ich schiebe seine Hand von mir weg.

"Was machst du mit mir?", schnauze ich.

"Wildes Mädchen, was du fühlst, ist ganz natürlich."

Ich weiche zurück, schüttle den Kopf und hasse, was er sagt. Mein Inneres bebt, der Schweiß rinnt mir den Rücken hinunter, und mein Verstand ringt mit dem Rationalisieren dessen, was vor sich geht.

Ich habe mir einen Virus eingefangen, der Temperaturwechsel hat sich auf mich ausgewirkt, oder der Duke hat die Macht, mich zu fesseln, und spielt mit mir. Letzteres scheint die vernünftigste Erklärung zu sein. Jedes Mal, wenn ich diesen schönen Mann ansehe, ziehe ich meine Schenkel zusammen.

"Das ist nicht natürlich. Bevor ich dich getroffen habe, ging es mir gut." Ich bin hierhergekommen, um die Mörder meiner Eltern zu finden, nicht meinen Schicksalsgefährten, und um völlig die Kontrolle über mich zu verlieren.

"Ganz im Gegenteil." Khaos verringert den Abstand zwischen uns noch einmal, da er nicht versteht, dass ich Abstand zu ihm brauche. "Du bist nicht nur meine Gefährtin, sondern ich kann auch den berauschenden Duft deiner Hitze riechen, der von dir ausgeht."

Meine Wangen werden bei seinen Worten glühend heiß. Ich blinzle ihn an und drücke mich gegen ihn, aber er hält meinen Arm fest und lässt mich nicht los.

"Nein, du irrst dich ... das kann nicht richtig sein."

Die Hitze kommt erst zwei Wochen nach dem ersten Vollmond, nachdem man seinen Schicksalsgefährten getroffen hat, und definitiv nicht so schnell. Außerdem sind es nur noch ein paar Tage bis zum Vollmond, und Wolfsmenschen wie ich sollten nicht so heftig reagieren, wenn sie ihren Gefährten erst vor ein paar Minuten kennengelernt haben.

Seine Nasenlöcher blähen sich noch einmal auf, als er meinen Duft aufnimmt, und seine Lippen verziehen sich zu einem Grinsen.

"Du riechst so verdammt lecker." Seine Augen glitzern und scheinen fast die Farbe ihrer Wolfsform anzunehmen, als ob er die Kontrolle verlieren würde.

Die Angst drückt auf mein Inneres. Ein scharfer, stechender Schmerz kommt aus meinem Magen, und ich wimmere und schlinge meine Arme um meine Mitte.

"Wir müssen reingehen." Er greift nach mir. "Ich kann dir mit deinen Schmerzen helfen."

"Fass mich nicht an." Ich schrecke zurück, weil ich ernsthaft Angst davor habe, wie ich auf seine Berührung reagiere, wie ich für ihn zum Wachs werde, und dabei kenne ich diesen Mann nicht einmal. "Gib mir nur einen Moment, um mich zu beruhigen."

Seine Gesichtszüge verfinstern sich, ein wilder Ausdruck, sein wahres Gesicht anstelle des falschen, dass er mir gezeigt hat. Sein Atem geht schneller, sein Brustkorb pumpt nach Luft, und die spürbare Beule in seiner Hose verrät mir, dass er sich genauso wehrt wie ich. Mit dem Unterschied, dass er die Reaktion seines Körpers besser zu beherrschen scheint.

"Dann folge mir ins Haus, und ich werde dir einen Platz zum Ausruhen suchen. Auf dem Weg dorthin kannst du mir sagen, was dich auf mein Anwesen führt." Sein Blick ist hungrig, aber seine Stimme hat einen harten Klang. "Und du brauchst keine Angst davor zu haben, was dein Körper durchmacht. Das ist ganz normal."

Mein Herz hämmert, und ich bin mir nicht einmal sicher, ob ich geradeaus gehe, aber ich mache einen Schritt nach dem anderen neben ihm.

"Das ist nicht normal. Wir haben uns gerade erst kennengelernt, und es sollte nicht so schnell gehen."

Er grinst und fasst meine Worte irgendwie als Kompliment auf, dass er so unwiderstehlich ist, und ich kann mir nicht helfen. Ich verdrehe die Augen und sorge dafür, dass er es sieht.

"Okay, dann rede", sagt er.

In meiner Verwirrung beschließe ich, ihm die Halbwahrheit zu sagen.

"Ich wurde von einem unhöflichen Mann namens Clark befragt und von der Wache herumgeschubst, nachdem sie in die Hütte meines Freundes eingebrochen waren, während ich ihn besuchte. Ich wurde zum Verhör hergebracht." Als ich meinen Blick zum Duke schweifen lasse, nickt er nur, seine Stirn hat jetzt eine Furche, und unter seinen Augen tanzt die Dunkelheit.

"Und du kommst aus Lappland?", fragt er, als würde er mir nicht zutrauen, dass ich eine Einheimische bin.

Ein weiteres Stechen durchfährt meinen Magen, und ich stöhne auf, denn das schwere Gefühl in mir hilft mir nicht, mich schneller zu bewegen.

"Südafrika", stoße ich hervor und verkneife mir, ihm zu zeigen, wie ich mich am ganzen Körper fühle.

Ohne ein weiteres Wort führt er mich an dem Gebäude vorbei, aus dem mich der Wachmann herausgebracht hatte, und wir gehen einen steinernen Weg entlang, der uns zu einer Reihe hoher Metalltore auf der Rückseite des Grundstücks führt. Hinter den Toren liegt ein extravagantes Herrenhaus, hohe Wände aus dunklem Obsidianstein, mit hohen Fenstern auf allen vier Etagen. Die Reflexion der Sonne verleiht ihm einen Fata Morgana-Effekt aus funkelnden Kristallen. Es ist mit einem dunklen, spitzen Dach ausgestattet. Ein gewundener Weg führt durch einen lichten Kiefernwald bis zum großen Bogenportal. Die Eingangstreppe wird von imposanten goldenen Wolfsstatuen flankiert.

Mit einer Handbewegung von Khaos schwingen die Wachen die Tore auf. Ich trete hindurch und habe sofort das Gefühl, die Schwelle zu einem anderen Reich überschritten zu haben.

Ich verdränge das heiße Verlangen, das mich verzehrt, und konzentriere mich auf das, was um mich herum ist, um mich abzulenken. Während wir den Weg entlang schlendern, umgibt uns Stille, als ob der Metallgitterzaun, der das Anwesen umgibt, alle Geräusche von außen ausblenden kann. Alles, was ich höre, ist das ferne Flüstern der Brise, die durch die Kiefern rauscht, und das Knirschen unserer Stiefel auf den Kieseln des Wegs.

Kiefern säumen den Weg, nadelartige Blätter flattern im Wind, und Schatten huschen tiefer in den Wald. Das muss ein Trick des Lichts sein.

Mein Bauch kribbelt, und das liegt nicht nur an der Erregung, sondern daran, dass ich meinen Schicksalsgefährten gefunden habe und gleichzeitig läufig werde. Er nimmt mich mit in seine Villa, aber soweit ich weiß, hat er meinen Tod schon vor Jahren abgesegnet. In Finnland habe ich genau das bekommen, was ich wollte. Eine Audienz bei einem der Dukes, die ich annehmen werde.

Ich muss nur einen Weg finden, mich zu beherrschen. Und unter keinen Umständen werde ich mich dem Duke von Lappland an den Hals werfen.

## 6

ERYX

Als ich die Trümmer von Tallis' Spielzimmer betrachte, ziehe ich eine Grimasse angesichts der Zerstörung, die ich angerichtet habe. Umgestürzte Möbel, Kratzer auf dem polierten Boden und an den Wänden und Blutspuren, wo mein Hirsch sein Opfer erstochen hatte.

Es war ein Versehen meinerseits. Manchmal bin ich in meiner Tiergestalt so vertieft, so gefesselt von der Jagd, dass der Rest der Welt einfach verblasst.

Trotzdem hat Tallis sein Spielzimmer geliebt, und als der Jüngste von uns dreien versucht er immer, sich zu beweisen. Deshalb habe ich dafür gesorgt, dass ein Team die Sauerei aufräumt und die Wand mit dem Loch wieder aufbaut. Sonst muss ich mir sein ständiges Gejammer anhören.

Er ist kurz angebunden, wenn die Dinge nicht so laufen, wie er will. Wie damals, als er das Bürogebäude vor unserem Anwesen in Brand steckte. Fairerweise muss man sagen, dass ich das für gerechtfertigt hielt, da mein Großvater ihn gezwungen hat, einen Söldnerjob anzunehmen, um ein Mädchen zu töten, in das er sehr verknallt war. So sehr, dass er sich weigerte, seinen Inkubus-Köder bei ihr einzusetzen. Als er sie dann dem König ausliefern musste, nachdem er herausgefunden hatte, dass sie eine Spionin gegen uns war, drehte er durch.

Ich schüttle die Erinnerung ab, werfe einen letzten Blick auf den Raum, der gerade renoviert wird, und gehe dann die Treppe hinunter. Stimmengemurmel erregt meine Aufmerksamkeit ... eine weibliche Stimme, die ich nicht kenne, macht mich neugierig. Die Neugierde führt mich um die Ecke, und dort in der Haupthalle steht Khaos mit einem dunkelhaarigen Mädchen, sie stehen mit dem Rücken zu mir. Ihr Kopf befindet sich auf gleicher Höhe mit seinen Schultern, aber mein Blick folgt ihren schlanken Beinen in der engen Lederhose, den schönen Kurven ihres Hinterns und dem langärmeligen Oberteil, das ihre Sanduhrfigur umspielt. Das kastanienbraune Haar ist grob zu einem Dutt hochgesteckt, lose Strähnen fallen ihr über die Schultern.

Wer zum Teufel ist sie?

Stellt Khaos eine neue Söldnerin ein?

Sie gehen weiter bis zum Ende des Eingangsflurs, und ich folge ihnen auf leisen Schritten, zurückgelassen in der Spur ihres Parfums - dem zuckersüßen Duft ihres Slicks, dem taufrischen Duft von Rosen, Karamelläpfeln und frischer Bergluft ... alles von ihr.

Die Gerüche treffen mich in meinem Innersten, erschüttern mich, drücken mein Herz zusammen und packen meine Eier, als ob der Duft von mir Besitz ergriffen hat und mich nun besitzt.

Ich stolpere auf meinen Füßen, weil ich mit nichts davon gerechnet habe ... und schon gar nicht mit der Kombination aus dem Auffinden meiner Schicksalsgefährtin und der Tatsache, dass sie läufig wird.

Ein leises Knurren ertönt in meiner Brust, und instinktiv sage ich leise "Gefährtin", als ob sie mich jetzt kontrollieren würde. Ich werde nach vorne gedrängt, Angst und Vorfreude durchströmen mich, weil ich weiß, dass sie mir gehört.

Als Halbgott und Halbgryffin bestand unser Großvater darauf, dass in unserem Liebesleben alles möglich ist. Es gab keine Garantie dafür, dass wir mit einer Schicksalsgefährtin zusammenkommen würden.

Und doch bin ich hier.

Sie ist eine wunderschöne Überraschung. Ich habe ihr Gesicht noch nicht gesehen, aber ich bin schon ganz vernarrt in sie und plane schon, sie meinem Bruder zu entreißen, damit sie mir gehört, mir, nur mir.

Lange Zeit habe ich akzeptiert, dass ich meine Seelenverwandte vielleicht nicht finden würde, und ich musste es nicht mögen, aber ich hatte gelernt, mich damit abzufinden. Es muss nicht schicksalhaft sein, sich zu verlieben, aber wenn es passiert, ist es, als ob die Sterne und die Konstellationen am Himmel mit dem Schicksal übereinstimmen.

Die beiden bleiben einige Meter vor mir stehen, als sie auf Rez treffen, unseren Boten auf dem Anwesen, einen jungen Kaninchenwandler, der mit dringenden Nachrichten durch unser Anwesen flitzt. Unser Großvater hat ihn angeheuert, und wir alle vermuten, dass er uns auf diese Weise im Auge behalten will.

Ich bleibe stehen und lehne mich mit einer Schulter gegen die Wand. Ich spiele mit dem Ring an meinem Finger und drehe ihn zur Beruhigung hin und her, während meine Aufmerksamkeit auf das hübsche Mädchen gerichtet ist.

Ich habe noch nie ein so intensives Bedürfnis nach jemandem verspürt, noch nie den überwältigenden Drang verspürt, jemanden in meine Arme zu schließen und alles über sie zu erfahren. Jeder Muskel in meinem Körper spannt sich an, während ich ihren Körper mit Blicken von Kopf bis Fuß abtaste. Ich bemerke, wie sie sich von meinem Bruder fernhält, ihm aber immer wieder Blicke zuwirft, in der Annahme, er würde es nicht bemerken. Aber Khaos sieht alles.

Ob sie es weiß oder nicht, sie ist in meinen Bruder verknallt, und es macht mich neugierig, ob sie für ihn genauso besonders ist wie für mich? Unser Vater hatte schließlich drei Frauen, jede eine Schicksalsgefährtin, vielleicht liegt es also in unserer Abstammung, dass sie uns allen gehört.

Ob mir diese Idee gefällt?

Vielleicht. Ich bin mir noch nicht sicher. Es hängt alles davon ab, ob meine Brüder sie ganz für sich behalten oder teilen wollen.

Ich verstehe vielleicht nicht das ganze Ausmaß der Besessenheit, die mich beherrscht, aber ich will herausfinden, wer sie ist. Ich atme tief ein, weil ich mehr von ihrem Duft brauche.

Sie wirft den Kopf herum und entdeckt mich, da sie mich zweifellos gehört hat. Sie keucht. Schillernde eisblaue Augen treffen auf meine, und eine schmerzhafte Not blutet in meiner Brust, weil sie so absolut spektakulär ist. Die Härchen auf meinen Armen stellen sich auf, und mein Schwanz wird hart, während mein Herz wie wild schlägt. Lust durchströmt meinen Körper angesichts ihrer Schönheit.

Es ist nicht nur die Tiefe ihres Blicks oder die wilden Strähnen ihres losen Haars, das ihr Gesicht umspielt, das mich in seinen Bann zieht. Es ist etwas Rohes, eine unsichtbare Verbindung, die uns zusammenführt. Je länger ich sie anstarre, desto mehr fällt mir auf, dass ihr dunkles Haar im Kontrast zu ihrer hellen Haut etwas Eigenartiges hat, das nicht passt, so als wäre sie nicht ganz sie selbst. Ich kann es nicht erklären, aber was ich verstehe, ist das unausgesprochene Erkennen, das sich zwischen uns ausbreitet.

Sie atmet die Luft tiefer ein, und ich grinse, als sie erkennt, wer ich für sie bin.

Ihr Atem stockt, ihre Augen weiten sich, und ich beobachte, wie sich Neugierde und Angst in ihrem Gesicht abwechseln. Amüsant. Die Haut, die kurz zuvor noch rot war, wird jetzt blass.

Ich trete vor, in der Erwartung, dass sie ohnmächtig wird, aber stattdessen weicht sie vor mir zurück und stößt direkt mit meinem Bruder zusammen.

Khaos löst sich von Rez und wendet sich mir mit einem erleichterten Ausatmen zu.

"Eryx, das ist Mina, meine Schicksalsgefährtin", freut er sich grinsend. "Ich werde deine Fragen später beantworten, aber jetzt musst du dich besonders gut um sie kümmern und sie in mein Büro bringen, bis ich zurückkomme. Ich muss mich um eine dringende Angelegenheit kümmern."

Meine Gefühle entfachen eine Flamme, dass ich recht gehabt hatte. "Es scheint, dass sie viel mehr mit uns gemeinsam hat. Sie ist auch meine Schicksalsgefährtin."

Khaos richtet sich auf und sieht zunächst enttäuscht aus, dann schärft er seine Züge und lässt seinen Blick zu Mina wandern.

Ich stelle mir vor, wie ich sie knurrend hart ficke, meine Faust in ihren Haaren, und ich bringe sie zum Schreien - wie soll ich sonst meine lebenslange Bindung an sie sichern?

"Fühlst du die gleiche Verbindung zu ihm?", fragt Khaos, als wäre mein Wort nicht genug, was mir zeigt, wie sehr er bereits in das Mädchen verliebt ist. Es ist ziemlich amüsant, wenn man bedenkt, dass mein Bruder mit seinen Emotionen zurückhaltend ist, das wird also interessant.

Sie starrt zwischen uns beiden hin und her. "Ich verstehe nicht wirklich, wie das möglich ist", beginnt sie.

Ich lächle, hypnotisiert von ihrer sexy, melodischen Stimme.

Khaos blickt in meine Richtung. "Gut, wir werden das später klären. Bring sie in mein Büro und hole Tallis zu uns. Ich vermute, er ist auch darin verwickelt."

Er wendet sich Mina zu, als ob er sich nur schwer von ihr lösen könnte, es sich aber anders überlegt. Er räuspert sich und marschiert mit Rez auf den Fersen den Flur entlang.

"Bist du bereit, dich zu amüsieren?", murmle ich und trete auf sie zu. "Bist du aufgeregt, dass du dich als unsere Schicksalsgefährtin wiederfindest? Ich liebe es, mit meinem Spielzeug zu spielen."

Sie spannt sich an, ihre Lippen werden schmaler, das Kinn angehoben, und ich bin von ihrer rebellischen Seite angetan.

"Ich bin keines eurer Fangirls", schnauzt sie, ihre Worte sind knapp. "Ich habe von dem Meer von Frauen gehört, die euch drei anhimmeln, mit denen ihr schlaft, die ihr abserviert, die ihr verletzt. Das bin ich nicht, also verschwende nicht deine Zeit."

Ich trete näher und die Intensität ihres Duftes lässt mir ein Grummeln über die Kehle laufen. Sie kann dagegen ankämpfen, so viel sie will, aber ich sehe, wie sie zittert, wie sie sich in meiner Gegenwart kaum auf den Beinen halten kann.

"Die Natur scheint andere Vorstellungen zu haben", sage ich grinsend, und sie lenkt ihre Aufmerksamkeit auf mich, indem sie den Ring an meinen Finger betrachtet. "Es ist ein Familienwappen." Auf dem goldenen Siegelring ist der Stammbaum der Familie eingraviert. Sie blinzelt nur. Jede andere Frau würde jetzt in Ohnmacht fallen ... sie offensichtlich nicht.

Jeder Instinkt in mir ruft mich zu ihr, verlangt, dass ich unsere Verbindung in diesem Moment sicherstelle, aber ich habe Geduld. Ihr Widerstand täuscht mich nicht, aber ich lasse sie in dem Glauben, dass es so ist. In Wahrheit mag ich ihre Lebhaftigkeit. Ich will, dass sie gegen mich kämpft, dass sie vor mir wegläuft. Bei dem Gedanken, sie zu jagen, schießt Adrenalin durch mich hindurch.

Nur habe ich es hier nicht mit einem unserer "Fans" zu tun, wie sie sie nannte. Sie ist meine Schicksalsgefährtin, und das bedeutet, dass sie freiwillig mitkommen muss.

"Okay, dann zeige ich dir mal den Ort, den du dein Zuhause nennen wirst."

Ihr steht der Mund offen. "Zuhause?"

"Was hast du erwartet? Dass wir unsere Schicksalsgefährtin einfach entwischen lassen?", füge ich hinzu und beginne einen lockeren Spaziergang. Sie hält mit mir Schritt.

Verärgert sagt sie: "Weißt du, ich habe ein Leben. Ein Zuhause, einen Job, Freunde. Ich kann das nicht einfach alles im Stich lassen."

"Doch genau das wird passieren." Ein Funke der Erkenntnis durchzuckt meinen Geist. In ihrem Inneren brodelt es, vielleicht verflucht sie mich. Ich sehe es an ihren zu Fäusten geballten Händen und ihrer steifen Körperhaltung. Aber sie muss die Kardinalregel unserer Art verstehen - wenn man seine Schicksalsgefährtin gefunden hat, hält man sie fest, bis das Band besiegelt ist. Dann ist sie für immer bei uns ... eine Vorstellung, die mich erregt.

Ich habe nicht damit gerechnet, dass meine Welt auf den Kopf gestellt wird, wenn ich meine Schicksalsgefährtin treffe und mich niederlasse, aber ich kämpfe nicht gegen das Schicksal an.

"Außerdem", füge ich lässig hinzu, schiebe meine Hände in die Hosentaschen und versuche, meinen durch ihren verlockenden Duft wachsenden Schwanz zu bändigen. "Was glaubst du, wie weit du kommst, wenn deine Hitze erst einmal einsetzt?"

"Ich glaube nicht, dass es eine Hitze ist. Es ist eine ... Reaktion auf Stress. Oder was auch immer das zwischen uns ist", stammelt sie.

Ihr Leugnen macht mich wütend. Die Wahrheit starrt ihr ins Gesicht, aber ich lasse sie an ihren Illusionen festhalten. Wir haben uns gerade erst kennengelernt. Was mich allerdings fasziniert, ist ihr Widerstand. Warum kämpft sie gegen ihre Natur an? Jede andere würde auf den Knien liegen und sich freuen, unsere Schicksalsgefährtin zu sein. Doch sie scheint bereit zu sein, mir einen Dolch ins Herz zu stoßen.

Wir gehen schweigend weiter, und ich beschließe, den Landweg zu nehmen und die Zeit damit zu verbringen, ein wenig mehr über sie zu erfahren. Ich führe sie zu zwei Doppeltüren und stoße beide auf, um unsere große Bibliothek zu betreten.

"Wenn du gerne liest, findest du hier jede Art von Buch, das du dir wünschst."

Sie blickt hinein, ohne viel zu sagen. Als sie an mir vorbeigeht, um einen besseren Blick zu erhaschen, weht ihr Duft über mich hinweg und lenkt meine Konzentration ab. Ich kann mich schon die ganze Zeit nicht mehr so gut konzentrieren, und jetzt ist es noch hundertmal schwieriger.

Als sie wortlos herauskommt, führe ich sie den Gang entlang bis zum anderen Ende und wir betreten das Badezimmer, was ihr ein Schnaufen entlockt. Kein Wunder, denn dieser Raum wurde mithilfe von Magie so gestaltet, dass er dem Inneren eines Berges ähnelt. Die höhlenartigen, mit Quarzkristallen übersäten Wände reflektieren das Licht und werfen einen schwachen Schein auf das Wasser. Dampf wabert an der Oberfläche. An einem Ende des langen Beckens stürzt ein Wasserfall vom Kamm einer Felsformation herab, und das Geräusch des rauschenden Wassers erfüllt den stillen Raum.

"Der Pool ist direkt in den Stein gemeißelt", erkläre ich und bewundere die Art, wie ihre Augen die Umgebung aufnehmen, wie sie blinzelt, als wäre sie sich nicht sicher, ob dieser Ort real ist.

"Es ist wunderschön."

"Das Wasser ist warm." Ich trete in den Raum, hocke mich hin und tauche meine Hand hinein. Ihr blauer Blick verfolgt jede meiner Bewegungen, ihre rosafarbenen Lippen schürzen sich leicht vor Verwunderung. "Das Wasser hat heilende Eigenschaften, und es könnte helfen, den Schmerz deiner bevorstehenden Hitze zu lindern."

Sie errötet, ihre Wangen sind so rot, dass ich mir vorstelle, wie sie nackt und klatschnass in den Pool rutscht. Ich tue mir keinen Gefallen, also gehe ich zur Tür.

"Es ist nicht zu tief, wenn du dir Sorgen machst, weil du nicht schwimmen kannst."

"Ich kann schwimmen. Ich bin in Südafrika am Wasser aufgewachsen", bietet sie an, was ich als Fortschritt ansehe.

Ich bleibe neben ihr stehen und sage: "Ich spüre Widerstand zwischen uns. Hast du einen Freund zu Hause? Schmeiß ihn raus."

Sie verengt die Augen und wirft mir einen bösen Blick zu. "Die Geschichten über deine Arroganz sind wahr."

"Ich verstehe das also als ein Nein zu einem Freund?"

Sie zuckt mit den Schultern. "Du hast deutlich gemacht, dass es keine Rolle spielt. Und warum die Freundlichkeit? Gerüchten zufolge hätte man mich schon längst häuten und in der Stadt vorführen sollen."

Ich lache laut über ihre Tapferkeit. "Ich habe das Gerede gehört, und einiges davon ist wahr. Wenn ich nicht gerade auf der Jagd bin, kann man gut mit mir auskommen, dann bin ich entspannt. Es sei denn, du willst, dass ich dich so behandle, wie es die Gerüchte besagen?" Ich beobachte sie aufmerksam und halte ihren Blick fest, und sie wendet ihn nicht ab. Ich bewundere sie für ihre Hartnäckigkeit.

"Nein. Ich habe nur festgestellt, dass du nicht so furchterregend bist, wie man dich darstellt."

Ein weiteres Lachen dröhnt durch mich.

"Glaub mir, diese Seite von mir willst du nie sehen." Noch während ich das sage, schenke ich ihr ein teuflisches Lächeln, und das leichte Zittern, das sie überläuft, ist nicht zu übersehen. Es ist schon seltsam, dass meine ursprüngliche Befriedigung ihr Angst macht, und ich weiß, wie leicht ich sie beeinflussen kann.

Wir kehren zu unserem Rundgang zurück und gehen in das nächste Stockwerk, wo sie vor einem Familienporträt innehält - mein Vater, umgeben von seinen drei Frauen, steht vor unserem Herrenhaus.

"Mein Vater", erkläre ich, mit einem Ziehen im Bauch, wenn ich von ihm spreche. "Mit seinen drei Schicksalsgefährtinnen. Die in der Mitte ist meine Mutter." Ich zeige auf die Blondine mit den Locken bis zur Taille, die sich an den Arm meines Vaters klammert, mit einer Wildheit in den Augen, die unvorstellbar zufrieden aussieht. Es ist zu lange her, dass ich dieses Lächeln gesehen habe ...

"Hatte dein Vater auch mehrere Schicksalsgefährtinnen? Das muss in der Familie liegen." Sie lenkt mich ab. Meine Muskeln spannen sich an, mein Herz klopft gegen meinen Brustkorb, und der Wunsch, sie an mich heranzuziehen, wird stärker.

Ich räuspere mich und antworte: "Offensichtlich. Glaube mir, ich bin genauso schockiert, wie du, dass ich heute meine Schicksalsgefährtin gefunden habe."

Sie zieht die Mundwinkel ein, schaut dann auf das Bild und wieder zu mir. "Sie leben auch auf dem Anwesen?"

"Nein", antworte ich, ohne näher darauf einzugehen, weil ich nicht mit ihr über meine Eltern sprechen will.

Ich gehe den Korridor entlang, und ihre leisen Schritte folgen.

Als mein Vater verschwand, tauchten seine Frauen, darunter auch meine Mutter, unter und blieben seitdem isoliert. Von seinem Schicksalsgefährten getrennt zu werden, ist verheerend, und das war die einzige Möglichkeit, mit dem Verlust fertig zu werden, um nicht völlig verrückt zu werden. Wenn ein Schicksalsgefährte stirbt, hält sein Partner nicht mehr lange durch.

Das letzte Mal wurde er vor über zwanzig Jahren in Portland gesehen, als er durch ein gefährliches Portal nach Arcadia geschleudert wurde, einer Welt der Wandler, die von Pan, dem König von Arcadia, regiert wird.

Diejenigen, die vor Jahren hindurchgingen, kehrten nie zurück, und die wenigen, die wie durch ein Wunder herauskamen, haben keinerlei Erinnerung an ihre Zeit in Arcadia. Heute wurde das Portal repariert und es ist offen, aber es gibt immer noch kein Zeichen von meinem Vater. Tief in meiner Seele weiß ich, dass er irgendwo verloren ist, von wo er nie zurückkehren wird. Ein Teil von mir hat sich damit abgefunden, ein anderer Teil aber nicht. Mein Großvater hat einmal gesagt, *trage die Erinnerung, nicht die Last des Verlustes.* Ich gehe damit um, indem ich nicht an meine Eltern denke, wenn ich es vermeiden kann.

Der Kitzel von Minas Duft zieht mich zu ihr, ihr süßer Duft umhüllt mich und reißt mich aus meiner Vergangenheit.

"Wo sind wir?", fragt sie und blickt sich in den üppigen Gängen um, wobei mich der Ton ihrer Neugierde erfreut.

"An einem Ort, an dem du viel Zeit verbringen wirst", antworte ich mit einem Löwengrinsen.

Sie zieht die Augenbrauen hoch und will mich mit Fragen löchern, aber bevor sie die Chance dazu bekommt, stoße ich die Tür zu Tallis' Schlafzimmer auf.

Tallis liegt auf der Couch, die Nase in einem Buch vergraben und mehr mit der Lektüre beschäftigt als mit der Gesellschaft, die er hat. Eine dünne, nackte Brünette sitzt auf ihm und reitet auf seinem Schwanz, ihre winzigen Titten hüpfen wie verrückt. Ihr Stöhnen bleibt von ihm unbemerkt.

Typisch Tallis, er konzentriert sich nie auf sein Essen.

Ein Inkubus muss nicht so häufig fressen wie mein Bruder, und ein Teil von mir glaubt, dass es seine Version von Essen aus Langeweile ist.

Ein Schnauben entweicht Minas Lippen und bringt Tallis dazu, uns endlich zur Kenntnis zu nehmen. Er senkt das Buch von seinem Gesicht und hält inne.

"Du versuchst also immer noch, wiedergutzumachen, dass du mein Spielzimmer zerstört hast, indem du mir ein Geschenk bringst? Ausgezeichneter Geschmack, Bruder." Doch in dem Moment, in dem sich seine Nasenflügel aufblähen und er tief einatmet, fällt sein Blick auf Mina und seine Augen werden groß, genau wie ihre.

Ich lächle und sehe zu, wie ihn die Erkenntnis überfällt. Er hatte mir einmal gesagt, er bezweifle, dass er eine Schicksalsgefährtin habe, was für ihn in Ordnung war. Ich bin gespannt darauf, ob er den glei chen Nervenkitzel verspürt wie ich, als ich feststellte, wie sehr wir uns beide geirrt haben.

Mit einer ungeschickten Bewegung hebt er das Mädchen von seinem Schoß, steht unbeholfen auf, das Buch immer noch in der Hand, und marschiert mit einem rasenden Ständer auf uns zu.

"Verdammt, Mann, steck ihn weg", knurre ich und blinzle, um ihn nicht zu sehen.

Mina zieht sich aus dem Zimmer zurück und wartet ein paar Schritte weiter auf dem Flur, während sie etwas vor sich hinmurmelt.

"Warte." Tallis stößt einen Laut aus, der kurz vor einem Brüllen ist.

In seinen schwarzen Augen blitzt etwas Starkes und Animalisches auf. Doch hinter der Wildheit verbirgt sich Angst, die das Gegenteil seines sonst so gelassenen Auftretens ist.

"Ist das ..." Er kann seinen Satz nicht einmal beenden, da seine Aufmerksamkeit zwischen Mina und mir hin- und herschwankt.

"Ja", gebe ich zu und kann das Lächeln auf meinen Lippen nicht verbergen. "Mina ist unsere Schicksalsgefährtin ... unser aller."

Seine Gesichtszüge verziehen sich ungläubig. "Warum zum Teufel hast du sie so hergebracht?", knurrt er.

"Woher sollte ich denn wissen, dass du fickst? Außerdem, wen kümmert es? Wir haben unsere Schicksalsgefährtin gefunden."

Tallis' Mund öffnet sich, um weiter zu argumentieren, doch dann strafft er die Schultern und atmet scharf ein.

"Zieh dich an und komm ins Büro." Ich drehe ihm den Rücken zu und überlasse ihn seinem Trubel. Ich suche den Flur ab, bis ich Mina finde, die am Ende des Flurs steht und aus dem Fenster starrt, das Sonnenlicht leuchtet auf ihr Gesicht.

Ich kann mir ein Grinsen nicht verkneifen.

"Schnall dich lieber an, Prinzessin", murmle ich, während die Aufregung durch meine Adern fließt. "Du hast keine Ahnung, worauf du dich da einlässt."

---

## 7

## BILLIE

Drei Schicksalsgefährten?

Eine Gänsehaut überzieht meine Haut und ich bin der Ohnmacht nahe.

Das muss ein Scherz sein.

Das kann unmöglich sein, ein Irrtum, völliger Wahnsinn.

Doch die Kraft, die mir in die Seele flüstert, dass sie mir gehören, fließt wild und ungezähmt durch meine Adern und verlangt, dass ich aufhöre, die Natur zu bekämpfen.

Nichts hat mich auf diese drei Dukes vorbereitet, und ich habe sie gerade erst kennengelernt. Besonders der dunkelhaarige Bruder mit der schwarzen Iris. Ich kann nicht aufhören, an das Mädchen zu denken, das ihn geritten hat. Ich bin nicht eifersüchtig, natürlich nicht. Ich zwinge meinen Verstand, sich daran zu erinnern, dass die feuerspeienden Funken in meiner Brust, als ich sie auf ihm reiten sah, meine Hormone und meine animalischen Reaktionen auf die Anziehungskraft meiner Schicksalsgefährten sind.

Mir ist es egal, was er tut oder was die anderen tun.

Meine Priorität ist es, die Mörder meiner Eltern zu finden und später herauszufinden, wie ich mit meinen Schicksalsgefährten umgehen soll. Aber im Moment habe ich nicht die Absicht, sie von mir zu stoßen, bis ich von ihnen bekomme, was ich brauche.

Eryx stößt die Tür zu einem Büro auf, und als ich an ihm vorbeigehe, um einzutreten, drückt seine Hand gegen meinen unteren Rücken, um mich zu führen. Mir stockt der Atem, und meine Brustwarzen verkrampfen sich bei dieser einzigen Berührung.

Ich schiebe mich vor, um Abstand zwischen uns zu bringen, und betrachte das raffinierte Büro - einen dunklen Mahagonischreibtisch mit Regalen voller Bücher und Spirituosenflaschen und eine Ledercouch am anderen Ende des Raums. Ich komme nicht umhin, die raumhohen Fenster zu bemerken, die einen atemberaubenden Blick auf die Wälder bieten.

Ich schlendere auf sie zu, angezogen von ihrer Schönheit. Das Sonnenlicht dringt durch die dichten Kiefern, die sich in verschiedenen Grüntönen auf der abschüssigen Landschaft abzeichnen. An den wenigen Stellen, an denen es offene Stellen gibt, blühen wilde lila und buttergelbe Blumen. Wunderschön.

Eryx stellt sich neben mich, und ich spüre, wie sich sein Blick in meine Seite bohrt. Es ist fast so, als würde er sich jedes Detail merken, jedes Einatmen, jeden Zentimeter meines Körpers. Ich bin diese Art der Betrachtung nicht gewohnt, ganz zu schweigen davon, dass er durch seine Nähe eine rohe, unwiderstehliche Energie ausstrahlt, die mich in ihren Bann zieht.

Meine Zehen krümmen sich in meinen Schuhen, und ich habe Mühe, meine Reaktion zurückzuhalten. Es ist schwer, gegen das Verlangen anzukämpfen, vor allem, wenn ich von seinem betörenden Duft nach Zedernholz und zerkleinerten Kiefernnadeln umhüllt bin. Darunter liegt ein starker Hauch seines männlichen Dufts, etwas Warmes und Berauschendes.

Das ist Eryx, ein Duke von Lappland, ein grimmiger Söldner, den ich fürchten sollte, und doch leckt ein tiefer Hunger nach ihm durch mich.

Ich drehe meinen Kopf zu ihm. Er steht ein paar Meter entfernt, eine Schulter gegen das Fenster gepresst, die Hände vor sich und fummelt an dem goldenen Ring an seinem Finger. Sein goldenes Haar fällt ihm bis zu den Schultern, und seine Haut ist genauso gebräunt, wie die von Khaos, nur dass sein Gesicht kantiger ist, mit hohen Wangenknochen und einer festen Kieferlinie. Seine Augen sind lächerlich markant und faszinierend, als würde ich nicht nur Eryx ansehen, sondern seinem Gryffin Auge in Auge gegenüberstehen. Das ist leicht einschüchternd.

Er grinst mich an, komplett mit Zähnen, und wenn er mich so ansieht, ist es, als ob ein Blitz in mich einschlagen würde. Die Verheißungen in seinem Lächeln, was er mit mir machen wird, jagen mir einen Schauer über den Rücken. Wärme regt sich tief in meinem Bauch und entfacht die Sehnsucht, von der ich nie wusste, dass sie in mir existiert.

"Nicht jeder mag es, so intensiv angestarrt zu

werden", sage ich und hoffe, dass er die Botschaft versteht.

"Zum Glück gehören wir nicht dazu", antwortet er und schiebt ein breites Grinsen auf seine Lippen. Trotz seiner legeren Kleidung - tiefhängende Jeans, die sich an seine kräftigen Oberschenkel schmiegen, und ein Henley-Top, dass die Kurven seines muskulösen Oberkörpers nachzeichnet - schreit seine Präsenz nach frecher Arroganz und königlicher Autorität, als ob sich die Luft um ihn herum seinem Willen beugt.

Er ist zu viel, und doch ist es fesselnd, und ein bisschen beängstigend, sodass ich eine Gänsehaut bekomme.

Er stößt sich vom Fenster ab, hebt seine breiten Schultern und strahlt eine rohe Kraft aus, die man nicht ignorieren kann.

"Sag mir, wie ist es in Südafrika?"

Ich atme aus, um über ein Thema zu sprechen, mit dem ich mich wohlfühle.

"Absolut wunderschön. Strände, Berge, Weinberge. Alles liegt unter demselben Himmel und in unmittelbarer Nähe zu meinem Wohnort Kapstadt. Ich meine, es ist atemberaubend, aber auch ein gefährliches Durcheinander, und trotzdem geht einem die geschäftige Stadt unter die Haut, verstehst du?"

Seine Augen verlassen mich nie, und es hat etwas Süchtiges, wie er an jedem meiner Worte hängt.

"Ich bin sicher, es geht nicht nur um die schöne Aussicht", sagt er, während sein Blick über mein Gesicht gleitet und meinen Hals entlang. "Ich habe gehört, dass dieser Ort ein Schmelztiegel der Kulturen ist, also muss es unglaublich sein, so viele Menschen zu treffen."

"Ja, das ist es. Ich meine, die Straßen sind nicht immer sicher, das stimmt. Aber etwas an diesem Ort ist echt und ansteckend. Es bleibt in dir, wenn du einmal dort lebst."

"Du wirst Finnland genauso fesselnd finden", fügt Eryx hinzu, als wolle er mir versichern, dass ich nirgendwo hingehen werde.

Dann zwinkert er mir zu, was ein Flattern in meiner Brust auslöst - eine Reaktion, die ich sofort unterdrücke, als würde ich auf einem Dachboden herumtrampeln, und ich wende mich von ihm ab.

"Da bin ich mir sicher. Aber nur damit du es weißt, ich habe noch nicht zugestimmt, hierzubleiben."

Gerade als ich mich von Eryx wegbewege, schlendert der dunkelhaarige Bruder in den Raum, und meine Beine bleiben instinktiv stehen, meine Füße erstarren an Ort und Stelle. Ich sage mir, dass ich mich bewegen soll, von ihm weggehen soll, aber ich kann nur starren, wie unglaublich unwiderstehlich er wirkt.

Zum Glück ist er jetzt angezogen, denn sein nacktes Bild mit seinem riesigen Schwanz hat sich für immer in mein Gedächtnis eingebrannt. Ich wünschte fast, ich hätte mich nicht an diesen Teil erinnert, als ich spüre, wie Vorfreude und Erregung jetzt meinen Magen zusammenziehen.

Das Spiel der Emotionen auf seinem Gesicht ist schwer zu lesen, trotzdem errötet mein Körper bei seiner Anwesenheit.

Er fährt sich mit der Hand durch sein Haar, das die

Farbe von Mitternacht hat und locker über die harten Flächen und Kanten seines Gesichts fällt. Ich fühle mich von diesen tiefen Augen angezogen, die direkt in meine Seele zu blicken scheinen. Ich bin auch von seiner Kleidung fasziniert und davon, wie spektakulär sie an ihm aussieht. Sie ist ihm auf den Leib geschneidert - eine schwarze Hose mit Nadelstreifen, ein dunkles Hemd, das an den Ellbogen hochgekrempelt ist. Als käme er frisch von einer Söldnerjagd. Lederbänder wickeln sich um sein Handgelenk, eines mit demselben goldenen Baumsymbol wie auf Eryx' Ring.

Er ist so groß wie Khaos und tritt tiefer in den Raum, seine Anwesenheit erregt Aufmerksamkeit, aber als er hereinkommt, ist es, als würde ich dem Teufel gegenüberstehen. Bei seinem Anblick fährt mir ein Schauer über die Haut.

"Wer hat nicht vor, hierzubleiben?", fragt er mit dunkler, sanfter Stimme.

Mein Puls rast in meinen Ohren, und wieder einmal muss ich mich daran erinnern, dass diese Dukes zwar faszinierend, aber tödlich sind. Sie sind auch meine Schicksalsgefährten, und das ist eine viel kompliziertere Diskussion, die ich erst noch mit mir selbst führen muss.

"Finnland ist bezaubernd", antwortet Eryx, bevor ich es kann, und mustert mich. "Tallis hier kann bestätigen, wie aufregend wir sind." Er lächelt mich an, als gäbe es einen Insider zwischen den beiden, und ich kenne die Pointe nicht.

Als ich mich wieder Tallis zuwende, spiele ich seinen Namen in Gedanken durch und mag es, wie präzise er klingt, und wie seine Aufmerksamkeit auf mich gerichtet ist.

"Warum sollte unsere Schicksalsgefährtin jemals daran denken, ihr Zuhause zu verlassen?", fragt Tallis und umkreist mich wie ein Jäger seine Beute.

Eryx lässt sich nicht beirren. "Vielleicht bekommt sie kalte Füße."

"Wirklich?" Tallis' Lachen hallt durch den Raum, seine Augen glänzen vor Heiterkeit. "Sollte diese ganze Schicksalsgeschichte nicht, du weißt schon, absolut sein?"

"Ich denke schon." Meine Wangen glühen. "Aber ich sehe hier nichts, was sich für mich wie Schicksal anfühlt."

Eryx bricht in Gelächter aus. "Sie hat dich gerade verleugnet, Bruder. Wir behalten sie."

Tallis bleibt vor mir stehen und blickt mich herausfordernd aus seinen schwarzen Augen an.

"Du bist unsere Schicksalsgefährtin, und dem Duft in der Luft nach zu urteilen, bereitet sich dein Körper bereits auf uns vor. Das macht dich zu unserer Frau. Das weißt du doch, oder?"

"Ich Glückspilz", murmle ich sarkastisch und lasse meinen Blick zwischen ihnen hin und her wandern. "Und euch ist klar, dass ihr es euch verdienen müsst, wenn ihr meine Schicksalsgefährten sein wollt, oder?"

Die Stille verschlingt den Raum zwischen uns, während sich ein Grinsen auf meine Lippen legt und die beiden einen Blick austauschen, als hätte ich sie überrascht.

*Ein Punkt für mich. Null Punkte für die Dukes.*

"Glaubst du etwa, das war ein Freiflug?"

Eryx lacht. "Hast du das gehört? Wir müssen uns sie verdienen. Das wird ein Spaß."

Tallis mustert mich mit diesen Augen, die wie Sex aussehen, als würde er sich mental darauf vorbereiten, meine Herausforderung anzunehmen.

Ich will es nicht zugeben, aber ein Teil von mir denkt, dass sie vielleicht recht haben. Das könnte Spaß machen oder eine Katastrophe sein. So oder so sind wir Schicksalsgefährten, und während ich hier festsitze, muss ich daran arbeiten, herauszufinden, wer die Mörder meiner Eltern sind. Das bedeutet, die Geschäfte der Dukes auszuspionieren und herauszufinden, wo sie die Aufzeichnungen über die von ihnen vergebenen Söldneraufträge aufbewahren.

"Wo ist Khaos?", fragt Tallis, schlendert zur Bürocouch am Ende des Raumes und zieht einen gepolsterten Stuhl heran, um ihn vor das Sofa zu stellen.

"Er sollte nicht lange brauchen", murmelt Eryx und bleibt dicht bei mir stehen.

"Nun, wie wäre es, wenn wir anfangen?", beharrt Tallis, klopft auf den Stuhl und schaut in meine Richtung. "Für dich, mein Knallfrosch."

Ich löse mich von der Stelle, an der meine Schuhe auf dem Boden kleben, und nähere mich vorsichtig dem Stuhl. Ihre Anwesenheit im selben Raum ist so, als würde ich an ihren männlichen Düften ersticken, was meine Erregung auf Hochtouren laufen lässt.

Meine Haut kribbelt, der Atem wird flacher, aber ich schaffe es.

Die Brüder beobachten, wie ich mich auf den Stuhl

sinken lasse, die Beine übereinanderschlage und mich in den Plüsch zurücklehne, während ihre Blicke mich durchbohren.

"Ist das ein Verhör?" Meine Stimme klingt ruhiger, als ich mich innerlich fühle, vor allem, weil sich die Hitze zwischen meinen Schenkeln wie ein Inferno anfühlt.

"Wir lernen uns gerade kennen." Eryx setzt sich zu seinem Bruder auf die Couch und lächelt, als sei alles in Butter. Ich weiß den Versuch zu schätzen, den er unternimmt, um mich zu beruhigen. Tallis hingegen ... sein Verhalten mir gegenüber hat etwas Feindseliges an sich, und ich schwöre, ich sehe Flammen hinter seinen schwarzen Dämonenaugen.

Es waren Jahre der Planung, des Trainings und der Verfeinerung meiner Kampffähigkeiten ... Das sind die einzigen Dinge, die mich davor bewahrt haben, den Verstand zu verlieren. Also, ich gebe nicht auf.

"Fühlt sich an wie ein Blind Date", murmle ich und meine Worte entgleiten mir, bevor ich sie festhalten kann.

"Hattest du schon viele Dates?" Eryx' Frage durchschneidet die Luft. Die Intensität hinter seinen Worten ist explosiv, als würde er gleich nach ihren Adressen fragen, damit er sie besuchen kann. Oder bin ich vielleicht nur paranoid?

Ich zucke mit den Schultern. "Nicht wirklich."

"Blind Dates, hm, *Mina*?" Tallis kichert von seiner Seite der Ledercouch aus, eine dunkle Belustigung zeichnet sich auf seinen Gesichtszügen ab. "Sie sind wie das Auspacken eines Pakets, dessen Inhalt entweder ein Juwel oder eine tickende Zeitbombe sein könnte, denn die meisten Leute lieben es, mit ihrem wahren Ich Verstecken zu spielen."

Eryx blickt ihn an. "Wovon zum Teufel sprichst du? Du musst wirklich an deinen Witzen arbeiten."

Tallis' stechende Augen bleiben auf meine gerichtet, und eine Welle des Grauens überrollt mich, während ich an mir zweifle. Fordert er mich absichtlich heraus, durchschaut er meine Lügen? Das Gewicht seines Blicks bringt mich zum Schwitzen, während mein Herz schneller schlägt, weil ich ihm ausgeliefert bin.

Ein Teil von mir fragt sich, ob dies der richtige Zeitpunkt ist, um zu sagen, wer ich bin, da es jetzt einfacher ist, es zu erklären, aber was ist, wenn sie von dem Anschlag auf meine Familie wissen. Würden sie versuchen, die Wahrheit zu verbergen, um nicht als die Bösen dazustehen? Ganz zu schweigen davon, dass sie mich nie aus den Augen lassen würden, nachdem sie herausgefunden haben, dass ich sie bereits belogen habe. Aber wenn sie etwas mit dem Mord an meinen Eltern zu tun hatten, bin ich mir nicht sicher, ob ich sie jemals wieder ansehen kann.

Ich werde mich an den Plan halten. Ich brauche höchstens ein paar Tage, um Informationen zu finden. Sobald ich mir einen Überblick über das Anwesen verschafft habe, meine ich. Dann, wenn sie involviert sind, werde ich ihnen die Wahrheit sagen, während ich mit einer Klinge an ihrer Kehle stehe.

"Okay fangen wir an. Name, Adresse, Alter",

brummt Tallis und lenkt mich von meinen Gedanken ab.

"Mina Carter, Acacia Street 13, Kapstadt, und ich bin einundzwanzig." Ich halte inne und halte meinen Atem ruhig. "Und was ist mit eurem Alter?", fordere ich, wobei mein Blick Tallis nicht verlässt. Meine Lügen gehen mir leicht von der Zunge, aber wenn ich Fragen beantworte, werden sie es gefälligst auch tun. Ich behalte die Fassung und rühre mich nicht von der Stelle, aber in Wahrheit habe ich mich noch nie so entblößt gefühlt wie in diesem Moment.

"Siebenundzwanzig", antwortet Tallis.

Eryx lehnt sich in der Couch zurück. "Achtundzwanzig."

Mir fällt auf, dass sie trotz ihres unbarmherzigen Rufs auf der jüngeren Seite der normalen Lebensspanne eines Wolfswandlers liegen, die normalerweise drei- bis vierhundert Jahre beträgt.

"Und was machst du beruflich?", fährt Eryx fort.

"Ein einfacher Job zur Dateneingabe. Nichts Aufregendes." Ich brauche sie nicht zu fragen, was sie tun, denn es ist allgemein bekannt, dass sie von Finnland aus ein riesiges Söldnerunternehmen betreiben.

"Mir ist das Familienwappen auf deinem Anhänger aufgefallen", sagt Eryx. "Ist deine Familie in Südafrika? Sind sie auch in der Datenerfassung tätig?"

Seine Fragen hängen in der Luft, während ich versuche, die Fakten richtig einzuordnen, und werden mit der Erwähnung meiner Eltern immer schwieriger.

Bilder blitzen in meinem Kopf auf, wie Schüsse, die

auf mich einschlagen, immer und immer wieder, so plötzlich, dass ich unvorbereitet bin.

Blut.

Leblose Körper.

Leere Augen.

Tränen ... Herzschmerz, der mich in Stücke gerissen hat. Ich habe mich nicht erholt, das weiß ich. Der Raum verdichtet sich um mich herum, das Atmen fällt mir schwer, und das Stechen in den Augenwinkeln kommt zu schnell. Ich würde alles dafür geben, meine Eltern wieder in meinem Leben zu haben. Mein Glück aufgeben, meine Zukunft, sogar meine Schicksalsge-fährten ...

Die Vergangenheit drängt sich in meinen Kopf und füllt ihn mit Dunkelheit, die mich langsam erstickt.

Schweigen.

Ich versuche, meine Stimme zu finden, aber sie ist irgendwo mit meinem Verstand verloren gegangen.

Die Gedanken bleiben bei mir, während ich eine Antwort erzwinge.

"Sie sind ... sie sind weg", bringe ich schließlich heraus, meine Stimme ist kaum noch ein Flüstern. "Ich habe sie vor Jahren verloren."

Die bedrückende Stille lässt mich in meinem Sitz zittern, und ich schiebe nervös meine Hände unter meine Oberschenkel, um sie am Zittern zu hindern. Ich weiß nicht, wie ich jemals über ihren Verlust hinweg-kommen soll, wenn ich jedes Mal, wenn ich an sie denke, ertrinke.

Eryx ist plötzlich an meiner Seite, hockt sich vor

mich, seine warme Hand ruht sanft auf meinem Knie. "Es ist alles gut. Alles wird wieder gut."

Diese einfachen Worte haben mehr Wirkung, als er je wissen wird. Ich hebe meinen Blick zu seinen bernsteinfarbenen Augen und habe das Gefühl, dass er in diesen wenigen Sekunden irgendwie den Sturm versteht, dem ich gegenüberstehe, die Bombe, die unter meinem Brustkorb tickt und jeden Moment zu explodieren droht.

Ich schenke ihm ein dankbares Lächeln. "Danke, ich weiß das zu schätzen, aber es geht mir gut."

"Warst du schon einmal in Finnland?", fragt Tallis und lehnt sich nach vorne, die Unterarme auf die Oberschenkel gestützt. Er ahnt etwas. Ich kann es an seinem intensiven Blick sehen.

Eryx steht auf, nimmt meinen Arm und hebt mich von meinem Sitz. "Sie hat genug", sagt er über die Schulter zu Tallis und dann wieder zu mir. "Ich werde eines der Dienstmädchen bitten, dich auf dein Zimmer zu bringen. Ich bin sicher, heute ist alles zu überwältigend."

Tallis' Blick verweilt auf mir, und ich frage mich, was er wohl denkt. Mit dem Nebel in meinem Kopf, dem Verlangen in meinem Körper und der Verlockung meiner Schicksalsgefährten hat Eryx recht. Ein Verhör ist das Letzte, was ich gebrauchen kann.

"Das würde ich zu schätzen wissen." In meiner Stimme liegt immer noch eine Spur von Verletzlichkeit, die ich nicht beabsichtigt hatte.

Eryx begleitet mich auf den Flur, wo er einem Mädchen zuruft, das vielleicht ein paar Jahre älter ist als ich, eine schwarze Hose und ein dazu passendes Hemd trägt und eher wie ein Bodyguard als ein Dienstmädchen aussieht.

"Helmi, kannst du Mina auf ihr Zimmer bringen?", fragt Eryx, woraufhin das Mädchen nickt.

Prompt verschränkt sie ihren Arm mit meinem, und wir sind weg, bevor ich überhaupt verarbeiten kann, was passiert ist. Als ich einen Blick über meine Schulter werfe, sehe ich, wie Eryx zurück ins Büro schlüpft und die Tür hinter sich schließt.

Der Wirbelwind von Emotionen und Enthüllungen lässt mich taumeln, und mein Bauch tut weh, weil sich die Dinge so schnell überschlagen. Aber etwas an Tallis hat mich aus dem Gleichgewicht gebracht.

Worauf genau habe ich mich da eingelassen?

Ich werde das Gefühl nicht los, dass in den Schatten etwas viel Gefährlicheres auf mich lauert.

8

———

TALLIS

"**S**ie lügt uns an. Sie ist nicht die, für die sie sich ausgibt", spucke ich aus, als ich in Clarks Büro in Vanguard Manor stürme, das direkt vor den Toren unseres Anwesens liegt. Von dort aus leiten wir unsere Geschäfte, aber im Moment muss ich mit meinem Bruder Khaos sprechen, der mich mit einem verwirrten Blick hinter dem Schreibtisch anstarrt.

"Hast du uns deshalb hierhergeschleppt?" Eryx schließt die Tür hinter uns und stolziert in den Raum, wobei sich seine Lippen zu einem Grinsen verziehen. "Um deine Verdächtigungen auszusprechen?"

"Vielleicht, Eryx", knurre ich zurück und bemerke aus dem Augenwinkel, dass Khaos schwer seufzt, "hast du deinen Kopf schon so sehr an ihren verlockenden Duft verloren, dass du die Gefahr vor dir nicht mehr siehst. Hat ihre Hitze dein Urteilsvermögen vernebelt?"

"Ich möchte dich daran erinnern, kleiner Bruder, dass nicht jeder deine Paranoia hat", murmelt Eryx und steckt seine Hände in die Tasche. "Nicht jeder ist darauf aus, uns zu kriegen."

Der Drang, ihm einen Stuhl ins selbstgefällige Gesicht zu schleudern, steigt in mir auf. Er liebt es, in der Vergangenheit zu wühlen und weiß, wie sehr er mich damit auf die Palme bringen kann. Mit zusammengebissenem Kiefer kann ich die verdammten ungewollten Erinnerungen nicht stoppen, die in meinem Kopf herumschwirren, oder das Gefühl der verdammten Rache für das erste Mädchen, in das ich mich verliebt hatte. Ein Stachel des Verrats und meiner eigenen Dummheit erinnert mich daran, warum ich Mina, meiner Schicksalsgefährtin, nicht so leicht vertrauen sollte.

Ich weiß, dass ich verdammte Vertrauensprobleme habe. Ich bin in meinem Innersten gebrochen, und jetzt soll ich eine Seelenverwandte akzeptieren, die meine Paranoia wie ein Lagerfeuer aufflammen lässt. Ich ertrinke immer noch in der Asche meiner Vergangenheit und bemühe mich, die Wahrheit klar zu sehen, aber meine Instinkte sind bei Mina völlig außer Kontrolle.

Es ist eine Erinnerung, die ich nicht brauche, und ich schüttele den Kopf, um die Bilder von Sereia zu verdrängen, sie, die mein Herz und mein Vertrauen zu Staub zermalmt hat. Sie hat bewiesen, dass sie ein Netz aus Lügen war, und ich habe sie über mich kommen lassen. Verflucht. Nie wieder.

Eryx studiert mich, und heute macht er mich noch mehr wütend als sonst.

"Was wirst du tun, wenn du herausfindest, dass dein

kleiner Knallfrosch nichts als eine Fata Morgana ist? Was dann?"

Er grunzt und versucht nicht einmal, seinen Unglauben zu verbergen.

"Seid ihr hier, um zu zanken, oder wollt ihr wirklich etwas?" Khaos' lautes Bellen unterbricht meine Auseinandersetzung mit Eryx. Er dreht sich zu meinem ältesten Bruder um, der Clark einen Stapel Papiere übergibt und steht auf, um mich anzusehen. "Also, worum geht es?"

Clark hebt das Kinn, faszinierter als er sein sollte, aber ich weiß auch, wie sehr er Dramen genießt.

"Mina ist nicht ihr richtiger Name, was lügt sie also noch?", verkünde ich, und ein Teil von mir fragt sich, ob ich meine Zeit vergeude. Meine Brüder machen sowieso ihr eigenes Ding.

"Erkläre es mir", fordert Khaos, der seinen Kopf zur Seite neigt und seine Aufmerksamkeit ganz auf mich richtet.

Eryx schnaubt und steht einige Schritte hinter mir an der Tür. Ich kann sehen, dass er bereits so in sie verliebt ist, dass sie ihn mit einer Klinge bedrohen könnte, bereit zuzuschlagen, und er würde sie dazu drängen, ihn bluten zu lassen.

Ich knirsche mit den Zähnen.

"Es ist wegen der leichten Veränderung in ihrer Stimme, ein Bruchteil eines Tons, der sich einfach ... verschoben hat. Der leichte Anstieg ihres Herzschlags zur gleichen Zeit, als würde sie einstudierte Sätze sprechen und versuchen, die Lügen unter Kontrolle zu halten."

Meine Brüder schweigen, Khaos' Gesicht ist nicht zu erkennen, aber ich kenne ihn. Er behält seine Gefühle für sich. Das heißt aber nicht, dass er nicht auch Verdacht schöpft.

"Dann waren da noch ihre Augen", fahre ich fort. "Ihre Pupillen waren geweitet, als wäre sie eine Beute, die ihrem Raubtier gegenübersteht, und nicht ihren potenziellen Partnern, als sie uns anstarrte."

Eryx stößt ein hohles Lachen aus. "Du hast dir gerade selbst widersprochen", scherzt er. "Natürlich hat das Mädchen Angst. Sie hat entdeckt, dass ihr Schicksal mit uns verbunden ist. Außerdem würde dein reizender Charme jeden verunsichern."

Ich hasse es, zuzugeben, dass mein Bruder zumindest teilweise recht hat.

"Gut", gebe ich zu und ärgere mich. "Sie ist nervös, sogar verängstigt, das verstehe ich. Aber sie lügt immer noch darüber, wer sie ist." Ich habe in meinem Leben schon genug Leute gequält und verhört, um eine Lüge auf hundert Fuß Entfernung zu riechen.

"Da muss ich Tallis zustimmen." Clarks Stimme durchschneidet die Stille. Er ist der Letzte, von dem ich erwarte, dass er auf meiner Seite steht. Er und ich waren nie einer Meinung, nachdem ich die Hälfte seines Gebäudes niedergebrannt hatte. Andererseits hinterlässt alles, was mit ihm zu tun hat, ein ungutes Gefühl in meinem Bauch.

Khaos kommt um den Schreibtisch herum zu uns, die Lippen zu einer dünnen Linie zusammengepresst.

"Die Leichtigkeit, mit der sie ihre Klinge bei mir zog, hatte etwas Eigenartiges", sinniert er.

Clark schnappt nach Luft. Der Kerl war immer so überfürsorglich zu meinem Bruder, er würde alles für ihn tun. Wie damals, als er einen Pakt mit einem rachsüchtigen Geist schloss und ihn an Khaos' Dienste band, um ihn Tag und Nacht zu bewachen. Zuerst war es lustig, bis der Geist anfing, sich gegen uns zu wenden, also mussten wir ihn exorzieren.

"Sie versteckte die Klinge unter ihrem Oberteil und zog sie mit einer Geschicklichkeit, die für eine Dateneingabe-Angestellte alles andere als gewöhnlich ist."

"Siehst du, ich bin nicht der Einzige, der etwas Seltsames vermutet", stelle ich fest, dankbar, dass nicht nur ich einen klaren Kopf habe.

"Denkt daran, dass jedes Mitglied des Hauses Gold und Granat weiß, wie man mit einer Klinge umgeht. Sie könnte genauso gut mit einer in der Hand geboren sein", sagt Eryx mit ruhiger Stimme.

"Vielleicht", fügt Khaos hinzu. "Aber die Art und Weise, wie sie mir das Messer an die Kehle hielt, war sehr präzise. Sie war schneller, als ich reagieren konnte, und es gehört schon eine beachtliche Leistung dazu, mich so zu überraschen."

"Euer Gnaden, schon die bloße Bedrohung mit ihrer Waffe an eurer der Kehle ist eine direkte Beleidigung", erklärt Clark.

Khaos ignoriert ihn. Ich kenne meinen Bruder gut genug, um zu wissen, dass er sich nicht immer an die Regeln hält, besonders wenn es um etwas oder jemanden geht, an dem er interessiert ist. Wozu Mina zählt.

Nicht falsch verstehen, ich hege keinen Hass gegen

das Mädchen. Sie ist verdammt schön, ein fesselnder Anblick. Der Gedanke, sie auszuziehen, sie über den Schreibtisch zu beugen und ihre süße Möse zu ficken, ist mir schon öfter in den Sinn gekommen, als ich zugeben will. Aber bevor ich wieder jemandem nachgebe, muss ich genau wissen, wem ich mich ausliefere. Ich werde mich nicht noch einmal täuschen lassen.

"Sie lügt und verheimlicht etwas", beharre ich.

Eryx, der ungewöhnlich ruhig war, strahlt Irritation aus, von seinen steifen Schultern bis zu seinem schweren Atem. Aber ob es ihm gefällt oder nicht, er muss der Wahrheit ins Auge sehen.

Clark dreht sich von seiner Position hinter dem Tisch ganz zu uns um.

"Kann mir jemand sagen, wie Mina überhaupt auf dem Anwesen gelandet ist? Als ich sie das letzte Mal sah, hatte ich die Befragung abgeschlossen und ließ sie von meinem Wächter vom Grundstück eskortieren." Seine Stimme klingt kontrolliert, aber sein Gesichtsausdruck ist starr, als ob er darum ringt, seine Wut unter Kontrolle zu halten. "Und ich weiß nicht, ob ihr euch dessen bewusst seid, aber sie wurde von den Wachen hierhergebracht, weil man sie verdächtigt, in die verschwundenen Söldneraufträge und Zahlungen verwickelt zu sein."

Bei seiner Andeutung verkrampfe ich mich, aber bevor ich antworten kann, kommt mir Eryx zuvor.

"Moment mal. Du unterstellst ihr, dass sie schuldig ist, aber du bist derjenige, der sie gehen ließ? Vielleicht solltest du deinen Ton überdenken und dich mit Urteilen zurückhalten. Egal, was die Anwesenden

denken, denk daran, dass sie unsere Schicksalsgefährtin ist."

Clark wird bei den Worten meines Bruders blass,
sein Mund bleibt vor Schreck offenstehen. "Eure
Schicksalsgefährtin? Für jeden von euch? Bist du
sicher?"

Ich finde Clarks Überreaktion ihr gegenüber seltsam. Was genau ist während des Interviews zwischen
ihnen passiert?

Khaos rollt bei diesem Wortwechsel mit den Augen,
antwortet aber entschieden: "Ja, das ist sie."

Schwere senkt sich durch den Raum, und ich spüre
sie in der Magengrube. Ich verstehe, warum Eryx so
verärgert über uns ist. Er will, dass wir die Situation
annehmen und weitermachen. Aber was ist mit Mina?

Sie schien nicht gerade überglücklich über die
Nachricht zu sein, auch wenn die ersten Anzeichen
ihrer Brunst uns zu ihr riefen.

"Wenn du sie mit diesen Fragen überhäufst, wirst
du sie verscheuchen." Eryx' Stimme hallt im Raum
wider. "Sie hat bereits gesagt, dass sie sich noch nicht
entschieden hat, ob sie bei uns bleiben will."

"Sie kann nicht gehen", schnappt Khaos.

"Das haben wir auch gesagt", fährt Eryx fort.

"Dann brauchen wir einen anderen Ansatz", schlage
ich vor.

"Ich habe es", unterbricht mich Clark. "Nimm eine
Blutprobe von ihr und wir testen sie. Sie muss in
unserer Datenbank sein. Und wenn nicht, haben wir
Verbindungen."

"Ich glaube nicht, dass sie zustimmt", sagt Eryx und

seine Stimme wird bitter. "Aber Tallis kann sie fragen, schließlich hat er dieses ganze Fiasko verursacht."

"Wir sollten es mit dem Reflexionsritual versuchen", schlage ich vor, da ich nicht in der Stimmung bin, weiter mit Eryx darüber zu streiten. Ich werde die Beweise besorgen und sie ihm zeigen. "Das Ritual ist ein sicherer Weg, um ihre Wahrheit zu bestätigen, ohne sie in die Enge zu treiben oder sie durch Reifen springen zu lassen."

Ich schaue Khaos in die Augen, die Ungewissheit ist in die Falten auf seiner Stirn geätzt. Das Ritual versetzt mich in einen Rausch der Vorfreude. Es gibt uns die Chance, die Wahrheit über sie herauszufinden, und wenn ich mit meinem Verdacht falschliege, werde ich gerne meinen Stolz herunterschlucken und es zugeben.

"Vielleicht ist das Ritual gar keine so abwegige Idee", gibt Khaos zu, woraufhin ich grinse. "Tallis, triff die Vorbereitungen. Clark, bring mich auf den neuesten Stand über Mina und die Umstände ihrer Ankunft."

Clark ergreift die Gelegenheit und stürzt sich in eine Flut von Erklärungen. Eryx, der das weniger akzeptiert, schüttelt den Kopf und stürmt aus dem Raum. Das ist mein Stichwort, ebenfalls zu gehen.

Als ich in den kalten Korridor trete, spüre ich eine kühne Entschlossenheit in mir, wenn ich daran denke, dass sie das Ritual macht. In diesem Moment stelle ich mir ihre trotzigen Augen vor, und ich bin begierig, ihr frontal gegenüberzutreten. In einem bin ich mir sicher: Minas Wahrheit wird eine Begegnung sein, die jede Narbe wert ist.

Ich marschiere zurück in das prächtige Herrenhaus, meine Stiefel stampfen zielstrebig auf den Marmorboden. Die Korridore sind ruhig, nur während der Mahlzeiten, bei Feiern und wenn Besucher kommen, eilen die Diener umher. Besonders wenn mein Großvater uns besucht. Ich mag es lieber ruhig.

Als ich mich ihrem Zimmer im dritten Stock nähere, das nicht allzu weit von unserem entfernt ist, bin ich bereit, sie zur Rede zu stellen. Ich würde alles geben, um das Misstrauen loszuwerden, das sich wie Stacheldraht um mein Inneres wickelt. Ich erhebe meine Hand, um an ihre Tür zu klopfen, und gerade als meine Fingerknöchel sie berühren, schwingt die Tür auf und gibt einen leeren Raum frei.

Stirnrunzelnd trete ich ein und lasse meinen Blick über das geräumige Zimmer schweifen, das unbewohnt zu sein scheint. Das Himmelbett ist unberührt, die Kommode und der Kleiderschrank sind geschlossen, und die üppigen Pelzdecken auf der Truhe am Fußende des Bettes liegen unangetastet darauf.

Ich bewege mich über die Plüschteppiche und nähere mich dem Badezimmer, halb in der Erwartung, sie dort anzutreffen, aber ich werde mit Stille und einem wachsenden Gefühl des Misstrauens empfangen.

Wo zum Teufel ist sie?

Ich drehe mich auf den Fersen und schreite hinaus, als eine zierliche Gestalt auftaucht und ich mit einem Ruck stehen bleibe. Es ist das Dienstmädchen, das Mina auf ihr Zimmer gebracht hat.

"Helmi", beginne ich. "Mina ist nicht da drin."

Sie blinzelt zu mir auf, die Räder drehen sich hinter ihrem dunklen Blick. "Ich habe sie hier drin gelassen, Euer Gnaden", stammelt sie. "Sie sagte mir, sie sei müde und würde sich ausruhen."

"Und du hast gesehen, wie sie den Raum betreten hat?"

"Ja, Sire." Sie nickt, und ihre Locken wippen bei der Bewegung. "Sie schlenderte herein und schloss die Tür hinter sich."

"Und du hast danach nichts Ungewöhnliches gesehen oder gehört?"

"Nichts. Ich bin regelmäßig an ihrem Zimmer vorbeigegangen, falls sie etwas braucht."

Meine kleine Schicksalsgefährtin schlich sich aus ihrem Zimmer und an Helmi vorbei, was mich noch misstrauischer macht.

Ich entlasse das Dienstmädchen mit einer knappen Handbewegung, und während sie davonhuscht, beschließe ich, Mina aufzuspüren. Sie kann nicht weit gekommen sein. Der Ein- und Ausgang des Anwesens wird streng bewacht, und wenn sie keine Nachricht von meinen Brüdern und mir erhalten, darf niemand das Gelände verlassen oder betreten.

Als ich mich auf die Suche mache, ist der Drang, sie zu finden und herauszufinden, was sie vorhat, stärker denn je.

9

———

BILLIE

$\mathcal{E}$s ist schon komisch, wie das Leben funktioniert. In der einen Minute arbeite ich für ein Kommunikationsunternehmen und weiß nicht, ob ich jemals die Wahrheit herausfinden werde. Im nächsten Moment schleiche ich durch ein grandioses Anwesen, das drei gefährlichen Dukes gehört, und suche nach Beweisen, dass sie den Mord an meinen Eltern arrangiert haben.

Mit leisen Schritten eile ich über den langen Teppich im obersten Stockwerk, die Dringlichkeit von Antworten drückt gegen meine Brust, besonders nachdem Tallis mich vorhin fast als Lügnerin bezeichnet hat. Wie lange wird es dauern, bis er seine Brüder auf mich angesetzt hat und sie herausfinden, warum ich hier bin?

Wird mich mein Status als ihre Schicksalsgefährtin vor dem bewahren, was sie für mich auf Lager haben?

Ich bin für eine Mission hier, und nichts wird mich aufhalten. Das bedeutet, dass ich schnell handeln muss, bevor ich rausgeschmissen werde ... oder Schlimmeres. Der Gedanke, meine Schicksalsgefährten zu verlieren, schnürt mir die Rippen ein. Hört mir zu, wie ich wegen Männern ausflippe, die ich zu bekämpfen geschworen habe, wenn sie zwischen mich und die Killer kommen.

Die Qualen, die die Trennung von ihnen mit sich bringt, werden fast unerträglich sein. Das liegt in Natur des Bandes zwischen Seelenverwandten. Aber ich klammere mich an die Hoffnung, dass der Schmerz erträglicher sein könnte, wenn ich es vermeide, die Bindung zu besiegeln. Das heißt, solange ich nicht mit ihnen schlafe ... Ich seufze, als eine Welle meiner Hitze durch mich hindurchfährt, als ich es nur erwähne.

Ich kann nicht einmal darüber nachdenken, wie wir mit den Folgen umgehen werden oder wie wir das schaffen sollen.

Ich spüre bereits, dass ich Kopfschmerzen vom vielen Nachdenken bekomme.

Als ich mich umschaue, sind die meisten Türen verschlossen, ihre Geheimnisse verborgen. Während ich mit dem Dietrich in meiner Tasche herumfummele, der mir Zugang zu diesen Räumen verschafft, erkunde ich, was hier los ist und ob ich allein bin.

Ein entferntes Murmeln lässt meinen Puls schneller schlagen und mich über die Schulter blicken, weil ich überzeugt bin, dass mir jemand auf den Fersen ist. Da ist nichts, also beeile ich mich, zu gehen.

Ich biege um die Ecke des Korridors, was mich in eine Sackgasse führt, aber vor mir ist ein überdimensionales Bogenfenster mit einem goldenen Rahmen, aber ohne Jalousien. Dahinter liegt in der Ferne Rovaniemi. Es ist spektakulär. Ich stolpere vorwärts, wo sich die Stadt vor mir wie ein Märchen ausbreitet, ihr gewundener Fluss, der Kemijoki, schimmert in der Sonne wie ein blaues Band. Brücken kreuzen ihn, die Ufer sind mit Häusern gespickt. Hinter der Stadt erstreckt sich ein dichter Teppich aus Wäldern. Der Ort ist hypnotisierend. Zu Hause hat mich Kapstadt schon immer verzaubert, aber dieser Ort hat etwas Besonderes.

So gerne ich ihn auch erkunden würde, im Moment habe ich nicht die Zeit dazu. Als ich den Weg zurückgehe, erregt eine angelehnte Tür meine Aufmerksamkeit. Impulsiv eile ich hinüber und stoße sie sanft auf.

Es ist niemand drinnen, aber der Anblick lässt mich innehalten, meine Augen sind kurz davor, herauszufallen. Wegen der tausend winzigen Lichtpunkte, die von der Decke glitzern, kommt es mir vor, als sei ich in ein Planetarium getreten.

Ich trete mit einem Schnauben auf den Lippen ein und ziehe die Tür hinter mir zu.

Das Erste, was mir auffällt, ist die wandfüllende Sammlung von Himmelskarten, auf denen dutzende rote Punkte markiert sind. Überall sind Karten. Dann fallen mir die Federn auf, die hier und da verstreut liegen, als ob jemand hier Hühner gehalten hätte. Nur, dass diese zu Hühnern in Dinosauriergröße gehören.

Ich hebe eine goldene Feder auf, die so lang ist wie mein Arm, der Kiel ist steinhart, die Federn sind seidenweich. Einige stehen in einer Glasvase, andere liegen auf Tischen oder in Bücherregalen verstreut, ihre Farben reichen von hellem Gold bis zu pechschwarz. Sie sind wunderschön.

Mir ist klar, zu wem sie gehören. Ich bin in Eryx' Zimmer, und das müssen die Federn seines Gryffins sein. Ich sollte Angst haben, aber ich bin zu aufgeregt, den Ort zu erkunden, um mir jetzt Gedanken über ihn zu machen. Außerdem werde ich nicht lange bleiben. Wer hätte gedacht, dass ein Söldner, wie er sich für Astronomie interessiert?

Schreibtische und Stühle, Regale und Schränke, nichts steht in der Mitte des Raumes, wo die Hauptattraktion steht. Das massive Teleskop zeigt auf das Fenster, wo es sich über eine Wand hinweg nach oben durch die Decke wölbt. Das Tageslicht glänzt auf seiner polierten Oberfläche, als ich näherkomme. Meine Hand zögert über dem Okular, bevor ich schließlich mein Auge auf die Linse senke.

"Wow. So eins brauche ich auch", murmele ich vor mich hin.

Durch das Teleskop wird die Welt schärfer, und im blauen Hintergrund bemerke ich den Mond. Selbst bei Tageslicht ist er wie ein Geist am Himmel zu sehen.

Das Knarren des Fußbodens ertönt hinter mir, und ich schrecke zurück, drehe mich um, aber der Mond bleibt in meiner Netzhaut eingebrannt. Jemand ist auf der anderen Seite des Raumes. Ich blinzle, um klar zu sehen, stolpere zurück und stoße das Teleskop an, wobei ich die optische Röhre in Richtung des Zimmers statt des Fensters schiebe.

Mein Herz gefriert in meiner Brust, und ein ausgestoßener Laut entweicht meiner Kehle.

Tallis steht in der Tür, füllt den Raum aus, eine bedrohliche Gestalt. Seine Arme hängen lässig an seinen Seiten, doch jeder Muskel seines Körpers wölbt sich gegen seine Kleidung und schreit nach Macht. Rabenschwarzes Haar fällt um sein starkes Gesicht, vom Wind zerzaust, als wäre er gerannt.

"Eryx wird wütend sein", sagt er mit seiner tiefen, kehligen Stimme und hebt sein Kinn in Richtung des Teleskops, das ich versehentlich aus seiner ursprünglichen Position gestoßen habe.

"Dann hättest du mich nicht erschrecken sollen", erwidere ich. Ich richte meine Wirbelsäule auf und fasse meinen Mut zusammen, obwohl ich zittere, weil ich erwischt wurde. Ich erinnere mich noch an das Gespräch im Büro mit ihm und Eryx, wo mich sein misstrauischer Blick an meinen Plänen zweifeln ließ.

Jetzt starrt er mich genauso an.

"Du hast dein Zimmer verlassen", murmelt er und tritt einen Schritt näher.

Instinktiv weiche ich zurück, und in meinem Nacken kribbelt es vor Angst. Ich habe noch nie einem Dämon gegenübergestanden, und er hat etwas leicht Beunruhigendes an sich. Vielleicht liegt es daran, dass auch in seinen Adern göttliches Blut fließt, was ihn unberechenbar und furchterregend macht. Wozu genau ist er fähig?

"Und warum folgst du mir?", fordere ich ihn heraus, während mein Absatz gegen die Kante des Schreibtischs in meinem Rücken stößt. Seine Nähe weckt den Sturm in mir, meine Hitze steigt in einem Crescendo an und bringt mich von innen heraus zum Kochen. Mein

Magen flattert, Hitze steigt zwischen meinen Schenkeln auf.

Der Duke ist gebaut wie ein Gott, und er ist so selbstsicher, so verdammt arrogant. Das sollte mich krank machen. Stattdessen läuft mir eine Gänsehaut über den Rücken, weil ich mich so sehr zu diesem Fremden hingezogen fühle … zu meinem Schicksalsgefährten.

Seine Mundwinkel wölben sich nach oben, seine Nasenlöcher weiten sich bei meinem Duft. Ich hasse es wirklich, wie leicht mein Körper mich verrät oder wie er so nah bei mir steht, dass ich einen Hauch von rauchigem, verkohltem Holz in der Umgebungsluft einatme, der an Lagerfeuer erinnert, gesäumt mit einem Aroma von Wildkirschen. Er dringt in jeden Zentimeter von mir ein und macht es mir fast unmöglich, mich zu konzentrieren. Vor allem, wenn das Erste, was mir in den Sinn kommt, das Bild meiner Schenkel ist, die sich um sein Gesicht legen, während er sich zwischen meine Beine senkt.

Ich kämpfe gegen meinen Körper an, der nach ihm schreit, und mein Höschen wird immer feuchter. Ich beiße mir auf die Unterlippe, bis es weh tut, und schalte mein Gehirn wieder ein.

"Antwortest du immer mit einer Gegenfrage?"

Seine Worte spülen über mein Gesicht, und ich spüre den Adrenalinstoß, der mich durchströmt. Bei der aggressiven Art, wie mein Körper auf ihn reagiert, könnte ich genauso gut einen Blitzableiter berühren. Er bewegt sich nicht weg, sondern überragt mich, und die Muskeln in seiner Kehle spannen sich an, als er schluckt. Als ich aufschaue, sehe ich seine gerunzelte Stirn, die mehr verwirrt als wütend aussieht.

Kaum hat mein Verstand die Gefühle und das Verlangen, die mich überfluten, verarbeitet, drängt sich ein neuer Gedanke auf.

"Warte!", sage ich und drücke ihm meine Handfläche auf die Brust, als er versucht, näherzukommen, obwohl wir nur noch einen Hauch voneinander entfernt sind. Hitze brennt in meiner Hand, das Gefühl hallt meinen Arm hinauf. Es ist keine gute Idee, ihn zu berühren. "Setzt du deine Inkubus-Allüren bei mir ein?" Meine Stimme zittert mehr, als ich will.

Ein sattes, tiefes Lachen entweicht seinen Lippen und umspielt mich.

"Vertrau mir, kleiner Knallfrosch. Wenn das so wäre, wärst du schon nackt, würdest auf den Knien liegen und nach mir betteln."

Ich klappe meinen Kiefer zusammen, unfähig, einen zusammenhängenden Gedanken zu fassen, ganz zu schweigen von der Wut, die ich empfinde. Die Funken der Begierde, die er ausstößt, ziehen sich in meinem Magen zusammen und drohen alles andere zu überschatten, was ich fühle.

"Ob du es glaubst oder nicht, ich bin nicht dein Spielzeug", stoße ich hervor. Ich weigere mich, die unterwürfige Jungfrau in Nöten zu sein, aber die brodelnde Hitze in mir hat ihren eigenen Willen und untergräbt mich bei jeder Gelegenheit.

"Gut, zu hören", sagt er. "Wie wäre es dann, wenn wir uns unterhalten?"

Ich atme flach und röchelnd, als sich seine Worte in meinem Kopf festsetzen.

"Sicher, wir können reden." Ich zucke mit den Schultern, aber der Berg von einem Mann weicht nicht aus meinem persönlichen Raum. Lieber rede ich, als dass er mich quält, was er sicher tun würde, wenn er wüsste, weshalb ich hier bin.

"Wir haben nicht gerade einen guten Start hingelegt. Vielleicht kann ich das ändern."

Ich kann mir ein Grinsen nicht verkneifen. "Ja, ich schätze, es ist schockierend, mit seiner Geliebten erwischt zu werden, wenn man entdeckt, dass man eine Schicksalsgefährtin hat", sage ich etwas zu schnell, denn die lächerliche Eifersucht von vorhin sitzt mir immer noch in den Rippen.

Sein starker Kiefer krampft sich zusammen. "Sie war eine ... einmalige Sache", erklärt er in einem überraschend ehrlichen Ton.

"Oh, du hattest also schon ein paar davon, nehme ich an? Als Inkubus und so", sage ich und bemühe mich um einen lockeren Ton. Ich weiß, dass ich kein Recht habe, meine Eifersucht an ihm auszulassen, wenn das Schicksal uns alle aus heiterem Himmel zusammengeführt hat.

Ein verruchtes Grinsen breitet sich auf diesen köstlichen, vollen Lippen aus, und es gefällt mir gar nicht, wie mein Körper auf die gefährliche Verlockung seines Lächelns reagiert.

Seine Hand hebt sich, seine Finger fahren behutsam über meine Wange und seine Berührung hinterlässt eine Spur aus Feuer. Das Gefühl fegt wie ein

Tornado durch mich hindurch und lässt mich bis ins Innerste erschaudern. Meine Beine zittern unter mir, Lust flattert durch meinen Magen, während meine Gedanken sich vernebeln, verzehrt von einem einzigen Wunsch - ihm zu gefallen.

Feuer pulsiert zwischen meinen Beinen, und ich spanne sie im Schatten des riesigen Dämons an, der den Rest des Raumes ausblendet.

"Tallis", säusle ich und atme scharf ein, wohl wissend, dass ich mit diesem einen Wort meinen Anspruch auf ihn erhebe.

Er ist hier, unfassbar nah, er beugt sich vor, und die goldenen Funken in seinen dunklen Augen glitzern. Der Anblick seines herrlichen Gesichts so nah an meinem lässt mich vor Erwartung erzittern.

"*Mein Knallfrosch*", flüstert er in meinen Gedanken, seine Lippen bewegen sich nicht, aber eine Seite seines Mundes ist nach oben gezogen. Der Klang seiner heiseren Stimme, die mich anruft, ist wie das Lied einer Sirene, das in meinem Kopf wogt.

*Du musst nicht vor mir zurückschrecken. Nicht, wenn ich nicht aufhören kann, daran zu denken, dich in meine Arme zu nehmen und dich zu lecken, deinen Duft so tief einzuatmen, dass ich den Verstand verliere. Ich werde dir jede deiner Fantasien erfüllen. Dich wieder und wieder ficken. Ich werde dir zeigen, was es wirklich bedeutet, mich als deinen Schicksalsgefährten zu haben.*

Erregung durchströmt meinen Körper, und mein Verstand entleert sich, als ein Stöhnen meine Kehle streift. Das Vergnügen, das mich durchströmt, ist so intensiv, dass ich mich nicht zurückhalten kann, noch lauter zu stöhnen.

So schnell wie mich das Gefühl überkam, verflüchtigt sich der Nebel in meinem Kopf und lässt mich auf den Füßen taumeln. Ich stolpere und fange mich ab, um nicht direkt in seine Arme zu fallen.

Ich entferne mich von ihm, und seine Pupillen weiten sich, ein Hunger auf seinem Gesicht, der vorher nicht da war.

"Was hast du mit mir gemacht?" Ich keuche, mein Herz klopft in meiner Brust.

Dieses verdammte Grinsen wird noch breiter, und in seinen schwarzen Augen tanzt das Amüsement.

"Ein kleiner Vorgeschmack auf meine Macht. Jetzt wirst du wissen, wie sie sich anfühlt, wenn du das nächste Mal an mir zweifelst. Aber als dein zukünftiger Gefährte sollte ich meine Macht nicht einsetzen müssen ... außer um mich zu ernähren." In seiner Stimme liegt etwas Unbestimmtes, als ob seine Berührung einen Rückschlag erlitten hätte und ihn genauso betroffen gemacht hätte wie mich. Moment ... ernähren? Ich zittere.

Sein Geflüster schwirrt immer noch in meinem Kopf herum, und meine Haut fühlt sich zu eng an, meine Brustwarzen zu hart. Dazu kommt das Grauen, das sich langsam einschleicht, als ich erkenne, wie groß die Gefahr ist, in der ich schwebe. Seine Macht, die Leichtigkeit, mit der er sie eingesetzt und mich kontrolliert hat, trifft mich wie ein Vorschlaghammer. Es ist ein furchterregender Gedanke, aber während er meinen Blick festhält, kribbeln meine Nervenenden.

Ich ziehe die Schultern hoch. "Mach das nie wieder ohne meine Zustimmung", sage ich mit zittriger Stimme, denn ich weiß, dass er mich, wenn ich ihm keine Grenzen setze, völlig wehrlos machen wird.

Er leckt sich über die Lippen, neigt den Kopf zur Seite und mustert mich.

"Nun, du wolltest reden, also schieß los", sage ich und bemühe mich, jede Bitterkeit aus meiner Stimme herauszuhalten und ihm nicht zu zeigen, dass er die Oberhand hat. Aber ich bin erschüttert, und ich habe den nagenden Verdacht, dass er die Art von Mann ist, der die kleinsten Nuancen in anderen aufgreift.

"Ich habe nicht den Wunsch, dir etwas anzutun", beginnt er, als könne er meine Gedanken lesen, aber ihm zu glauben ist eine andere Sache. "Aber wir hatten in letzter Zeit einige Probleme mit potenziellen Einbrüchen auf dem Anwesen, daher haben wir zusätzliche Sicherheitsvorkehrungen für diejenigen getroffen, die unser Anwesen betreten."

Ich schlucke die Verwirrung darüber hinunter, worauf er hinauswill, und nicke, damit er fortfahren kann.

"Alle neuen Besucher müssen einen kleinen Test absolvieren, um sicherzustellen, dass sie die sind, die sie vorgeben zu sein."

Meine Gedanken überschlagen sich. Wir sind wieder bei dem ursprünglichen Problem angelangt, nicht wahr? Meine ganze Aufmerksamkeit richtet sich auf ihn, der durch den Raum schlendert und eine von Eryx' Federn beiseitestößt.

"Von was für einem Test reden wir hier?", presse ich zähneknirschend hervor.

"Nur ein einfacher Reflexionstest, um deine Identität zu bestätigen." Er geht zum Teleskop hinüber und richtet es wieder auf das Fenster, von wo ich es zur Seite geschoben hatte.

"Du bist niemand, der leicht jemandem vertraut, oder?" Ich kann nicht verhindern, dass meine Worte abwehrend klingen.

"Ich habe einmal jemandem vertraut, die sagte, sie liebt mich", sagt er seufzend. "Es hat sich als Lüge herausgestellt. Also, ja, es fällt mir schwer, leicht zu vertrauen."

Die Tatsache, dass er etwas so Intimes zugegeben hat, lässt mich die Schultern zurückziehen. Jemand hatte ihn verletzt, ihn verraten? Schuldgefühle durchzucken mich, als ich sehe, dass ich mich auf einem ähnlichen Weg befinde.

Mit einem tiefen Atemzug strömt meine Antwort aus mir heraus.

"Ich weiß, wie sich das anfühlt. Meine Eltern wurden ermordet, und ich habe keine Ahnung, wer es getan hat. Sie haben mir die einzigen Menschen genommen, denen ich wirklich vertraut habe." Ich hatte nicht vor, ihm diese Details mitzuteilen, aber vielleicht ist es besser so. Ich möchte, dass er versteht, dass ich zwar meine eigenen Ziele verfolge, aber nicht, um ihn zu verraten. Es geht darum, meine eigene Wahrheit herauszufinden.

Er neigt leicht den Kopf. "Tut mir leid, das zu hören."

"Wie auch immer, ich werde darüber nachdenken. Gib mir einfach etwas Zeit", antworte ich schließlich und beschließe, dass ich mir ein paar Tage Zeit zum Nachforschen nehmen sollte. Ich bin nicht naiv. Ich weiß um die Ironie meiner Situation. Sie entgeht mir nicht, und die Risiken auch nicht.

Tallis antwortet nicht sofort, und sein Blick ist schwer zu lesen. Ich hasse es, dass Schuldgefühle an mir und an den Rändern meines Verstandes zerren, aber ich erinnere mich daran, dass es hier um meine Eltern geht, um Gerechtigkeit.

Es ist ja nicht so, dass ich mir ausgesucht hätte, ihre Schicksalsgefährtin zu sein, auch wenn mein Herz in ihrer Gegenwart schneller schlägt und meine Hitze ihretwegen ausbricht, also kann ich nicht leugnen, dass sie mich ablenken.

"Zwei Tage." Dann geht er durch den Raum.

"Akzeptiert. Danke." Ich kann nicht völlig unkooperativ sein, denn in den nächsten zwei Tagen könnte ich alle Antworten haben, die ich will. Dann werde ich meine nächsten Schritte planen.

"Und was genau machst du hier?", frage ich und beschließe, dass das mein Stichwort ist, um das Thema zu wechseln. "Es gibt so viele Gerüchte darüber, dass du und deine Brüder ein Söldnerunternehmen betreiben."

Tallis macht eine lange Pause, bevor er antwortet, und sein intensiver Blick verengt sich, da er meine Frage offensichtlich sehr genau liest.

"So kompliziert ist das gar nicht. Wir haben eine Reihe von qualifizierten Mitarbeitern, die uns Bericht erstatten. Wir stellen sie ein und vermitteln sie an verschiedene Stellen, die wir in der ganzen Welt untererhalten, aber um die wirklich wichtigen Stellen kümmern wir uns selbst."

Die Genugtuung in seiner Stimme bei der Erwähnung des Letzteren lässt mich erschaudern.

"Und alle eure Angestellten leben in Finnland?"

"Nein, aber die meisten sind Einheimische." Er verweilt am Teleskop, Schatten tanzen über seine Züge.

"Was passiert dann? Bestätigst du diese Spiele in dem Geschäftsgebäude vor den Toren des Anwesens?" Ich halte still und kämpfe gegen den Drang an, mich über die präzisen Fragen zu ärgern, die ich ihm stelle.

Sein Mund verengt sich. "So ähnlich."

Ich versuche, meine Aufmerksamkeit auf eine Karte zu richten, die auf einem Tisch ausgebreitet liegt, aber mein Verstand rast und verbindet die Punkte - die Dukes hätten den Anschlag auf meine Eltern genehmigen müssen. Oder nehmen sie einfach blindlings alle Aufträge an, um bezahlt zu werden?

"Ich bin neugierig ... wie entscheidest du, ob jemand es verdient, auf eine Abschussliste zu kommen?", frage ich beiläufig und versuche, nur interessiert zu klingen, nicht, als wenn ich spioniere.

"Wir nehmen unsere Aufträge ernst, und jeder einzelne Auftrag wird sorgfältig geprüft. Ob du es glaubst oder nicht, es gibt einige Aufträge, die wir nicht annehmen. Zum Beispiel streichen wir alle Hits, die über Kinder veröffentlicht werden. Aber all diese Informationen kannst du bei unseren Mitarbeitern erfragen, wenn du sie lieber ausfragen möchtest."

Ich halte einen Moment inne. Ist das der Grund, warum auf der Namensliste, die Sasha gefunden hatte, nur meine Eltern aufgeführt waren und nicht ich? "Ich verstehe. Also, dann ..."

"Warum all die Fragen?", fragt er mit gefährlich leiser Stimme, während sich seine Schritte hinter mir nähern.

"Ich frage mich nur, wie man entscheidet, wer es verdient, zu sterben oder zu leben?"

"Dir ist klar, dass du im Haus von Gold und Granat lebst, wo viele in Söldnerjobs arbeiten?"

Ich drehe mich um, stütze mich auf dem Tisch ab und sehe ihn einige Meter entfernt stehen.

"Kannst du es mir verübeln, dass ich neugierig bin? Jeder weiß von den Duke-Brüdern, und die Gerüchte sind wild. Also versuche ich, herauszufinden, wie weit hergeholt das ist und worauf ich mich eingelassen habe."

"Es ist mir egal, was die Leute sagen", knurrt er, schlendert näher und schürt die Flammen der Erregung, die knapp unter der Oberfläche lodern. "Ich habe gehört, was du gesagt hast, aber wenn ich mich einen Dreck darum scheren würde, was irgendjemand außerhalb unseres Geschäfts von mir denkt, dann bin ich im falschen Beruf und in der falschen Familie." Er grinst vor sich hin.

Bei seinen Worten versteife ich mich und balle meine Hand. Bedeutet das, dass die Gerüchte wahr sind, dass die Brüder jeden, der getötet werden soll, ohne zu zögern absegnen? Nur hat er vorhin zugegeben, dass sie alle Jobs überprüft haben.

Mir läuft das Wasser im Mund zusammen, als er neben mich tritt. Sein Blick schweift zu der Sternbildkarte hinter mir, und ich drehe mich zu ihr um, wo er auf ein Sternzeichen zeigt: Skorpion.

"Wusstest du, dass diese Konstellation oft mit Mut und Zielstrebigkeit assoziiert wird, aber sie kann auch Misstrauen und Geheimhaltung symbolisieren?"

"Willst du damit sagen, dass du im Zeichen des Skorpions geboren bist?" Ich streiche mir eine lose Haarsträhne hinters Ohr und warte auf seine Antwort.

Er stopft die Hände in die Hosentaschen und nickt, dann beugt er sich zu der Karte und murmelt: "Laut Eryx und der endlosen Diskussion über Konstellationen sind Menschen wie ich leidenschaftlich, stur und besitzergreifend." Er hält inne und dreht den Kopf, um mich anzuschauen. "Im Grunde genommen nehmen wir Verrat nicht auf die leichte Schulter."

Mein Herz bebt in meiner Brust, während sich meine Libido vor lauter Verzweiflung, ihn zu besteigen, zusammenzieht. Ich schüttle mich innerlich, um meine Erregung zu zügeln.

Er richtet sich auf und sieht mich von oben bis unten an. "Ich schätze, du bist entweder Zwilling oder Wassermann, die beide dafür bekannt sind, mit Skorpionen zu kollidieren."

Ich kichere, denn das ist das erste Mal, dass ein Dämon die Astrologie benutzt, um unsere komplizierte Beziehung zu erklären.

"Ich habe mich nie wirklich für die Sternbilder interessiert", erkläre ich und gehe von ihm weg. "Ich ziehe es vor, zu glauben, dass ich mein Schicksal selbst bestimmen kann und es nicht vorherbestimmt ist."

Er stößt sich vom Tisch ab und durchquert den Raum, wo er die Tür öffnet und sich in den Rahmen stellt.

"Wenn dein Großvater der Gott der Wälder ist, fängst du an, zu glauben, dass das Schicksal uns alle an den Eiern hat. Ich bringe dich jetzt zurück in dein Zimmer und lasse dir Kleidung und Essen bringen."

Er fragt nicht und spricht mit mir, als wäre ich eine Gefangene. Für ihn bin ich eine Fremde in seinem Haus, und ohne unsere Seelenverwandtschaft wäre ich längst tot oder aus dem Anwesen geworfen worden. Aber solange ich hier bin, werde ich nicht zulassen, dass er mir unter die Haut geht. Ich muss aufhören, zu zittern, und ihn sehen zu lassen, welchen Einfluss er auf mich hat.

Als ich in meinem Zimmer ankomme, gehe ich hinein und schließe sofort die Tür, als Tallis sich umdreht, um das Zimmermädchen zu rufen. Ich drücke meinen Rücken gegen die kühle Oberfläche und versuche, mein rasendes Herz zu beruhigen.

Irgendwie habe ich es geschafft, Zeit allein in der Gesellschaft eines Dämons zu verbringen und einen weiteren Tag zu überleben. Ganz zu schweigen davon, dass ich wie durch ein Wunder immer noch mein Höschen trage. So ungern ich es zugebe, Tallis ist ganz anders, als ich erwartet hatte. Er hat Tiefgang, und ich hatte angenommen, er sei nur ein monströser Rohling.

Mit ihm ist nicht zu spaßen, das weiß ich, und Verrat ist ein großes Problem für ihn, also wird er sich höchstwahrscheinlich gegen mich wenden, sobald er meine Wahrheit erfährt. Nur ... ich bin nicht seinetwegen hier. Vielleicht ende ich bei ihm und seinen Brüdern, da bin ich noch hin- und hergerissen, aber ich habe eine Mission zu erfüllen.

Ich kann nur beten, dass ich überlebe.

## 10

ERYX

Ich habe noch nie an Schlaflosigkeit gelitten, aber ich hatte auch noch nie eine Schicksalsgefährtin.

Tief in mir regt sich mein Gryffin und schlägt bei jedem Gedanken an Mina mit den Flügeln. Er ist verdammt aufgeregt, sie kennenzulernen, aber wenn er herauskommt, war es noch nie meine Stärke, ihn zu kontrollieren, also wird sein Wunsch warten müssen.

Aber es ist Tallis' verdammte Paranoia, die mir in den Kopf steigt. Das ist das Problem. Natürlich möchte ich Mina im Zweifelsfall recht geben, aber vielleicht wäre das Reflexionsritual gar keine so schlechte Idee.

Hier bin ich also, gehe im Halbdunkel des Flurs vor ihrem Zimmer auf und ab und denke über Vertrauen, die Wahrheit und die wunderschöne Frau nach, die nur wenige Meter von mir entfernt in ihrem Zimmer schläft. Ein einziges Licht hängt von der Decke und durchdringt kaum die dichte Nacht. Nicht, dass ich es bräuchte. Ich habe eine außergewöhnliche Sehkraft.

und kann eine Ratte aus hundert Fuß Höhe erspähen. Einen schlecht beleuchteten Korridor zu überblicken, ist also ein Kinderspiel, falls sich jemand rührt.

Wer hätte gedacht, dass Partnerschaften mit Schlafentzug einhergehen? Ich schnaube ein sarkastisches Lachen vor mich hin.

Plötzlich durchschneidet ein dumpfer Schrei die Nacht wie ein Dolch.

Ich versteife mich bei dem Geräusch, das aus Minas Zimmer kommt, und Panik ergreift mein Herz, heftig und verzweifelt. Mit einem Satz reiße ich den Türgriff an mich, nur um festzustellen, dass die Tür verschlossen ist. Mit einem kräftigen Stoß meiner Schulter gegen das Holz breche ich das Schloss auf, ein splitterndes Knacken hallt in der sonst so ruhigen Nacht wider.

Ich stürme in ein von Dunkelheit verschlucktes Zimmer, scanne hektisch die Umgebung und erwarte, dass ihr jemand wehgetan hat. Sie liegt in der Mitte des großen Himmelbettes, das vom blauen Schein des Mondes angestrahlt wird, und schläft immer noch. Sie strampelt herum, verheddert sich in den Laken und scheint in einem Alptraum gefangen zu sein.

In meinem Bauch bilden sich Knoten, und mein erster Instinkt ist, sie aus ihrer Notlage in meine Arme zu ziehen, aber ich will sie in ihrer ersten Nacht bei uns nicht erschrecken. Also stehe ich da und halte mich verzweifelt zurück. Ihr zuckriger, karamelliger Apfelduft strömt über mich, vermischt mit dem berauschenden Duft ihres Saftes, nach dem ich bereits süchtig bin. Mein Schwanz pulsiert und mein Herz schlägt schneller, weil ich unbedingt zu ihr ins Bett klettern will, um sie zu erobern.

Ein Bissen.

Das ist alles, was es braucht, um uns aneinanderzubinden, und sie wird nirgendwo hingehen.

Khaos und Tallis werden meine Eier für alle sichtbar aufhängen, wenn ich sie auch nur zum Bluten bringe. Sie müssen ihre Besessenheit von unserer kleinen Schicksalsgefährtin nicht zugeben, aber sie ist da, brüllend hinter ihren Blicken.

Und ich? Ich habe noch nie einen solchen Zwang für ein Mädchen empfunden.

Dunkles Haar fächert sich auf dem Kissen auf, einige Strähnen kleben an ihrer schweißnassen Stirn und wecken etwas Neues in mir.

Ursprünglich. Beschützend. Besitzergreifend.

Sie ist verdammt schön, und mein Schwanz pocht.

Die Decke ist bis zu ihrer Taille gerutscht und gibt den Blick auf ein weißes Tank-Top frei, das von ihrem Strampeln verdreht ist. Ich lasse meinen Blick von ihrem zerzausten Haar über ihre nackten Schultern bis hinunter zu ihrer teilweise entblößten Taille schweifen. Ein plötzliches Wimmern entweicht ihren Lippen, und wie ein magischer Funke schiebt mich ein Instinkt, der in meiner Gryffin-Seele vergraben ist, nach vorne, sodass meine Knie an die Bettkante stoßen.

"Pssst. Es ist okay, ich bin hier", flüstere ich.

Es ist nur ein Traum, aber ich will wissen, welche Monster ihre Alpträume füllen. Ich will die Scheißkerle aus ihren Träumen reißen, aber erst einmal ziehe ich mich zurück, nehme einen Stuhl vom Frisiertisch und stelle ihn neben das Bett. Ich lasse mich darauf fallen und beobachte sie, während meine Finger über ihren Körper streichen.

Scheiße, mein Puls rast in meinen Ohren, und die Erregung schießt durch mich hindurch.

Nachgeben wäre so einfach, aber ich bin nicht schwach, und ich werde sie nicht drängen ... nicht heute Abend.

Mein Blick wandert über jeden Zentimeter ihres herrlichen Körpers. Ich weiß, wie leicht es wäre, zwischen ihre Beine zu kriechen, meinen Kopf tief zwischen ihre Schenkel zu stecken, ihren sexy Duft einzuatmen und sie dann mit meinem Mund zu wecken.

Langsam atmend beruhige ich mich, bevor ich mich in der Hose verheddere.

Ihre Augen bewegen sich schnell hinter ihren geschlossenen Lidern, und je länger ich sie anstarre, desto weniger kann ich mich dazu durchringen, sie zu wecken. Sie würde sich erschrecken, vielleicht vor Schreck schreien, vielleicht alles, was sie greifen kann, nach mir schleudern. Aber vielleicht ist es genau das, was ich brauche. Einen großen Streit, um alle Emotionen aus mir herauszuholen, und dann losziehen und etwas töten. Dann würde ich mich wieder wie mein altes Ich fühlen.

Die Zeit vergeht, und ihr Alptraum lässt nicht nach. Sie wälzt sich hin und her, und die Schreie aus ihrer Kehle zerreißen mein Inneres. Zuzusehen, hilflos zu sein, nichts zu tun, erstickt mich.

Alpträume und ein Schmerz aus meiner Vergangenheit, der an meinem Bauch nagt, kenne ich gut.

Die Kälte.

Das ist das, woran ich mich am meisten erinnere. Wie schnell es in die Knochen sinkt und sich dort niederlässt. Die Erinnerung daran lässt mich erschaudern, ich spüre bereits den eisigen Griff, der meine Wirbelsäule hinaufkriecht, und ich versteife mich.

Die Dunkelheit.

Das ist es, was mich verzehrt hat. Ich spreche nicht von gewöhnlicher Dunkelheit, sondern von dem höllischen Abgrund, in dem man den Verstand verliert, und selbst wenn man entkommt, bleibt ein Teil von einem dort.

Ich schüttle mich, um diese Erinnerungen beiseitezuschieben, aber das Echo bewegt sich in mir, ist aufgeregt, und stößt einen markerschütternden Schrei in meinem Kopf aus. Meine Haut spannt sich an, mein Inneres dreht sich wie jedes Mal, wenn er sich herauswindet und beschließt, das Steuer zu übernehmen und sich mit der Dunkelheit zu befassen, anstatt mit mir.

Meine Finger verknoten sich, die Knöchel werden weiß, ich zittere auf meinem Stuhl, ein Knurren kommt über meine Lippen.

Gegen die Kraft ankämpfend, murmle ich: "Langsam".

Als ich meinen Schicksalsgefährten ansehe, überkommt mich ein Gefühl der Ruhe ... lange genug, um ihn zurück in seine Box zu schieben und mich zu beruhigen. Ein Anflug von Belustigung macht sich breit, wie schnell ihre Schönheit das Echo ablenkt. In dem

Moment, als ich sie traf, spürte ich sein Verlangen nach ihr.

"Hey, Kumpel", flüstere ich meinem Gryffin zu. "Was wirst du tun, wenn du übernimmst? Mit ihr kuscheln? Du wirst sie halb zu Tode erschrecken."

Keine Reaktion. Ich nehme mir vor, dass ich ihn morgen für einen langen Flug entlassen werde, was ihn beruhigt.

Ihre Wimpern flattern gegen ihre Wangen, ihr Atem wird tiefer, und sie bemerkt meine Anwesenheit überhaupt nicht. Das Mondlicht küsst ihre Haut, und es ist unmöglich, den Blick abzuwenden. Sie rollt sich auf die Seite, mit dem Rücken zu mir, und gibt dabei einen kleinen, gehauchten Laut von sich.

Ich überlege, ob ich sie alleine lassen soll, aber mein Beschützerinstinkt zieht sich in meiner Brust zusammen, und ich lehne mich in meinem Sitz zurück.

"Schlaf, Mina ... ich bin hier." Ich bemerke einen silbernen Schimmer, der unter ihrem Kissen hervorlugt. Es ist die scharfe Spitze einer Klinge - ihrer Klinge. Ein Mädchen ganz nach meinem Geschmack. In meinen Gedanken lodert ein Hauch von Bewunderung auf. Sie ist eine echte Kämpferin, diese Frau.

Die Nacht dehnt sich aus und wird nur durch das Rascheln der Laken unterbrochen, wenn sie sich bewegt.

In der friedlichen Stille der Nacht hat man das Gefühl, dass sie schon immer hier sein wollte.

## Billie

*n der Luft liegt der Geruch von Verwesung ...
von Tod.*

*Ich schaue mich um und habe keine Ahnung, wo ich bin.*

*Ich stehe in einer riesigen Ruine, einem alten, bröckelnden Steinbau ohne Decke. Der hochschwangere Mond hängt tief und taucht die Welt in ein unheimliches Licht.*

*Um mich herum erstrecken sich die Schatten in alle Richtungen.*

*Mein Blick bleibt an einem kleinen Haufen von Schädeln und Knochen hängen, der im Mondlicht glitzert und mich erschaudern lässt. Schon jetzt hasse ich diesen Ort.*

*"Hallo", rufe ich. Als ich mich von den Überresten abwende, spüre ich die Bewegung in den Schatten, die Veränderung in der Luft, und meine Haut kribbelt vor Kälte.*

*Mit klopfendem Herzen weiche ich vor einer Gestalt zurück, die am Rande meiner Sichtweite lauert.*

*Glühende weiße Augen.*

*Mein Instinkt, wegzulaufen, erfüllt sich nicht, als meine Füße in Panik erstarren.*

*"Zeige dich", stottere ich, und meine Kehle brennt.*

*Aus der Dunkelheit tauchen Hände auf, die mit länglichen, krallenartigen Fingern nach mir greifen.*

*Ich stoße mich zurück, aber aus allen Richtungen kommen weitere Hände auf mich zu. Kühl und rücksichtslos zerren sie an meiner Kleidung, meinen Haaren, meinem Körper. Fingernägel graben sich in meine Haut, kratzen mich.*

*Ich schiebe sie weg und zucke vor Schmerz zusammen.*

*In dem Moment, in dem einer von ihnen den Schriftzug berührt, der in einer dünnen Linie über meine Arme gezeichnet ist, zucken die schattenhaften Hände zurück und ihr Zischen erfüllt die Nacht. Gut, sollen sie doch alle verbrennen, von mir aus.*

*Verzweifelt schiebe ich sie von mir weg, während sich mein Inneres vor Angst windet. Aber gleichzeitig flackert ein Hauch von Wut auf, dass sie sich gegen mich verbünden.*

*Der Wind pfeift vorbei und trägt das Echo des Lachens zu mir, das mich bis ins Mark erschreckt.*

*Auf nackten Füßen schlage ich nach den Händen, die mich umklammern, meine Bewegungen sind ruckartig und verzweifelt. Aber es kommen noch mehr dazu, dieses Mal rauer, ziehend, kratzend und kneifend.*

*Ich wimmere.*

*"Genug!", schreie ich schließlich und strample gegen sie.*

*Einer von ihnen stößt mich gegen die Brust, und meine Beine knicken unter mir weg. Die Dunkelheit schließt sich um mich herum, überragend, bedrohlich.*

*Dann tritt eine einzelne schattenhafte Gestalt vor, größer als die anderen, und starrt auf mich herab.*

*Eine Gänsehaut überzieht meine Haut, bis auf meine Tätowierungen, die jucken. Sie leuchten heller, je näher er kommt, und damit steigt eine wilde Kraft in mir auf.*

*Ich versuche aufzustehen, aber die anderen halten mich fest, als die Gestalt vor mir hockt, deren Gesichtszüge bis auf zwei leuchtende weiße Augen undeutlich sind. Ich kann nicht aufhören, zu zittern.*

*Seine scharfen Krallen strecken sich aus und greifen nach mir.*

*"Lass mich in Ruhe", knurre ich, während meine Wölfin in meiner Brust ihre Drohung ausspricht.*

*Doch die Gestalt ignoriert meine Warnung und reißt mich am Arm. Das Zischen des Dampfes und das schmerzhafte Knistern der Haut lassen die Gestalt zurückweichen.*

*Ich spüre nichts, aber ich nutze den Moment, um mich loszureißen und aus der Dunkelheit in das Mondlicht zu entkommen.*

*Alles steht still.*

*Die Schatten bewegen sich und drücken sich gegen die unsichtbare Barriere der Dunkelheit, die sie einschließt. Sie machen klickende Geräusche, die um mich herum widerhallen und mich krank machen.*

*Ich weiche so weit zurück, wie ich kann, ohne in die völlige Dunkelheit zu treten.*

*Die Gestalt springt abrupt in die Luft, ihre schattenhafte Form dehnt sich aus und verdunkelt das Mondlicht.*

*Mitten in der Dunkelheit bewegen sich die Ungeheuer. Sie zucken und winden sich und schieben sich vorwärts wie manische Kreaturen.*

*Mit einem Kriegsschrei, der aus Klicks besteht, stürmen sie auf mich zu. Ein Schauer überläuft mich, ich schreie und weiche zurück, aber sie prallen auf mich, reißen mich aus dem Gleichgewicht, und ich falle schreiend zu Boden.*

*Sie stürzen sich auf mich, ersticken mich, rauben mir alles ...*

Mit einem erschrockenen Keuchen wache ich auf, öffne die Augen und ich sehe eine weiße Decke. Die kühlen Laken sind schweißgetränkt und kleben an meiner Haut, die Überreste des Alptraums halten mich noch immer fest. Das Herz hämmert in meiner Brust und ich zwinge mich, mich aufzusetzen. Die alten Ruinen und dunklen Schatten werden durch das sanfte Licht der Morgensonne ersetzt, das durch das Fenster fällt.

Mein Magen schmerzt bei dem Gedanken an den verrückten Traum, der mich verfolgt, seit ich meine Eltern verloren habe.

"Verdammte Schatten."

Ich schiebe meine Beine aus den verhedderten Laken und schwinge sie über die Bettkante. Dann stolpere ich über den kalten Holzfußboden ins Bad, um den Schmutz des Alptraums abzuwaschen.

Das Nächste, was ich weiß, ist, dass ich sauber bin und vor dem Kleiderschrank stehe, der voll mit Kleidern ist, die auf der Stange hängen. Tallis hatte die Dienstmädchen angewiesen, sie mir zu bringen. Ich bin ein wenig schockiert über die schiere Anzahl der Outfits. Eines ist extravaganter als das andere, und es wurden nur die feinsten Seiden und Stoffe verwendet. Ich habe keine Ahnung, ob sie mir passen werden. Es gibt auch eine Schublade mit nagelneuer Unterwäsche und BHs, die ungefähr meine Größe haben, also nehme ich ein schwarzes Set und ziehe es an.

Ich lasse meine Finger über die teuren Sachen gleiten, vor allem über die Kleider, bis sie auf einem Paar dicker, enganliegender Hosen landen, die wie Leder aussehen, sich aber eher gut anfühlen. Diese sind eher mein Stil, auch wenn sie teuer sind. Ich steige in sie hinein und genieße es, wie sie sich an mich schmiegt, als wäre sie für mich gemacht. Als Nächstes wähle ich ein langärmeliges, weißes T-Shirt mit tiefem V-Ausschnitt. Als ich es anziehe, fühlt sich der Stoff samtig weich an.

Ich denke nicht darüber nach, woher das Dienstmädchen meine Größe kannte, sondern freue mich, dass ich saubere Kleidung anziehen kann. Als Letztes greife ich nach meinen Stiefeln - sie sind mir vertraut und fühlen sich bequem an - und steige hinein. Ein Blick in den Spiegel zeigt, dass mein Spiegelbild nicht hässlich ist. Ich sehe halbwegs anständig aus, so als würde ich in dieses Haus gehören. Schnell streiche ich mir die dunklen, nassen Haare aus dem Gesicht und verlasse den Raum.

Die Tür lässt sich leicht öffnen, obwohl ich schwöre, dass ich sie gestern Abend abgeschlossen habe. Als ich die Schlösser überprüfe, stelle ich fest, dass ein Stück des Türrahmens weggerissen ist.

Mir läuft ein Schauer über den Rücken, vielleicht ist jemand in mein Zimmer eingebrochen, während ich schlief. Oder habe ich wieder schlafgewandelt? Ich hoffe wirklich, dass es nicht Letzteres ist. Ich habe einen Psychiater aufgesucht, um meine Vergangenheit zu bewältigen, und es geschafft, das Schlafwandeln abzustellen. Die Art von Schlafwandeln, die mich dazu brachte, gegen Dinge zu rennen und Türen einzuschlagen, wenn ich im Traumzustand versuchte, den Schatten zu entkommen.

Ich fahre mit dem Finger über das gesplitterte Holz und seufze, weil ich hoffe, dass ich das nicht getan habe.

Als ich mein Zimmer verlasse, hallen meine Stiefel durch den Flur, während ich überlege, wo ich anfangen soll, Informationen über den Söldner Bryant Ursaring zu finden. Noch bevor ich einige Schritte von meinem Zimmer entfernt bin, kommt eine Gestalt um die Ecke gehuscht. Es ist Helmi, das Dienstmädchen von gestern, die Hände voll mit einem Stapel sauberer Laken.

"Guten Morgen, Miss", begrüßt sie mich mit einem warmen Lächeln und kommt in ihrer schwarzen Hose und dem dazu passenden Hemd mit Knopfleiste auf mich zu. "Bist du bereit für das Frühstück?"

"Jetzt, wo du es erwähnst, knurrt mein Magen." Ich lache leise, als sie sich in mein Zimmer drängt und die saubere Bettwäsche auf dem Tisch ablegt, dann kommt sie zu mir in den Flur.

"Dann sollten wir ihn nicht warten lassen."

Als ich neben ihr her gehe, genieße ich ihre lockere Art, durch die ich mich willkommener fühle als durch die Dukes.

"Arbeitest du gerne hier?", frage ich in Anbetracht der Gerüchte, die ich über die Dukes gehört habe und die sie als brutal bezeichnen. Ich folge ihr zu einer breiten Treppe, in deren Mitte ein roter Teppich verläuft.

"Das tue ich. Der Großvater des Dukes, seine Gnaden Talino, hat meine Urgroßeltern vor einem Bärenangriff im Wald gerettet, und um unsere Dankbarkeit zu zeigen, soll in jeder Generation jemand aus unserer Familie den Dukes dienen."

"Stört dich das nicht?" Die Vorstellung klingt lächerlich. Ich kann mir nicht vorstellen, an eine jahrhundertealte Schuld gebunden zu sein.

Sie kichert, wobei ihre dunkelblonden Locken auf ihren Schultern hüpfen. "Das klingt, als wäre es eine Strafe, aber das ist es nicht. Ich habe mich entschieden, hier zu arbeiten und ihnen meinen Dienst zu versprechen. Ich bin ziemlich stolz auf meine Position. Die Dukes haben mich immer mit Respekt behandelt. Außerdem ist es ein kleiner Preis, der zu zahlen ist. Wären meine Urgroßeltern an diesem Tag umgekommen, wäre ich heute nicht am Leben."

"Natürlich", antworte ich und fühle mich schuldig, weil ich das Falsche gesagt habe.

Mit einer flüchtigen Handbewegung zieht sie mich hinter sich her, sobald wir das Ende der Treppe erreicht haben. Sie führt mich einen gewundenen Korridor hinunter, die Wände sind mit Wandteppichen behangen, die Säulen mit Flammen geschmückt. Der Ort hat eine düstere, mittelalterliche Atmosphäre, als wäre ich in der Zeit zurückgereist.

Plötzlich hält Helmi inne und dreht sich zu mir um, und ich bleibe stehen, bevor ich direkt in sie hineinlaufe. Sie ist etwa dreißig Zentimeter kleiner als ich, und ich möchte sie nicht umwerfen, weil ich es mit dem Essen eilig habe.

"Miss, ich hoffe, du findest mich nicht zu dreist, aber ..." Sie leckt sich über die Lippen und blickt den Korridor hinunter, wo eine Tür offensteht und helles Licht in den Flur dringt.

"Was ist los?" Eine leichte Panik macht sich in

meiner Brust breit, weil ich glaube, dass sie mir eine Gefahr aufzeigen will.

"Es ist nur so, dass ich gestern gesehen habe, wie sehr du unter der aufkommenden Hitze gelitten hast." Sie studiert mein Gesicht, um zu sehen, wie ich reagiere.

Mein Inneres versteift sich bei der Erwähnung, aber es ist nicht so, dass ich mich weiter davor verstecken kann.

"Ja, das verwirrt mich. Es sollte nicht zu dieser Zeit des Mondzyklus passieren, oder so schnell."

Sie kneift die Lippen zusammen, ihre Gesichtszüge sind ernst, als sie sich zu mir herabbeugt, ein schwacher Duft von Seife und Honig umweht mich.

"Ich habe gehört", beginnt sie mit leiser Stimme, "dass das Band zwischen den Verlobten umso stärker wird, je schneller die Hitze auftritt. Man sagt, es wird schwerer, zu brechen, selbst wenn man sie zurückweist."

Ich blinzle sie an, weil ich es nicht mag, so eine intensive Hitze zu spüren. Ein Gefühl der Verwirrung macht sich in mir breit. Ist es das, was sie mir sagen wollte?

"In Ordnung", antworte ich.

"Aber Miss", fährt sie fort und fummelt an etwas, das sie in ihrer Tasche versteckt hält, wobei ihr Blick von meinem zu ihrem Rücken und wieder zu mir wandert. "Manchmal kann es Wochen dauern, bis die Hitze vollständig abgeklungen ist, vor allem, wenn man seine Schicksalsgefährten gerade erst kennengelernt hat. Aber ich habe etwas, das deine Hitze für eine kurze Zeit unterdrücken kann, damit sie nicht so stark ist."

Ihr Angebot überrumpelt mich. Die Hitze unterdrücken? Ich will ehrlich sein, ich habe noch nie von so etwas gehört. Aber ich habe auch nichts gelesen, wie man in Hitze gerät.

Ein Teil von mir möchte diese Gelegenheit mit beiden Händen ergreifen, während bei einem anderen Teil die Alarmglocken läuten. Das klingt ein bisschen zu schön, um wahr zu sein, und das Letzte, was ich brauche, ist, eine schlechte Situation noch schlimmer zu machen. Ich schlucke schwer und werfe einen Blick auf ihre Tasche, dann wieder auf ihren besorgten Gesichtsausdruck.

"Es ist in Ordnung, wenn du es nicht tust." Sie blinzelt schnell und scheint in sich zusammenzuschrumpfen.

"Nein, ich weiß das zu schätzen, aber ich brauche Zeit, um darüber nachzudenken, das ist alles." Ihr Angebot ist verlockend, aber ich will mich nicht ins Ungewisse stürzen, vor allem, wenn ich es bisher geschafft habe, meine Hitze zu zähmen und nichts Verrücktes zu tun. Ich bin mir sicher, dass das ein Zeichen dafür ist, dass ich es unter Kontrolle habe, und wenn es in ein paar Wochen oder so schlimmer wird, dann werde ich ihre Hilfe in Betracht ziehen.

"Natürlich." Sie nickt mir leicht zu, und ein leichtes Lächeln umspielt ihre Lippen. "Ich möchte nur, dass du weißt, dass du Möglichkeiten hast, bevor es ernster wird und du schwanger wirst. Ich habe gesehen, wie meine ältere Schwester brünstig wurde, als ich noch jung war, und sie hat furchtbar gelitten, nachdem ihr zukünftiger Partner sie zurückgewiesen hatte."

Ich verschlucke mich fast an meinem eigenen Atem. Das geht mir alles zu schnell. Niemand hat etwas von Schwangerschaft gesagt.

Helmi beobachtet mich und wartet auf eine Antwort zu ihrer Schwester. Ich bin immer noch geschockt von ihrer Bombenrede, aber ich schaffe es trotzdem, eine Frage zu stellen.

"Geht es ihr jetzt gut?"

"Oh, ja. Sie ist mit einem Luchswandler durchgebrannt und hat bereits fünf kleine Kinder."

"Hört sich an, als hätte sie ihr Glück doch noch gefunden." Ich muss immer wieder daran denken, was sie vorhin gesagt hat, und dass ich noch nicht bereit bin, Kinder zu bekommen ... Als sich das Zimmer dreht, lehne ich mich im Flur gegen die Wand, um nicht umzufallen.

"Ja, das hat sie." Es ist keine Bitterkeit in ihrer Stimme. Dann richtet sie sich auf. "Komm, ich habe dich lange genug vom Frühstück abgehalten." Sie ergreift mein Handgelenk und zerrt mich aus der Sicherheit der Wand.

Vielleicht hilft Essen gegen die Übelkeit.

Ich beschließe, dass ich Helmi mag, auch wenn sie mehr redet, als sie sollte. Sie erinnert mich an Sasha, die ich sehr vermisse. Ich könnte sie jetzt gut gebrauchen, aber meine Freundin weiß, dass ich eine Weile weg sein werde. Ich hoffe, dass ich sie bald über den Wahnsinn aufklären kann.

In meinem Leben ging es hauptsächlich ums Überleben, und jetzt stehe ich kurz davor, von einem Meer von Unbekannten verschluckt zu werden. Es ist überwältigend. Bis zu diesem Zeitpunkt hatte ich mir noch keine Gedanken über Partnerwahl oder Brunst gemacht, geschweige denn über Babys.

## 11

KHAOS

Heute Abend findet die Midnight Sun Gala statt, das Ereignis, bei dem sich alle Überflieger und hohen Tiere Finnlands treffen. Aber hier geht es nicht ums Feiern. Es handelt sich um eine gut funktionierende Maschinerie der Vernetzung und Wertschätzung, eine Gelegenheit für uns, unseren Verbündeten den Hut zu ziehen und sie daran zu erinnern, warum sie an unserer Seite stehen.

Ehrlich gesagt, kann ich es nicht ausstehen. Die leeren Gespräche, die Oberflächlichkeit … all das geht mir unter die Haut, aber die Verantwortung, die mir mein Großvater eingeimpft hat, kann ich nicht einfach abtun. Er hat mir eingebläut, wie wichtig es ist, diejenigen zu belohnen, die uns den Rücken freihalten - eine Verpflichtung, die ich mir zu Herzen genommen habe.

Ich kann jedoch nicht verhindern, dass meine Gedanken zu Mina zurückkehren. Ich habe dafür gesorgt, dass sie heute Abend keinen Fuß aus dem

Haus und auf die Gala setzen wird. Ich denke, es wäre zu viel für sie. Die flüsternden Stimmen, die neugierigen Blicke und die bombardierenden Fragen würden sie überwältigen.

Vorerst halten wir sie vor neugierigen Blicken fern und bewahren sie als unser Geheimnis, abgeschirmt von den umherstreifenden Wölfen, zumindest bis wir sie selbst gut genug kennen. Ich habe sie also absichtlich im Unklaren über das heutige Ereignis gelassen und die Wachen an den Eingängen des Herrenhauses angewiesen, dafür zu sorgen, dass sie drinnen bleibt.

Die Art und Weise, wie sie sich gegen ihre Anziehungskraft auf uns sträubt, spielt mit meinen Gedanken. Was gibt ihr die Kühnheit, sich von uns abzuwenden? Irgendetwas sagt mir, dass sie abhauen würde, wenn sie die Chance dazu hätte, aber sie bleibt. Es gibt noch etwas, das sie sucht ...

Bei dem letzten Gedanken erstarre ich. Die Zukunft, die ich mir mit einer Schicksalsgefährtin vorgestellt hatte, verläuft nicht gerade wie geplant, aber ob sie es will oder nicht, sie gehört uns. Ich weigere mich, wegen einer Frau den Verstand zu verlieren, die wir gerade erst kennengelernt haben und die vielleicht Lügen spinnt.

Das Problem liegt in dem ständigen Kampf zwischen meinem Kopf und meinem Körper, und im Moment sind sie sich alles andere als einig.

Ich straffe meine Schultern angesichts der düsteren Realität. Wäre unsere Verbindung nicht, wäre Mina wahrscheinlich jetzt schon tot. Es gäbe keinen Grund zum Zögern, denn so bin ich - ein kaltherziger Mistkerl, der seinen Job ein wenig zu sehr genießt.

Meine Brüder und ich haben unsere eigenen Gründe dafür, dass wir in diesem Geschäft erfolgreich sind und dass es uns befriedigt, diejenigen auszuschalten, die es wagen, sich uns in den Weg zu stellen.

In Tallis lebt eine dunkle Seite, die sich bei seiner Arbeit offenbart. Eryx liebt den Nervenkitzel der Jagd, das Spiel mit hohen Einsätzen, ähnlich wie die Urinstinkte eines jeden Raubtiers.

Aber ich?

Ich trage die Last meiner geerbten Verantwortung, meinen Großvater nie zu enttäuschen. Seit unser Vater verschwunden ist und unsere Mütter untergetaucht sind, musste ich als Ältester die Scherben aufsammeln. Die Führung des Unternehmens, die Betreuung meiner Brüder und das neue Leben, das wir mit unserem Großvater beginnen mussten. Und ich will verdammt sein, wenn ich in dem, was ich tue, nicht spektakulär bin.

Ich stoße die Tür von Vanguard Manor auf und schreite hinein. In den sonst so geschäftigen Hallen ist es auffallend ruhig. Die meisten Mitarbeiter sind mit den letzten Vorbereitungen für die Gala beschäftigt oder kümmern sich um ihre eigenen Angelegenheiten ... außer Clark. Wenn ich nicht darauf bestehe, wird er die verdammte Veranstaltung durcharbeiten.

Ich marschiere durch das große Gebäude in Richtung des hinteren Teils, wo sich Clarks Büro befindet. Als ich an einem Raum vorbeikomme, fällt mein Blick auf pechschwarzes Haar. Dazu gesellt sich der vertraute, rauchige Geruch von Tallis, der sich mit dem schwachen Geruch von Staub vermischt.

Ich bleibe in der Tür stehen und werfe einen Blick zurück in den Raum. Tallis ist über einen Stapel von Akten gebeugt, seine gewohnt tadellose Kleidung ist mit Staub bedeckt. Das Licht des Bildschirms des Datenbankcomputers beleuchtet seine Konzentration, während Zeilen von Informationen über den Monitor laufen, während er Daten herunterlädt. Meine Neugierde ist geweckt, und ich lehne mich gegen die Türöffnung.

"Was zum Teufel hast du vor?"

Tallis blickt zu mir auf, sein Haar ist durcheinander, in seinen dunklen Augen steht Überraschung.

"Ich schaue nach unserer Schicksalsgefährtin", gibt er mit rauer Stimme zu, als hätte er seit Stunden keinen Schluck Wasser mehr getrunken.

Meine Augenbrauen wölben sich nach oben. "Clark hätte das für dich tun können." Bei der Erwähnung dieses Satzes wird mir klar, dass er mir immer noch nicht mitgeteilt hat, wie es um die Untersuchung unserer fehlenden Daten steht. Daran werde ich ihn erinnern, wenn ich bald mit ihm spreche.

Tallis schnaubt und wirft mir einen Seitenblick zu. "Ich würde lieber mit scharfen Granaten jonglieren, als ihn um etwas zu bitten."

Seine Reaktion ist nicht neu. Die beiden haben sich schon immer bekriegt, vor allem, seit Tallis einen Teil von Vanguard Manor niedergebrannt hat, darunter auch das Hauptbüro, in dem es fast auch Clark erwischt hätte.

So unterhaltsam ihr Geplänkel auch sein mag, ich bin neugierig, was er entdeckt hat.

"Und, was hast du ausgegraben?" Ich verschränke die Arme vor der Brust.

Während Tallis sich die Schläfen reibt, trete ich ein und lehne mich an die Kante des vollgestopften Schreibtischs.

"Es gibt noch nicht viel Konkretes", gibt er zu. "Ich habe ein paar spärliche Details über ihre Eltern gefunden, und sie scheinen nicht in der Söldnerbranche tätig zu sein. Sonst hätten wir eine ganze Akte über sie. Es gibt eine Tochter, Mina, die in Ordnung ist. Die Adresse stimmt mit der überein, die sie uns gegeben hat, aber dass ... das ist makellos. Die Akten der Leute sind nie so sauber und mit so wenigen Details versehen. Irgendetwas fehlt."

"Gibt es Neuigkeiten über die Suche nach ihrem Freund in Lappland? Den, den sie angeblich besuchen wollte?"

Tallis schnaubt und schüttelt den Kopf. "Ich habe den Besitzer des Hauses überprüft, und er ist vor ein paar Jahren gestorben, und es gibt keine Aufzeichnungen darüber, wem das Haus seither gehört hat. Sogar sein Name, den wir in den Unterlagen über seine Arbeit für uns haben, ist nur ein Vorname. Jemand hat beim Sammeln von Informationen für unsere Unterlagen groben Mist gebaut."

Sicher, wenn man mit vielen Söldnern zusammenlebt, die Geheimnisse verbergen, ist es nicht immer einfach, sie aufzuspüren. Sie verwenden gefälschte Angaben zu ihren Wohnorten, aber jeder,

der über uns arbeitet, wird ausfindig gemacht. Also, was soll's?

"Deshalb habe ich eine kurze Liste von Eltern zusammengestellt, die im letzten Jahrzehnt gemeinsam in Südafrika getötet wurden." Tallis wirft mir einen Blick zu und grinst schief. "Wenn man bedenkt, wie hoch die Sterblichkeitsrate in Südafrika ist, ist die Suche zwar sehr umfangreich, aber es ist ein Anfang."

"Ich weiß es zu schätzen, dass du die Führung in dieser Sache übernimmst."

Er zuckt lässig mit den Schultern, denn er war nie jemand, der sich mit Lob überhäuft. "Es ist, als ob Mina und alle, die sie kennt, Geister sind", murmelt er, mit einem Hauch von Frustration in den straffen Schultern. "Entweder ist sie eine Fiktion, oder sie hat es geschafft, ihre Spuren zu verwischen. Gut, dass ich sie überredet habe, morgen das Reflexionsritual zu machen. Dann werden wir wissen, ob sie lügt."

"Ich verstehe ..." Ich lecke mir über die Zähne, während ich mich vom Schreibtisch abstoße und ein paar Schritte in Richtung Tür mache, neugieriger denn je, dass sie den Test macht, und wir die Wahrheit herausfinden. "Grabe weiter, aber komm nicht zu spät zu den Festivitäten." Ich ignoriere sein Murren und trete aus dem Zimmer. Vor mir erstreckt sich der Flur, schwach beleuchtet und menschenleer.

Zu viele Teile über Mina passen nicht zusammen - der Tod ihrer Eltern, der Freund in Lappland und wie sie miteinander verbunden sind, ihre Ankunft hier und das Verbergen ihrer wahren Identität.

Ich habe genug, um mich abzulenken, aber nach

heute Abend werden wir die Wahrheit herausfinden -
so oder so.

### Billie

*D*er Tag verging wie im Flug, als ich ziellos durch das kolossale Herrenhaus irrte, auf der Suche nach irgendwelchen Spuren des Söldnerge-schäfts der Dukes, ohne Erfolg. Das Herrenhaus ist nur ein Haus, mehr nicht. Die Brüder selbst waren nirgends zu finden. Stattdessen war der Ort ein chaotisches Durcheinander von Mitarbeitern, die wie wild herum-wuselten und wer weiß was taten. Erst als ich Helmi ausfindig machte, erfuhr ich, dass die Dukes heute Abend eine Party auf ihrem Anwesen veranstalten und die Vorbereitungen in vollem Gange sind.

Natürlich werde ich teilnehmen, auch wenn ich nicht eingeladen wurde. Die Villa hat mir leider keine Hinweise auf den Söldner Bryant geliefert, und ich vermute, die Antwort liegt im Gebäude nebenan, wo Clark mich bei meiner Ankunft ausgefragt hat.

Und eine Party?

Die perfekte Tarnung für mich, um mich vom Grundstück zu schleichen und in dieses Gebäude einzubrechen.

Während die Uhr bereits auf neun Uhr abends zugeht, durchstöbere ich den Kleiderschrank nach einem bequemen Outfit, das als Tarnung ausreicht und mir die Möglichkeit gibt, herumzuschleichen.

Angesichts der Abmachung, die ich widerwillig mit

Tallis getroffen habe - zwei Tage auf seinen Wahrheits-findungstest zu warten - läuft meine Zeit schnell ab. Sobald sie die Wahrheit aufgedeckt haben, werde ich unter ständiger Beobachtung stehen, vielleicht sogar in ihrem Kerker angekettet sein.

Der Gedanke drängt mich dazu, den heutigen Abend zu nutzen und eine Antwort auf die Mörder meiner Eltern zu finden.

Als ich mich schließlich für ein Kleid in einem mitternächtlichen Farbton entscheide, das mit winzigen Glitzersteinen im Stoff verziert ist, werde ich unweigerlich an die finnische Landschaft erinnert. Das Kleid passt sich jeder Kurve an, als ich es über meinen Körper gleiten lasse, und der tiefe Ausschnitt lässt kaum Wünsche offen. Die langen Ärmel verdecken die leuchtende Tinte auf meinen Armen, der Grund, warum ich dieses Outfit gewählt habe. In der Mitte verläuft ein gewagter Schlitz, der am oberen Ende meines Oberschenkels endet und mich dazu bringt, mich auf der Stelle umzudrehen, um zu sehen, wie viel ich preisgebe.

"Solange ich nicht laufe oder mich schnell bewege, sollte das kein Problem sein." Ich lache in mich hinein, denn das ist das Gegenteil von Herumschleichen, aber von meinen Möglichkeiten ist es das am wenigsten unbequeme Kleid mit langen Ärmeln, in dem man herumlaufen kann.

Schnell hole ich meinen Oberschenkelgurt aus der Tasche der Hose, die ich gestern trug - ich gehe nie ohne ihn aus dem Haus- und fädle meinen Fuß durch ihn. Ich ziehe ihn soweit mein Bein hinauf, dass ich ihn bequem am Oberschenkel tragen kann, dann schiebe ich meine kleine Klinge in die verborgene Tasche. Ich drehe den Riemen so, dass die Klinge vorne an meinem Oberschenkel sitzt, und als ich den Stoff des Kleides darüber fallen lasse, finde ich ihn locker genug, dass die leichte Wölbung und der Riemen nicht auffallen.

In den Absätzen bin ich größer, als ich es gewohnt bin, aber ich kann bequem darin laufen. Außerdem kann ich sie leicht abstreifen, wenn es an der Zeit ist, das Gelände des Herrenhauses zu verlassen und in das Geschäftshaus der Dukes zu gehen, das gleich hinter den Toren liegt.

Ich kümmere mich schnell um mein Haar und entscheide mich für eine lockere Hochsteckfrisur, die mein Gesicht umrahmt. Dazu trage ich ein minimales Make-up auf, wobei ich das verwende, was Helmi mir freundlicherweise zusammen mit den Kleidern in mein Zimmer gebracht hat.

Ich betrachte noch einmal die Enge des Stoffes und bin mir nicht sicher, ob ich das schaffe. Ich brauche die Aufmerksamkeit der Dukes nicht, und dieses Kleid zieht die Aufmerksamkeit auf sich. Ich sollte mich umziehen ... ja, vielleicht wären eine Hose und ein Hemd akzeptabel.

Heute habe ich das Glück, dass sich meine Hitze in Grenzen hält, und ich bete, dass das so bleibt. Vielleicht war das, was ich erlebt habe, eine einmalige Sache, ein Schock für das System, meine drei Schicksalsgefährten zu treffen.

Gerade als ich mich auf den Schrank zubewege, schwingt die Tür mit dem mysteriösen, kaputten

Schloss auf und gibt den Blick auf Helmi frei. Sie hält in der Tür inne, ihre Augen leuchten.

"Miss, du bist einfach umwerfend!" Ihr Blick wandert an meinem Kleid auf und ab, sodass ich mich leicht unwohl fühle. Sie geht um mich herum, gibt seltsame Laute von sich und lächelt. "Die Dukes werden Herz und Verstand verlieren, wenn sie dich heute Abend sehen."

"Vielleicht ist es dann besser, wenn ich mich umziehe?"

"Verzeihung, Miss, dass ich so direkt bin, aber dieses Kleid ist wie für dich gemacht. Wage es nicht, es zu ändern. Steh dazu, wie schön du aussiehst. Lass sie sehen, dass du ihre Königin bist."

Ich muss lachen, denn das ist das Letzte, woran ich denke.

"Ich bin gekommen, um zu fragen, ob du zu Abend essen willst, weil du vorhin nichts gegessen hast", sagt sie und wird rot. "Draußen auf der Gala gibt es genug zu essen. Komm, ich führe dich."

Ihre Hartnäckigkeit ist offensichtlich. Sie ist entschlossen, mich bei den Dukes in den Mittelpunkt zu stellen, nicht wahr? Ich hatte mir vorgenommen, mich unauffällig zu verhalten, um nicht aufzufallen, während ich die Wachen am Eingangstor des Anwesens studiere. Doch dann kommt mir der Gedanke, dass es vielleicht weniger auffällig wäre, wenn man mich mit den Herzögen zusammen sieht. Sollte ich an den Toren auf Schwierigkeiten stoßen, könnten sie sogar als praktische Ausrede dienen.

"Na gut, dann machen wir es so", gebe ich schließlich nach.

In Windeseile sind wir auf dem Flur, meine Finger tanzen am Schlitz meines Kleides entlang. Helmi bemerkt mein Zappeln und blickt immer wieder kichernd zu mir herüber.

"Oh, Miss, mach dir keine Sorgen. Ich war schon auf so vielen dieser Galas, und ich habe noch nie jemanden gesehen, der so spektakulär war."

"Nun, ich muss dir Anerkennung zollen, denn du hast mir das Kleid gebracht. Ich danke dir."

Ihr Lächeln ist ansteckend, als wir die Treppe hinuntergehen. Ich halte mich mit meinem Leben am Geländer fest, um nicht über meine Absätze zu stolpern.

"Ich arbeite eng mit unserer Schneiderin zusammen, wenn sie neue Outfits entwirft. Sie sagt, ich habe ein gutes Auge."

"Hast du schon mal daran gedacht, selbst Entwürfe zu machen?", frage ich, als wir endlich die Treppe hinter uns lassen und einem langen Korridor folgen, der uns direkt zu den Hinterhoftüren der Villa führt. Meine Nerven kribbeln bereits im Bauch.

"In der Tat, das habe ich." Doch bevor sie weitergehen kann, ertönt der dringende Schrei einer Frau aus einem anderen Raum vor ihr.

Plötzlich stürmt Helmi von mir weg und ins Zimmer. Voller Sorge renne ich ihr hinterher.

Ich bleibe in einer kleinen Küche stehen, in der sich Tische mit Speisen befinden, die nach draußen zu den

Gästen gebracht werden sollen. Eine Frau, nur wenige Jahre älter als ich, wankt und verliert das Gleichgewicht, mit einem riesigen Tablett mit Hors d'oeuvres. Helmi eilt ihr zu Hilfe, und ich stürze mich ins Getümmel und reiße einige der Gourmet-Häppchen in meine Hände, bevor sie zu Boden stürzen. Zusammen mit Helmi hält die Frau das Tablett fest, und ich lege die Häppchen in meinen Händen auf einen Tisch in der Nähe.

Das Gesicht des Dienstmädchens wird kreidebleich, ihr Atem kommt in kurzen Stößen. "Ich danke Ihnen vielmals." Sie weigert sich, meinen Blick zu erwidern. "Sie hätten sich nicht die Hände schmutzig machen sollen."

Helmi gibt mir schnell ein Papiertuch, obwohl meine Hände praktisch makellos sind. Das Dienstmädchen schlurft mit dem Tablett in der Hand durch eine Seitentür hinaus und verschwindet draußen.

Der perfekte Weg, um an der Gala teilzunehmen, ohne einen großen Auftritt zu haben.

"Nun, das ist mein Stichwort", gebe ich zu und schreite zum selben Ausgang.

"Aber Miss Mina, das ist nicht der richtige Eingang für Gäste."

"Es ist in Ordnung, Helmi." Ich schüttele den Kopf und versichere ihr: "Das ist genau das, was mir lieber ist."

Der Himmel ist atemberaubend, eine Mischung aus leuchtenden Orangetönen und heiterem Blau. Obwohl es schon spät am Abend ist, taucht die Sonne, die um diese Jahreszeit nie ganz untergeht, die Landschaft in ein surreales, schummriges Licht.

Ich senke den Blick, um nicht umzufallen, und gehe auf den Zehenspitzen, damit meine Fersen nicht in den weichen Boden sinken. Auf der Rückseite der Villa sind helle Lichter über den Hof gespannt, leise Musik und Stimmengewirr ertönt.

Ich atme die kühle Luft ein, stähle mich und murmele unter meinem Atem: "Ich schaffe das".

Ich drehe mich auf den Ballen und bewege mich in die entgegengesetzte Richtung zu den Eingangstoren in der Ferne. Im selben Moment kommen Tallis und ein halbes Dutzend Männer in Anzügen um die Ecke und brüllen vor Lachen.

Mein Herz schlägt mir bis zum Hals und droht bei diesem Anblick durchzudrehen.

*Scheiße. Schieße. Scheiße.*

Ich drehe mich um und eile zu der gepflasterten Fläche hinter der Villa, wo die Party stattfindet. Mit gerötetem Gesicht erreiche ich den Platz in Windeseile und hoffe, dass Tallis mich nicht in der falschen Richtung entdeckt hat.

Ich löse mich aus dem Schatten und schließe mich der Gruppe an. Doch sobald ich den ersten Schritt ins Licht mache, ist eine spürbare Veränderung in der Luft zu bemerken. Es ist, als wäre jedes Gespräch verstummt und jeder einzelne Blick auf mich gerichtet. Das Gewicht ihrer Blicke ist intensiv, vor allem in diesen Absätzen, die bereits unter mir wackeln.

Mit einer langsamen Drehung meines Kopfes lasse ich meinen Blick über den weitläufigen Hof schweifen. Alle Gesichter, die in meine Richtung blicken, verschwimmen, bis auf eines - Khaos. Sein durchdringender Blick trifft meinen, ein Sturm der Irritation wirbelt in seinen eisigen Augen.

Sein Kiefer spannt sich an.

Ich habe die Gala nicht nur betreten, sondern bin direkt in einen Sturm hineingelaufen.

Als ich das Schlachtfeld betrete, bin ich völlig aus meiner Komfortzone heraus und mittendrin im Geschehen. Ich bin zu der Party der gefürchteten finnischen Söldner nicht eingeladen und werde auf der Gala im Freien von allen Seiten beäugt.

Ich hatte ein einfaches Ziel: unauffällig zu bleiben und einen Weg zu finden, am Eingangstor vorbeizuschlüpfen und in das Geschäftshaus zu gelangen, um die Unterlagen zu prüfen. Doch nun stehe ich hier und bin im Begriff, Khaos mit seinen Freunden über den Hof herauszufordern, und er sieht aus, als würde er vor Wut platzen, als er mich auf seiner kostbaren Party sieht.

Was soll ein Mädchen also tun, wenn es von Söldnern umzingelt ist?

Lächeln, cool bleiben und sich unter die Leute mischen, auch wenn ich mit den Zähnen knirsche. Und ich versuche mein Bestes, nicht zu sehr daran zu denken, dass die Mörder meiner Eltern hier sein könnten. Nicht, dass ich sie erkennen würde, da ich ihre Gesichter nie gesehen habe.

Ich atme tief durch und konzentriere mich darauf, mich anzupassen. Wenn ich selbstbewusst auftrete, werden sie das sehen. Wenn mich jemand anspricht, kann ich ihm die Kunst des Messerwerfens erklären, ihn fragen, ob er Waffen sammelt, und wenn alles andere fehlschlägt, kann ich sogar ein paar schlechte Attentäterwitze erzählen, damit er mich in Ruhe lässt.

Alle Tapferkeit der Welt verschwindet in dem Moment, in dem ich zu Khaos hinüberblicke, der nicht bemerkt, wer mit ihm spricht. Seine eisigen Augen sind auf mich gerichtet. Der Mann ist sauer, und offensichtlich will er mich nicht hier haben. Tja, schade für ihn. Ich bin jetzt hier.

Dennoch bohrt sich sein Blick in mich hinein, sein stummer Vorwurf, dass ich seine Grenzen überschritten habe, hängt in der Luft zwischen uns.

Verdammt sei er und verdammt sei er doppelt, weil er gefährlich gut aussieht. Sein Anzug ist so schwarz, dass er im tanzenden Feuerschein der Fackeln schimmert, Hemd und Krawatte passen dazu. Die blutrote Weste hebt sich farblich von der Dunkelheit ab. Tiefbraunes Haar, kurz und ordentlich gescheitelt, bringt seine intensiven blauen Augen zur Geltung. Er ist größer als die Menschen in seiner Nähe und sieht ganz wie der Gott aus, dessen Blut durch seine Adern fließt. Der Mann ist breitschultrig und groß, und alles an ihm schreit nach räuberischer Schärfe.

Ich hasse es, dass ich all das an ihm bemerke und dass mein Herz bei seinem Anblick schneller schlägt.

Dies ist nicht der richtige Zeitpunkt, um meine Mission zu vergessen, und mich von seiner Anziehungskraft einfangen zu lassen. Da sich jemand anderes in seiner Nähe in das Gespräch einschaltet, ist er abgelenkt genug, um seine Aufmerksamkeit von mir abzuwenden.

Tief einatmend höre ich Tallis' tiefes Lachen von irgendwo hinter mir, ein Geräusch, das mir eine Gänsehaut beschert und meine Knie zittern lässt.

Das Herumstehen ist eine Einladung für einen der Brüder, sich mir zu nähern. Der Einzige, der fehlt, ist Eryx, aber ich weiß, dass er hier irgendwo ist und mich auch beobachtet.

Mit der Entschlossenheit, heute Abend nicht zu versagen, nehme ich den Buffet-Tisch ins Visier. Wenn ich diesen Sturm überstehen will, muss ich mich unauffällig verhalten und alle Aufmerksamkeit von mir ablenken. Vor allem den *Sturm* namens Khaos, der mich früh genug finden wird. Ich verlasse mich darauf, dass er auf seiner Party keine Szene macht, wenn er mir schließlich gegenübersteht.

Ich schlängele mich durch die Menge und betrachte die Dekoration im offenen Hof. Mein Blick streift die umliegenden hohen, majestätischen Bäume, die mit Lichterketten behängt sind, die wie herabfallende Sterne drapiert sind. Weitere Lichterketten ziehen sich um den äußeren Rand der gepflasterten Fläche und stehlen die Schatten, die aus den Wäldern zu uns herüberschleichen und uns aus dem Wald heraus anstarren. In einer Ecke des Hofs spielt eine vielseitige Band eine sanfte Melodie, die das Brummen der Gespräche ergänzt.

In der Nähe steht eine mit blutroten Kissen bedeckte Couch. Auf dem riesigen Hof sehe ich noch mehrere davon. Vor mir stehen drei lange, mit schwarzem Leinen gedeckte Tische, auf denen weiße Rosensträuße aus Glasvasen sprießen, und sich kringelnde Dornen über die Tische mit den Speisen erstrecken. Mir läuft das Wasser im Mund zusammen vor lauter Käse und Obst, und ich bin nicht niemand, die sich vor dem Essen drückt.

Ich fülle meinen Teller mit Canapés, die mit Kaviar und frischer Creme, geräuchertem Lachs, kleinen Bruschetta und Wurstwaren belegt sind. Mit meinem vollen Teller bin ich bereit, mich zu entfernen, bevor ich die Kontrolle bei dem Tisch verliere, der ganz den Desserts gewidmet ist. Der dritte Tisch mit Tellern mit aufgeschnittenem, dunklem Fleisch, dekoriert mit einem außergewöhnlichen Rentiergeweih, schreit: *Komm essen, Kriegerin.*

Das ist auch der Moment, in dem ein Schatten auf mich fällt.

"Entschuldigen Sie, Miss", kommt eine männliche Stimme.

Meine Hand erstarrt in der Luft, die Fingerspitzen sind nur wenige Zentimeter von der zierlichen, goldumrandeten Gabel entfernt. Ich hatte halb erwartet, dass es Khaos sein würde, aber diese Stimme hat nicht sein volles Timbre und nicht den Unterton einer Drohung. Ich erinnere mich daran, dass ich weniger Aufmerksamkeit auf mich ziehe, wenn ich mich unter die Leute mische. Bevor ich mich stoppen kann, sprudeln die Worte aus meinem Mund.

"Sagen Sie mir, warum spielen Attentäter nie Verstecken?"

Als er nicht antwortet, sondern sich räuspert, macht sich Panik breit.

*Toller Job. Erzähle einem Mann einen dummen Witz, der mich auf neunundneunzig Arten mit meiner Gabel töten könnte.*

Ich greife zaghaft nach dem Utensil.

"Viel Glück beim Verstecken, denn sie haben dich immer im Visier."

Mit einem halben Lächeln richte ich meine Aufmerksamkeit auf den Mann, in der Hoffnung, dass er meinen Scherz versteht. Es ist kein Gast, der mir entgegenblinzelt, sondern ein junger Kellner. Sein Gesichtsausdruck ist voller Verwirrung, als er vor mir steht, ein silbernes Tablett mit gefüllten Weingläsern in seiner Hand balancierend.

"Ähm, ich meinte, möchten Sie Rot- oder Weißwein, Miss?", fragt er mit einem leichten Lächeln auf den Lippen.

Meine Wangen erröten, das Blut pocht in meinen Ohren vor Demütigung. Mit einem verkniffenen Lächeln schüttle ich den Kopf und stürze mit dem Essen von ihm weg.

*Gute Arbeit, Billie.*

Ich frage mich, ob jemand meinen peinlichen Moment bemerkt hat, aber ich habe schon Schlimmeres getan. Ich sage mir immer wieder: *Ich schaffe das.*

Dann stellt sich mir Khaos weiter vorne in den

Weg. Er steht da wie ein bedrohlicher Gegner, der zum Kräftemessen bereit ist, sein durchdringender Blick ist unbeeindruckt von den Schaulustigen, sein Kiefer starr und seine Stirn gerunzelt.

Ich atme tief ein und beschließe, es jetzt hinter mich zu bringen.

Gerade als ich meine Nerven stähle und den ersten Schritt nach vorne mache, um ihm entgegenzutreten, taucht eine explosive Gruppe von Männern aus der Seite des Hauses auf, wo alle Gäste ankommen, und brüllt Khaos' Namen wie einen Schlachtruf. Ihr Lachen übertönt die Musik und das ausgelassene Geschnatter um uns herum.

Plötzlich ändert sich die Stimmung auf dem Hof, der Jubel steigt und die Gläser klirren.

Ich habe keine Ahnung, wer die Neuankömmlinge sind - vier Männer, alle in gebügelten Anzügen, mit wilden Blicken in ihren Augen. So wie es aussieht, sind sie die Favoriten der Party.

Mit einem langen Blick auf mich atmet Khaos laut aus und dreht sich dann in die Richtung der Männer, wobei sich der finstere Blick von vorhin in etwas Heiteres verwandelt. Natürlich ist es nicht echt, es ist offensichtlich, aber es scheint niemanden zu interessieren. Er nähert sich seinen Freunden mit langen Schritten, seine Stimme wird lauter und er begrüßt sie.

Ich bin erleichtert und nutze den Moment, um an der Menge vorbeizugleiten.

Plötzlich schiebt sich ein Mann mit einem stämmigen Oberkörper an meine Seite. An den Schläfen ergraut, ist er gebaut wie ein Panzer, der Stoff seines schwarzen Pinguinanzugs spannt sich über seine Arme und Brust. Gewandt dreht er sich um, um vor mir zu stehen und mir mit seinem Körper die Sicht zu versperren. Er grinst mich mit diesem Blick an, der schreit: "Heute ist dein Glückstag".

Ich rolle mit den Augen, was er entweder nicht sieht oder ignoriert.

"Ich kann nicht glauben, dass uns noch niemand vorgestellt hat", sagt er mit einer kieseligen, öligen Stimme.

Sein lüsterner Blick senkt sich über meine Vorderseite und verweilt zu lange auf meiner Brust. Meine Haut kribbelt, und ich bin kurz davor, ihm in die Eier zu treten, aber das ist nicht gerade förderlich, um unauffällig zu bleiben.

"Du gehörst zu Khaos, richtig? Alle reden über sein neuestes Spielzeug", sagt er mit einem arroganten Heben des Kopfes.

Ich starre ihn an, meine Finger zucken, um meine Klinge zu nehmen und ein großes Schwanzsymbol in seine Stirn zu ritzen, damit jeder sieht, was er ist. Woher zum Teufel wissen alle, dass ich zu den Dukes gehöre? Und warum zum Teufel reden alle über mich?

Ein weiterer Gedanke taucht in meinem Kopf auf. Wenn ich zu Khaos gehöre, dann würden Idioten wie er mich in Ruhe lassen. Natürlich hasse ich die Idee, aber je mehr ich darüber nachdenke, desto mehr Sinn ergibt sie.

"Ja, das tue ich", bestätige ich mit zusammengepressten Zähnen.

Der Mann grunzt und reibt sich mit einer Hand

über sein kantiges Kinn. Seine schlammgrünen Augen blicken zu Khaos, der am anderen Ende des Hofes mit dem Rücken zu uns steht, und dann wieder zu mir.

Ich atme scharf ein und nehme seinen moschusartigen Geruch auf, der mich an einen pudrigen Stall erinnert. Er ist ein Wandler, aber ehrlich gesagt, ist mir das egal.

Er lehnt sich näher heran. "Khaos würde es nicht bemerken, wenn du in den Wäldern verschwindest, nicht wahr?" Ein dreckiges Grinsen verzieht seine Lippen. "Ich habe gehört, er teilt sein Spielzeug, und du bist eine hübsche Puppe."

Meine Nackenhaare stellen sich auf und ich muss fast würgen, aber ein Teil von mir denkt, dass es ihm Spaß machen wird, meine Reaktion zu sehen, also lasse ich die Schultern hängen.

"Oh, das bezweifle ich nicht. Aber du weißt genau, wenn Khaos das herausfindet, und das wird er, kannst du froh sein, wenn er dich nur an die Schweine verfüttert. Der Mann hat eine Vorliebe dafür, aus jedem, der ihm in die Quere kommt, Hackfleisch zu machen. Hast du das nicht gehört?"

Die Farbe weicht aus seinem Gesicht, und während er den Kopf hebt und sich aufrichtet, bemerke ich die leichte Anspannung seines Kiefers und die Unruhe in seinem Gesichtsausdruck.

Seine Hand schießt hervor, und ein eiserner Griff packt meinen Arm. Mein Atem stockt vor Überraschung, der Teller mit dem Essen, an dem ich mich festgehalten hatte, wird mir entrissen. Er drückt ihn einem Passanten in die Hand, der ebenso überrascht wirkt, aber er stellt ihn nicht infrage und schiebt ihn einem Kellner zu.

Ich ziehe an meinem Arm, um mich zu befreien.

"Du brauchst nichts zu essen", knurrt der ältere Mann und sein Gesicht blitzt vor Verärgerung.

"Da bist du ja", ruft Eryx von meiner Rechten aus und stiehlt mir meine wütende Antwort. Er schreitet kraftvoll heran, und die Menge scheint sich für ihn zu teilen, als er sich uns nähert.

Als ich meinen Arm losreiße, schiebt sich Eryx zwischen den Mann und mich und steht ihm Auge in Auge gegenüber. Die Spannung kräuselt sich in der Luft und steigt mir in die Arme, während sich mir die Haare sträuben. Ich reibe mir den Arm, wo seine Finger rote Bänder an meinem Handgelenk hinterlassen haben.

Ich weiche zur Seite und werde von der Panik ergriffen, dass ein Krieg ausbrechen könnte.

"Haben wir hier ein Problem?", fragt Eryx, wobei die Sanftheit seiner Stimme die schwere Dunkelheit seiner Drohung nicht verbergen kann.

Der Mann spottet über Eryx. "Denk an deinen Platz, Junge." Ein arrogantes Grinsen zerrt an seinen Mundwinkeln.

Einige Schaulustige drehen sich um und beobachten die Situation.

Eryx bricht in schallendes Gelächter aus, ein tiefes, grollendes Geräusch, das mir einen Schauer über den Rücken jagt. Wenn ich der Mann wäre, würde ich keinen Gryffin-Wandler herausfordern, es geht um sein Leben.

"Machen wir es ganz einfach für dich. Sie gehört uns. Das heißt, sie ist tabu für deinen Dreck. Sieh sie nicht einmal an, oder ich reiße dir das Gesicht ab. Bedränge mich nicht, Darcon, oder du wirst mich nicht kommen sehen, und ich werde deine ganze Familie zerstören."

"Für sie?", schnaubt er. "Vielleicht solltest du sie dann einsperren und sie nicht hierherkommen lassen, um uns zu parfümieren. Was glaubst du denn, was passieren wird?"

Mein Herz rast, weil er mir die Schuld für seine Reaktion gibt. Wut lodert in mir auf, und mit ihr kommt ein Geschmack von bitterer Peinlichkeit, dass andere meinen erhitzten Geruch wahrnehmen können, selbst an einem Tag, an dem ich keine Symptome spüre. Meine Haut kribbelt, während die Wut heiß und scharf in mir brodelt.

"Töte ihn", murmle ich aus der beißenden Wut heraus, die mich verschluckt.

"Du hast sie gehört. Sie will dich tot sehen. Meinst du, ich sollte auf sie hören?"

Es herrscht einen Moment lang Schweigen. Der Geruch von Darcons Angst ist säuerlich. Er stößt ein lautes Ausatmen aus, das seine Lippen erzittern lässt, und tritt einen Schritt zurück, wobei sich ein harter Ausdruck auf seinem Gesicht bildet.

Eine andere Gestalt taucht aus der Menge auf, eine jüngere Version von Darcon, mit einem Selbstbewusstsein, das auffällig ist. Er legt Darcon eine Hand auf die Schulter, und ihre Blicke treffen sich, aber der ältere Mann schüttelt den Kopf.

"Halte dich zurück. Es ist alles in Ordnung."
Zurückhaltende Frustration liegt in seiner Stimme.

Der jüngere Mann mit dem hellbraunen Haar und dem kantigen Gesicht zögert, lässt seinen Blick zu Eryx und mir schweifen, nickt dann aber. Beide Männer wenden sich ab und verschwinden in der immer dichter werdenden Gästeschar.

Eryx wendet sich mir zu, seine Hand nimmt meine und umschließt sie. Die Wärme seiner Berührung fährt meinen Arm hinauf und durch mich hindurch. Er führt mich mit zügigem Tempo aus der Menge heraus.

"Du hättest nicht kommen sollen", murmelt er und führt mich zu einer unbesetzten Couch.

Ich schaue ihn an. Sein auffallend tadelloser Anzug schreit nach Autorität. Das hochgeschlossene Jackett ist auf seine breiten Schultern zugeschnitten und verjüngt sich bis zur Taille, sodass es aussieht, als sei es ihm auf den Leib geschneidert worden. Gold umrahmt die Ränder seiner Jacke und die Ärmel, und die Knöpfe glitzern in den Flammen. Das goldene Haar fällt ihm aus dem Gesicht und betont seine markanten Züge.

Hier draußen wird es immer heißer, je länger ich einen Blick auf den Duke werfe, der wie ein Mann aussieht, der vom Schlachtfeld kommt, und nicht wie jemand, der eine Gala besucht. Trotz seiner Kleidung brennt immer noch die Wildheit hinter seinem Blick.

"Ich wusste nicht, dass die Party exklusiv ist", sage ich und versuche, meine Stimme ruhig zu halten.

"Mina." Er lehnt sich näher heran, das Feuer von ihm springt auf mich über, sein Duft von Zedernholz und zerkleinerten Kiefernnadeln erdrückt mich. "Diese

Männer sind Tiere. Für sie bist du ein junges Reh ... unwiderstehlich und köstlich."

Ich schlucke, als mir ein kalter Schauer über den Rücken läuft.

Eryx atmet schwer, während er immer wieder über seine Schulter zu Darcon blickt.

"Ist alles in Ordnung?", frage ich.

"Ich bringe den Wichser um, weil er dich angefasst hat."

Als ich mich umdrehe und die Menge abtaste, kann ich den Mann nicht sehen, also dränge ich mich vor, und Eryx schließt sich mir an.

"Ich will ihn einfach nur vergessen."

Als wir die Couch erreichen, setze ich mich und bin froh, dass ich nicht mehr auf den Fersen bin. Eryx ist immer noch auf den Beinen und mustert mich, aber seine Augenbrauen sind zusammengezogen.

"Was?"

"Gehe nicht weg. Ich bin gleich wieder da." Dann verschwindet er in der Menge.

Er wird Darcon umbringen, nicht wahr? Ich rutsche unbequem auf dem Sofa hin und her und fühle mich nicht schuldig, weil das alte Arschloch sein Grab geschaufelt hat. Aber jetzt bemerke ich erst, wie die anderen Geier mich anstarren.

Ich habe ein flaues Gefühl im Magen, das wenig mit Hunger zu tun hat. Fackeln flackern und werfen Schatten auf die üppige Party, und überall, wohin ich schaue, sehe ich jetzt Raubtiere. Die Wahrheit von Eryx' Worten sickert durch. Es ist keine Überraschung, da ich so aufgewachsen bin, aber von so vielen gefährlichen Männern mit dunklen, hungrigen Blicken umgeben zu sein, ist zermürbend.

Hitze steigt mir in die Wangen, als mein Blick auf Tallis fällt.

Er befindet sich auf der anderen Seite des Hofes, näher an der Villa, und unterhält sich eingehend mit einer Frau, die ebenso atemberaubend ist wie der leuchtende Nachthimmel. Ihr glitzernder weißer Jumpsuit überlässt nichts der Fantasie. Sie lacht über etwas, das er sagt, und Eifersucht durchfährt mich wie Gift.

Natürlich sollte es mir egal sein, mit wem er redet oder lacht, aber als ich ihn in ein Gespräch mit ihr vertieft sehe, schlägt mein Herz gegen meine Rippen. Es ist fast so, als ob mein Körper etwas weiß, was mein Verstand sich weigert, zuzugeben.

Ich presse die Hände in den Schoß und erinnere mich daran, dass ich es mir nicht leisten kann, so zu fühlen oder die Kontrolle zu verlieren. Ich würde mich jetzt davonschleichen, wenn ich glauben würde, dass Eryx mich nicht schnell aufspüren würde, also warte ich noch ein wenig und mache mich dann aus dem Staub.

Bis dahin ... starre ich immer wieder auf Tallis mit der blonden Schönheit und kann die bittere Eifersucht nicht leugnen, die mich würgt.

Je länger ich sie anstarre, desto mehr fürchte ich, dass ich etwas sehr, sehr dummes tun werde.

Ich trete vor und richte meine Aufmerksamkeit auf Tallis und die Frau im Jumpsuit. Ihr weißes Outfit fängt das Glitzern der Flammen im Hof ein und macht sie faszinierend, und trotz meines Abstands zu den beiden sehe ich, wie sich ihre Lippen zu einem bezaubernden Lächeln verziehen, während sie sich mit Tallis unterhält.

Er kichert über ihre Worte, sein Körper neigt sich ihr entspannt entgegen. Der Knoten der Eifersucht verhärtet sich, und ich hasse meine Reaktion. Es ist lächerlich. Tallis ist ein Inkubus, und es liegt in seiner Natur, Menschen anzuziehen, vor allem Frauen, doch der Anblick der beiden zusammen lässt mein Blut in Wallung geraten.

Ganz in Schwarz gekleidet, gibt es für ihn keinen Anzug und keine Krawatte, nur rohe Männlichkeit. Seine Hose ist eng geschnitten, aus Leder, das seine kräftigen Oberschenkel formt, und das Hemd schmiegt sich an seine wohlgeformte Brust. Ein dicker Gürtel um die Taille, dessen silberne Schnalle glänzt, ist der einzige Farbunterschied zu seinem schwarzen Outfit. Selbst sein pechschwarzes, zerzaustes Haar umrahmt sein Gesicht, als hätte er hart daran gearbeitet, diese Frisur zu erreichen.

Es ist nicht nur sein unwiderstehliches Aussehen, sondern auch der glühende Ausdruck in seinen Augen, die Art und Weise, wie sich seine Lippen zu einem Grinsen verziehen. Alles an ihm schreit nach Sünde. Das Einzige, was noch fehlt, ist ein langer Ledermantel, um sein Image als Herr der Finsternis zu vervollständigen.

Ich gehe einen Schritt weiter und überlege, ob ich mich vorstellen soll, auch wenn ich wie eine eifersüchtige Freundin wirken werde. Nur, warum sollte mich das interessieren? Spielt das eine Rolle, wenn ich keine Ahnung habe, was auf lange Sicht zwischen uns passieren wird?

Ein blonder Mann schlendert auf sie zu, seinen Blick auf die Frau gerichtet. Mit einer fließenden Bewegung schlingt er seine Arme um ihre Taille und zieht sie an sich. Sie kichert und lehnt sich an ihn, als er ihr einen Kuss auf den Hals drückt.

Erleichterung macht sich in mir breit. Sie ist mit jemand anderem zusammen. Ich habe heute Abend etwas über mich selbst gelernt. Ich sagte mir, dass ich nicht eifersüchtig sein würde. Wenn ich den richtigen Mann gefunden habe, würde ich nie ausflippen, wenn er mit einer anderen Frau spricht.

Und jetzt sieh mich an. Mensch, was ist mit mir passiert?

Ich ziehe mich schnell zurück und lasse mich wieder auf die Couch sinken, wobei ich mein Kleid über meine Oberschenkel ziehe, um die Menge nicht zu blenden. Mein Herz klopft immer noch in meiner Brust wegen meiner verrückten Reaktion.

"Reiß dich zusammen", murmele ich und schiebe die Schuld auf die Sache mit dem Schicksalspartner. Wie sonst kann ich mir meine irrationale Eifersucht erklären? All diese Gefühle bringen meinen Verstand durcheinander.

Als ich den Kopf hebe, stelle ich fest, dass die Frau und ihr Partner nicht mehr da sind und Tallis mit jemand anderem spricht, einem unglaublich gutaussehenden Mann. Dieser Mann ist ungefähr genauso groß wie Tallis und zieht die Aufmerksamkeit auf sich. Er ist gut gebaut und muskulös und trägt einen gut geschnittenen Anzug, der sich an seine Figur anschmiegt. Er fährt sich mit den Fingern durch das reiche braune Haar, das gerade lang genug ist, um es aus seinem Gesicht zu streichen. In seinen dunklen Augen glitzert ein roter Funke, wenn das Licht auf sie fällt. Er ist unwiderstehlich gutaussehend, und etwas an ihm ist schwer zu ignorieren. Seine Schönheit ist gefährlich, sie birgt Geheimnisse und Dunkelheit in sich.

Der Mann greift in die Tasche seines Jacketts und holt ein Taschentuch heraus, dessen makelloser weißer Stoff im Wind flattert. Seine Finger gleiten in einem rhythmischen Muster darüber. Die Art und Weise, wie er es berührt, hat etwas fast Sinnliches an sich, das mich fesselt und mich dazu bringt, mehr erfahren zu wollen.

Die beiden unterhalten sich, lehnen sich eng anein-
ander und lachen, als würden sie sich schon ewig
kennen.

Eine Bewegung in der Menge vor mir lenkt meine
Aufmerksamkeit auf Eryx, der sich von den Gästen
losreißt und mit einem breiten Grinsen in meine Richtung schlendert. Er balanciert einen mit Köstlichkeiten
beladenen Teller und ein Glas mit etwas Schäu-
mendem in der anderen Hand.

"Für dich", sagt er und reicht mir den Teller, und ich
ziehe die Augenbrauen hoch angesichts des Berges an
Essen. "Ich will nicht, dass du hungerst, und mir ist
aufgefallen, dass dieses Arschloch Darcon dir den
Teller weggenommen hat."

Ich lächle über seine Freundlichkeit und bin etwas
erstaunt über seine Geste. Das habe ich nicht
erwartet.

"Ich hoffe sehr, dass wir uns das teilen."

"Natürlich", antwortet er und setzt sich neben mich
auf die Couch. Die Kissen geben unter seinem Gewicht
leicht nach, dann stellt er das Getränk auf einen
kleinen Tisch neben der Couch.

Mein Blick fällt auf den Teller in meinem Schoß,
ich weiß nicht, wo ich anfangen soll, denn es sieht alles
köstlich aus. Ich beginne mit den kleinen Käsebällchen
und bemerke, dass Eryx mich beobachtet.

Er bricht das Schweigen zwischen uns. "Ich habe
gesehen, wie du ihn beobachtet hast."

Verwirrung macht sich breit, und ich schaue ihn
streng an.

"Wen? Ich beobachte die Leute, seit ich hier bin."

Sein Blick schweift zu der Stelle, an der Tallis und sein Freund stehen.

"Du hast den Vampir beobachtet, der mit Tallis spricht. Du weißt schon, Jas ist supertot? Ist es das, was du willst?"

Auf seine letzte Bemerkung hin blinzle ich Eryx langsam und bedächtig an, dann breitet sich ein schiefes Grinsen auf meinen Lippen aus.

"Wie kann jemand *supertot* sein?"

Der Gedanke an den mysteriösen Vampir ergibt jetzt einen Sinn - die tödliche Anziehungskraft, seine hypnotische Anziehungskraft und seine ungewöhnlich blasse Haut. Ein Dämon hat also einen Vampir zum Freund ... Sie hätten viel gemeinsam, worüber sie reden könnten - Tod, Töten, jemanden ausbluten lassen, so etwas in der Art.

"Er ist ein Vampir mit dem Einfluss eines dunklen Nekromanten", erklärt Eryx und beobachtet mich die ganze Zeit, um eine Reaktion zu erhalten.

Ich bin wohl nicht die Einzige, die heute Abend mit einem grünäugigen Monster zusammenlebt, denn sein Bruder hat eine Affäre mit seinem Kumpel.

"Interessant. Ich wette, sie richten oft Unheil an." Ich nehme einen der dutzend Zahnstocher auf einem Teil des Essens und durchstoße die Speisen auf dem Teller. Eryx zuckt mit den Schultern und greift nach einer Scheibe des dunklen Fleisches. Er wickelt es mit den Fingern zu einer Rolle und steckt es sich in den Mund.

"Vor ein paar Jahren kamen sie sich sehr nahe, als

Tallis durchdrehte und einen Teil von Vanguard Manor nebenan niederbrannte. Seine Freundin hat ihn verlassen, und er ist durchgedreht. Es waren noch andere darin gefangen, darunter Jas, den wir gerettet haben. Jas hat eine schwere Verbrennung am Rücken, eine Narbe, die nicht heilen will. Ich vermute, das liegt daran, dass Tallis' Feuer eine höllische Mischung aus Dämonen- und Götterblut ist. Aber anstatt auf uns loszugehen, hat Jas es geschafft, Tallis zu beruhigen und ihn von der sprichwörtlichen Klippe zu holen." Er stürzt sich auf das Essen, als hätte ihn das ganze Gerede hungrig gemacht.

Ich starre Eryx einfach nur an, zur Hälfte unfähig zu glauben, wie unglaublich gut er aus der Nähe aussieht, und zur anderen Hälfte schockiert über das, was ich gerade erfahren habe.

"Oh, wow. Tallis muss dieses Mädchen wirklich geliebt haben."

Er beobachtet mich eine lange Pause lang. "Interessant. Deine erste Frage bezieht sich auf die Ex von Tallis."

"Du musst nicht alles, was ich sage und tue, kritisch hinterfragen. Ich bin nur neugierig. Ich meine, ein Inkubus, der eine Freundin hat, wenn er jeden haben kann, den er will ... das ist faszinierend."

"Wenn du es sagst."

Eine seltsame Unbeholfenheit füllt die Leere zwischen uns, und so mache ich mich wieder ans Essen.

Eryx dreht sich schließlich zu mir um, mit einem schelmischen Funkeln in den Augen, und schaut dann zu den beiden Männern hinüber, die sich auf der anderen Seite des Hofes unterhalten.

"Wie viele Menschen hast du heute schon umgebracht?", fragt er mit einem dramatischen, Dracula-ähnlichen Akzent und überrascht mich mit seinen Worten. Im nächsten Moment räuspert er sich. "Nur zehn heute", beantwortet er seine eigene Frage in einem tiefen, kiesigen Ton, mit dem er Tallis imitieren will, wie ich annehme. "Ich habe den ganzen Tag damit verbracht, diesen Anzug direkt an mich zu nähen, um unwiderstehlich auszusehen."

Ich verkneife mir ein Lachen, als ich merke, dass er ihre Stimmen mit seiner eigenen Interpretation synchronisiert.

Ohne zu zögern, macht Eryx mit seiner Dracula-Imitation weiter.

"Ah, das steht dir gut, mein Freund. Ich hatte heute kaum die Gelegenheit, am Blut von fünf Jungfrauen teilzuhaben."

Ein Lachen entweicht meinen Lippen, als Eryx auch ihre Handbewegungen nachahmt. Als Jas sich mit der Hand durch die Haare fährt, sagt Eryx, der Tallis nachahmt: "Mir gefällt, was du mit deinen Haaren gemacht hast."

Im Geiste seiner Unterhaltung springe ich ein und antworte für den Vampir: "Ah, und dein Haar ist auch perfekt zurückgekämmt."

Eryx richtet sich auf und hält sich an Tallis' Tonfall. "Es ist so schwer, so heiß zu sein, aber ich versuche, dieses neue Mädchen zu beeindrucken. Ich hoffe wirklich, dass sie meine engen Hosen mag."

Ich kichere und schaue zu Tallis hinüber, der sich auf der Stelle umdreht, um einem Kellner in seinem Rücken zu antworten, und fahre als Jas fort. "Dreh dich noch mal. Zeig mir noch mal deinen Arsch."

Eryx gluckst. "So sehr ich weiß, dass du das gerne hättest, aber meine Augen sind jetzt auf den neuen Preis gerichtet."

"Faszinierend", sage ich. "Was ist so toll an ihr im Vergleich zu mir?"

"Nun, erstens kreuze ich keine Schwerter mit ihr und zweitens hoffe ich, dass ich eine Kostprobe ihrer süßen P...."

"Verzeihung, Eryx", sagt ein Mann und unterbricht uns.

Wir blicken auf zu einem Mann im Kellneranzug, der entschuldigend dreinschaut.

"Verzeihung, aber Ihre Aufmerksamkeit wird gerade auf seine Gnaden gelenkt." Er dreht sich um und zeigt auf Khaos, der mit dem Rücken zu uns steht und sich mit einer kleinen Gruppe von Leuten unterhält. "Euer Bruder besteht darauf, dass ihr sofort zu ihm kommt."

"Was will er?", fragt Eryx und knurrt fast.

Der Mann zuckt mit den Schultern und schluckt nervös. "Es hat etwas mit Verhandlungen zu tun."

Irritation flammt in Eryx' Gesicht auf, dann wendet er sich mir zu. "Tut mir leid. Die Pflicht ruft, aber geh nicht weg, okay?"

"Natürlich. Mir geht es gut. Ich habe mein Essen und Trinken."

Er steht auf, zögert einen Moment und geht dann mit einem Grunzen mit dem Kellner davon.

Mir selbst überlassen, wandert mein Blick unwillkürlich zu Tallis. Sein Gespräch mit Jas ist ernst geworden, und ich beschließe, dass dies die Pause ist, die ich brauche.

Ich stelle den Teller auf den Tisch, stehe auf und entferne mich lautlos von der Menge und gehe auf die gegenüberliegende Seite des Hauses, wo die Gäste eintreffen. Schatten verschlingen mich, während ich mich auf leisen Schritten zwischen den hohen Bäumen zu meiner Linken und dem steinernen Herrenhaus zu meiner Rechten bewege.

Kaum habe ich die hinterste Ecke erreicht, knackt hinter mir ein Zweig. Das Herz rast, die Angst ertränkt mich und ich schwinge mich herum.

Hinter mir steht Khaos, sein Gesichtsausdruck ist in Schatten gehüllt.

*Scheiße.*

Er schleicht sich vorwärts, die blassblauen Augen sind unheimlich wolfsähnlich.

"Warum verfolgst du mich?", schaffe ich, zu fragen.

"Wer hat dir gesagt, dass es in Ordnung ist, auf die Party zu gehen?", entgegnet er, wobei ein Knurren in seiner Kehle zu hören ist. Sein Atem geht schneller, und ich merke, dass er sich in meiner Nähe zurückhält.

"Ich wusste nicht, dass es eine Party nur für geladene Gäste ist." Ich beiße jedes Wort scharf ab.

Sein gutturales Knurren dröhnt in seiner Brust, und mein Puls beschleunigt sich.

"Mina, es ist nicht so, dass ich dich nicht einladen

würde, aber es ist gefährlich. Glaubst du, ich habe die Situation mit Darcon und Eryx nicht gesehen, der kam, um dich zu retten?"

"Ich kann auf mich selbst aufpassen", schimpfe ich.

"Du verstehst es nicht, oder?" Khaos tritt näher und überragt mich. Sein Duft, Mahagoni und Mitternachtsjasmin, umhüllt mich und wärmt mein Inneres. Noch nie hat jemand allein durch seinen Duft und seine Stimme solche Gefühle in mir ausgelöst.

"Zwei seiner Söhne beobachteten dich vom Rand aus, bereit, dich einzusammeln und in den Wald zu entführen. Sie wollten dich auf jeden Fall von uns weglocken. Diese Bastarde handeln mit Frauen, aber zuerst brechen sie sie, jeder von ihnen abwechselnd."

Ein Keuchen schnürt mir die Kehle zu und ein Schauer läuft mir über den Rücken.

"Das wusste ich nicht. Warum solltest du dich mit ihnen zusammentun?"

Auf meine dumme Frage hin starrt er mich ausdruckslos an. Natürlich ist er im Geschäft des Tötens. Und wirklich, wie sehr kann ich Khaos und seinen Brüdern vertrauen?

"Du musst unseren Entscheidungen vertrauen."

Wie kann ich, wenn ich sie kaum kenne, wenn sie eine Rolle bei der Ermordung meiner Eltern gespielt haben könnten?

"Ich werde in mein Zimmer zurückkehren", sage ich abrupt und will an ihm vorbeigehen, als er meine Hand ergreift. Ein welterschütternder Funke von Elektrizität tanzt meinen Arm hinauf und flattert hinunter zwischen meine Schenkel. Khaos mag riesig und einschüchternd sein, aber seine Berührung gleitet immer noch über meine Haut, und ich kann nicht leugnen, wie sehr ich dieses Gefühl mag.

"Mina." Seine Stimme ist rau und tief, mit einem Hauch von Ungeduld. "Wo wolltest du gerade hin?"

Ich drehe mich wieder zu ihm hin. Die Luft bewegt sich, sein Daumen streicht über die Innenseite meines Handgelenks, und ein Schauer durchfährt meinen Körper.

"Nur ein Spaziergang. Zu viele Leute auf der Party."

Unter seiner durchdringenden Aufmerksamkeit krampft sich mein Magen zusammen und meine Brustwarzen spannen sich an. Sein Duft verdichtet sich, und er ist stark, er weckt die Erregung tief in mir.

Wenn ich noch eine Sekunde länger hierbleibe, wird er mir weiter unter die Haut gehen, und als Nächstes werde ich meine Beine für ihn spreizen. Und wohin wird mich das führen? Ein Leben lang an einen Söldner gebunden. Und das Beängstigende daran ist, dass mich der Gedanke nicht einmal beschämt. Das zeigt, wie sehr mich diese Sache mit dem Schicksalsgefährten kaputt macht.

Nö. Dafür habe ich keine Zeit, also schüttle ich meine Hand, um mich aus seinem Griff zu befreien.

"Warum bekämpfst du mich?", fragt er.

"Ich kenne dich nicht einmal", sage ich die erste Halbwahrheit, die mir einfällt, aber jedes Mal, wenn ich seinen männlichen Duft einatme, schwanke ich auf meinen Füßen. Ich schlucke und versuche, meine Atemzüge und das Hämmern meines Herzens zu verlangsamen. Bis jetzt ist es mir gelungen, meine Erregung unter Kontrolle zu halten. Jetzt, wo er in meinem Raum steht, mit all den Muskeln und dem angespannten Bizeps, sammelt sich Feuchtigkeit zwischen meinen Schenkeln.

Sein Blick senkt sich auf meine Lippen, und seine Finger legen sich wieder um meine Hand, und mit ihnen kommt eine Wärme, die mich streichelt. Alles an ihm hypnotisiert mich, verführt mich, und ich bin nicht einmal sicher, ob er weiß, wie sehr ich darum kämpfe, ihm zu widerstehen.

Ein Gedanke nach dem anderen - meine Hand von seiner zu nehmen und ihn nicht mehr zu berühren, wäre ein Anfang.

"Du bist meine Schicksalsgefährtin. Das bindet dich bereits an uns und sagt dir, dass du bei uns sicher bist."

Mein Inneres verdreht sich, denn plötzlich schließt er den Abstand zwischen uns, ein trüber Schleier breitet sich über seine Augen aus, und sein Griff wird etwas fester.

Ich werde von diesen blauen Augen angezogen. Sie fordern mich auf, mich in sie fallen zu lassen. Bevor ich einen klaren Gedanken fassen kann, schlingt er seine Arme um meine Mitte und drückt mich gegen die Wand der Villa. Sein Körper presst sich an meinen, die Beule in seiner Hose schmiegt sich an meinen Bauch.

Noch ein tiefes Einatmen seines Duftes, und meine Zehen krümmen sich, jeder Zentimeter von mir besteht darauf, dass wir zusammengehören. Unerträgliche Hitze durchströmt meinen Körper, jeder Zentimeter von mir sehnt sich nach seiner Berührung.

Ein winziger Teil meines Verstandes schreit danach, dass ich mich zurückziehen soll, und ich will es - Götter, ich muss es -, aber mein Körper reagiert nicht darauf. Ich bin zu sehr mit dem Körper des Duke beschäftigt, der sich eng an meinen presst.

Ein klagender Laut streift meine Kehle.

*Entferne dich von ihm.*

Aber ich kann es nicht.

Es fühlt sich an, als ob die einzige Lösung darin besteht, uns auszuziehen und ihn nackt an mir zu spüren, damit er mich nehmen kann. Auf der Stelle.

Sie zittert in den Schatten, mit dem Rücken zur Wand an der Seite des Hauses und weit weg von der Gruppe.

Mein Körper spannt sich an, jeder Urinstinkt verlangt, dass ich das einfordere, was direkt vor mir ist, was mich seit dem Moment, als ich ihr über den Weg lief, in den Wahnsinn getrieben hat.

Sie starrt zu mir hoch. Dieses winzige Ding, große kerzenblaue Augen voller Verlangen und Angst. Ihre Brust hebt und senkt sich schnell, ihre Brustwarzen drücken gegen meine Brust, und dieser berauschende, süchtig machende Duft umhüllt mich wie Stacheldraht. Dicke Haarsträhnen fallen über eine Seite ihres Gesichts, der Rest weht in der Brise. Ihre rosigen Lippen spitzen sich, als bekäme sie nicht genug Luft. Trotz des Hungers in ihrem Gesichtsausdruck und ihres schweren Geruchs spüre ich die Anspannung in ihren Muskeln, als ob sie gegen mich kämpfen würde.

Ich reiße mich zusammen, aber in Wahrheit liebe

ich ihre Lebhaftigkeit. Sie hat keine Ahnung, wie umwerfend es ist, wie sie gegen mich ankämpft, während ihr Körper für mich singt. Sie ist so bereit für mich, ihre Hitze eskaliert so schnell, dass ich weiß, dass sie kurz davor ist, ihr Crescendo zu erreichen.

Dann wird sie schreien, dass wir sie ficken sollen, aber es wird einfacher, wenn sie nicht gegen ihre ursprüngliche Natur ankämpft.

Sie stößt ein Schnurren aus, ihre Wangen erröten.

"Du vermittelst mir gemischte Botschaften, Gefährtin", necke ich, während mein Becken gegen sie stößt. Meine Hand gleitet an ihrer Seite hinunter und streichelt die Seite ihrer vollen Brust.

Sie keucht, und ich finde es toll, wie leicht ihr Körper auf mich reagiert.

"Für mich ist ziemlich klar, was ich will."

"Ja?" Ihre Handflächen liegen flach auf meiner Brust, aber es ist kein Druck dahinter. "Und was ist das?"

Ihr Mund öffnet sich, aber es entweicht nur ein leises Schnurren, und sie ärgert sich über ihren Mangel an Kontrolle. Das wirkt sich auch auf mich aus.

Ein Anflug von Erregung durchströmt mich, bis hinunter zu meinem Schwanz.

"Glaub ja nicht, dass du Glück hast", sagt sie schließlich. Ihre Fäuste verkrampfen sich, als sie mein Hemd packt, als könne sie sich nicht entscheiden, ob sie es mir vom Leib reißen oder mich wegstoßen soll.

"Es gibt Dinge, gegen die man nicht ankämpfen kann." Ich streiche mit einem Finger über ihre Hüfte und verstärke meine Berührung.

"Das hilft der Situation nicht." Ihre Stimme ist kaum hörbar.

"Ich glaube, das tut es. Du scheinst ein Problem damit zu haben, auf das zu hören, was dein Körper will, also werde ich dir helfen."

"Vielleicht bist du derjenige, der sich nicht unter Kontrolle hat", schnaubt sie und hebt ihr Kinn.

"Glaubst du das?" Ich neige meinen Kopf zur Seite. "Dann sag mir, dass du das nicht willst." Die Worte fallen mir leicht über die Lippen, die Herausforderung ist aufregend.

Sie zittert gegen mich, ihre Atemzüge werden unregelmäßig und beschleunigen sich, passend zu meinem pochenden Herzen. Meine Berührung gleitet an der Vorderseite ihres Oberschenkels hinunter, fährt tiefer über den Stoff ihres Kleides, bis ich den hohen Schlitz finde. Meine Fingerknöchel streifen die glatte Haut ihres Oberschenkels. Sie zittert bei meiner Berührung, das scharfe Einatmen bestätigt die Elektrizität zwischen uns.

"Das habe ich mir gedacht", flüstere ich dicht neben ihr und lege eine Handfläche an die Wand der Villa hinter ihr. Meine Berührung gleitet höher, während mein Blick den ihren festhält. Als ich etwas Kaltes berühre, etwas Metallisches, das an ihren Oberschenkel geschnallt ist, halte ich inne. Eine Klinge.

Ein Grinsen umspielt ihre Lippen und verschwindet ebenso schnell wieder, als ich den Stoff beiseiteschiebe und den Griff ergreife und festhalte.

"Kluges Mädchen, eine Waffe zu einer gefährlichen Party mitzubringen. Aber Waffen sind auf meinem

Anwesen verboten." Ihre Wangen erröten, und dieser verängstigte, verletzliche Blick lässt meine Eier anspannen. "Verdammt schön."

"Vielleicht solltest du dir im Moment mehr Sorgen um dich selbst machen."

Ich breche in Gelächter aus über ihre liebenswerte Drohung. Ihr Körper vibriert als Antwort, als ob sie auf meine Reaktion eingestimmt wäre, und ich kann nicht genug bekommen.

Wer zum Teufel ist dieses Mädchen? Sie ist vor einem Tag in mein Leben getreten und weckt jetzt Gefühle, von denen ich nicht wusste, dass ich zu ihnen fähig bin.

Ich halte immer noch die Klinge in ihrer Beinscheide fest und fahre mit dem Daumen in kleinen Kreisen über ihre Bikinizone, ihre Haut ist glatt und zart. Ein Inferno geht von ihr aus, ihr Körper schmiegt sich an mich, als ob sie es aufgegeben hat, sich gegen mich zu wehren, und sich kaum noch halten kann, doch ihr Blick schreit das Gegenteil.

Unsere Lippen sind nur Zentimeter voneinander entfernt, und ich warte auf sie, aber sie rührt sich nicht. Ihre Hartnäckigkeit ist außergewöhnlich. Alles an ihr wird mich in jeder Sekunde, in der ich nicht bei ihr bin, heimsuchen.

"Sei ein braves Mädchen und gib zu, dass du mich willst", ermutige ich sie. Ohne eine Sekunde länger zu warten, lasse ich ihre Klinge los und ziehe ihr durchnässtes Höschen beiseite.

Sie keucht, atmet rasend schnell ein, aber sie hält

mich nicht auf. Ich brenne darauf, sie zu spüren, ihr zu zeigen, was ich für sie tun kann.

Das Verlangen nach diesem Moment mit ihr war verdammt brutal.

Mit dem Rücken meiner Finger fahre ich über die glatte Linie ihrer nackten Muschi.

Sie gibt ein leises Stöhnen von sich, stößt mich aber nicht weg. Sie ist nachgiebig, verlangt nach mir.

Mein Schwanz schmerzt für sie.

"Ist es das, was du brauchst?" Ich stöhne.

Sie wiegt sich gegen mich, ihr Griff um mein Hemd wird fester, aber sie reißt ihren Blick von mir los. Das feurige Mädchen, das gegen seine Triebe ankämpft, ist verschwunden. Sie ist nicht verzweifelt. Ich lasse die Fantasie in meinem Kopf spielen, wie ich sie hart gegen die Wand ficke. Ich will sie mehr, als mir bewusst ist - um zu sehen, wie sie sich windet, wie sie schreit, um ihr danach in die Augen zu sehen, wenn sie dem nicht entkommen kann, was sie will ... mich.

Lachen und Stimmengewirr strömen von der Party zu uns herüber. Wie lange wird es dauern, bis uns jemand entdeckt? Denn wenn ich ficke, lasse ich mir Zeit. Und das erste Mal, wenn ich meinen Knallfrosch einfordere, wird es nicht schnell gehen.

Unsere Blicke treffen aufeinander, und sie sagt: "Khaos". Ein Geräusch der völligen Hingabe, ihr Körper bebt.

Mein verdammtes Herz hämmert in meinem Kopf, das Blut schießt nach Süden und macht mich schwindelig.

"Du bringst mich um", schnurrt sie, und ich liebe es, diese Worte zu hören.

"Du willst mich, nicht wahr, meine Hübsche?"

Ich beuge mich vor, unsere Stirnen berühren sich, aber ich küsse sie nicht, noch nicht. Ich beobachte sie, während meine Finger ihre Lippen spreizen und gegen die glitschige Hitze ihrer durchnässten Muschi rücken, wobei meine Hand in ihrem brennenden Inferno versinkt. Während ich ihre Klitoris umkreise, wippen ihre Hüften bei meiner Berührung.

Ich wollte noch nie in meinem Leben jemanden so sehr ficken.

Winzige Impulse tanzen von ihrem Körper, kräuseln sich über mich, winden sich um meinen Schwanz. Er sehnt sich so sehr nach Befreiung, dass er sich erdrückt fühlt.

Ihr hypnotisches Stöhnen steigert sich, als sie ihre Arme um meinen Nacken schlingt.

Ich schiebe zwei Finger in ihre Mitte, und sie kommen ganz nass wieder heraus. Ich schiebe sie rein und raus, sie klammert sich an mich, ihr Mund ist so nah an meinem, dass ich ihren Atem einatme.

"So verdammt schön", flüstere ich, gefangen in dem Moment, in dem ich in sie eintauche.

Sie bäumt sich gegen mich auf, wimmert nach mehr und spreizt ihre Beine.

Die Dunkelheit franst an den Rändern meiner Sicht aus, aber ich greife nicht nach meinem Schwanz. Nicht heute Nacht.

"Lass mich dich schreien hören." Ich fingerte das

süße rosa Loch, mein Daumen neckte ihre geschwollene Klitoris.

In der Erwartung, dass sie knurrt, spüre ich stattdessen das Zittern ihrer Muschi um meine Finger.

Ich nehme den Rest der Party kaum wahr, als Mina sich auf meiner Hand entlädt. Ein Schrei entringt sich ihrer Kehle, und ich presse meinen Mund auf ihren, stehle den Schrei. Sie schmeckt nach Honig, so süß, so dekadent, dass sich mein Schwanz verhärtet, als würde er gleich platzen.

Wir küssen uns leidenschaftlich, unsere Lippen gleiten übereinander, unsere Zungen tanzen in einem unausgesprochenen Kampf. Sie ist alles ...

Ihr Körper zuckt und windet sich, ihre Muschi quetscht meine Finger, während mehr Gleitmittel herausrutscht.

Dann spüre ich ihn - einen Stich, scharf, plötzlich und schmerzhaft.

Ihre Zähne bohren sich in meine Unterlippe. Ich fluche und ziehe meinen Kopf von ihr weg, der metallische Geschmack von Blut auf meiner Zunge.

"Verdammte Scheiße!" Ich lasse meine Finger absichtlich ganz in ihr stecken und halte sie fest, während ich mir das Blut von den Lippen lecke. An den besten Tagen bin ich ein Bastard, und jeder andere, der mir Blut abzapft, wäre bereits tot, aber bei Mina will ich mehr ...

Sie schnappt nach Luft und lächelt dabei. Auf ihrem Gesicht ist noch etwas anderes zu sehen, etwas anderes als Lust ... Erregung. Statt mich rächen zu wollen, flattert mein Bauch vor Erwartung, dass sie es genießt, mich zu verletzen.

"Du kannst dir nicht einfach nehmen, was du willst", antwortet sie, noch immer außer Atem, und schiebt meine Finger aus ihr heraus.

Das starke Parfüm ihres Duftes macht die Situation in meiner Hose nicht besser. Vor allem, als ich meine klebrigen Finger in meinen Mund stecke. Sie schmeckt so süß, wie ich es erwartet habe.

Sie sieht mich an, als wolle sie mir die Finger aus dem Mund reißen. Das bringt mich dazu, noch fester an ihnen zu saugen, dann lecke ich die letzten Reste ab. Dass sie ihre Schenkel zusammenpresst und die Show genießt, bleibt von mir nicht unbemerkt.

"Jetzt fühlst du dich besser, nicht wahr?", flüstere ich. Als sie nicht antwortet, sondern mit zusammengekniffenen Lippen ihr Kleid zurechtrückt, fahre ich fort: "Gern geschehen, und jetzt schuldest du mir einen Gefallen."

Sie lacht ein wenig, auch wenn ihre Wangen glühend rot sind.

"Du hast Glück, dass ich dich nicht erstochen habe."

Meine Nasenflügel blähen sich auf, und ich lache laut.

"Und du hast Glück, dass du deine Klinge behalten darfst." Ich lasse den Teil aus, in dem die letzte Person, die eine Waffe in mein Haus gebracht hat, in ein Dutzend Stücke zerhackt und an die wilden Kreaturen im Wald verfüttert wurde.

Sie keucht immer noch, ihr Gesicht ist gerötet und

zeigt mir, dass es ihr genauso gut gefallen hat wie mir, auch wenn sie die Wahrheit nicht zugeben will.

"Nun, ich hoffe, du hast deine Show genossen, denn das wird nicht wieder passieren."

Mein Schwanz pocht angesichts ihrer Angeberei. Glaubt sie wirklich, dass das, was ich getan habe, nur zu meinem Vergnügen war? Wenn das der Fall ist, warum fühlt es sich dann so an, als wäre mein Schwanz in einem Schraubstock? Sie hat keine Ahnung, dass sie ohne meine Hilfe, die meiste Zeit der Nacht Schmerzen haben wird.

Sie dreht sich auf dem Absatz um, um zurück zur Party zu gehen, und ich ergreife ihr Handgelenk. Sie dreht sich um und starrt mich überrascht an.

"Lass mich los", bittet sie mit Nachdruck, als ob die Mauern, die sie zwischen uns errichtet hat, gleich zusammenbrechen würden.

"Das wird nicht passieren. Solange Gäste in meinem Haus sind, wirst du dich nicht ohne mich oder meine Brüder in ihrer Gesellschaft aufhalten."

Ihre Augen weiten sich, doch ihr Blick verhärtet sich. Sie wehrt sich mit ihrem Handgelenk gegen meinen Griff, aber ich halte sie fest.

"Bisher war ich dir gegenüber nur gastfreundlich, aber wenn du mich weiter drängst, kann ich nicht für mein weiteres Vorgehen verantwortlich gemacht werden."

Sie starrt mich eindringlich an und stöhnt dann.

"Du kannst mich zurück zur Tür des Herrenhauses begleiten."

Als wir uns umdrehen, um zurückzuschlendern,

umspielt ein Grinsen meine Lippen. Auch wenn sie wütend ist, ist sie fesselnd. Und wenn sie heute Abend schockiert ist, dann wird sie ein böses Erwachen erleben, wenn ihre Hitze voll ausbricht.

### Billie

Mein Herz schlägt mir bis zum Hals, in meinem Kopf dreht sich alles, und die Erregung pulsiert immer noch tief in meiner Magengrube. Mit brennenden Wangen verschluckt mich die Scham darüber, wie leicht ich mich Khaos kampflos hingegeben habe.

Das Schlimmste daran ist, dass er weiß, dass er gewonnen hat, und ich hasse ihn dafür.

Ich hasse seine Überheblichkeit.

Ich hasse die Art und Weise, wie er grinst, wenn er immer wieder zu mir hinüberschaut, seinen Griff fest um mein Handgelenk.

Ich hasse es noch mehr, dass er mich wie ein Kind begleitet.

Es muss einen anderen Weg geben, um an den Wachen an den Türen vorbeizukommen und dann durch das Haupttor zum Herrenhaus der Vorhut zu gelangen, wie Eryx es genannt hatte.

Seufzend treten wir aus dem Schatten in die Menge der Feiernden, die sich seit meinem Aufbruch verdoppelt hat. Khaos führt mich mit schnellen Schritten durch die plaudernden Massen, obwohl die meisten von etwas am anderen Ende des Hofes abgelenkt sind.

Ein überdimensionaler Vogelkäfig auf einem Podest, der vorher nicht da war, ist jetzt von einer Menschenmenge umgeben. Darin sitzen zwei Frauen, spärlich bekleidet mit Seidentüchern, aber was meine Aufmerksamkeit erregt, sind ihre langen, scharfen Krallen als Hände. Sie fauchen einander an und fletschen ihre scharfen Zähne. Plötzlich stürzt sich die eine auf die andere, ein wildes Knurren entringt sich ihrer Kehle. Durch den explosiven Zusammenstoß prallen beide gegen die Metallstäbe des Käfigs und lassen ihn klappern.

Die Menge tobt, jubelt und schreit nach mehr.

Ich verdrehe die Augen über ihr barbarisches Verhalten, aber bevor ich etwas sagen kann, wird Khaos' Name über die Menge hinweg gerufen. Sofort sehe ich seine ungestümen Freunde von vorhin auf uns zukommen. Khaos ist angespannt, sein Griff um mein Handgelenk verkrampft sich. Er stellt sich vor mich, um mich vor ihnen abzuschirmen. Ich beginne zu begreifen, dass alle seine Leute Raubtiere sind.

Als ich mich umschaue, entdecke ich Tallis nicht allzu weit vor uns, in der Nähe der Tür des Herrenhauses, mit dem Rücken zu uns ... das bringt mich auf eine Idee.

"Hey, Khaos, gehe du zu deinen Kumpels. Ich lasse mich von Tallis in mein Zimmer bringen. Ich komme schon klar." Ich reiße meinen Arm aus seinem Griff und will weggehen, aber er schnappt sich noch einmal meinen Arm. Er wirft einen Blick über meine Schulter zu seinen Freunden und dann zu mir, als wolle er sich streiten.

Dann zieht er mich im Handumdrehen näher an sich heran, und sein männlicher Duft verschlingt mich. Bevor ich ihn von mir stoßen kann, knurrt er mir ins Ohr.

"Geh direkt zu Tallis. Fordere dein Glück nicht heraus."

Er lässt mich los, und ich werfe ihm einen bösen Blick zu, dann gehe ich auf Tallis zu. Herrisches Arschloch.

Seine Freunde kommen an, klopfen ihm auf die Schultern und den Rücken und fragen ihn, wohin er verschwunden ist. Ein paar der Männer beschnuppern ihn und heulen dann wie Kojoten. Mir läuft eine Gänsehaut über die Arme, weil sie meinen Geruch an ihm so schnell wahrnehmen, dass ich die Party am liebsten verlassen würde. Es dauert nicht lange, und er wird von den Männern und der Menge umringt.

Da er außer Sichtweite ist und Tallis noch immer nicht in meine Richtung blickt, schleiche ich mich unbemerkt davon und gehe den Weg zurück, den wir gekommen sind. Nur in der Nähe der Ecke der Villa steht eine Gruppe von Männern in Anzügen, und ein paar von ihnen blicken bereits in meine Richtung.

Ein Schauer läuft mir über den Rücken. Wenn ich heute Abend etwas gelernt habe, dann, dass sie mir folgen werden, sobald ich im Schatten die Seite des Hauses hinuntergehe.

Ich halte für den Bruchteil einer Sekunde inne und wäge meine Optionen ab, als ein roter Blitz am Rande meines Blickfeldes meine Aufmerksamkeit erregt. Ich werfe einen Blick auf den Wald, der sich über den Hof hinaus erstreckt, und finde es seltsam, dass jemand dort hineinrennt. Dann erinnere ich mich, dass Awstin, mein Onkel, ein rotes Oberteil trug, als ich ihn das letzte Mal sah.

"Awstin?", murmle ich und blinzle ihm in der Dunkelheit hinterher. Könnte er es sein? War er gekommen, um mich zu finden ... mich zu retten? Nur ... er kann nicht hier sein. Es ist zu gefährlich.

Ehe ich mich versehe, stürme ich von der Gruppe weg, den Blick auf die Stelle gerichtet, an der die Gestalt am Waldrand verschwunden ist. Als ich einen Blick hinter mich werfe, stelle ich fest, dass niemand mein Verschwinden bemerkt hat, aber als ich mich wieder umdrehe, steht der Mann, den ich gesehen habe, in der Ferne. Er ist zu weit weg, um ihn genau zu sehen, aber ich schwöre, es ist Awstin.

Er steht mit dem Rücken zu mir und dreht sich um, um mich über seine Schulter zu betrachten. Schatten verdecken sein Gesicht.

Dann winkt er mich zu sich.

"Awstin", murmle ich, und in meiner Brust sammelt sich die Angst, dass er sein Leben riskieren würde, um mich zu holen. Meine Füße schieben sich bereits vorwärts.

Meine Haut zittert, dass ihn jemand sehen wird.

Er geht tiefer in den Wald und verschwindet aus meinem Blickfeld. Die Haare auf meinen Armen stellen sich auf und ich ziehe die Klinge an meinem Oberschenkelgurt heraus, nur für den Fall, dass man mich austrickst. Ich möchte verzweifelt glauben, dass es Awstin ist. Er ist der letzte lebende Verwandte, den ich habe, und ich bin nicht bereit, ihn auch noch zu verlieren. Aber wenn er es ist, werde ich ihm ein Ohr abkauen, weil er sein Leben auf diese Weise riskiert.

Als ich langsamere Schritte mache, verliere ich ihn aus den Augen und halte inne.

Ich bin keine Närrin und kann die Gefahr hier draußen einfach nicht riskieren. Aber ich werde am Waldrand warten, um zu sehen, ob er zurückkommt.

Während die Gruppe weiter hinter mir ist, starre ich tief in die Schatten, ohne noch einmal einen roten Blitz zu sehen. Dieses unheilvolle Gefühl beißt sich in meine Haut, und ich wende mich vom Wald ab.

Ich ziehe mich auf die Party zurück, als etwas mein Kleid zerreißt, mich nach hinten zerrt und mich tiefer in den Wald hineinzieht. Es geht so schnell, dass die Erde unter mir zu fliegen scheint, so schnell wie ich geschleudert werde. Ich verliere den Halt und stürze auf den Boden. Nachdem ich mich ein paar Mal überschlagen habe, komme ich schließlich zum Stehen. Ein gedämpfter Schrei entweicht mir, als meine Schuhe von den Füßen fliegen, aber ich halte mich immer noch an meiner Klinge fest.

Mein Kleid verfängt sich an etwas und reißt laut, als ich mich aufrappele und meine Beine der kühlen Nachtluft aussetze. Die Welt dreht sich für ein paar Sekunden um mich herum, während ich mich orientiere und feststelle, dass ich mich auf einer kleinen Lichtung befinde, die von einem dichten Wald umgeben ist. Und dass ein abgebrochener Baumstamm mein Kleid zerrissen hat.

Ich bin auf den Beinen, habe Schürfwunden und

blaue Flecken und drehe mich auf der Stelle um, nur um festzustellen, dass ich nicht allein bin.

Ich erschaudere vor dem Ungeheuer, das mindestens einen Meter von mir entfernt steht.

Die Augen glitzern in der farblosen Nacht. Die Kreatur hat ein drahtiges Fell und eine lange Schnauze, die einen heißen Atem ausstößt. Seine Vorderhufe schlagen gegen die Erde und jagen mir einen Schauer über den Rücken.

Ich stehe einem riesigen, schwarzen Stier mit scharfen, gewellten Hörnern gegenüber, auf denen mein Name steht. Was zum Teufel hat ein Stier hier draußen zu suchen?

Panik macht sich in meiner Brust breit, als das Tier grunzt.

Die Welt um mich herum wird langsamer, die Geräusche treten in den Hintergrund. Ich kann seinen heißen Atem förmlich spüren, der Boden zittert jedes Mal, wenn er einen weiteren Huf aufschlägt.

Diese wenigen Momente, in denen ich vor Angst erstarre, dehnen sich zu einer Ewigkeit aus, und ich frage mich, wie in aller Welt ich aus dieser Situation herauskommen soll.

Als hätte das Universum beschlossen, mir das Leben zur Hölle zu machen, erfüllt das Gebrüll der Bestie die Nacht und sie stürmt mit geblähten Nasenlöchern auf mich zu.

Mein Leben zieht plötzlich an mir vorbei, aber statt meiner Eltern kommen mir als Erstes die drei Dukes in den Sinn.

Was zur Hölle?!

## 15

BILLIE

Sie stürmt auf mich zu, der Boden bebt. Die ganze Zeit über pocht mein Herz wie wild gegen meinen Brustkorb, und mein Verstand versucht verzweifelt, meine Magie anzuzapfen - dieselbe, die ich all die Jahre mühsam heraufbeschworen und kontrolliert habe - und ich schaffe es nicht.

Mein Instinkt setzt ein, und ich renne verzweifelt durch den Wald, den heißen Atem des Stiers praktisch im Nacken.

Ein Schrei entringt sich meiner Kehle, aber die Musik der Party und das explosive Geplapper übertönen ihn. Keiner wird mich hören. Niemand wird kommen, um mir zu helfen, aber später wird man mich tot auffinden, zertrampelt von einem verdammten Stier.

So ein Mist. Ich bin sicher nicht so weit gekommen, um von wilden Tieren getötet zu werden.

Ich reiße einen toten Ast vom Boden hoch und wirble herum, wobei ich ihn bereits schwinge. Mein kurzes Messer in der anderen Hand, bin ich bereit, dieses Rindvieh zu Tode zu stechen. Dann können sie es bei der Party auf die Speisekarte setzen.

Aber er ist so nah, dass er mir den Atem des Todes ins Gesicht bläst und dann kreischend zum Stillstand kommt. Der Anblick lässt mich bis auf die Knochen erschaudern.

Mein Ast knickt an seinem Horn ab und zerbricht in meiner Hand. Ich habe Angst, dass dies mein Ende ist, und reiße mich zusammen, mein Geist ist leer, mein Körper zittert.

Ich schwinge mein Messer nach seinem Gesicht, aber im selben Sekundenbruchteil macht der Stier einen seltsamen Kopfschwung und mein Angriff verfehlt ihn. Blitzschnell schlägt die Seite seines massiven Schädels in meine Seite und nimmt mir den Wind aus den Segeln. Ich werde quer durch den Wald geschleudert, und der Schmerz hallt tief in meinem Körper wider.

Die Welt verschwimmt, während ich vor Schmerz schreie. Ich knalle auf den Boden, rolle ein paar Mal und stöhne vor Schmerzen. Wenn ich überlebe, werde ich tagelang blaue Flecken haben. Schon jetzt spüre ich das Kribbeln in meinem Körper, das mich heilt - ein Wolfswandler zu sein, ist lebensrettend.

Die Welt gerät aus den Fugen, und mir kommt ein Gedanke: Wenn der Bulle meinen Tod gewollt hätte, wäre ich längst tot. Warum hat er es nicht getan?

Kaum habe ich mich aufgerichtet, verschlingt mich ein monströser Schatten, der mich innerlich erstarren lässt und mir keine Zeit zum Reagieren lässt.

Das Tier ist auf mir und drückt mich mit seiner langen Nase auf den Rücken. Sein fauliger, heißer Atem versengt mein Gesicht. Seine Augen sind von unstillbarem Hunger erfüllt, und ich erschaudere. Schnaubend gräbt es in der Erde neben mir, seine Hörner glitzern im schwachen Licht.

Ich halte kurz inne, als ich den moschusartigen Geruch wahrnehme, der mich überschwemmt - ein Stallgeruch mit pudrigem Geruch. Verdammt, nein! Das ist kein wilder Stier, der verrückt geworden ist. Es ist dieser Oberarsch Darcon, der mich auf der Party angemacht hat. Er ist ein Stierwandler!

Unter dem Arschloch gefangen, koche ich vor Wut. Mit ihr kommt das vertraute Summen, das meine Arme hinunter pulsiert, die Art, die zu meiner Macht gehört.

Das wurde auch Zeit.

Ich hatte nicht vor, das Tier zu töten, weil ich nicht so bin, aber da ich weiß, dass ich es mit einem erstklassigen Arschloch zu tun habe, sind alle Wetten aufgehoben.

Etwas Schleimiges stupst meinen Oberschenkel an.

Schnell schaue ich an meinem Körper herunter und sehe sein fünftes Bein dort baumeln, ganz rot und pochend.

Igitt.

Mein Verstand wird leer vor Angst und Wut. Der Wichser hat mich nicht umgebracht, weil er mich vergewaltigen will ...

Ich erbreche ein wenig in meinen Mund.

Er verharrt dort, grunzt und starrt mich an. Ich stoße mein Messer in sein Gesicht, aber er weicht in letzter Sekunde aus. Die Klinge rutscht ab und bohrt sich in den dicken Muskel zwischen seiner Schulter und seinem Hals.

Blut spritzt heraus, spritzt warm gegen mein Gesicht, und er stößt ein tiefes, gutturales Schnauben aus, das mir in den Ohren dröhnt. Er schüttelt wütend den Kopf, und ich ziehe mich schnell unter ihm hervor.

Ich rutsche rückwärts und stehe dann schnell auf. Das ist auch der Moment, in dem ich etwas Rotes durch den Wald um uns herum schimmern sehe. Verdammt, wenn das Awstin ist und er mir nicht hilft, habe ich keinen Onkel mehr.

Mein Körper zittert, und meine Arme jucken bis zum stechenden Schmerz. Schnell schiebe ich die Ärmel bis über die Ellbogen hoch, und die uralte Schrift auf meinem Fleisch leuchtet hell auf. Sie blättert bereits von meiner Haut ab, wie in der Nacht, als meine Eltern starben. Allein der Gedanke daran überflutet mich mit wilder Wut über das, was mir genommen wurde.

Mit schwankenden Beinen weiche ich vor dem monströsen Ding zurück, das grunzt und aus dem mein Messer blutig herausragt. Die flammenden Augen sind blitzschnell auf mich gerichtet. Der Stier senkt seinen Kopf und seine breiten, muskulösen Schultern spannen sich an.

Zwischen uns schwebt meine Tinte und verwandelt sich in zwei dünne Schwerter von mindestens vierundzwanzig Zentimetern Länge, die blassblau leuchten. Sie sind ein Teil von mir, und ich habe noch nie etwas

Schöneres und Vollkommeneres gesehen, als ich sie am meisten brauchte.

Die Griffe gleiten in meine Hände, passen wie angegossen und ich katapultiere mich nach vorne. Der Mut erfüllt mich, während das Adrenalin in meinen Adern pulsiert, und ich lasse mich von ihm beherrschen ...

Wut.

Vergeltung.

Überleben.

Wie beim ersten Mal, als ich meine Waffen benutzte, führen sie mich wie eine Marionette.

"Komm und hol mich!"

Der Stier stürmt mit gesenktem Kopf auf mich zu, die gebogenen Hörner direkt auf mich gerichtet. Im letzten Moment werfe ich mich zur Seite und haue ihm mit den magischen Schwertern in die Flanke. Die Schneide einer Klinge beißt sich in sein dickes Fleisch, Blut sprudelt an die Oberfläche. Er knurrt wütend und dreht sich für ein stämmiges Biest sehr schnell.

Ich schiebe die Angst beiseite, die an meinem Inneren nagt, und mein Körper bewegt sich fast wie von selbst. Ich springe auf ihn zu, genau wie er auf mich. Als Nächstes schleudere ich mich in einem Bogen vorwärts und werfe mich über die Bestie, wobei meine Klingen an den Seiten seines Rückens entlangrauschen. Tiefe Schnitte kennzeichnen ihn.

Seht mich an! Diese Bewegung ist spektakulär. Aber keine Ahnung, wie ich das gemacht habe.

Ich lande hinter ihm in einem perfekten Turnerstand und wirble herum. Ich drehe mich gerade von ihm weg, als sein Hinterbein mir einen brutalen Tritt gegen den linken Arm versetzt und mir das Grinsen raubt. Sterne tanzen in meinem Blickfeld, als ich zu Boden geschleudert werde, dann setzt der stechende Schmerz ein. Ich schreie auf, mein Arm brennt, der Schmerz schießt bis in meine Schulter.

Das Schwert in meinem verletzten Griff löst sich in magische Partikel auf, die in der Luft schweben und an meinem Arm entlang zurückgleiten, als wüsste es, dass es im Moment nutzlos ist.

Ich lege meinen Arm an die Seite und weiche zurück, als der Bulle in meine Richtung schwenkt. Ich schnappe nach Luft, stähle mich und muss mich konzentrieren, sonst bringt mich der Schwanz diesmal um. Er blutet über das ganze Gras, aber er stolpert nicht. Heiße Atemstöße strömen aus seinen blähenden Nasenlöchern, Wut lodert in seinen schwarzen Augen.

Zur Hölle damit, dass ich zusammenbreche oder dem stechenden Schmerz nachgebe, der so weh tut, dass mir die Augen tränen. Schweiß rinnt mir den Rücken hinunter, und ich schüttle den Schauer ab, der mich überkommt.

Der Stier stürzt sich auf mich, diesmal schneller.

Zähneknirschend schieße ich vorwärts, das Schwert fühlt sich schwerelos in meiner Hand an. Mit einer schnellen Bewegung werfe ich mich in eine Grätsche auf meine Hüfte, genau zwischen die Vorderbeine des Stiers, zwischen die tödlichen Hufe. Mit meiner guten Hand stoße ich die Klinge in den weichen Unterleib, nutze meine ganze Kraft und den Schwung, um sie tief einzuschlagen und ihn aufzuschlitzen.

In Sekundenschnelle liege ich nicht mehr unter ihm, während Blut und anderes Zeug herausspritzen. Blitzschnell bin ich wieder auf den Beinen und rase herum, das Schwert auf ihn gerichtet.

"Ich habe dir gesagt, du sollst mich nicht verarschen", keuche ich,

Der Stier zuckt ein letztes Mal, ein schmerzhaftes Brüllen, dann taumelt er vorwärts und stürzt zu Boden. Er atmet nur noch röchelnd aus, bevor er still liegen bleibt. Sein Körper beginnt zu zittern, und innerhalb von Sekunden schrumpft er, Fell wird durch Haut ersetzt, und vor mir liegt ein toter Darcon in Menschengestalt.

Khaos wird absolut begeistert sein, wenn er erfährt, dass ich einen seiner Gäste getötet habe. Fügen wir Gastmörder zu meiner wachsenden Liste von Erfolgen an diesem verdammten Ort hinzu. Einfach brillant, Billie.

Laut ausatmend falle ich auf die Knie, mein Körper zittert vor Adrenalin, vor Qualen. Ich halte immer noch mein Schwert umklammert, während mein anderer Arm mich umbringt.

Das Knacken von Zweigen lässt mich aufhorchen.

Zwei weitere riesige Stiere tauchen auf, deren Augen mit einer wilden Intensität glühen. Irgendwie sind sie größer als Darcon. Ich habe ihn allein erledigt, aber welche Chance habe ich gegen zwei?

Ihre Blicke richten sich auf Darcon ... er ist leblos wie ein Baumstamm.

Mein Herz klopft in meinen Ohren, und trotz der Schmerzen bin ich auf den Beinen und halte das

Schwert fester umklammert. Panik dröhnt in meiner Brust, ich bin nicht sicher, ob ich diesen Kampf überleben werde.

Sie grunzen wütend. Ich werde ihnen nicht entkommen. Ein Baum ... Ich könnte mich aus ihrer Reichweite entfernen, aber der nächste Baum ist eine Kiefer und zu dünn. So ein Mist. Ich brauche einen anderen.

Die Stiere springen vorwärts.

Ein verzweifelter Schrei kommt mir über die Lippen. Ich habe nur noch ein Schwert und einen verletzten Arm, also werde ich diesen Kampf nicht gewinnen. Ich bin nicht so dumm, etwas anderes zu glauben.

Es ist keine Schwäche zu laufen, also sprinte ich in die entgegengesetzte Richtung.

Dunkelheit bricht über mich herein, als hätte jemand das Licht ausgeschaltet, gefolgt von einem halb brüllenden, halb kreischenden Geräusch, das mich bis in die Seele erschreckt.

Ich erschaudere und verliere fast den Halt, als ich meinen Kopf zurückdrehe.

Etwas Gigantisches mit einer riesigen Spannweite hüllt uns in Dunkelheit.

Dieses Mal schreie ich.

Ich weiß nur mit einer erschreckenden Wahrheit, dass ich heute sterben werde.

Wenn die Stiere mich nicht zu Tode trampeln, dann wird das, was auch immer das sein mag, den Job erledigen.

Die Kreatur stürzt herab, und der Schlag dieser

gewaltigen Flügel schickt eine Schockwelle durch die Luft, die mich und die Stiere unvorbereitet trifft. Sie kommen kreischend zum Stehen und recken ihre Köpfe zu dem Neuankömmling hoch.

Mit der Bewegung des Vogels fällt das schwache Licht wieder auf uns zurück, und ich sehe die prächtigen, gefiederten Flügel, während er mit einer Anmut herabsteigt, die mich in Erstaunen versetzt.

Ich sehe es endlich klar.

Ein großer Adlerkopf mit stechenden goldenen Augen und einem grimmigen schwarzen Schnabel. Die Flügel sind ebenso dunkel, riesig und auf der Unterseite mit goldenen Federn bedeckt. Die rasiermesserscharfen Krallen an den Vorderbeinen sind zum Greifen und Reißen bereit, während sich der muskulöse, mit goldbraunem Fell bedeckte Löwenkörper kräuselt und der lange Schwanz sich am Ende zu einem Büschel kringelt.

Er stößt einen markerschütternden Schrei aus.

Ich stehe wie angewurzelt da, der Atem stockt mir in der Lunge und ich bin schockiert über Eryx in Gryffin-Form. Natürlich, er ist es ... Gryffins sind selten, und ich war noch nie so glücklich, ihn zu sehen.

Sein Blick trifft die meinen. Mein Herz rast, und ich kann nur daran denken, dass ich heute doch nicht sterben werde.

Er stößt ein ohrenbetäubendes Brüllen aus, ein Geräusch, das die Erde zu erschüttern scheint, doch die Party in der Ferne geht weiter, lauter als zuvor, wenn das überhaupt möglich ist.

Die beiden Bullen grunzen ihn an.

Die Flügel schlagen heftig und erzeugen Wind-
böen, die durch die Bäume peitschen und die Äste in
ein wildes Taumeln versetzen. Blätter und Zweige
heben sich vom Boden ab und wirbeln in kleinen
Wirbelstürmen herum.

Ich drücke mich gegen einen Baum, als ein Stier,
der sich nicht für den Gryffin interessiert, wütend
schnaubend in meine Richtung schwingt.

Mit pochendem Puls in den Ohren hebe ich mein
Schwert, bereit, alles zu tun, was nötig ist.

Eryx manövriert in der Luft auf uns zu und stürzt
sich auf den armen Trottel, der mir in die Quere
kommt. Die Flügel eng an seinen Körper gepresst,
stürzt er sich mit ausgestreckten Krallen auf uns.

Ich sehe den Tod auf den Stier zukommen, aber ich
kann nicht wegsehen.

Der Zusammenstoß ist schnell und brutal. Die
Krallen bohren sich in die Seiten des Stiers, und der
Schnabel des Gryffin schnappt um den Hals des Tieres
zu. Das Knacken der Knochen ist laut, und der letzte
Atemzug kommt als keuchendes Ausatmen heraus.

Er wirft den Stier zu Boden, nur wenige Meter von
mir entfernt, und er verwandelt sich in seine menschliche Gestalt - der junge Mann, der auf der Party seine
Hand auf Darcons Schulter gelegt hatte.

Ein Schauer durchfährt mich, und mir kommt bei
diesem Anblick die Galle hoch. Mein Adrenalinspiegel
schießt in die Höhe, und ich weiche vor dem Körper
zurück.

Der zweite Bulle ergreift seine Chance, dreht sich
von uns weg und flüchtet mit hektischen Bewegungen

in den Wald. Eryx verschwendet keine Sekunde. Mit flatternden Flügeln nimmt er die Verfolgung auf.

Ich sehe, wie die beiden im Wald verschwinden. Ein explosives Kreischen ertönt dort, wo die Bäume heftig schwanken. Das durchdringende Wimmern und Schreien des Stiers eskaliert, die Wildheit lässt mich den Bauch zusammenkneifen.

Das Schwert in meinem Griff beginnt sich aufzulösen und verwandelt sich in eine Reihe uralter Worte, die durch die Luft fliegen und zurück auf meinen Arm gleiten, um nahtlos mit meinem Fleisch zu verschmelzen. Wie sehr wünschte ich, ich könnte diese Macht auf Kommando beschwören, anstatt sie nur im Angesicht des Todes erwachen zu lassen.

Ein ohrenbetäubendes Kreischen lässt mich zusammenzucken und aufblicken, als der Gryffin aus den Baumkronen hervorbricht, einen leblosen Körper in den Klauen, in zwei Teile gerissen.

Oh, Scheiße!

Eryx lässt ihn mit einem dumpfen Aufprall neben seinem Freund fallen.

Ich würge bei diesem Anblick und zittere. Ich habe immer noch das Blut eines toten Mannes an mir und verschlucke einen Schrei. Ich versuche, es wegzuwischen. Mein Arm brennt vor Schmerz. Ich zittere und weiß nicht, was ich denken oder fühlen soll, nur dass ich Schmerzen habe.

Der Luftzug prallt erneut auf mich, und der Gryffin kommt auf mich zu, die Augen auf mich gerichtet.

Mein Blut wird zu Eis.

"Eryx, nein! Tu es nicht!" Ich weiche zurück, weil ich Angst habe, dass er mich als etwas zu essen ansieht.

Mächtige Flügel spannen sich weit auf, die goldenen Spitzen der Federn heben sich von den dunklen ab. Dann stürzt er sich mit beängstigender Geschwindigkeit auf mich.

Die Angst erstickt mich.

Ich taumle rückwärts, mein Verstand schreit, dass er mir wehtun wird, oder schlimmer ...

Er ist in einem donnernden Rausch da, der Wind schlägt in mich ein und wirft mich aus dem Gleichgewicht. Meine Beine knicken ein, und ich falle um, als sich starke Krallen um meine Taille schlingen. Sie sind sanfter, als ich erwartet hatte, und ich stehe auf. Der Boden bricht unter mir zusammen, als wir uns zu schnell bewegen und die Welt verschwimmt.

"Eryx, halt!", schreie ich, aber meine Worte gehen im Wind unter.

Er antwortet nicht und gibt auch kein Zeichen, dass er mich gehört hat. Meine Sicht verengt sich und der Schrecken über die Geschwindigkeit und die Höhe, in der wir uns bewegen, zerrt an meiner Brust.

Mit einem verzweifelten Schrei verschwindet die Welt unter mir. Der Griff des Gryffins zieht sich um mich zusammen, dann wird alles schwarz.

**16**

---

TALLIS

Das beharrliche Klopfen an meiner Tür reißt mich aus dem Schlaf, und ich bin noch benommen, als ich stöhnend aus dem Bett stolpere.

Es klopft erneut, dieses Mal lauter.

"Beruhige deine Seele, ich komme. Ich hoffe, es ist wichtig." Ich grunze, um sicherzugehen, dass man mich hört, während ich meine Füße über die kalten Dielen schleife. Das morgendliche Sonnenlicht durchtränkt zwar mein Zimmer, aber es fühlt sich viel zu früh an für das, was auch immer es ist. Ich habe nach der Party gestern Abend kaum ein paar Stunden geschlafen. Ein Ereignis, das ich normalerweise genieße, doch letzte Nacht konnte ich Mina nicht aus meinen Gedanken vertreiben. Es ist lächerlich, dass ich ihr immer noch nicht traue, aber ich kann es nicht ertragen, eine andere Frau auch nur zu berühren.

Ich reiße die Tür auf und sehe Helmi in ihrer Dienstmädchenuniform vor mir stehen, ihre Augen sind rund wie Scheiben und voller Panik.

"Euer Gnaden, es ist etwas Schlimmes passiert! Ihr müsst sofort kommen", schreit sie mit angespannter Stimme.

"Was?" Ich blinzle sie verwirrt an und gähne. "Liegen die Gäste immer noch ohnmächtig im Käfig, oder was?"

"Nein, Euer Gnaden! Bitte beeilen Sie sich. Er hat Mina. Eryx hat sie", fleht sie, und ich bin überrascht, dass ich bei der Geschwindigkeit, mit der sie spricht und ihre Worte übereinander stürzen, überhaupt etwas verstehen kann.

Ich gähne und reibe mir den Schlaf aus den Augen.

"Was meinst du damit, er hat sie?" Ich fahre mir mit der Hand durchs Haar und runzle die Stirn.

"Sein Gryffin ..."

Ich versteife mich bei diesem Wort.

"Scheiße! Wo?", verlange ich und mein Herz schlägt mir bis zum Hals, während ich aus meinem Zimmer stürme.

"Der Keller." Sie kneift die Lippen zusammen und hält meinen Blick fest. "Euer Gnaden, Ihr solltet Euch vielleicht erst etwas anziehen."

Richtig. Ich werfe einen Blick auf mein nacktes Ich und stürze dann in mein Zimmer, um die erst besten Klamotten anzuziehen, die ich finde, die Partyhose und das Hemd von gestern Abend. Ich bin wieder auf dem Flur und mache mir unterwegs die Knöpfe zu.

"Hole Khaos", rufe ich Helmi über die Schulter zu. "Sag ihm, er soll mich im Keller treffen."

Ich rase durch das Haus und die Treppe hinunter, stürze mich über das Geländer und springe vom dritten in den ersten Stock. Ich lande mit einem Aufprall und stürze mich in den Keller.

Wenn Eryx ihr wehtut, wenn dieser verdammte Gryffin ihr etwas angetan hat, werde ich sie beide in Stücke reißen. Mein Blut ist wie wütende Lava, die in meinen Adern brodelt. Alle anderen Gedanken verschwinden, und zurückbleibt der Schrecken, der mein Inneres beherrscht.

Ich stürme die Kellertreppe hinunter und schmecke sofort das schwache Blut in der Luft in meiner Kehle. Ist es ihres? Alles, was der Gryffin zu Fall bringt, verstümmelt er und spielt mit ihm, bis es stirbt.

Unten stürze ich mich auf die übergroße, angelehnte Tür, und mein Atem geht schwer, als ich sie aufreiße. Das Sonnenlicht fällt durch ein hohes Fenster am oberen Ende der Wand in den Raum und erhellt den Anblick vor mir.

Ein Schauer legt sich über mein Herz.

Mina liegt bewusstlos auf einer Matratze, sie trägt immer noch ihr Kleid von letzter Nacht, nur ist es zerrissen und blutig. Ich balle meine Fäuste und starre Eryx in seiner Gryffin-Form an, der sie festhält und mit besitzergreifender Intensität von hinten umarmt. Lange Krallen sind um ihre Mitte geschlungen, ein Löwenbein ist über ihres geworfen. Ich stelle fest, dass sie keine Schuhe trägt, und ihre Füße sind schmutzig, als wäre sie durch den Wald gelaufen.

Die glänzenden Augen des Vogels fixieren meine, sein Schwanz peitscht gegen die Matratze, er ist sichtlich aufgeregt. Seine scharfen Krallen schließen sich schützend um sie. Ich kann immer noch nicht sagen, ob er sie als sein Spielzeug hält, bevor er sie frisst, oder ob er sie vor Schaden bewahrt.

Seine gewaltigen Flügel sind halb ausgebreitet, einer unter ihr, der andere hinter ihm, die Muskeln sind angespannt. Ein schriller Schrei ertönt aus seinem Schnabel, eine Warnung, dass ich mich verdammt noch mal zurückhalten soll, oder er wird jeden angreifen, der sich zwischen ihn und Mina stellt.

Die Härchen auf meinen Armen stellen sich auf, und Feuer brennt in mir. Wenn er sie getötet hat, werde ich ihn vernichten. Ich habe diesen Blick schon öfter bei ihm gesehen, normalerweise wenn er eine Beute hierherschleppt und wir versuchen, sie ihm wegzunehmen.

Nur ... Mina atmet noch, ihr Brustkorb hebt und senkt sich.

Gott sei Dank.

Wie zum Teufel kriegen wir sie von ihm weg?

"Wenn ich erfahre, dass das ihr Blut auf dem Kleid ist und du dafür verantwortlich bist, werde ich dich knusprig grillen, du Arschloch", schnauze ich, mein Körper spannt sich an, die Fäuste werden fester.

Er faucht mich an, und die Federn um seinen Hals plustern sich auf.

Als ich mich umdrehe, kommen donnernde Schritte die Treppe hinunter, und Khaos kommt mit bleichem Gesicht auf mich zu. Er tritt neben mir in den Türrahmen.

"Verdammte Götter! Wie zum Teufel ist das passiert?"

"Die Party, schätze ich", murmle ich, den Blick auf

die beiden gerichtet. "Sie atmet, also ist sie keine Mahlzeit ... noch nicht." Die Erleichterung darüber, dass sie noch lebt, lindert die Angst, die sich in meiner Brust zusammenzieht.

Khaos flucht leise vor sich hin, seine Schultern sind steif, und eine lange Pause lang starren wir sie nur an.

Khaos tauscht einen wissenden Blick mit mir aus - wir waren schon einmal hier. Nicht genau so, aber wir haben regelmäßig mit Echos Chaos zu tun. Wie damals, als er einen riesigen Elch in die Villa schleppte und ihn dann wieder freiließ, weil er keinen Hunger mehr hatte.

"Wenn sie aufwacht, wird sie schreien und in Panik geraten. Das wird Echo aufregen, und wer weiß, wie er reagieren wird", murmelt Khaos.

Ich beiße die Zähne zusammen, während sich das Bild in meinem Kopf abspielt.

"Ich vermute, dass sie Echo bereits getroffen hat und deshalb ohnmächtig geworden ist, also wird sie nicht in Panik geraten. Das Mädchen ist eine Kämpferin."

Khaos presst seinen Kiefer zusammen. Sein Blick glüht vor Wut und Frustration, während er den Kopf schüttelt.

"Ich habe wirklich geglaubt, dass sie meine Worte beherzigen würde. Ich habe sie auf der Gala gewarnt, sagte ihr ausdrücklich, sie solle direkt zu dir gehen, damit du sie auf ihr Zimmer bringst. Als ich sie nicht sah, dachte ich, sie sei in Sicherheit. Aber ich habe es vermasselt, weil ich ihrem Wort, in ihrem Zimmer zu bleiben, vertraut habe."

Jeder Muskel in meinem Körper spannt sich an.

"Warte, sie hat gestern Abend nicht mit mir gesprochen. Das letzte Mal, als ich sie sah, war sie mit Eryx zusammen. Und in Anbetracht seiner Besessenheit von ihr und seiner Abneigung gegen soziale Kontakte dachte ich, dass sie bei ihm am sichersten ist."

"Scheiße, jetzt muss ich es wissen. Wie konnte sie so enden, und warum hat sie überall Blut an sich?", knurrt er und seine Knöchel werden weiß, als er den Türrahmen fester umklammert.

"Ich bin mir nicht sicher, aber ich werde es herausfinden." Ich fahre mir mit den Fingern durch mein unordentliches Haar und atme tief aus.

Khaos hört nicht zu, er ist völlig gefesselt von Echo, der Mina festhält. Der Gryffin starrt auf Minas bewusstlosen Körper hinunter und gibt einen seltsamen, tiefen Zirpton von sich.

"Sieh ihn dir an", murmelt Khaos mit leiser Stimme. "Er schwärmt für sie. Er wird sie nicht fressen. Da ist etwas anders. Dieser verdammte Gryffin hat noch nie diese Art von ... Zuneigung gezeigt."

"Dann locken wir Echo von ihr weg, vielleicht mit Essen, und hoffen, dass er nicht durchdreht, wenn wir ihm Mina wegnehmen." Ich sehe Khaos an, und er zieht die Brauen zusammen. Er weiß genauso gut, wie ich, dass wir mit unseren Kräften in der Lage wären, ihn aufzuhalten, aber das bedeutet, ihn zu verletzen. Mein Bruder hat in seinem Leben schon genug Qualen erlitten, ich werde ihm nicht noch mehr Leid zufügen.

"Wir können versuchen, zu sehen, ob das Essen wirkt, aber wir werden ihn nicht zwingen", schlägt

Khaos vor. "Wir warten ab und beobachten, und wenn sie wieder zu sich kommt, erkläre ich ihr, dass sie ruhig bleiben soll. Wenn sie versucht, von sich aus zu gehen, könnte er sie freilassen."

Ein Schauer des Entsetzens überläuft mich. "Wenn er aggressiv wird, ist die letzte Möglichkeit, ihn zu betäuben."

"Gut", grunzt Khaos.

"Wir wechseln uns ab, um auf sie aufzupassen", sage ich. "Während du die erste Schicht übernimmst, werde ich herausfinden, was mit ihr passiert ist."

Khaos nickt, und ich stürme die Treppe hinauf, das Bild von Mina in Echos Armen in meinem Kopf eingebrannt. Ich zittere, balle meine Hände zu Fäusten und hasse es, dass wir warten müssen, um sie von dem Gryffin zu befreien.

Draußen im Garten streckt die Morgensonne ihre goldenen Finger über die Landschaft und beleuchtet die Überreste der Party von gestern Abend. Leere Gläser und Teller liegen verstreut herum, und einige Gäste sind über die Gartenmöbel drapiert und schlafen fest.

Unser Team ist bereits dabei, das Chaos zu beseitigen.

Aber all das verblasst zur Bedeutungslosigkeit.

Ich starre auf die Wälder hinter unserem Haus und stürme vorwärts, in meinem Kopf die Dringlichkeit. Die Bäume sind dichter, die Schatten erstrecken sich über das Land.

Ist sie gestern Abend allein hierhergekommen? Warum?

Ich folge meiner Nase, atme tief ein und gleite zwischen den Bäumen hindurch, als ich den metallischen Geruch von Blut wahrnehme. Die Feuchtigkeit des Schlamms ist schwer, aber der beißende Geruch ist nicht zu überdecken.

Ich laufe schnell vorwärts und lasse mich von der Brise leiten, die den Geruch trägt. Dann entdecke ich sie einige Bäume entfernt - Leichen, die in der Nähe eines Baumes aufgehäuft sind, während Fliegen um die Leichen schwirren.

Mein Bauchgefühl verdreht sich.

Ein Schauer überläuft mich, als ich näherkomme, um zu verstehen, womit wir es zu tun haben.

Darcon. Das ist das erste Gesicht, das ich sehe, seine toten Augen, und wie seine beiden Söhne an seiner Seite, sind sie alle nackt. Hatten sie sich auf der Party in ihre Stiergestalt verwandelt? Warum zum Teufel sollten sie das tun?

Einer der Körper des Sohnes ist grausam in zwei Hälften gerissen. Eindeutig Echos Werk. Das Gewicht der Entdeckung drückt auf meine Schultern.

In unserem Haus wurde gerade eine Familienlinie ausgerottet. Ich gebe einen Scheiß auf sie, aber die Auswirkungen könnten uns hart in den Arsch beißen. Aber wenn diese Männer es wagten, Mina etwas anzutun, könnte Echos Handeln gerechtfertigt sein. Wenn er sie nicht erledigt hätte, hätte ich die Tat selbst begangen.

Ich bin etwas überrascht, wie schnell mein Schutz für sie in mir aufsteigt.

Schicksalsgefährten gibt es nur einmal im Leben,

und ich werde mich nicht zurücklehnen und zulassen, dass ihr jemand schadet. Der Scheiß zwischen uns und die Wahrheit, die sie verheimlicht, wird ans Licht kommen. Ich werde dafür sorgen, denn die Wahrheit kommt immer ans Licht. Dann werden wir damit fertig, aber dieser verdammte Scheiß wird auf uns zurückfallen.

Unser Großvater Talino ist gerade auf Reisen, aber er hat immer Wert auf Politik gelegt und darauf, das Gesicht gegenüber anderen zu wahren, auch gegenüber unseren Feinden. Wenn also ein enger Verbündeter auf unserem Territorium ermordet wird, dann wird das Wellen in der Gemeinschaft schlagen.

Ich persönlich denke, dass dies eine deutliche Botschaft ist.

Wenn ihr euch mit uns anlegt, werdet ihr dafür bezahlen.

Unser Großvater, der Gott der Wälder, wird dem nicht zustimmen. Er wird verdammt wütend sein.

### Billie

Als ich durch den gelben Schein der Glühbirne über mir wach werde, bin ich verwirrt. Als sich mein Blick auf dem Gryffin hinter mir niederlässt, der schläft und mich in seinem festen Griff wiegt, holen mich meine Erinnerungen ein.

Ich in den Wäldern.

Darcon greift mich an.

Eryx stürmt auf die Bühne und schaltet die beiden anderen Stiere aus.

Jetzt atmet er schwer hinter mir, und ich kann das Zittern nicht unterdrücken, das mich durchfährt, weil ich seinem Gryffin so nahe bin. Wenn ich in meiner Wolfsgestalt bin, bin ich immer noch ich, und ich bin mir bewusst, was vor sich geht, also ist das nur Eryx. Er würde mir doch nichts tun, oder?

Warum ist er dann immer noch in seiner Gryffin-Form?

Die Steifheit in meinen Gliedern und das Fehlen von Schmerzen in meinem verletzten Arm sagen mir, dass ich länger als nötig in dem fremden Zimmer auf einer Matratze gelegen habe. Ganz zu schweigen von einem dringenden Blasenproblem, das meine Aufmerksamkeit verlangt.

Ich versuche, mich zu befreien, aber in dem Moment, in dem ich mich rühre, wird sein Griff fester und zieht mich näher an seinen riesigen Körper heran. Er strahlt Wärme aus, die mich verschlingt, aber es ist auch einschüchternd, in den Armen eines solchen Tieres zu liegen.

Ich drehe mich auf den Rücken und schaue nach oben, um zu sehen, wie klein ich gegen ihn bin.

"Eryx?", flüstere ich. "Du bist doch da drin, oder?"

Der riesige Adler neigt seinen Kopf nach vorne, die Augen sind offen und auf mich gerichtet, aber ich kann seinen Gesichtsausdruck nicht deuten, um zu verstehen, was er denkt, was ein wenig beängstigend ist. In diesem Moment fühle ich mich, als wäre ich in einem Adlernest das nächste Futter.

Ein leises, grollendes Schnurren ertönt aus der Brust des Löwen. Es klingt nicht wie eine Drohung, sondern eher wie eine ursprüngliche Forderung.

"Danke, dass du mir im Wald geholfen hast", sage ich mit zitternder Stimme. "Aber meinst du, du könntest deinen Griff ein wenig lockern?"

Er bewegt sich nicht, und mir läuft die Angst über den Rücken, dass ich es mit einem wilden Tier zu tun habe. Vielleicht hat Eryx keine Kontrolle über seinen Gryffin. Ein Schauer überläuft meine Haut ... nur hat er mich noch nicht verletzt.

Ich nehme meinen Mut zusammen, greife zaghaft zu und fahre mit den Fingern über die Federn an seinem Hals. Trotz der Furcht, die mich erdrückt, ist der Gryffin atemberaubend. Seine Reaktion auf meine Berührung lässt ihn sein dunkles Gefieder sträuben. Ich zucke zunächst zurück und ein überraschtes Kichern entweicht meinen Lippen, als er nichts weiter tut.

Er beugt sich vor und stößt mit der Seite seines Kopfes sanft an meinen, wie es Tiere in Momenten der Verbundenheit tun. Wärme füllt meine Adern, und ich bin zu neunundneunzig Prozent davon überzeugt, dass er mich nicht absichtlich umbringen wird. Aber bei seinem besitzergreifenden Griff bezweifle ich, dass ich weit von ihm wegkomme, wenn ich versuche zu fliehen.

"Du bist wirklich groß, weißt du das?", sage ich ihm. "Und du kannst sehr einschüchternd sein. Aber ich muss auf die Toilette. Vielleicht kannst du mich gehen lassen?"

Versteht er überhaupt, was ich sage?

Seine Krallen ziehen sich daraufhin etwas enger um mich zusammen, und ich seufze. Ich deute das auch so, dass er weiß, was ich gesagt habe.

"Okay, so wird es also ablaufen", murmele ich leise vor mich hin.

Sein Blick verlässt mich nicht, sein Schweigen verdichtet die Luft als Bestätigung, dass ich nirgendwo hingehen werde, aber der wachsende Schmerz in meinem Unterbauch wird stärker.

Ich blicke zu dem Gryffin auf und halte seinem Blick stand.

"Hör zu, ich muss wirklich pinkeln. Du kannst mich zur Toilette bringen und dort warten, und ich verspreche, dass ich in dein Zimmer zurückkehre. Ich meine, wo muss ich denn hin? Aber ..." Ich kaue auf meiner Unterlippe, und mein Unbehagen wächst mit jeder Sekunde, die verstreicht. "Sonst mache ich gleich deine Matratze nass, und das wollen wir beide nicht."

Ich starre ihn an und flehe ihn mit meinen Augen an. Ein stechender Schmerz lässt meinen Körper unwillkürlich erschaudern. Ich winde mich gegen ihn und stoße ein Wimmern aus. Ich habe keine Ahnung, ob Gryffins unsere Sprache verstehen, aber er wird sehr bald herausfinden, was ich sage.

Sofort ziehen sich seine Krallen um meine Mitte zurück, und er erhebt sich hastig und mit einer Schnelligkeit, die mich angesichts seiner Größe überrascht. Allerdings stößt er mich mit seiner plötzlichen Bewegung an und verlagert das Gewicht der Matratze, wodurch ich weggeschubst werde und auf den kalten Boden falle.

Ich verliere keine Sekunde und klettere auf die Beine, wobei ich an die beeindruckende Größe des Gryffins denke, dessen Kopf an der hohen Decke kratzt und dessen Flügel sich eng an seine Seite schmiegen.

Die Tür zu seinem Zimmer im Keller knarrt plötzlich auf, und ich fahre herum und sehe Tallis dort stehen. Seine Hände glühen orange, als würden sie gleich in Flammen aufgehen.

"Lass mich in Ruhe", warne ich ihn. "Er wird mir nicht wehtun, aber ich bin dabei, mich nass zu machen, und ich werde nicht zögern, dich zur Seite zu schieben."

"Charmant wie immer", sagt Tallis, tritt zur Seite und öffnet die Tür weiter.

Ich schieße aus dem Raum in den Hauptkeller und gehe dann auf die Treppe zu. Doch bevor ich auch nur einen Schritt machen kann, schlingt sich ein großer Arm mit Krallen um meine Taille, lenkt mich zurück und schiebt mich zu einer anderen Tür im Keller.

"Zum Bad geht es da lang", ruft Tallis mit selbstgefälliger Stimme. "Sieht aus, als hätte Echo nicht vor, dich zu weit weggehen zu lassen."

"Ja, das habe ich bemerkt." Der Gryffin hat also einen Namen? Interessant, ich kenne niemanden, der seiner tierischen Seite einen Namen gibt. "Und wie willst du mir dann helfen, von ihm wegzukommen? Sicherlich ist dir dieses Verhalten schon einmal begegnet?"

"Ganz genau. Er bringt seine Beute ins Haus, bevor er sie frisst."

Ich schlucke schwer, weil ich das nicht hören will. Stattdessen sprinte ich in das kleine Badezimmer, schließe es hinter mir und flüchte auf die Toilette.

Gerade als ich mich erleichtern will, schwingt die Tür auf.

Ich stieß einen Schrei aus und stellte fest, dass der Gryffin seinen dicken Vogelkopf mit den Vorderbeinen hineinschiebt, den Blick auf mich gerichtet.

"Hey, raus hier!"

Von irgendwo jenseits der Türöffnung lacht Tallis. Zum Glück kommt er nicht auch noch ins Bad.

Der Gryffin bewegt sich nicht.

"Gut", schnaufe ich und akzeptiere den Mangel an Privatsphäre. "Ich hätte nicht gedacht, dass du darauf stehst, jemandem beim Pinkeln zuzusehen."

"Ich würde es als Kompliment auffassen. Echo ist in dich verknallt. Er hat sich noch nie so benommen, also nehme ich an, nachdem er dir letzte Nacht im Wald den Arsch gerettet hat, hat er dich als seine kleine Puppe zum Beschützen beansprucht."

Tallis' Worte durchbohren mich. Er weiß bereits, was passiert ist?

"Um ehrlich zu sein, war ich schon gestern Abend, bevor er kam, für die Situation verantwortlich."

Echo stößt einen schrillen Laut aus, seine Vorderpfote kratzt über den Fliesenboden zwischen uns und seine Augen durchbohren mich.

"Na gut, du hast geholfen. Und ich habe mich schon bedankt." Ich senke den Kopf, denn ich bin mir nicht sicher, ob ich dieses Gespräch führen will, während ich auf der Toilette bin.

"Also, erzähl", fordert Tallis. "Wie konnten drei Mitglieder derselben Familie, die mit uns eng verbündet ist, tot in unseren Wäldern enden?"

"Kann das nicht warten, bis ich fertig bin? Es ist schon schwer genug, auf die Toilette zu gehen, wenn mich riesige Adleraugen beobachten."

"Ich habe deine weggeworfenen Schuhe im Wald gefunden", fährt Tallis unbeirrt fort. "Was mich interessiert, ist, warum du überhaupt in den Wald gegangen bist. Hast du nach einem Weg gesucht, um uns zu entkommen?"

Frustration brodelt in meiner Brust, und ich bin schnell fertig. Ich schiebe mein Kleid nach unten, um mich zu bedecken, während ich mein Höschen hochziehe. Ich werfe Echo einen Blick zu und murmele: "Bist du jetzt zufrieden?" Ich wasche mir schnell die Hände am Waschbecken und trockne sie ab.

Er zieht sich lediglich zurück und macht mir Platz zum Rausgehen.

Tallis lehnt an der Wand, als ich auftauche. Er sieht viel zu entspannt aus und amüsiert sich über die Situation. Das schwache Licht im Keller wirft Schatten auf seine markanten Gesichtszüge. Seine Augen sind eine Versuchung, obwohl sie dunkel wie die Nacht sind. Er hat etwas Schroffes, Wildes an sich, das mich zu ihm hinzieht, selbst wenn er mich in Aufregung versetzt.

Ich weigere mich, meiner Erregung nachzugeben und lenke meine Aufmerksamkeit von ihm ab.

"Das ist also ein Ja zu deinem Versuch, vor uns zu fliehen?" Tallis besteht darauf.

Ich halte inne, mein Atem beschleunigt sich.

"Zu deiner Information, dieser Widerling, Darcon, hat versucht, sich mir im Wald aufzudrängen. Ich tötete ihn, dann kamen seine Söhne. Echo hat sie ausgeschaltet. Sonst hätten sie mich getötet. Wenn du das als Flucht bezeichnen willst, nur zu."

Tallis' Gesicht wird blass, als er sich von der Wand abstößt, das Grauen steht ihm ins Gesicht geschrieben.

"Hat er dir wehgetan?", fragt er mit zittriger Stimme.

Bevor ich antworten kann, stößt Echo Tallis mit einem kräftigen Flügelschlag zur Seite und schickt ihn gegen die Wand. Mit einer sanften Bewegung bugsiert er mich dann zurück in sein Zimmer im Keller. Er folgt mir hinein, zwängt sich durch den Türrahmen und schließt die Tür vor Tallis' fassungslosem Gesicht.

"Nun, ich werde wohl hier draußen sein und mich vergewissern, dass es dir gut geht", sagt er durch die Tür.

"Ja, du bist eine große Hilfe", antworte ich.

Echo kehrt zu der übergroßen Matratze zurück und lässt sich darauf fallen, dann tätschelt er sie mit seiner Vorderpfote, um mich zurückzuholen. Alles, was ich sehen kann, sind diese riesigen, gebogenen Krallen.

Trotz der beunruhigenden Situation ist das Letzte, was ich will, einen Gryffin zu verärgern. Also setze ich mich auf den Rand der Matratze, schiebe meine Beine unter mich und sehe ihn an.

"Weißt du, ich war noch nie so nah an einem Gryffin dran. Du bist sogar der Erste, den ich sehe. In

Südafrika gibt es so viele verschiedene Kreaturen, aber deine Art gehört nicht dazu."

Er studiert mich, hält mich in seinen Augen fest. Es sind goldene Augen, die mich in ihren Bann ziehen. Dahinter verbirgt sich Intelligenz, aber auch seine Menschlichkeit, ein Hauch von Wiedererkennen, das mein Herz zum Klopfen bringt.

"Kannst du mich verstehen?", frage ich mit zittriger Stimme. "Bist du da drin, Eryx? Ich meine, ich weiß, dass du da bist, aber kannst du mich hören? Und warum kommst du nicht raus, um mit mir zu reden?"

Echo neigt den Kopf zur Seite, eine fast kindliche Geste der Neugierde.

"Ich will nur verstehen und sicher sein, dass es dir auch gut geht", sage ich leise, als sein Schwanz um meine Taille schnellt und die flauschige Spitze in meinem Schoß landet. Behutsam berühre ich das unerwartet weiche Büschel.

Stille breitet sich zwischen uns aus, und sein Schwanz, der sich immer noch um mich windet, zieht mich mit Leichtigkeit näher zu ihm. Ich wehre mich nicht dagegen und lege mich neben ihn, was er ja auch will. Ich denke mir, wenn ich weiter mit ihm rede, wird er sich vielleicht in Eryx verwandeln. Ich lege meinen Kopf auf meinen angewinkelten Arm, mit dem Rücken zu ihm, seine Wärme strahlt auf mich ab.

"Ich bin neugierig. Warum willst du mich hierbehalten und über mich wachen?"

Es kommt keine Antwort, nicht, dass ich sie erwartet hätte, aber es wäre schön gewesen. Ein paar weitere Sekunden vergehen, als ein elektrischer Funke über meine Haut zuckt. Die Matratze hinter mir hebt sich, als ob er aufstehen würde.

Ich drehe meinen Kopf über die Schulter, um zu sehen, was er macht, und mir stockt der Atem in der Lunge.

Eryx ist da, der Gryffin ist weg, seine stechenden bernsteinfarbenen Augen treffen auf meine, und ein breites Lächeln breitet sich auf seinen Lippen aus.

"Hallo, meine Hübsche", säuselt er.

Beim Klang seiner warmen, honigsüßen Stimme schmelze ich innerlich dahin.

Ich blinzle ein paar Mal und bin etwas schockiert, wie schnell er sich zurückverwandelt hat.

"Ich kann nicht glauben, dass du es endlich wieder bist. Ich dachte schon, du würdest in Gryffin-Form bleiben und mich in diesem Raum gefangen halten."

Ich drehe mich zu ihm um, mein Blick wandert über das Gesicht dieses umwerfenden Mannes, der zufällig auch noch völlig nackt ist.

Er grinst schief und der Konflikt in seinen bernsteinfarbenen Augen verdunkelt sich. Er streckt die Hand hinter sich aus und zieht eine Decke über seine Hüfte, um sich zu bedecken. Eine Geste, für die ich ihm nicht genug danken kann, denn ich kann nicht aufhören, ihn anzustarren.

"Ich tue das für dich", stichelt er und blickt auf die Decke hinunter. "Sonst verlierst du die Kontrolle."

Ich werde feuerrot und kann nicht einmal lachen. Stattdessen schenke ich ihm ein kleines Kichern, das selbst für mich gezwungen klingt. Wem mache ich etwas vor? Jetzt, wo wir zusammengehören, wird es von Tag zu Tag schwerer, ihm zu widerstehen.

Er streicht mir eine Haarsträhne hinters Ohr, während ich gegen das Verlangen in mir ankämpfe, mit meinen Fingern über seine Brust zu streichen. Muskeln über Muskeln. Der Mann ist gut gebaut, und ich hasse es, wie sehr ich mich zu ihm hingezogen fühle.

Ich blicke auf, um ihm in die Augen zu sehen, mein Atem geht schneller und ich beginne zu glauben, dass es eine schreckliche Idee ist, hier bei ihm zu bleiben.

"Meine Beziehung zu Echo ist kompliziert", sagt er nach einigen Momenten des Schweigens. "Was er will und was ich will, passt nicht immer zusammen, aber wir schaffen es."

"Du hast keine volle Kontrolle über ihn?", frage ich leise.

"Kommt auf den Wochentag an." Er gluckst, als hätte er das akzeptiert und lacht nun darüber.

Ich möchte ihn besser verstehen, aber ich werde ihn nicht drängen, nicht bevor er bereit ist, sich mir zu öffnen.

"Die Sache ist die, dass ich nicht immer weiß, was er tut, wenn er die Kontrolle übernimmt. Manchmal lässt er mich rein, manchmal sperrt er mich aus."

Ich keuche, und er streicht mir mit dem Rücken seiner Finger zärtlich über die Wange.

"Es ist okay", beruhigt er mich. "Er nimmt mich nicht in Beschlag. Wir ergänzen uns gegenseitig. Außerdem betet er dich total an ... fast so sehr wie ich."

Ich werde wieder rot und seine Worte machen mich schwindlig. Doch meine Gedanken sind immer noch bei dem Schmerz in seinen Augen, als würde er versuchen, die ganze Situation mit ihm und Echo unter den Teppich zu kehren. Wandler verlieren nicht die Kontrolle über ihre animalische Seite oder lassen sie die Kontrolle übernehmen. Nun, zumindest nicht die, die ich kenne. Aber das ist etwas anderes mit Eryx, etwas Dunkleres.

"Also, was ist gestern Abend passiert?", frage ich, von Neugierde erfüllt.

"Was glaubst du, wer Echo beauftragt hat, die Bastarde zu eliminieren, die hinter dir her waren?" Er rückt näher heran. "Ich werde dich immer beschützen, Mina. Du kannst mir vertrauen."

Kann ich das? Ich weiß nicht, vor allem, wenn er seinen Gryffin nicht immer unter Kontrolle hat, oder? Außerdem fühle ich mich schrecklich, weil ich Geheimnisse vor ihm und seinen Brüdern habe. Meine Chance, das Anwesen der Vorhut zu erkunden, wurde während der Party vertan, und allein der Gedanke daran lässt mich verkrampfen.

"Wie auch immer." Eryx' Stimme ist sanft und lenkt meine Aufmerksamkeit wieder auf ihn, während er fortfährt: "Vorhin hast du mich gefragt, warum mein Gryffin und ich dich im Zimmer behalten und auf dich aufpassen."

"Ja?", frage ich und lehne mich neugierig näher heran. "Warum das?"

Seine Hand liegt auf meinem Arm und streicht über den Ärmel meines Kleides, was mir köstliche Schauer in die Magengrube treibt.

"Ich möchte, dass du weißt, dass ich die Dinge mit

dir nicht überstürzen werde. Ich möchte dich nicht verängstigen", sagt er mit aufrichtiger Miene. "Ich möchte mir Zeit nehmen, unsere gemeinsame Zeit ausdehnen und dafür sorgen, dass du dich wohlfühlst. Auf diese Weise wirst du uns nie verlassen."

Mein Herz zerspringt. Es lässt mich auch ein wenig in Ohnmacht fallen, dass dieser mächtige, furchteinflößende und unberechenbare Mann mir eine Seite an sich zeigt, die zärtlich und echt ist.

"Das ist schön", flüstere ich, unfähig auszusprechen, dass ich mich immer noch nicht entschieden habe, was ich tun werde, wenn ich die Wahrheit über meine Eltern herausfinde. Ich gebe mir wirklich Mühe, eine gewisse Distanz zwischen uns zu wahren, selbst als Schicksalsgefährtin, selbst wenn meine Hitze aufflammt, aber sie machen es mir immer schwerer.

"Ich meine es ernst, Mina."

Für einen Herzschlag korrigiere ich ihn fast wegen meines Namens, aber ich bleibe ruhig, mein Atem rast, weil er mich so leicht aus dem Konzept bringt. Ich löse meinen Blick von ihm und wende mich ab, bevor ich etwas sage, das ich später bereue. Meine Brust schmerzt, ich hasse mich in diesem Moment und habe Todesangst davor, wie er reagieren wird, wenn er erfährt, dass ich gelogen habe. Ich erinnere mich selbst daran, dass es mir egal sein sollte, doch der Schmerz gräbt sich durch mich hindurch.

"Es ist okay." Seine Hand legt sich auf meinen Arm, als ich mit dem Rücken zu ihm stehe, sein Atem streicht über meine Wange, als er sich zu mir lehnt. "Ich erwarte nicht, dass du schon dasselbe für mich empfindest. Deshalb werde ich mir Zeit lassen. Aber ich denke auch, dass wir anfangen müssen, als Schicksalsgefährten ehrlich zueinander zu sein."

Ich erstarre, meine Brust ringt nach Sauerstoff.

"Was meinst du?"

"Willst du mir nicht sagen, was du genau bist?", flüstert er mir ins Ohr. "Wolfsmenschen haben selten eine Magie, die auf ihre Haut gleitet, wie es bei dir der Fall war."

## 17

ERYX

Schweigen.

Mein kleines Wolfsmädchen ist still geworden, also räuspere ich mich und frage sie erneut.

"Wie kommt es, dass ein Wolfswandler wie du Magie besitzt?"

Sie liegt immer noch vor mir auf der Matratze, als sie sich schließlich umdreht und mich ansieht. Die Besorgnis steht ihr ins Gesicht geschrieben, und ich sehe, dass sie mit ihrer Antwort ringt. Mit zusammengekniffenen Lippen atmet sie aus, als ob sie zu einer Lösung gekommen wäre. Ich bin völlig fasziniert von ihr und weiß, dass ich sie den ganzen Tag anstarren könnte, ohne dass es mir langweilig wird. Sie ist spektakulär und macht mich neugierig, all ihre Geheimnisse zu entdecken.

"Um ehrlich zu sein, ich weiß es nicht", antwortet sie leise. "Ich wurde mit den Zeichen auf meinen Armen geboren, die die Quelle meiner Fähigkeit zu sein scheinen. Meine Eltern waren beide Wolfsmen-

schen, und sie sagten, dass es Magie in unserer Blutlinie gegeben hat, was es erklären könnte."

Ich ziehe ihren Duft tief ein und suche nach
einem Zeichen der Täuschung. Ich finde nichts. Kein
Schwitzen, kein Zittern in ihrer Stimme. Sie lügt
nicht und glaubt wirklich, was ihre Eltern ihr gesagt
haben.

Doch irgendetwas passt nicht zusammen, und ich
klinge plötzlich wie Tallis, der eigentlich Privatdetektiv
hätte werden sollen, so sehr liebt er es, über jeden, den
er trifft, etwas herauszufinden. Der Typ hat ein Vertrau-
ensproblem, aber jetzt frage ich mich, ob er etwas
damit zu tun hat, dass Mina uns nicht die ganze
Geschichte erzählt.

Ich erinnere mich daran, wie ich sie kämpfen sah,
wie das Blau ihres Schwertes glühte, lebendig vor Energie. Es war eine Kraft, die durch die Luft pulsierte, von
der ich bezweifelte, dass sie überhaupt wusste, dass es
sie gab, aber sie war mir unter die Haut gegangen, als
wäre sie ein lebendiges, atmendes Wesen. Genauso
schnell löste sich das Schwert, das sie benutzt hatte, auf
und verschwand auf ihrem Arm, als wäre es ein Teil
von ihr.

Verdammt, diese Art von Magie habe ich noch nie
gesehen. Ich werde das Gefühl nicht los, dass dies viel
mehr ist als eine Fähigkeit, die über Generationen
weitergegeben wurde.

"Kann ich es sehen? Die Art und Weise, wie sich die
Magie in ein Schwert verwandelt hat und dann auf
deine Haut zurückgeglitten ist, war erstaunlich."

Sie knabbert an ihrem Mundwinkel und zögert.

"Keiner weiß davon. Nur meine beste Freundin und, na ja ... ich schätze, du, da du mich gesehen hast."

"Bei mir bist du sicher." Die Versuchung, nach ihr zu greifen und sie näher an mich heranzuziehen, wird von Sekunde zu Sekunde größer, aber zuerst muss ich ihre Magie sehen. "Wir sind Schicksalsgefährten, und das bedeutet, dass es keine Geheimnisse zwischen uns gibt."

Sie schluckt schwer und lässt sich Zeit, dann schiebt sie die Ärmel ihres Kleides so weit wie möglich nach oben.

Mein Blick schweift über die seltsamen Markierungen. Sie sehen aus wie eine uralte Schrift, die ich nicht kenne, und ziehen sich in einer geraden Linie an ihren Armen entlang. Sie haben keine Farbe, sondern sind in ihre Haut geätzt.

"Darf ich?", frage ich und greife nach ihnen.

"Mach schon."

Unter meinen Fingerspitzen kann ich sie nicht spüren. Ihre Haut ist glatt, als wären sie auf ihre Haut gemalt worden, was nicht der Fall ist. Und doch schießt bei unserer Verbindung ein Energiestrahl meinen Arm hinauf. Es kräuselt sich in Echo und mir. Was auch immer die Magie ist, sie ist ein Teil von ihr und lebendig.

"Faszinierend."

"Sie leuchten auch im Dunkeln", sagt sie mit einem Grinsen, fast schon aufgeregt, während sie sich näher heranrollt und einen Arm zwischen uns legt, sodass er in Schatten gehüllt ist.

Wie sie gesagt hat, leuchtet die Markierung

schwach blau, und ich bin völlig hypnotisiert. Wenn ich sie vorher schon faszinierend fand, bin ich jetzt völlig weggetreten.

"Kannst du mir das Schwert zeigen?", frage ich eifrig. Ich habe schon alle Arten von Magie gesehen, aber das hier ist anders als alles andere da draußen.

Nervös lachend rollt sie sich auf den Rücken und blickt von mir weg.

"Du wirst mich auslachen, wenn ich dir sage, dass ich nicht weiß, wie es geht. Verstehe mich nicht falsch, ich habe versucht, es zu beherrschen, aber ich scheitere jedes Mal kläglich. Sie kommen heraus, wenn ich in großer Gefahr bin. Es ist ja nicht so, dass sie mit einer Anleitung gekommen wären, und meine Eltern waren keine Hilfe." Sie hält einen Moment inne und starrt an die Decke, eine Veränderung in ihrem Verhalten, die mir jedes Mal auffällt, wenn sie über ihre Eltern spricht.

Der Verlust hat sie sehr mitgenommen.

"Ich würde dich nie auslachen. Wir werden es gemeinsam herausfinden, aber du musst mir alles mitteilen, was du weißt, okay?"

Sie schluckt noch einmal, und das reicht aus, um mir zu sagen, dass sie noch so viel mehr verbirgt. Wir haben gerade erst an der Oberfläche gekratzt.

Als sie nicht antwortet, sage ich: "Du bist nicht allein damit. Ich werde dir bei jedem Schritt helfen."

Sie neigt ihren Kopf zu mir und begegnet meinem Blick, eine starke Frau, die mich mit Entschlossenheit anschaut.

"Was ist, wenn ich es nicht mehr herausfinden will?

Was ist, wenn ich mit den Dingen zufrieden bin, so wie sie sind?"

"Alles geschieht aus einem bestimmten Grund, Mina. Und nach allem, was ich gehört habe, könntest du auch verflucht sein", antwortet Tallis von der Tür aus.

Wir drehen uns beide um und schauen zu meinem Bruder hinüber, der mit den Händen in den Hosentaschen ins Zimmer schlendert.

Mina erstarrt bei seiner Ankunft, ihr Atem beschleunigt sich, ihre tiefen Augen wandern über seinen Körper. So zurückhaltend sie sich auch verhält, ihr Körper verbirgt nicht, dass sie sich zu meinen Brüdern hingezogen fühlt ... oder zu mir.

"Ich bezweifle, dass es ein Fluch ist", antworte ich. "Die Magie hat sie geschützt und ihr die Fähigkeit gegeben, sich zu verteidigen."

"Vielleicht ist jetzt nicht der richtige Zeitpunkt, um darüber zu reden", schlägt sie vor und setzt sich mit zittriger Stimme auf. Ihr Blick wandert zwischen Tallis und mir hin und her, ihre Schultern beben.

Mein Bruder, immer mit seinem detektivischen Verstand, scheint ihr Unbehagen nicht zu bemerken, oder er ignoriert es. Er setzt sich neben sie auf die Matratze, die Stirn in Falten gelegt von seinem konzentrierten Blick.

Schweigen erfüllt den Raum, aber ich habe nicht die Absicht, sie zu drängen. Ich kann sehen, dass es auch Schmerzen in ihrer Vergangenheit gibt, von denen sie uns nichts erzählt.

"Ich werde dich nicht zwingen", sagt Tallis und

mustert Mina. "Aber ich bin neugierig. Es kommt nicht jeden Tag vor, dass man eine neue Art von Magie entdeckt."

"Bei dir hört sich das an, als wäre ich ein Laborexperiment", sagt sie mit einem halben Lächeln, während ihr Blick noch einmal auf diese nervöse Art zwischen uns hin und her huscht. "Das ist der Grund, warum ich es nie jemandem gezeigt habe. Sie haben tausend Fragen und bohren dann weiter. Aber wie soll ich etwas erklären, das ich nicht kenne?"

"Lassen wir es erst einmal dabei bewenden", sage ich entschlossen und hebe meinen Blick zu Tallis, der meine subtile Andeutung nicht bemerkt. Er ist zu sehr damit beschäftigt, Mina anzustarren, und ich kann nicht sagen, ob er sich zu ihr beugen und einen Kuss stehlen oder sie ausfragen will.

Er legt eine Hand auf ihr gebeugtes Knie, und etwas in mir knurrt - ein Inferno der Eifersucht bricht über mich herein - etwas, das direkt von Echo kommt. Sie stößt ihn nicht von sich, und es fällt mir schwer, Echos Eifersucht nicht in meiner Brust zu spüren.

Beruhige dich, verdammt.

"Schon gut", murmelt Tallis. "Es gibt keinen Grund zur Eile. Wir haben alle Zeit der Welt, um herauszufinden, was du gerade erlebst." Er schenkt ihr dieses spektakuläre Lächeln, das Mädchen dazu bringt, vor ihm auf die Knie zu fallen, und ich hasse ihn nicht dafür - ganz im Gegenteil - aber wenn er seine Grenzen überschreitet und sie verletzt, haben wir ein Problem.

"Danke", sagt sie und blickt mich lächelnd an. Sie zappelt auf der Matratze, Schweißperlen stehen ihr auf der Stirn. Ist sie so nervös? "Glaub mir, es macht keinen Spaß, wenn dir etwas Seltsames an dir auffällt."

Ich kann nicht anders, als laut zu lachen. "Du redest mit uns", sage ich. "Wir sind hier die Seltsamen. Ich habe einen Gryffin, der nicht auf mich hört, und dann ist da noch Tallis mit seinem höllischen Feuer, das sich entlädt, wenn er wütend wird, und seine übertriebenen Vertrauensprobleme."

Mein Bruder wirft mir einen starren Blick zu. "Das ist eigentlich gar nicht so seltsam."

"Könnte sein", mischt sich Mina ein und ihre Augen funkeln. "Je nachdem, wie besessen du davon bist."

Schnaubend lache ich und drehe mich auf den Hintern, um meinen Bruder auf der anderen Seite von Mina besser sehen zu können, wobei ich die Decke über meinen Schoß ziehe, um mich zu bedecken. "Erzähl ihr von dem letzten Mal, als Khaos eine Freundin zu Besuch hatte. Du bist um die halbe Welt geflogen, um die Großmutter des armen Mädchens stundenlang im Scheinwerferlicht zu verhören, um herauszufinden, ob sie die ist, die sie vorgibt zu sein."

"Wow", sagt Mina mit Sarkasmus in ihrer Stimme. "Das ist heftig. Dann bin ich definitiv in guter Gesellschaft."

Sie lacht, und ich liebe es, diese Laute zu hören. Ich studiere den Schwung ihrer vollen Lippen, die Art, wie sie gelegentlich auf ihre Unterlippe knabbert. Kein Mädchen hat mein Interesse so sehr geweckt wie Mina.

"Na, das hat Spaß gemacht." Plötzlich stößt sie sich auf die Füße. "Ich gehe jetzt besser in mein Zimmer."

Etwas glitzert in Tallis´ Blick, er starrt auf Minas

schönes Gesicht und scheint überrascht zu sein, dass sie geht.

Sie schlendert schnell zur Tür und sieht aus, als wolle sie uns verlassen. Ich kratze mich verwirrt am Kopf. Wollte sie uns nur beschwichtigen? Ich hatte wirklich geglaubt, dass wir ein ernsthaftes Gespräch führen würden.

"Wir sehen uns oben", ruft sie über ihre Schulter, dann ist sie weg.

"Warte", sage ich, aber sie ist mit dem leisen Klappen der Tür verschwunden und lässt uns allein zurück. Die Verzweiflung, die ich für sie empfinde, dröhnt in meiner Brust. Ich schiebe mich auf die Beine und forme die Decke um meine Taille zu einem Kilt. Ich drehe mich zu Tallis um, meine Schultern straffen sich, und ein rauer Atem verschlingt mich. "Du hast sie erschreckt."

Er bricht in ein Glucksen aus. "Richtig, ich. Nicht der verdammte Echo, der sie gefangen genommen und in diesem Raum gefangen gehalten hat." Seine Augen werden groß, um seinen Standpunkt zu verdeutlichen.

"Mein Gryffin hätte ihr nicht wehgetan", protestiere ich.

"Das weiß sie nicht", entgegnete Tallis und verzieht den Mund zu einem Stirnrunzeln. "Hast du gesehen, wie sie es kaum erwarten konnte, hier rauszukommen?"

"Ich weiß nur, dass es ihr gut ging, bevor du zu uns kamst."

"Das denkst du." Er steht ebenfalls auf, dann verlassen wir den Raum. "Du hast Wahnvorstellungen. Wir haben gerade eines ihrer Geheimnisse entdeckt, und innerlich flippt sie aus. Das ist es, was passiert ist."

Ich schaue finster drein. Sie war verunsichert, und ich spürte ihr Zögern. Natürlich war sie unruhig.

"Mach dir keine Sorgen." Tallis klopft mir auf den Rücken, als wir die Treppe hinaufgehen. "Sie wird ihre Wahrheit noch früh genug enthüllen, sobald wir das Reflektionsritual vollendet haben."

"Sag mal, magst du sie eigentlich?", frage ich.

Tallis runzelt die Stirn. "Mehr als ich mir eingestehen will."

"Nun, für einen Inkubus hast du deine Anziehungskraft wohl schon zu lange eingesetzt, denn du hast vergessen, wie man sie zeigt. Das Mädchen wäre fast gestorben, und du willst sie schon dem Ritual unterziehen? Wie wäre es, wenn du ihr ein paar Tage Zeit gibst, damit sie sich wieder fängt?"

Er hält auf halber Höhe der Treppe inne, und ich bleibe neben ihm stehen.

"Seit wann gibst du verdammte Ratschläge?"

"Ich will dir nicht vorschreiben, wie du dein Liebesleben zu führen hast, aber verdammt, Tallis. Das Mädchen schwärmt von dir, und du stellst sie infrage, als wäre sie dein Feind."

Sein Mund öffnet sich, dann bleibt er stehen.

"Ja, genau", stelle ich fest. "Du hast so viel Angst, dich zu öffnen und ihr zu vertrauen, also stößt du sie weg." Ich wende mich von ihm ab und gehe nach oben. "Aber hey, du machst, was du willst."

Oben drängen wir uns in den Flur und kreuzen den

Weg von Khaos, der mitten im Marsch innehält und uns einen verwirrten Blick zuwirft.

"Wo ist sie?", fragt er und sieht mich finster an. Ich kann in seinem Blick den brodelnden Vorwurf sehen, dass Echo Mina entführt hat.

Scheiß auf ihn!

"In ihrem Zimmer schätze ich", antwortet Tallis, seine Stimme ist distanziert. "Die Wachen an der Tür werden dafür sorgen, dass sie das Haus nicht verlässt."

Ich konzentriere mich auf Khaos, in mir brodelt die Wut von gestern Abend. Ich habe noch ein Hühnchen mit ihm zu rupfen.

"Glaube nicht, ich wüsste nicht, was du bei der Gala gespielt hast."

Sein Mundwinkel zuckt, ein Ausdruck falscher Überraschung landet auf seinem Gesicht, das Gegenteil von seinem Grinsen.

"Du hast mich mit dieser blödsinnigen Verhandlungsgeschichte von Mina weggeholt", fahre ich fort, meine Worte sind scharf. "Ich weiß, du wolltest, dass ich auf deine langweiligen Freunde aufpasse, damit du dich von ihnen wegschleichen kannst."

"Und du hast unglaubliche Arbeit geleistet." Khaos grinst, mit einem bösen Schimmer in seinem Blick, wie er es immer tut, wenn er seinen Willen bekommt.

"Ja, so gut, dass du mich von Mina abgelenkt hast und sie am Ende verletzt wurde", spotte ich. "Also, alles, was gestern Abend mit ihr passiert ist, lastet auf deinen Schultern, Bruder. Und nur damit das klar ist: Wenn Echo sie nicht aufgespürt und gerettet hätte, wäre ich vielleicht nicht rechtzeitig zu ihr gekommen. Also hör auf, mich anzustarren, als wäre Echo eine tickende Zeitbombe!"

Tallis grunzt und stupst Khaos an die Schulter. "Da hat er dich erwischt."

"Gut", knurrt Khaos und zieht die Stirn in Falten. "Vergiss nur nicht, dass wir hier alle im selben Team sind, und ich passe auf sie auf, weil sie unser aller Schicksalsgefährtin ist, nicht nur deine." Er verschwindet den Gang hinunter, wohl wissend, dass ich ihn für seine blödsinnige Rede in die Pfanne hauen werde.

"Das lief gut", bemerkt Tallis trocken.

Ich schüttle den Kopf, die Frustration sitzt mir im Nacken.

"Ich werde Mina helfen. Was auch immer in ihrer Vergangenheit schlummert, ich werde es finden und befreien."

Als ich in Richtung Küche gehe, höre ich Tallis' Antwort nicht. Ich habe die dunkle Angst auf Minas Gesicht gesehen. Was auch immer sie verbirgt, es macht ihr Angst und ich werde derjenige sein, der es für sie in Ordnung bringt.

18

———

BILLIE

Eine Welle aus Angst und Lust zieht meinen Magen zusammen.

Die Wände meines Zimmers rücken näher an mich heran, während ich vom Fenster zur Tür laufe und mich an meine Mitte klammere. Mein Körper brennt von der Hitze, die wieder in mir auflodert. In dem Moment, in dem Tallis zu uns in den Keller gekommen ist, hat mein Herz einen Sprung gemacht, weil ich mit zwei verdammt sexy Dukes auf engem Raum einge- sperrt war. Offensichtlich war es zu viel für mich, um es zu ertragen.

Was ich jetzt erlebe - die Anziehung zu den Brüdern und die Entdeckung meiner Schicksalsge- fährten - ist das genaue Gegenteil von dem, was ich bei meiner Ankunft in Finnland geplant hatte. Erschwe- rend kommt hinzu, dass sie jetzt von meiner Magie wissen, aber ich sage mir, dass das vielleicht gut ist.

Sie haben bereits den Verdacht, dass ich etwas verheimliche, also sollen sie denken, dass es meine

Magie ist, was sie vielleicht davon ablenkt, herauszufinden, dass ich versuche, meine Vergangenheit zu erforschen. Wenn ich Glück habe, vergessen sie das ganze
blöde Reflexionsritual.

Doch nichts ändert etwas an dem nagenden
Schmerz, der in mir aufsteigt und mich völlig überrascht, wie schnell und stark er zuschlägt. Stunden sind
vergangen, und der Schmerz wird immer heftiger.
Selbst als Helmi mir etwas zu essen bringt, kann ich
mich nicht ablenken. Der Teller mit meinem unange-
tasteten Essen bleibt auf dem Tisch stehen.

Ich bleibe am Fenster stehen, starre hinaus in den
Wald und balle meine Fäuste gegen den pochenden
Puls meines Herzens. Ich kann spüren, wie die Hitze
durch mich hindurchkriecht, mich einatmet. Mit jeder
Stunde, die verstreicht, wird sie größer, und das macht
mir Angst.

Meine Atemzüge kommen in rasenden Stößen. Was
ist, wenn dies der Tag ist, an dem ich läufig werde, an
dem ich mich so verzweifelt nach meinen Schicksalsgefährten sehne, dass ich mich von ihnen einfangen
lasse? Dann sind wir für immer aneinandergebunden,
und was werde ich tun, wenn ich herausfinde, dass sie
am Tod meiner Eltern beteiligt waren? Könnte ich
damit leben? Ich bezweifle es ... Und ich will nicht an
jemanden gebunden sein, den ich irgendwann hassen
werde. Das würde uns zerstören. Aber das Schlimmste
ist, dass mich der Gedanke, mit ihnen zusammen zu
sein, noch mehr fasziniert als noch vor ein paar Tagen.

Das ist verdammt falsch.

Ein Schrei brodelt in meiner Kehle, während ich

wieder auf und ab gehe.

Nichts läuft nach Plan. Nichts ergibt einen Sinn.

Als ich auf dem Bett zusammenbreche, treten mir Tränen in die Augenwinkel, weil mein Leben so außer Kontrolle geraten ist. Ich krümme mich zusammen angesichts der Erregung, die mich ruinieren wird. Ich schließe die Augen und fühle mich gebrochen und angespannt, als eine weitere Welle unerträglichen Drucks über meinen Unterbauch schwappt.

Das Verlangen pulsiert in mir, während mein Geist mit Bildern von Tallis und Eryx unten im Keller über- flutet wird. Ich zwischen ihnen. Sie reißen mir die Kleider vom Leib und lecken mich, saugen mich aus.

Ein wildes Stöhnen kratzt in meiner Kehle, während Hitze meine Haut überströmt.

Die Kraft der Lust beherrscht mich. Sie stürzt so stark auf mich ein, dass mein ganzer Körper vibriert, wenn ich meine Schenkel zusammenpresse.

Warum kommt meine Hitze so schnell?

Ich muss mich verdammt noch mal beruhigen. Selbst die drei Duschen, die ich bereits genommen habe, haben nicht geholfen. Sie haben den Schmerz etwas gelindert, aber es war nicht genug. Und ich kann die Dukes ja nicht um Hilfe bitten, sonst springe ich sie noch an. Ihr Götter, ich erröte bei dem Gedanken.

Da kommt mir eine Idee in den Sinn, die mir helfen könnte, ohne dass die Dukes etwas von meiner missli- chen Lage mitbekommen. In Sekundenschnelle bin ich auf den Beinen, stürme zur Tür und renne praktisch durch die leeren Gänge. Ich komme an ein paar Dienst- mädchen vorbei, aber sie beachten mich kaum. Unten im Erdgeschoss danke ich meinen Glückssternen, dass ich nicht mit einem der Dukes zusammengestoßen bin.

Und als ich ins Badehaus eile, überkommt mich ein Gefühl der Erleichterung.

Ich bin völlig allein.

"Danke für die kleinen Wunder", murmele ich leise und bin überwältigt von der atemberaubenden Aussicht.

Der Badbereich gleicht einem in Stein gehauenen Märchen, das einer Höhle im Raum nachempfunden ist, komplett mit einem Wasserfall. Die eingebaute Badewanne, halb Pool, halb Whirlpool, erstreckt sich über die gesamte Länge des langen Raums. Die Wände schimmern in natürlichem Licht, das vom dampfenden blauen Wasser reflektiert wird. Der Duft von Mineralien liegt in der Luft, während hohe Farne und Wasserblumen in den Winkeln und Ritzen der Felswände wachsen. So schön.

Ich eile zu den steinernen Podesten an einer Wand, die mit Handtüchern, Salzkrügen und Ölen gefüllt sind. Sie haben an alles gedacht, aber ich kann nicht trödeln, wenn ich mich so verzweifelt nach der Entspannung sehne, die das Wasser verspricht.

Mit einem Handtuch in der Hand eile ich zum Beckenrand und lege meine Kleidung schnell auf einen kleinen Haufen. Mit einem kurzen Blick auf die unverschlossene Tür murmle ich: "Bitte lass nicht zu, dass mich jemand hier drin findet." Dann tauche ich meine Zehen hinein und teste das Wasser, das nicht klar genug ist, um den Grund zu sehen.

Ich erschrecke über die hohe Temperatur. Sie ist

fast brühend, aber auf eine Weise, die Erleichterung verspricht. Genau das, was ich brauche. Langsam lasse ich mich hineinfallen, das Wasser umarmt mich, bis es um meine Schultern schwappt. Es überrascht mich, dass das Becken so tief ist. An den Innenwänden befindet sich ein Steinsockel, der zum Entspannen einlädt.

Ich tauche vollständig unter. Es ist schwer, zu erklären, aber schon jetzt lässt der Schmerz in meinem Magen nach. Ich schwebe noch einen Moment länger und genieße das Gefühl der Schwerelosigkeit, das mich umgibt. Für einen kurzen Moment lösen sich alle Komplikationen und Gefahren, denen ich seit meiner Ankunft in Finnland begegnet bin, in Luft auf.

Während ich unter Wasser treibe, wünsche ich mir, ich könnte unter Wasser atmen und untergetaucht bleiben, verborgen vor der Welt über mir. Es ist ein lächerlicher Gedanke, aber er ist reizvoll und lässt mich an meine Freundin Sasha denken. Was macht sie jetzt? Wie läuft ihre Beziehung zu ihrem Kraken-Freund?

Als das wachsende Bedürfnis nach Luft zu groß wird, drücke ich mich hoch und breche mit einem keuchenden Atemzug die Oberfläche.

"Sicherlich eine angenehme Überraschung." Das satte Timbre einer männlichen Stimme ertönt hinter mir und lässt mich herumwirbeln, wobei mein Herz in der Brust zittert.

Ich treffe auf Tallis. Er steht bereits hüfttief im Wasser und trägt keinen Fetzen Kleidung. Seine Brustwarzen spannen sich an seinem wohlgeformten Oberkörper. Wie kommt es eigentlich, dass ein Mann so viele Muskeln hat? Ich weiß gar nicht, wo ich hinschauen soll, aber er macht mir die Entscheidung leicht. Er lässt sich ins Wasser sinken und nimmt auf dem Unterwassersims nahe der Wand Platz.

Als ich meine Stimme wiederfinde, während meine Erregung zwischen meinen Schenkeln aufflammt, frage ich: "Was machst du hier?"

"Was ich an den meisten Tagen um diese Zeit am Nachmittag mache. Ich nehme ein heißes Bad. Das hilft mir bei meiner Schönheitspflege als Dämon", sagt er sarkastisch.

Ich starre ihn an. "Das ist doch Schwachsinn. Du bist mir gefolgt."

"Es ist erfrischend, mit jemandem zusammen zu sein, der sagt, wie es ist, und sich nicht um alle Formalitäten kümmert."

Ich ziehe eine Augenbraue hoch. "Wäre es dir lieber, wenn ich dich Euer Gnaden nenne? Würde dir das genügen?"

"Ich liebe deine aufbrausende Persönlichkeit." Seine Mundwinkel verziehen sich zu einem verschlagenen Grinsen. "Aber wenn du dich nicht wohlfühlst, wenn du ein Bad mit mir teilst, dann sieh zu, dass du rauskommst." Er wirft einen Blick auf die Stufen im Pool, dann auf die Tür auf der anderen Seite des Raumes.

Ich blicke in seine Richtung. "Das würde dir wirklich gefallen, nicht wahr?"

"Du hast keine Ahnung", murmelt er.

Ich bewege mich nicht, denn ich stehe nackt neben einem Duke - einem Inkubus, um genau zu sein - und alles, was ich tun kann, ist, seine unglaublich gutaussehenden Gesichtszüge zu genießen. An seinem verruchten Grinsen und dem Anspannen seiner Kehle beim Schlucken erkenne ich, welche Wirkung er auf mich hat. Ich beiße die Zähne zusammen, mein Brustkorb hebt sich von selbst, weil mein Körper das tut ... er verrät mich in der Nähe der Dukes.

Tallis ist das Gegenteil von Eryx, düsterer, unberechenbarer und die Art von Mann, die mich am liebsten leiden sehen würde.

"Der Pool ist groß genug, dass wir ihn von verschiedenen Seiten aus genießen können", sage ich und tue so, als ob ich keine Angst hätte. Ich gleite lässig durch das heiße Wasser, weg von ihm, als ob mich seine Anwesenheit oder dass wir beide nackt sind, nicht stören würde.

Die Schwere des Schmerzes, der sich in mir aufbaut, wird immer heftiger und intensiver. Ich bin den Tränen nahe, aber bevor ich ihm das zeige, fahre ich zur Hölle. Da ich größtenteils unter Wasser bin, bete ich, dass er meinen Geruch nicht wahrnehmen kann. Ich werde im Wasser bleiben, bis ich mich in eine schrumpelige Pflaume verwandelt habe.

Kaum habe ich ein paar Züge gemacht, schnappt etwas wie ein superdickes Seil um meinen Knöchel und lässt mir das Herz bis zum Hals schlagen. In Panik entweicht ein Aufschrei meinen Lippen, und plötzlich werde ich nach hinten gerissen, tauche unter Wasser und werde den ganzen Weg zurück zu Tallis gezogen.

Wut wallt in mir auf, während ich herumspritze, um das Gleichgewicht zu finden. Das Wasser füllt meinen Mund, und ich komme schließlich hustend wieder hoch. Das Seil ist immer noch fest um mein Bein geschlungen und weigert sich, mich loszulassen. Schließlich blinzle ich mir das Wasser aus den Augen und grinse.

"Du Arschloch."

Als ich sein Gesicht und seinen Körper sehe, sagt mir mein Instinkt, dass etwas ganz und gar nicht stimmt. Das ist nicht der Tallis, den ich kenne, der da im Pool liegt. Ich stoße einen leisen Schrei aus und zucke zurück, als ich ihn in einer Gestalt sehe, von der ich nur annehmen kann, dass es seine Dämonenform ist.

Von seinem Kopf ragen Hörner ab, eine Mischung aus Dämon und Hirsch, verdreht und in Schichten abstehend wie geschichtete Äste. Sie sind fesselnd. Schatten verweilen unter seinen dunklen Augen und betonen die Intensität seines Blicks, die schroffe Kieferpartie, das Grübchen in seinem Kinn, die dicken Brauen - alles an ihm schreit nach ursprünglicher Anziehungskraft. Mit Erschrecken stelle ich fest, dass er in seiner Dämonengestalt noch schöner ist, was ich nie für möglich gehalten hätte.

Das Letzte, was ich brauche, ist, dass ich durch meine unerbittliche Hitze noch mehr erregt werde.

Ich atme schwerer, mein Puls rast in meinen Ohren.

Mein Blick senkt sich über die scharfen, silberschwarzen Schuppen auf seinen breiten Schultern, die wie eine Rüstung an seinen Armen herunterlaufen. Sie reflektieren das Leuchten des Wassers und betonen seine Muskeln. Irgendwie wirken sie größer, ausgeprägter als in seiner menschlichen Gestalt.

Er genießt es sichtlich, mich schockiert zu sehen, spreizt seine Lippen, und eine verrucht lange Zunge schiebt sich heraus und leckt sie. Ein Schauer gleitet zwischen meine Schenkel, als ob es seine Zunge wäre.

*Reiße dich zusammen.*

Ich bewege mich, werde aber von seinem Schwanz, der sich immer noch um mein Bein gewickelt hat, an Ort und Stelle gehalten.

Der dunkle Schimmer in seinen Augen verhöhnt mich.

"Netter Look", sage ich und fülle meine Stimme mit Sarkasmus. "Hast du dich nur für mich herausgeputzt, oder ist das deine übliche Badekleidung?"

Diese verschlagenen Lippen verziehen sich zu einem Grinsen, während er sich zurücklehnt und damit deutlich macht, dass der Laden ihm gehört. "Ich merke, dass ich dir in dieser Form besser gefalle, was mich überrascht."

Ich huste und verschlucke mich fast an meiner Spucke. "Da sieht man mal wieder, dass du mich nicht wirklich kennst."

"Ich lerne jeden Tag etwas Neues über dich. Das Schnellerwerden deines Atems, das Weiten deiner Augen, das Öffnen deiner Lippen verrät mir alles, was du zu verleugnen versuchst."

Ein Lachen entweicht meinem Mund über seine Dreistigkeit. "Verwechsele meine Angst nicht mit Erregung. Ich weiß genau, was du bist ... gefährlich."

"Gut, dann weißt du ja, worauf du dich einlässt. Aber ich nehme an, das gefällt dir, nicht wahr?" Seine Augen glitzern mit einem Hauch von Bernstein, als ob tief in ihnen ein Feuer aus den Abgründen der Hölle brennt.

"Das hättest du wohl gerne", schnaufe ich. Als ich unter das Wasser greife und nach seinem Schwanz fühle, der mich umgibt, fühlt er sich fast lederartig an. Ich stoße ihn mit entschlossener Kraft von mir.

"Komm, setz dich und ruh dich aus", schlägt er schließlich vor, seine Stimme ist ungewöhnlich sanft, sein Dämonenblick immer noch auf mich gerichtet. "Hier kann ich in meiner Dämonengestalt sein und mich entspannen. Das Personal neigt dazu, schreiend davonzulaufen, wenn sie mich so sehen, besonders nachts."

Ich beschließe, mich durch das Wasser von ihm wegzudrücken und mich auf dem Sims gegenüber dem Becken niederzulassen, mindestens einen Meter entfernt, damit wir genügend Abstand haben, um uns in Ruhe zu unterhalten. Außerdem muss ich mich darauf konzentrieren, meinen Atem zu beruhigen und den intensiven Puls zu dämpfen, der mich zu verraten droht. Vor allem, wenn meine Gedanken darauf gerichtet sind, wie außergewöhnlich und kraftvoll der Rest seines Körpers aussehen muss.

Er wirft den Kopf zurück und lacht, das Geräusch hallt in dem riesigen Badezimmer wider. Ich hasse ihn wirklich dafür, dass er mir unter die Haut geht und jeden Moment davon genießt.

"Weißt du, ich habe die Zeichen auf deinen Armen am ersten Tag deiner Ankunft gesehen", gibt er beiläufig zu. "Ich habe sie unter deinen Ärmeln hervorlugen sehen, aber ich hatte keine Ahnung, dass sie magisch sind."

Ich beobachte ihn, wie er sich immer noch zurücklehnt, während der Dampf um ihn herum von der Oberfläche des Schwimmbeckens kräuselt. "Und jetzt glaubst du immer noch, dass es ein Fluch ist?"

"Das ist möglich", antwortet er. "Ich habe Zeichen bei Leuten gesehen, die verflucht wurden."

Ich versteife mich in meinem Sitz. "Markierungen wie meine?"

"Nichts im Vergleich zu dem, was du hast." Er schüttelt den Kopf, und ich beobachte noch einmal, wie sein Schwanz aus dem Wasser auftaucht und wie eine Seeschlange wieder eintaucht. "Ich will damit nur sagen, dass es nicht von der Hand zu weisen ist. Oder, dass deine Eltern dir nicht die Wahrheit über deine Magie gesagt haben."

Meine Schultern zucken zurück. "Meine Eltern hätten mich nie angelogen!"

Er hebt seine Hände zur Verteidigung. "Ich verstehe ... Eltern meinen es nur gut, aber sie können uns auch verletzen, weil sie denken, sie tun das Beste. Zum Teufel schau dir meine Eltern an. Mein Vater ist verschwunden, und meine Mutter hat sich an einen privaten Ort zurückgezogen, wo sie den Verlust ihres Seelenverwandten verarbeiten oder dem Tod erliegen konnte. Wir wurden im Stich gelassen, einfach so. Diese Scheiße hätte meine Brüder und mich fast zerstört, wäre da nicht unser Großvater gewesen, der uns aufgenommen hat."

Seine Worte treffen mich schwer. Besonders der

Teil über den Schicksalsgefährten, die Bindung war so intensiv, dass ihr Verlust auch meinen eigenen Tod bedeuten könnte. Ein weiterer Grund, warum ich für eine solche Bindung nicht bereit bin.

Tallis rutscht von seinem Vorsprung herunter, seine Aufmerksamkeit ist auf mich gerichtet, ein raubtierhafter Glanz in seinem Blick nimmt überhand, während sich seine Muskeln anspannen.

Ich habe kaum Zeit zu reagieren, als er abtaucht und unter Wasser verschwindet. Seine Bewegung ist so fließend, so nahtlos, dass ich in Panik gerate, dass er mich holen will. Mit einem Schrei in der Kehle beginne ich wegzurutschen, als das Wasser aufgewühlt wird und Blasen aufsteigen. Mit dem Rücken an die Wand gelehnt, verschluckt mich der Schrecken, und ich sehe eine blitzartige Bewegung von etwas Dunklem im Wasser, direkt vor meinen Füßen.

Plötzlich liegen kräftige Hände auf meinen Knien, drücken sie auseinander, und sein Kopf springt aus dem Wasser, immer noch in seiner Dämonengestalt. Tröpfchen laufen über sein Gesicht, die dunklen Augen sind wie Opale und brennen vor Verlangen.

Ich schnappe nach Luft, als er vor mir steht und mein Herz fast versagt. Wir sind nur Zentimeter voneinander entfernt, unsere Körper berühren sich fast.

"Es gefällt mir nicht, so weit von dir entfernt zu sein", schnurrt er. "Ich konnte dich von da drüben aus kaum hören." Sein verschlagenes Lächeln ist umwerfend heiß, während er sich die scharfen Eckzähne leckt.

Ich bin kurz davor, mich an ihn zu verlieren ... an die Hitze, die zwischen meinen Schenkeln aufsteigt.

Als ich den Mund öffne, kommen keine Worte heraus, dann stoße ich eine Antwort aus, während ich seine Hände von meinen Knien wegdrücke.

"Ich ... ich denke, es war in Ordnung."

Aber er bewegt sich nicht. Sein Atem beschleunigt sich, und so nah bin ich völlig machtlos gegen das Feuer, das von seinem Körper auf mein Gehirn überspringt, das an nichts anderes denken kann als daran, dass er mich berührt. Oder wo sein Schwanz mein Bein hinaufgleitet.

Meine Haut spannt sich an, und die Angst, die Kontrolle zu verlieren, macht sich in mir breit.

"Ich bin am Verhungern", flüstert er mit dicker, hungriger Stimme, und in seinem Hals pocht eine Ader. "Ich habe seit Tagen nichts mehr gegessen und mich für dich aufgespart."

Seine Worte und ihre Absichten schweben schwer in der Luft zwischen uns. Sie machen mir Angst, doch ich wölbe meinen Rücken und drücke meine Brüste gegen seine Brust. Denn das bin ich geworden - schwach gegenüber meiner Hitze.

So lange habe ich darum gekämpft, konzentriert zu bleiben und die Mörder meiner Eltern zu finden, und mir selbst die Freude am Leben verwehrt. Jetzt treibt mich jedes Gefühl dazu, loszulassen. Ich zittere und habe keine Ahnung, wie ich aus dieser Situation herauskommen soll.

Die Sache ist die, ich bin mir nicht sicher, ob ich das überhaupt will.

*I*hr berauschender Duft überschwemmt meine Sinne mit einer wilden Kraft.

Ich starre in ihre azurblauen Augen, genieße ihre vollen Brüste an meiner Brust, während ihr Körper bebt, ihre goldene Halskette und der Anhänger mit dem Familienwappen zwischen ihnen. Das Verlangen, sie zu erobern, überwältigt mich, besonders als ich ihre Angst einatme. Es hat etwas Köstliches, sich an jemandem zu nähren, der Angst hat - der Geschmack ist süßer.

Sie sieht mich mit ihrem furchterregenden Blick an, doch ihr Körper ruft nach mir, reagiert auf mich.

"Ich bin kein Essen", sagt sie mit zittriger Stimme. "Ich ficke dich auch nicht, um dich zu füttern."

Ein Knurren entweicht meiner Kehle, und ich bin ganz hingerissen von ihrer feurigen Einstellung. Ich habe mir nichts sehnlicher gewünscht, als dass sie mit mir kämpft, während ich sie ficke und ihr zeige, wie verzweifelt ich sie für mich machen kann.

Ich fahre mit den Fingerspitzen meiner Klauen ihren Arm hinauf zu ihrem Kinn und neige es zurück, damit sie mich studiert. Ihre Lippen zittern, und ich beuge mich vor und streiche mit meiner Hand über die zarte Haut unter ihrem Ohr.

"Wer hat etwas von Ficken gesagt? Ich kann mich auch auf andere Weise ernähren, mein kleiner Knallfrosch."

Ihr Körper drückt sich noch einmal gegen mich, auch wenn sie ihr Kinn aus meinem Griff herauszieht.

"Bist du so zu jedem, der mit dir ein Bad teilt?", knurrt sie.

Ich spüre ihren Wolf knapp unter der Oberfläche, der darum bettelt, herauszukommen und mit seinen scharfen Zähnen mit mir zu spielen. Nichts würde ich mehr lieben ...

"Nur, wenn du es bist, Liebes." Mein Schwanz rutscht auf ihren Schoß, wo sie auf dem Rand der heißen Badewanne sitzt und ihre Schenkel aneinander-presst. Mein Schwanz pocht nach ihr, mein Hunger macht mich fast wahnsinnig, und niemand will sehen, wie ich ausraste. Und doch ist dieser Urinstinkt, meine zukünftige Gefährtin aus dem Wasser zu ziehen und in sie zu stoßen, unerträglich.

"Ich kann dir bei deinem Problem helfen und du würdest mir auch einen Gefallen tun. Klingt für mich nach einer Win-Win-Situation." Ja, ich bin ein manipulatives Arschloch und daran wird sie sich gewöhnen müssen.

Ihre Gesichtszüge werden blass, aber ihre Hände

liegen auf meiner Brust, die sie zweifelsohne begierig ertasten will. Und wer kann es ihr verdenken?

"Wenn du so nah bei mir bist, kann ich nicht klar denken", murmelt sie.

"Es ist unglaublich, nicht wahr?"

Sie schüttelt den Kopf, während ich kichere. "Also, was sagst du? Soll ich dir eine Kostprobe aus dem Nirvana geben?"

Ihr Atem stockt, und meine Muskeln spannen sich unter ihrer Berührung an. Sie drückt sich gegen mich und steht von der Kante auf. Mein Schwanz kräuselt sich über den kurvigen Hintern, der meinen Namen ruft. Er will mitmachen. Wellen von Hitze rollen von ihr ab und prallen auf mich. Sie neigt ihren Kopf zur Seite und lässt ihren Blick über mich schweifen.

"Weißt du", beginnt sie. "Ich habe noch nie einen Dämon wie dich getroffen, schon gar nicht einen Inkubus." Ihre Stimme trieft vor Süße, vielleicht zu sehr, um sie zu verraten. Aber ich akzeptiere ihre gespielte Bewunderung und spiele ihr Spiel mit.

"Ich bin froh, dass du so denkst", antworte ich und gebe ihr, was sie will.

"Oh, das bist du." Sie streicht mit ihren Fingern über meine Brust, die Berührung steigert mein Bedürfnis, mich zu ernähren, und meine Eier ziehen sich fest zusammen.

Sie ist so nah, ihr Kopf reicht kaum bis zu meinem Kinn, und es wäre so einfach, sie in meine Arme zu nehmen und ihre Beine zu spreizen. Die Versuchung ist so brutal, dass ich sie ignorieren muss.

In einer blitzschnellen Bewegung schiebt sie ihr

Knie zwischen meine Beine, aber ich bewege meine Hüften gerade noch rechtzeitig, damit sie es mir nur in den Oberschenkel stoßen kann. Sie trifft mich hart genug, um zu wissen, dass es höllisch weh getan hätte, wenn sie meine Eier erwischt hätte. Ich knurre über die Schärfe ihres Knies. Für jemanden, der so klein ist, hat sie die Tapferkeit eines Kriegers.

Das ist die einzige Ablenkung, die sie braucht. Sie stößt sich von mir ab und springt ins Wasser. Ihr Körper durchschneidet die heiße Oberfläche und schwimmt hektisch auf die andere Seite.

Ich lache laut über ihre Unverfrorenheit. Natürlich lasse ich sie in dem Glauben, sie käme davon. Sonst wäre sie schon um meinen Schwanz gewickelt, aber es ist schwer, ihre Hartnäckigkeit nicht zu bewundern. Die Erregung, die sie in mir auslöst, breitet sich bis in meine Leistengegend aus.

Ich muss sie jetzt haben.

Eine Kostprobe, um sie aus meinem Kopf zu bekommen, genug, um meinen Hunger zu stillen.

Die Muskeln spannen sich an, ich springe in Aktion und tauche unter Wasser nach ihr, schieße mit einer Geschwindigkeit über den Pool, die sie nicht erwartet. In Sekundenschnelle bin ich an ihr dran, die Hände auf ihren Hüften, und mein Blick auf diesen perfekten runden Hintern wird mir zum Verhängnis. Bevor sie mir wieder entkommen kann, lege ich einen Arm um ihre Schultern und springe hinter ihr aus dem Wasser, um sie mit mir zu ziehen.

Sie schreit auf und stößt ihre Ellbogen gegen mich.

"Netter Versuch, aber du hast dein einziges Leben

aufgebraucht. Du hast einen feurigen Geist, den ich genieße."

Ihr Hintern drückt sich gegen mich, und meine Erektion stützt sich auf ihren gepolsterten Hintern. Sie keucht als Antwort und stößt ihre Hüften nach vorne und weg von mir.

"Was zum Teufel hast du da unten zu suchen?"

Ich drehe sie um, damit sie mich ansieht, und führe sie zurück, bis sie auf die Kante an der Beckenwand trifft.

"Willst du es sehen?"

Sie fletscht in einer aggressiven Reaktion ihre Zähne, was mich nur noch härter macht. Ich fessele ein Handgelenk in meiner Hand und führe es in die Mitte meiner Brust.

"Sieh nur, wie schnell du mein Herz klopfen lässt. Du bringst mich an den Rand des Wahnsinns. Du hast keine Ahnung, wie erregt ich gerade bin."

"Komisch, ich habe gerade angenommen, dass du kein Herz hast." Ihr Blick verdunkelt sich.

Das Verlangen ergreift mich, mein Schwanz wird hart, bis er schmerzt, und ich kann mich nicht von ihr losreißen. Ich lasse ihre Hand in meinem Griff über meinen Körper gleiten, lasse sie die Muskeln berühren, über die sie sabbert, und ihre Fingernägel graben sich in meine Haut.

"Ich liebe es, wenn du mir wehtust. Jetzt lass mich dich hinunterführen, um *sie* zu treffen."

"Sie!", keucht sie und reißt ihre Hand aus meinem Griff. Ihr Schock ist verlockend, eine riesige blaue Iris. Die üppigen Brüste, die aus dem Wasser ragen, ziehen meine Aufmerksamkeit auf sich, und ihre staubig-rosa Brustwarzen sind klein und fest. Sie ist gefangen zwischen Angst und Erregung - genau wie ich mein Essen liebe.

Mir läuft das Wasser im Mund zusammen, aber ich werde sie nicht zu sehr drängen. Ich kann mit ihr machen, was ich will, aber ich werde sie nicht brechen - jedenfalls noch nicht.

Sie ringt nach Luft, ihr Körper wiegt sich mir entgegen, auch wenn ihre Lippen einen abwartenden Ausdruck haben.

Ich fahre mit einem Finger an ihrer Wange entlang, und sie weicht nicht zurück.

"Sag mir, was du willst", frage ich und unterdrücke ein Knurren, das in meiner Brust aufsteigt.

Ihre Augenlider flattern, ihre Brust hebt und senkt sich. Mein Blick erfasst die volle Wölbung ihrer Brüste, den Glanz ihrer feuchten Haut, und ihre schmollenden Lippen machen mir den Mund wässrig. Meine Finger zucken vor dem Drang, sie überall zu berühren.

Sie schüttelt sich gegen mich, ein leises Stöhnen in ihrer Kehle. Ihre Augen sind plötzlich fest geschlossen, und ihr Atem wird schwerer.

Ich lege meine Hände um ihre Taille und hebe sie mit Leichtigkeit aus dem Wasser, um sie auf den Beckenrand zu setzen. Ihr himmelblauer Blick springt auf, blinzelt zu mir hoch und sie atmet scharf ein, weil sie sich vor mir entblößt. Ich betrachte die Schönheit ihres Körpers mit einem Blick - üppige, hüpfende Brüste, der schmale Streifen superheller Haare zwischen den Scheiteln ihrer Schenkel.

Ihre Hände schnappen nach vorne, um sich zu bedecken.

"Du bist das Schönste, was ich je gesehen habe. Versteck dich nie vor mir, verstanden?" Ich drücke ihre Arme an ihrer Seite nach unten.

"Ich bin nicht deine Puppe." Sie wirft mir einen bösen Blick zu, aber mit ihren glasigen Augen ist sie nicht ganz sie selbst, denn ihre Erregung kontrolliert sie.

Meine Muskeln spannen sich an, mein Schwanz verschluckt sich an ihrem göttlichen Körper, an dem Glibber, der vor Erregung zwischen ihre Beine rieselt.

Sie zuckt zusammen, hält zu still und schlägt mich nicht mit einer ihrer schlauen Antworten. Das sagt eine Menge aus. Sie befindet sich in der Anfangsphase ihrer Läufigkeit und hat Schmerzen, aber sie versucht hartnäckig, das zu verbergen.

"Du musst dir von mir helfen lassen", sage ich und knie mich auf den Sims, um auf Augenhöhe mit ihren einladend, gespreizten Beinen zu sein. Ich erhasche einen Blick auf den Schlitz ihres rosafarbenen Fleisches, und meine Eier ziehen sich vor Vorfreude zusammen.

Ihr zuckriger Duft umhüllt mich, dicht und köstlich. Ich halte ihren Blick fest, während sie meinen hält, aber innerlich bin ich kurz davor, die Kontrolle zu verlieren.

"Warum verheimlichst du den Schmerz?" Meine Worte sind flach, da ich mich kaum zusammenreißen kann.

Sie zuckt mit den Schultern, dann erschaudert ihr

Körper und ihre Nägel graben sich in den Steinboden, auf dem sie sitzt. Ich fahre mit meiner Hand ihren Arm hinunter, spüre die Wölbung ihrer Brust, dann gleiten meine Fingerspitzen zur Vertiefung ihrer Taille und der Kurve ihrer Hüften. Meine Berührung gleitet zu ihren Schenkeln, sie schreit auf und legt ihre Hände auf die meinen.

"Bitte", fleht sie und schiebt meine Hand zwischen ihre Beine. Sie glüht förmlich, ihre Haut ist glitschig vor Erregung. "Wenn du mich ärgern willst, dann hör auf, und bitte mach, dass der Schmerz aufhört."

Ich halte mich am seidenen Faden fest. Was ich will, nehme ich mir, aber Mina ist anders. Sie holt etwas aus mir heraus, dass ich nicht kenne.

Wassertropfen rinnen von ihren Haaren an ihrem Körper hinunter, schlängeln sich durch das Tal ihrer Brüste bis zu den Spitzen ihrer festen Brustwarzen und rollen dorthin, wo ich sein möchte. Ihr nasses Haar klebt an den Seiten ihres Gesichts, ihr Atem geht stoßweise. Sie ist so zierlich neben mir, sieht fast unschuldig aus. Ein Teufel in Verkleidung ...

Meine andere Hand greift nach ihrer Brust, die perfekt in meine riesige Handfläche passt, und meine Finger kneifen in ihre Brustwarze.

Sie keucht, und plötzlich greift sie nach meinem Haar und beugt sich vor. Unsere Münder prallen aufeinander.

*Scheiße.*

Ich erwidere den Kuss und lasse meine Zunge in ihren Mund gleiten. Zuerst hält sie inne - es erfordert Übung, einen Dämon in meiner Gestalt und mit meiner langen, gespaltenen Zunge zu küssen -, aber dann saugt sie daran, und scheint es schnell zu beherrschen. Das lässt mich hoffen, was sie noch alles saugen kann!

Ich nehme ihre Lippen, genieße sie und fahre mit meinen Reißzähnen ganz sanft über ihr Fleisch. Sie zittert, stöhnt.

Ich löse mich von ihr und verlange: "Leg dich für mich zurück." Ich muss sie schmecken, sie in meinem Mund kommen lassen, ihre Sahne lecken.

Ohne zu zögern, lehnt sie sich zurück und stützt sich auf ihren Ellbogen, ihr Körper zittert. Sie spreizt ihre Beine, während sie auf ihrer Unterlippe knabbert. Ihre Möse ist nicht nur klatschnass, sie bebt vor Lust. Diese rosafarbenen, geschwollenen und glitzernden Schamlippen ziehen sich für mich auseinander, und ich grunze brutal. Ihr Kitzler ist geschwollen, und sie ist wunderbar entblößt für mich.

Scheiß auf mich, aber sie wird mich ruinieren. Ich weiß es einfach.

"Du riechst so köstlich, wenn du klatschnass für mich bist. Du kommst gleich über mein ganzes Gesicht, nicht wahr?"

Sie keucht, und ich liebe ihre Schüchternheit, wenn sie mich anschaut.

Dann bin ich zwischen ihren Schenkeln, atme sie ein und schiebe meine Zunge an ihren Falten entlang. Ich kann mich nicht zurückhalten und verschlinge sie gierig, lecke, will mehr. Ihr Duft, ihr Geschmack. Sie erfüllen mich, überschwemmen mich, strömen in die Leere in mir. Ficken war schon immer ein schneller

Weg, um schnell satt zu werden, aber das Vorspiel ist wie das Essen des dekadentesten Schokoladenkuchens, bei dem ich mir Zeit lasse und jeden Krümel genieße.

Sie windet sich, ihre Hüften stemmen sich gegen mich. Ich halte sie zurück und liebe es, mit ihr um die Kontrolle zu kämpfen. Ich drücke meinen Mund fester auf sie und schiebe meine Zunge in ihren Eingang, die Länge stößt ganz hinein, streichelt sie, lässt sie wissen, dass sie mir gehört.

Sie schreit auf, legt ihre Hand auf meinen Kopf und drückt mich fester zwischen ihre Beine. Scheiße, ja, das erregt mich. Mit den Händen auf ihrem Hintern hebe ich ihre Hüften an, um besser an sie heranzukommen, und ziehe sie näher an mich heran, um wirklich in sie einzutauchen, weil ich jeden Zentimeter von ihr brauche. Ihr Gleitmittel überzieht die Innenseite ihrer Schenkel, und ihr Griff um mein Haar wird stärker, was mir sagt, dass sie nahe dran ist.

"Nimm meine Hörner", sage ich ihr, meine Stimme gedämpft durch die Muschi in meinem Mund.

In dem Moment, in dem sich ihre Finger um mein Geweih schlingen, durchfährt ein Schauer meinen Körper und wandert direkt zu meinem Schwanz. Sie sind so empfindlich, und ich liebe es, wenn man beim Ficken an ihnen zerrt.

Ich mache weiter und genieße sie.

Jedes Mal, wenn ich in ihre enge, gierige Muschi eindringe, ziehen sich ihre Innenwände um meine dicke Zunge zusammen. Ich schlinge meinen Schwanz um ein Bein, und mit meiner Hand auf dem anderen, schiebe ich sie weiter auseinander, spreize sie. Mit langen Leckbewegungen gleitet meine hungrige Zunge wieder in ihre Möse.

Ich liebe das Geräusch ihres Stöhnens, ihres sich windenden Körpers und schiebe zwei dicke Finger in ihr Inneres. Sie schreit auf, ihr Körper wölbt sich. Sie drückt meine Finger zusammen, und ich komme fast. Ich merke, dass es nicht ausreicht, sie einmal zu nähren, sie zu schmecken.

Ich lege meine Zunge an sie und streichle ihre Klitoris, während ich in sie eindringe und mich danach sehne, mehr von mir in ihr zu haben. Je lauter sie stöhnt, desto schneller lecke ich. Sie reibt sich an mir, ihre Laute werden rau, ihr Griff um meine Hörner kraftvoll, und ich bin bereit.

Ich atme sie ein und kann mir nicht vorstellen, irgendwo anders zu sein als mit meinem Gesicht zwischen ihren Beinen. Ihr Duft, ihre Zuckersüße und ihre Lust strömen in mich hinein, und ich weiß nicht, ob ich aufhören kann.

"Das ist es, fick mein Gesicht, als ob du es zum Atmen bräuchtest", knurre ich und beobachte, wie sich ihre Möse an meinen Fingern entlangreibt, ich liebe es, wie weit ich sie dehne.

Mina schüttelt sich und schreit auf, als sie kommt, und die Geräusche, die sie dabei macht, sind absolut schön. Ich ersetze meine Finger schnell durch meine Zunge und lecke ihren Schleim auf, während sie sich zittert und sich von dem Orgasmus, der ihren Körper durchschüttelt, berauschen lässt. Ich kann gar nicht genug davon bekommen, zu sehen, wie sie völlig entblößt über mein Gesicht kommt.

Der Schweiß steht ihr auf der Stirn, ihr Atem geht schnell, aber ich bin noch lange nicht fertig. Ich bin aufgedreht, meine Hüften wippen, und ich verliere die Kontrolle.

Ich schiebe mich auf dem Sims hoch und knie mich zwischen ihre Beine, meine große Hand hält meine beiden Schwänze fest, die höllisch schmerzen. Ich streichle sie schneller.

Mina keucht, ihre Augen sind groß, als sie endlich entdeckt, was ich in der Hand halte. Ich rieche die Angst in ihr.

"Heilige Scheiße, du hast zwei!"

Ihr Erschrecken treibt mich nur noch mehr an.

Ich heule vor Erregung auf, als aus beiden Köpfen weiße Ströme von Sperma herausspritzen, und ich senke sie, um ihre Haut mit meinem Samen zu bestreichen.

Sie leckt sich über die Lippen und mustert mich, als würde sie gleich beide in den Mund nehmen. Ich werde sie an das Versprechen in ihrem Blick erinnern.

Ich komme weiter und grunze, als ich sehe, wie sie mein Sperma auf ihren Brüsten trägt und einige Tropfen ihren Hals erreichen. Ich knurre, das ist Euphorie, während Sterne in meinen Augen tanzen. Mit jedem Tropfen senke ich meinen Blick auf meinen wunderschönen Knallfrosch, der flach auf dem Rücken liegt, die Beine gespreizt und mit meinem Sperma bedeckt.

Das perfekte Bild, wie ich sie haben möchte.

Minas Blick ist auf mich gerichtet, und ihre Mundwinkel verziehen sich zu einem schelmischen Grinsen.

"Das ist alles, was du hast? Ich bin mir ziemlich sicher, dass du ein kleines Stück nackte Haut an meinem Ellbogen übersehen hast."

Ich breche in Gelächter aus, was ich nicht erwartet hätte, aber sie hat die Angewohnheit, immer die unerwartetsten Dinge zu sagen.

"Das war nur ein Probelauf, mein kleiner Knallfrosch. Das nächste Mal schluckst du."

Ihr Mund klafft auf, als ich nach ihrem Handtuch greife und anfange, sie abzuwischen. In Wahrheit kann ich mich nicht erinnern, wann ich das letzte Mal so verdammt hart gekommen bin, ohne dass jemand meine Schwänze auch nur berührt hat.

*Gute Arbeit, Billie!*

*Lass den Dämon mit dir spielen. Bitte ihn, dich zu berühren. Halte dich an seinen Hörnern fest, während du auf seinem Gesicht reitest.*

Und Gott, er hat zwei Schwänze! Ist es schlimm, dass es auch ein bisschen erregend ist, sich vorzustellen, wie er sie benutzt?

Meine Muskeln verkrampfen sich, als ich den Flur hinunterschleiche, und meine Frustration und Verlegenheit verwandeln sich in einen Sturm in mir.

Ich soll mich auf meinen Job konzentrieren. Nun, das ist nicht mehr möglich, wenn es um einen sexy Duke geht, der keine Kleider trägt. Stöhnend schüttle ich den Kopf und versuche, die Bilder von einem nackten Tallis in seiner Dämonengestalt zu verdrängen, der seine beiden Schwänze über mich wichst. Und ich habe nichts getan, weil ich wollte, dass er das tut. Es war verdammt sexy, auch wenn mein Verstand danach schrie, da rauszukommen.

Ja, ich bin schon zu weit gegangen. Die Hitze hat mich ruiniert, und das nächste Mal, wenn einer der Dukes einen Schritt auf mich zu macht, werde ich verlangen, dass er mich fickt.

Seufzend gehe ich schneller die Stufen der Villa hinunter. Mein immer noch nasses Haar klebt an meinen Schultern. Meine frische Kleidung schmiegt sich beruhigend an mich, aber sie kann die Erinnerung an seine Berührung nicht vertreiben.

Deshalb kann ich keine Sekunde länger in meinem Zimmer bleiben, und außerdem ist es schon spät am Abend, ich habe Hunger, und Helmi ist genau die Person, mit der ich sprechen muss.

Ich bewege mich schnell, meine Füße fliegen förmlich über die Plüschteppiche, während ich die unzähligen Flure hinuntergehe. Die Pracht des Herrenhauses verblüfft mich immer noch. Die Gemälde an den Wänden, die hohen Decken mit Schnitzereien, die außergewöhnlich verzierten Kronleuchter - die Herzöge haben Reichtum zu bieten.

Als ich gerade den Korridor erreichen will, der in die Küche führt, erregt etwas meine Aufmerksamkeit, das durch die aufgebrochene Tür eines der Vergnügungsräume des Anwesens kommt.

Es ist Khaos. Er ist tadellos gekleidet in einem maßgeschneiderten Anzug, sein dunkelbraunes Haar ist aus dem Gesicht gestrichen. Er sieht aus wie ein köstliches Bonbon. Ich knirsche mit den Zähnen, weil ich so leicht auf sein robustes Aussehen hereinfalle.

Er ist in ein tiefes Gespräch mit vier anderen

Männern vertieft, ein Knurren hängt an seinen Worten, seine Schultern sind steif. Dicht hinter ihm steht Eryx, breitschultrig, mit einem Blick, der einen Menschen in zwei Hälften teilen würde. Er ist bereit, zu kämpfen, wenn man es ihm befiehlt. Ich spüre, wie sich die Spannung in Wellen aus dem Raum entlädt, und eile vorbei, auch wenn ich neugierig bin, was hier vor sich geht.

Ich werde nicht spionieren, denn wie ich mein Glück kenne, werde ich dabei erwischt. Also stürze ich mich in die Küche, wobei mir das Bild von Khaos vorschwebt, der die Kontrolle und Autorität ausübt. Er leitet diesen Ort und das Geschäft, nicht wahr?

Es sind nicht viele Leute in der Küche. Der Ort ist makellos, nur ein Koch ist damit beschäftigt, etwas auf dem Herd zu braten. Es riecht himmlisch nach Knoblauch und Butter, und ich habe plötzlich Lust auf Knoblauchbrot. Ich sehe Helmi, die mit ihren Locken auf den Schultern damit beschäftigt ist, saubere Teller in ein Metallregal zu stellen.

"Helmi", rufe ich von der Tür aus, meine Stimme bricht vor Nervosität.

Sie blickt in meine Richtung, ihre Augen werden vor Überraschung größer, als sie mich sieht, und eilt dann herbei. "Miss, ist alles in Ordnung?"

"Ja, ja, kann ich mit dir unter vier Augen sprechen?", flüstere ich.

"Natürlich, Miss." Sie nickt und wischt sich die Hände an der weißen Schürze ab, die sie trägt. "Alles, was ich tun kann. Ich kann alles kochen, was du willst, wenn du hungrig bist."

"Ja, ich würde gerne etwas essen, aber zuerst gibt es noch etwas anderes."

Sie nimmt meine Hand und führt mich auf den Korridor hinaus, damit uns niemand hören kann. Mein Herz klopft in meiner Brust, meine Handflächen sind schweißnass.

"Ist alles in Ordnung, Miss?"

Ich nicke und versuche, meine rasenden Gedanken zu beruhigen. Ich weiß nicht einmal, warum ich nervös bin, aber meine Hände zittern, und mein Magen verkrampft sich.

Ich atme tief ein und sage: "Bietest du immer noch diese ..." Ich senke meine Stimme und schaue über meine Schulter und zurück. "Pillen an?"

Ihre Augen leuchten auf, ihr Blick strahlt, als würde sie verstehen, worum ich sie bitte. "Oh ja, das tue ich. Es ist so einfach, und du brauchst nur eine pro Tag zu nehmen. Lass mich sie holen."

Bevor ich ein weiteres Wort sagen kann, ist sie zurück in die Küche geschossen.

Plötzlich habe ich das Gefühl, erwischt zu werden, obwohl ich gar nichts falsch mache. Ich werde die Hitze einfach für eine Weile unterdrücken, um mich nicht ständig wie eine verzweifelte Närrin aufzuführen. Dann kann ich mich endlich darauf konzentrieren, die Mörder meiner Eltern zu finden.

Das Geräusch von Helmis Schritten holt mich in die Realität zurück, und ich reiße mich zusammen, um endlich die Kontrolle über eine Situation zu erlangen, die völlig aus dem Ruder gelaufen ist.

## Khaos

Ich verlasse den Sitzungssaal, mein Kiefer krampft sich zusammen, mein Blut kocht.

Das Gespräch ist verdammt sinnlos und frustrierend, weil ich wenig tun kann. Ich kann Darcon und seine Söhne nicht zurückholen, und nach den Informationen, die ich von Eryx erhalten habe, der den Großteil der Ereignisse auf der Party miterlebt hat, haben sie den Angriff auf Mina initiiert. Sie ist meine Schicksalsgefährtin, also ist ihr Angriff eine direkte Kriegserklärung an meine Familie.

Doch seine Familie fordert Gerechtigkeit und Entschädigung. Es geht immer nur um Zahlungen und darum, das Gesicht zu wahren.

Die können mich mal ...

Sie werden nichts aus mir herausbekommen. Es war brutal schwer, mich zu beherrschen, also bin ich an die frische Luft gegangen. Ich brauche Freiraum, bevor ich ausraste.

Drei ihrer Familienmitglieder sind tot, und wenn sie so weitermachen, wird sich ihre Großfamilie bald zu ihnen gesellen.

Auf meinem Weg durch den ruhigen Korridor sehe ich in der Ferne eine vertraute Gestalt in das Atrium schlüpfen. Ein seltsames Gefühl regt sich in mir, als ich den Schwung ihrer Hüften in der engen Hose betrachte, und ihre Schultern sind nach vorne gekrümmt, als ob sie auf etwas in ihren Händen starrt.

Aus Neugierde folge ich ihr in das Atrium, eine

friedliche Oase, die meine Mutter gerne besuchte. Auf den Steinsäulen, den Bänken und sogar an den hohen Fenstern wachsen üppige Pflanzen. Kleine Bäume mit runden Wipfeln umgeben den Koiteich in der Mitte des Raumes, zusammen mit ein paar Steinbänken, und Lilienblüten schweben auf dem Wasser. Der Raum ist voll von blühenden Pflanzen.

Ich komme selten hierher, weil es mich zu sehr an meine Mutter erinnert, die sich stundenlang um die Pflanzen kümmerte.

Aber jetzt ist Mina am Teich und schaut auf das Wasser. Ihre Anwesenheit erinnert mich daran, dass ich so verdammt beschäftigt war, mit den fehlenden Informationen in unseren Unterlagen, mit den Toten auf der Party, mit der Leitung des Geschäfts, dass ich anscheinend vergessen habe, Zeit dort zu verbringen, wo es am wichtigsten ist - mit meiner Schicksalsgefährtin.

"Du scheinst in Gedanken versunken zu sein", murmle ich und breche die Stille.

Sie dreht sich abrupt um, mit einem erschrockenen Gesichtsausdruck. In diesem Moment schluckt sie schnell, als ob sie gerade etwas gegessen hätte, und schiebt ihre Hand schnell in die Hosentasche. Ihre Wangen erröten, als ob sie ertappt worden wäre. Was hat sie vor?

"Khaos", sagt sie mit einem Anflug von Überraschung in ihrer Stimme. "Du siehst aus, als wolltest du jemanden umbringen. Ist das Treffen so schlecht gelaufen?"

Ich kann nicht anders, als über ihre unverblümte

Feststellung zu lachen. Ich lehne mich an eine der Steinsäulen und stelle fest, dass sie nichts unter ihrem T-Shirt trägt. Der Stoff folgt den Kurven ihrer Brüste, ihre Brustwarzen drücken gegen ihr Shirt. Ich kann es nicht mehr übersehen und an nichts anderes denken.

Nenn es primitiv, aber unsere schicksalhafte Verbindung verlangt, dass ich sie beherrsche, um sie in unsere Familie aufzunehmen. Bilder blitzen auf von unserem ersten Kuss, ihrem Körper, der sich an meinen schmiegt, ihrem Stöhnen in meinen Ohren, diesem inhärent weiblichen Geräusch, das sie von sich gibt, und dem berauschenden Duft, der mich überkommt.

Sie ist anders als alle anderen Frauen, die ich kenne. Sie ist wild, alles andere als unterwürfig, und sie hat mich so sehr in ihren Bann gezogen, dass ich nicht weiß, wie lange ich noch warten kann, um sie zu ficken und sie als mein Eigentum zu markieren.

Sie starrt mich an und wartet auf eine Antwort. Genau ...

"Ich brauchte frische Luft, bevor ich jemandem den Kopf abreiße, also bin ich aus der Sitzung gegangen."

"Autsch!" Sie zieht eine gewölbte Augenbraue hoch, die Hand immer noch in der Tasche. "Erzähl weiter."

Ich mache mit dem Kinn ein Zeichen, dass wir uns auf eine Steinbank setzen sollen. So nah beieinander braucht es meine ganze Willenskraft, um sie nicht an mich zu ziehen, als sie sich ans andere Ende setzt. Ihr süßer Duft schwebt in der Luft und reicht aus, um mein Gehirn zu vernebeln und meine Gedanken zu verwirren.

"Was ist los?", drängt sie.

Ich straffe die Schultern und murmele: "Das Treffen ist mit Darcons Familie. Die, mit denen du auf der Party zu tun hattest, bevor sie starben."

Ihr Gesicht wird blass. "*Zu tun hattest* ist eine sehr milde Umschreibung. Also, was wollen sie? Mich dafür bezahlen lassen, dass dieses Arschloch versucht hat, mich zu vergewaltigen?" Ihre Stimme verfinstert sich.

In meiner Brust brodelt die Wut, dass diese Bastarde es gewagt haben, ihr etwas anzutun. Wenn sie nicht schon tot wären, würde ich sie verdammt noch mal in Stücke reißen. Meine Hände krümmen sich zu Fäusten, und in mir kocht die Wut hoch, ihre Familie rauszuschmeißen. Ich habe genug von ihrem Scheiß gehört. Sie haben mehr von meiner Zeit vergeudet, als ich ihnen hätte geben sollen.

"Mina, das hättest du nie erleben dürfen." Ich lege meine Hand auf die Bank zwischen uns, aber sie greift nicht hinüber. "Es ist meine Verantwortung, dich vor den gefährlichen Monstern zu schützen, die dich holen wollen. Dafür tut es mir leid."

"Du schuldest mir nichts." Sie blickt von mir weg.

"Stimmt das, meine treue Gefährtin?"

Sie gibt einen leisen Laut von sich, der fast wie ein Stöhnen klingt, was ich als Zustimmung deute, auch wenn hinter ihren Augen Funken auflodern, als sie mich wieder ansieht.

"Also, im Ernst, was wollen die? Ist das etwas, worüber ich mir Sorgen machen sollte?" Sie knabbert an ihrer Unterlippe, ihre Wangen werden blass.

"Die Last fällt auf mich", sage ich. "Eher mache ich sie fertig, als dass ich zulasse, dass dir etwas zustößt."

Stille breitet sich zwischen uns aus.

"Das wirst du tun, egal was passiert?", fragt sie kleinlaut.

Ich nicke, doch etwas beunruhigt mich. "Gibt es etwas, das du mir sagen willst?"

Sie blinzelt, und ihre Lippen spitzen sich, als ob sie sich endlich öffnen würde. Stattdessen steht sie abrupt auf, als ob ich ein heikles Thema angesprochen hätte.

"Nun, ich gehe besser in mein Zimmer ... ich bin müde."

Ich beobachte, wie sie sich zurückzieht, und mir gehen viele Fragen durch den Kopf.

"Mina", rufe ich ihr hinterher.

Mit gerunzelter Stirn wirft sie einen Blick über ihre Schulter zurück.

"Du und ich müssen uns sehr bald zusammensetzen und ein *echtes* Gespräch führen."

Ihr Grinsen ist breit. "Ja, klingt super." Dann ist sie weg.

Ich kratze mich am Kopf, wende meine Aufmerksamkeit den goldenen Kois im Teich zu, und ein Gefühl der Frustration macht sich in meiner Brust breit. Wir müssen herausfinden, wer genau sie ist, denn allein der Gedanke, es nicht zu wissen, hinterlässt einen bitteren Geschmack in meinem Mund. Ich werde bis zum Tod für meine Schicksalsgefährtin kämpfen, aber ich erwarte auch den gleichen Respekt.

Das heißt, keine verdammten Geheimnisse.

Kaum habe ich den Gedanken verdrängt, nähern sich mir schwere Schritte aus Richtung der Tür. Mein Herz schlägt schneller bei dem Gedanken, dass Mina zurückkehrt. Doch als ich mich umdrehe, stelle ich fest, dass es Eryx ist.

Und er stürmt auf mich zu, die Arme wild an der Seite schwingend, den Blick starr auf mich gerichtet.

Was zum Teufel ist jetzt?

Seine Nüstern blähen sich, als er näherkommt.

"Du Arschloch. Du hast mich dort mit diesen Verlierern zurückgelassen, genau wie auf der Party. Ich bin nicht dein verdammter Babysitter." Er ist wütend, seine Stimme wird lauter.

Ich kämpfe gegen den Drang an, über seine Überreaktion zu lachen, vor allem, wenn meine eigene Wut unter der Oberfläche lauert, weil ich mich mit den Arschlöchern im Sitzungssaal herumschlagen muss.

"Andernfalls", fährt Eryx fort, wobei sich sein Blick zu gefährlichen Schlitzen verengt. "Werde ich nie wieder an diesen Treffen mit euch teilnehmen. Tallis soll dein Lakai werden."

Ich lehne mich zurück, verschränke die Arme, meine Gedanken sind schwer. Minas Gesicht taucht vor mir auf, ihr erschrockener Gesichtsausdruck, die Art, wie sie vor mir weglief. Ihr Geruch ist immer noch in meinem Kopf, und ihre Abwesenheit fängt an, mir auf die Nerven zu gehen.

"Hörst du mir überhaupt zu, oder denkst du an Mina?"

"Du kennst mich zu gut, Bruder. Wir müssen ihre Vergangenheit aufdecken."

Die Tatsache, dass er zuerst auf sie getippt hat, zeigt mir, dass seine Gedanken in diese Richtung gehen.

Er fängt wieder an zu schimpfen, dass ich ihn mit Gästen abserviert habe, aber ich achte nicht darauf ... bis er Worte sagt, die mich an den Eiern packen.

"Wir müssen in Minas Nähe vorsichtig sein. Ich glaube, wir können ihr nicht trauen."

ina beim Schlafen zuzusehen, ist zu einem Ritual geworden.

Sie zuckt, krampft und kämpft gegen die Alpträume, die ihren Geist verdunkeln. Es ist jede Nacht dasselbe, aber ich kann mich nicht losreißen. Ich bin in diesem Kreislauf der herzzerreißenden Qual gefangen. Ich weiß nicht, was sie durchmacht, will sie aber auch nicht erschrecken, indem ich sie abrupt aufwecke.

Ihre Träume müssen schlimmer geworden sein, denn sie windet sich und weint. Sie schiebt ein Kissen auf den Boden, ihr Gesicht ist verzweifelt verzogen, der Schweiß steht ihr auf der Stirn. Sie gibt Laute von sich, die fast wie Worte klingen, nur dass ihre Stimme so voller Verzweiflung und Angst ist, dass sie sie nicht ausspricht. Doch die Qualen sagen alles.

Meine Brust krampft sich zusammen.

Jede Nacht bin ich mit dem Ziel gekommen, für sie

da zu sein, auch wenn sie es nicht weiß. Heute Abend hat sich mein Ziel jedoch geändert.

Als sie plötzlich einen erstickten Laut von sich gibt, schrecke ich aus dem Stuhl hoch.

Ich bin ganz hingerissen von ihr, fasziniert von jedem kleinen Detail. Von der Art und Weise, wie ihre Augen vor Intelligenz funkeln, wie sie mich immer ansieht, als ob sie herausfinden will, wie sie mit mir spielen kann, bis hin zu dem köstlichen Schwung ihrer Lippen und dem Klang ihres Lachens. Ja, wir sind füreinander bestimmt, aber die Besessenheit, die ich für sie empfinde, sollte erst kommen, wenn wir unser Band geschlossen haben. Und doch bin ich hier und stehe kurz davor, ihretwegen verrückt zu werden.

Sie ist alles für mich, für Echo.

Unsere Welt. Unser Leben. Unsere Essenz.

Ich setze mich an die Seite ihres Bettes und fahre die Konturen ihres verkniffenen Gesichts nach, um ihre Schönheit zu bewundern.

Im Mondlicht, das durch ihr Schlafzimmerfenster hereinströmt, ist ihre Haut blass, fast durchscheinend, und ihr Mund ist geöffnet, als sie im Schlaf keucht. Das dunkle Haar liegt unordentlich um sie herum und klebt ihr an der Stirn. Ich greife hinüber und streiche ein paar Strähnen zärtlich weg. Ihre Haut ist fieberhaft heiß, und ich fühle mich von ihrer Wärme angezogen.

Sie bricht in einen plötzlichen, explosiven Schrei aus, setzt sich dann aufrecht im Bett hin und reißt die Augen auf. Die Angst steht ihr ins Gesicht geschrieben, was auch immer das Grauen ist, an das sie sich noch aus ihren Träumen klammert.

Als sie sich umdreht und mich dort sitzen sieht, zuckt sie zusammen und schreit auf.

Mein Herz springt mir bei diesem Geräusch in die Kehle, und ohne nachzudenken, greife ich nach ihr. Sie zittert, ihr Atem kommt in rasselnden Stößen. Ich ziehe sie noch enger an mich und nehme sie in meine Arme, wo sie sich sicher fühlen kann.

"Du hattest einen schrecklichen Traum, Mina. Jetzt geht es dir gut", flüstere ich und streiche ihr über das Haar.

Ich erwarte, dass sie sich wehrt, dass sie sich gegen mich stößt, aber sie sinkt in meine Umarmung und rollt sich ein. Sie atmet schwer, und ich kann ihr Herz gegen meine Brust schlagen spüren.

Ich höre das leise Wimmern in ihrer Kehle, als sie versucht, aufzuwachen und sich von ihrem Schlaf zu lösen, und halte sie fester. Die verzweifelten Laute, die sie von sich gibt, sind wie Messer an meiner Kehle, die immer tiefer in mich schneiden.

Ich atme ihren herrlichen Duft ein - Süßigkeiten und Sex -, der sich um meinen Schwanz legt.

Es dauert einen langen Moment, bis sie sich endlich beruhigt hat und ihre Atemzüge langsamer werden.

"Geht es dir gut?"

Sie befreit sich aus meinen Armen und drückt sich mit leicht geröteten Augen und wildem Haar ein Kissen an die Brust.

"Was machst du in meinem Zimmer, Eryx?" Ihre Stimme ist kaum mehr als ein Flüstern und heiser.

Ich begegne ihrem Blick und habe nicht die Absicht, sie anzulügen.

"Ich wache über dich. Deine Alpträume müssen schrecklich sein. Du sahst aus, als würdest du gegen eine Armee von Monstern kämpfen."

Sie lacht leicht. "Das ist so nah an der Wahrheit, dass es nicht einmal lustig ist." Ihr schwaches Lächeln entweicht ihren Lippen so schnell, wie es gekommen ist, und ich will es zurück. Ich hasse den Schmerz in ihren Augen, die Art, wie sie immer noch zittert.

Sie schlüpft unter die Decke und zieht sie an ihre Brust, während sie sich auf die Seite rollt und zu mir hochschaut.

"Du kannst jetzt in dein Bett gehen. Ich bin in Sicherheit."

Ein Grinsen breitet sich auf meinen Lippen aus. Ich bin nicht bereit, sie allein zu lassen, nicht wenn ich sehe, wie viel schlimmer ihre Alpträume werden. Ich ziehe meine Schuhe aus, spüre den kalten Dielen-boden an meinen Füßen, dann klettere ich auf das Bett und unter die Decke neben sie, ihr zugewandt.

"Ich bleibe noch ein bisschen, falls du wieder einen Alptraum hast."

Ihr Blick weitet sich, doch sie schreit nicht, dass ich gehen soll. Sie will mich hier haben.

"Na gut, also. Nun, wenn du bleibst, kannst du mir sagen, ob du derjenige bist, der neulich das Schloss an meiner Tür aufgebrochen hat? Ich nehme auch an, dass du mich nachts beim Schlafen beobachtet hast?"

"Beides ist richtig", gebe ich zu und kann mir ein Lächeln nicht verkneifen. Sie ist aufmerksamer, als ich es ihr zugetraut hätte, und bemerkt selbst die kleinsten Details.

Ihre Lippen werden schmal. "Du weißt, dass das irgendwie unheimlich ist, oder?"

"Nur, wenn du es gruselig findest. Ich ziehe es vor, es beschützend zu nennen." Ich stütze mich mit dem Ellbogen auf dem Kissen ab und beobachte sie, um ihre Reaktion abzuschätzen.

Sie lacht halb über meine Antwort, zieht die Decke bis zu ihrem Kinn hoch und macht es sich im Bett bequem.

"Natürlich tust du das. Du hast nur Glück, dass ich noch im Halbschlaf bin, sonst hätte ich die Kraft, mit dir zu streiten und dich aus dem Zimmer zu drängen. Aber du willst die Wahrheit wissen?"

Ich lehne mich näher an sie heran, bin von ihr fasziniert. "Immer."

"Ich habe dich gerne hier." Ihr Blick, warm und aufrichtig, hält meinen fest.

Mein Herz flattert in meiner Brust, völlig verzaubert von ihren Worten.

"Genau das wollte ich hören. Und nun zu deinem Traum ..."

Ihre Lippen spannen sich, und Schmerz blitzt in ihren Augen auf. Mit einem schweren Ausatmen gesteht sie: "Ich habe diesen dummen Traum, seit ich meine Eltern verloren habe. Man sollte meinen, ich hätte inzwischen einen Sinn darin gefunden, aber nein. Das Schlimmste ist, dass er mir immer noch Angst macht."

Ich nicke, gefesselt von der Bewegung ihrer Lippen,

und wundere mich, dass ich neben ihr liege, ohne dem hungrigen Drang, sie zu vergewaltigen, bereits nachgegeben zu haben. Die Versuchung hält an, hämmert in meinem Kopf, aber deshalb bin ich heute Abend nicht hier.

"Ich habe gehört, dass Träume die Art und Weise sind, wie das Gehirn die Erinnerungen des Tages zusammenführt. In deinem Fall scheint es in einer Schleife festzustecken. Ich habe auch lange Zeit mit Alpträumen gelebt. Es ist eine verdammt grausame Bürde."

"Oh!" Sie zieht die Augenbrauen hoch. "Wovon hast du geträumt?"

Mein Herzschlag dröhnt in meinen Ohren, und es fällt mir immer schwerer, mich in ihrer Nähe zu konzentrieren. Ihre Hand ruht auf der Matratze zwischen uns, und ich bekämpfe den Drang, sie näher an mich heranzuziehen.

"Ich kann diese Alpträume nicht mehr erleben", sage ich schließlich. "Sie sind grausam und verheerend. Ich habe seit ein paar Jahren keinen mehr gehabt, und ich will sie weder dir noch mir zumuten. Aber wechsele nicht das Thema. Wovon hast du geträumt? Ich will dir helfen."

"Ich könnte das unmöglich noch einmal erleben", ahmt sie meinen Tonfall nach und senkt ihre Stimme sogar neckisch um ein paar Oktaven.

Sie bringt mich immer zum Lachen, aber ich weiß, dass ich sie nicht zu einer Antwort drängen sollte. Ich weiß nur zu gut, wie Alpträume einen noch lange nach dem Aufwachen verfolgen können.

Während die Momente vergehen, kehrt zwischen uns eine angenehme Stille ein. Nur das leise Rascheln ihres Atems ist zu hören. Ihre Augenlider werden schwer und schließen sich schließlich. Ihre Atemzüge werden tiefer, als sie einschläft.

Ich beobachte sie wieder, fasziniert von ihrem friedlichen Gesicht, und lasse in Gedanken unser Gespräch immer wieder Revue passieren. Ihre Anwesenheit, selbst im Schlaf, fesselt mich auf eine Weise, wie ich es noch nie zuvor empfunden habe. Ich bleibe an ihrer Seite, rühre mich nicht, störe sie nicht, bis ich sicher bin, dass sie in einen tiefen Schlaf versunken ist. Vorsichtig hole ich eine Spritze aus meiner Tasche und ziehe die Kappe ab. Mein Herz rast, und eine Welle des Beschützerinstinkts schwillt in mir an, während ich in ihr ruhiges Gesicht schaue.

"Mina, meine süße Mina", flüstere ich, und die Worte, die mir durch den Kopf gehen, sprudeln heraus. "Ich glaube, ich bin dabei, mich in dich zu verlieben. Ich glaube sogar, ich habe mich schon bei unserer ersten Begegnung verliebt." Erleichterung macht sich in mir breit, weil ich endlich meine wahren Gefühle zugeben kann. Es ist eine Wahrheit, die ich nicht für mich behalten kann. "Diese Spritze soll sicherstellen, dass das, was im Wald passiert ist, nie wieder passiert. Das nächste Mal werde ich dich schneller finden."

Vorsichtig streiche ich ihr die Haare aus dem Nacken und nehme das Taschentuch mit der Betäubungscreme aus meiner Tasche. Ich reibe es sanft auf ihren Arm, knapp unterhalb der Schulter. Meine Hände sind ruhig, auch wenn mein Bauch von widersprüchlichen Gefühlen aufgewühlt ist. Ihr Vertrauen in mich ist absolut. Ich warte eine lange Pause, bis die Betäubung wirkt, und stoße dann mit einer schnellen und präzisen Bewegung die Nadel in ihren Arm.

Sie verzieht das Gesicht und zuckt leicht, bevor sie sich am Arm kratzt.

Ich lehne mich zurück, ein Lächeln umspielt meine Lippen, völlig verloren in dem Moment, dass ich alles für sie tun würde.

"Wir sind das perfekte Paar, nicht wahr?", murmele ich zu ihrer schlafenden Gestalt. "Schlimme Vergangenheiten, die uns verfolgen, obwohl ich wünschte, du würdest dich mehr öffnen, damit ich dir mit deiner helfen kann."

Ich mache es mir bequem, und Zufriedenheit überkommt mich. In meinem Herzen fühle ich mich sicher. Jetzt wird mich nichts mehr von ihr fernhalten. Ihre Sicherheit, ihr Glück und schließlich die Gewissheit, dass sie uns gehört, ist mein höchstes Ziel geworden.

### Billie

Ich gehe zielstrebig durch die Küche, so wie neulich auf der Party, und niemand bemerkt mich. Sie sind zu sehr damit beschäftigt, das Frühstück vorzubereiten. Der Geruch von gebackenem Brot und brutzelndem Speck lässt meinen Magen nach Essen lechzen, aber dafür ist keine Zeit. Ich schlängle mich durch den Raum, mein Ziel ist die Hintertür, um zum Vanguard Manor zu gelangen.

Ich greife die Klinke und will sie gerade nach unten drücken, während mir die Pläne für den Tag durch den Kopf gehen. Unter meinem Atem murmelnd flehe ich: "Bitte geh auf."

"Scheiße, nein!"

Eine plötzliche dröhnende Männerstimme hinter mir lässt mich verstummen. Mein Herz macht einen Sprung und bricht mir fast eine Rippe, als es versucht, auszubrechen. Schaudernd drehe ich meinen Kopf herum, bereit, mich aus der Sache herauszulügen.

Es ist der Koch, sein Gesicht ist rot, Flüche strömen aus seinem Mund. Er hat sich gerade einen großen Topf mit etwas, das wie Rührei aussieht, über die ganze Stirn geschüttet. Die anderen Mitarbeiter stürzen zu ihm hinüber und verursachen einen Tumult.

Niemand bemerkt meine Anwesenheit, und das ist mein Stichwort. Ich drücke die Klinke herunter, und die Tür lässt sich leicht öffnen. Mein Atem wird ruhiger. Wenn das ein Zeichen für den Tag ist, der vor mir liegt, dann soll er kommen.

Ich schließe die Tür, verliere keine Sekunde und renne auf die Vorderseite des Hauses zu, wo das Gebäude wie ein Riese über mir thront.

Nachdem Eryx gestern Abend in meinem Zimmer aufgetaucht ist und er zugegeben hat, dass das regelmäßig vorkommt, weiß ich zwei Dinge.

Erstens: Ich kann nichts tun, um ihn aufzuhalten. Ich sehe das besitzergreifende Funkeln in seinem Blick, und ich werde nicht einmal versuchen, zu verstehen, warum ich das nicht abstoßend finde. Oder dass ich viel zu oft an ihn und seine Brüder denke.

Zweitens wird er mich nicht in Ruhe lassen. Was bedeutet, dass ich, bevor die Dinge noch chaotischer werden, weil meine Wahrheit ans Licht kommt - denn das tut sie immer -, Antworten über die Mörder meiner Eltern brauche ... und ob die Dukes darin verwickelt sind.

Ich bewege mich schnell und kratze mich an der Seite meines Arms, der sich heute Morgen aus irgendeinem Grund geprellt anfühlt. Die Allee aus Bäumen, die die gewundene Auffahrt zum Eingangstor säumen, ist mein Ziel.

Aber zuerst ... Ich bleibe an der Ecke des Anwesens stehen, atme tief ein und verdränge alle anderen Gedanken. Von meiner Position aus sehe ich eine Wache an der Eingangstür, oben auf der Treppe. Sie steht mit dem Rücken zu mir.

Ich stürze in den dichten Wald des weitläufigen Vorgartens und trete auf einen toten Ast. Das scharfe Knacken hallt durch die Luft.

Mein Körper zittert unkontrolliert, und der Schock darüber, dass ich geschnappt und zurück ins Haus gezerrt werde, durchdringt mich wie Eis. Ich tauche hinter einen Baum und beiße die Zähne zusammen.

*Bitte sieh mich nicht, bitte.*

Als ich keine Stimmen oder Schritte höre, strecke ich den Kopf heraus. Der Wachmann schaut nicht einmal in meine Richtung, er ist immer noch in seiner eigenen kleinen Welt.

*Mach weiter so, Universum. Du schuldest mir noch etwas, weil Tallis neulich mit mir in der Badewanne saß, als meine Hitze aufflammte.*

Ich laufe wieder zum Eingangstor, verborgen durch Schatten und Bäume. Ein Blick über die Schulter zeigt mir, dass mir niemand folgt. Ich erhasche nur flüchtige Blicke auf das imposante Herrenhaus mit den zahlreichen hohen Fenstern und weiß, dass dort drei der gefährlichsten Söldner Finnlands leben - meine Schicksalsgefährten.

Ich bleibe im Schatten stehen, verborgen vor der Wache am Eingangstor, und nehme mir einen Moment Zeit, um meine Gedanken zu sammeln und meinen Atem zu verlangsamen. Er ist allein und starrt über das schmiedeeiserne Tor hinaus auf das Herrenhaus der Vorhut. Die Spitzen des hohen Metalltors sind zu spitzen Klingen geformt, steinerne Wölfe sitzen in Angriffspose auf den Säulen, die den Eingang flankieren. Efeu ist den Stein halb hinaufgeklettert, bereit, alles zu verschlingen, was extravagant ist.

Ich streiche mit meinen verschwitzten Handflächen über meine Lederhose und schiebe meine Ängste beiseite. Mit einem Hüftschwung schlendere ich auf das Tor zu, das Kinn hocherhoben und Zuversicht ausstrahlend.

Ich habe von den Besten gelernt - den Dukes.

Der Wachmann mit dem sandfarbenen blonden Haar dreht sich abrupt um, als ich mich ihm nähere, und sein Blick verengt sich auf mich.

"Morgen." Ich schenke ihm ein lässiges Lächeln.

Aber er grinst nicht. Sein Gesichtsausdruck wird sauer und ganz ernst.

"Was hast du hier zu suchen? Du darfst nicht hier sein."

Mit einem lockeren Tonfall unterdrücke ich die unterschwellig brodelnde Nervosität.

"Sag mir nicht, du hast vergessen, dass Khaos dir gesagt hat, dass ich heute Morgen ins Vanguard Manor komme. Ich helfe Clark bei einer Reihe von Interviews für ein wichtiges Projekt."

"Davon habe ich nichts gehört." Der Mann zieht die Brauen zusammen. "Du solltest besser zurückkehren. Niemand geht ohne die Anweisung des Dukes irgend-wohin, schon gar nicht seine Schicksalsgefährtin." Er strafft die Schultern, um größer zu wirken.

Ich schnaufe dramatisch und bin teilweise irritiert, dass er den Teil mit dem Schicksalsgefährten hinzu-fügen musste. Denkt er, das sei eine Beleidigung?

"Gut, ich soll also Khaos aufwecken und ihn hier-herbringen, damit er es dir selbst sagt? Was glaubst du, wie er darauf reagieren wird, dass du deinen Job nicht machen kannst und seine Anweisungen vergessen hast?"

Seine Augen drehen sich wie Räder ... Gut, lass ihn an sich selbst zweifeln.

"Ich persönlich möchte ihn nicht aufwecken. Hast du gesehen, wie mürrisch er morgens wird? Er ist schlimmer als ein Grizzlybär, und er könnte sogar beschließen, dich zu beseitigen, weil du seine Zeit verschwendest. Ich habe das schon erlebt. Und es wird nicht gut für dich aussehen, wenn ich ihm sage, dass ich deinetwegen zu spät zu Clark gekommen bin. Du weißt, wie verrückt Clark werden kann."

Er grinst und holt ein Walkie-Talkie hervor, um jemanden nach Clark zu fragen.

*Oh, Scheiße, Scheiße, Scheiße.* Ein Schauer läuft mir über den Rücken.

"Clark ist beschäftigt und darf nicht gestört werden." Die männliche Stimme auf der anderen Seite kommt abgehackt rüber. "Er ist schlecht gelaunt, weil nichts nach Plan läuft."

"Siehst du, ich habe es dir gesagt", werfe ich ein und sehe meine Chance. "Und dass ich zu spät komme, macht es noch schlimmer."

Grinsend legt er auf, und mit zusammengebissenem Kiefer öffnet er das Tor und lässt mich durch.

"Ich passe auf, dass du dorthin gehst und nirgendwo anders hin."

"Natürlich." Ich eile in Richtung des Vanguard-Gebäudes und bin mir bewusst, dass er mich ansieht.

An der ersten Tür schlüpfe ich hinein, mein Herz rast vor Panik, dass er mit Khaos oder Clark spricht und herausfindet, dass ich gelogen habe. Nun, das ist ein Problem für einen anderen Tag. Meine Sinne sind in höchster Alarmbereitschaft, als ich den dunklen Korridor entlangeile, ohne zu wissen, wo ich mit meiner Suche beginnen soll.

Ein paar Leute in Geschäftskleidung wuseln umher, zu beschäftigt, um mich überhaupt zu bemerken. Wovon auch immer der Typ am Walkie-Talkie gesprochen hat, es war echt. Es liegt ein chaotisches Gewusel in der Luft, und ich nutze den Moment. Das bedeutet auch, dass ich jeden meide, der hier arbeitet.

Apropos Leute: Am Ende des Flurs kommen zwei um die Ecke. Ich stürze in den ersten Raum, der zufällig ein Lagerraum ist. Ich zwänge mich dort hinein, halte den Atem an und warte, bis sie vorbei sind, höre ihre Schritte und Stimmen verklingen.

Dann bin ich wieder draußen und auf dem Sprung.

Ich schwöre, ich drehe mich im Kreis. Der Grundriss dieses Gebäudes ist verdammt verwirrend. Ich durchsuche Raum für Raum, nachdem ich an der Tür gehört habe, dass niemand drin ist. Frustration macht sich in mir breit, als ich nichts als leere Büros und eine kleine Küche mit einem Mann am Waschbecken entdecke, der mir den Rücken zuwendet.

Ich bin kurz davor, jemanden nach einem Lageplan zu fragen, als ich die nächste Tür öffne. Der Raum ist vollgestopft mit unordentlichen Akten, Metallschubladen und einem alt aussehenden Computer. Mein Herz macht einen Sprung und ich eile hinein, schließe die Tür hinter mir und verriegele sie.

Dann atme ich erleichtert auf. Das muss es sein, obwohl derjenige, der zuletzt hier war, alles in einem Chaos hinterlassen hat. Ich tauche ein, um mir einen Reim auf das zu machen, was ich da sehe.

Es riecht muffig im Raum, und ich verkneife mir, wegen des Staubs zu husten. Da die Zeit knapp ist, lasse ich mich in den Stuhl vor dem Bildschirm gleiten, auf dem eine Anmeldeseite flackert. Seufzend fliegen meine Finger über die Tastatur und ich tippe die Namen der Dukes ein, einen nach dem anderen. Ich versuche es sogar mit Echo, aber bei jedem Versuch erhalte ich "Zugriff verweigert".

Das ist scheiße.

Ich probiere immer wieder Passwörter aus, alles, was mir zu den Dukes einfällt, aber jedes Mal, wenn ich scheitere, bin ich kurz davor, die Tastatur durch den Monitor zu werfen.

Plötzlich bin ich auf den Beinen und atme tief ein. "Du bist für mich gestorben." Ich spotte über den Computer, dann wende ich mich den Schränken zu.

Im Handumdrehen ziehe ich die Schubladen weiter auf, sehe, dass die meisten bereits geöffnet sind, und durchstöbere den Inhalt. Ich scanne die Dokumente, die, wie ich annehme, einem Aufzeichnungssystem mit Namen, Datum, Ort und einem Code zugeordnet sind.

Ich bin mir ziemlich sicher, dass ich mir gedruckte Listen mit Söldner-Treffern ansehe, die sie zusammengestellt haben, und diese Codes sind für bestimmte Söldner. Ich habe die Hauptliste für diese Codes nicht, aber schon allein die Namen meiner Eltern hier zu finden, wäre ein riesiger Fortschritt.

Also lasse ich mich nieder und tauche ein.

Es vergehen Stunden, vielleicht auch Tage, denn der Raum hat keine Fenster. Der Raum wird zu einem Wirbelwind aus Papier und Tinte, meine Gedanken wirbeln.

Mein Rücken schmerzt, und meine Augen sind den Tränen nahe, weil ich nichts gefunden habe. Ich knie auf dem Boden, umgeben von den chaotischen Beweisen meiner unermüdlichen Suche, und ich kann nicht glauben, was ich sehe. Die beiden Blätter mit den Daten meiner Eltern, die vor mir liegen, weisen eine eklatante Lücke auf. Es gibt keine Daten für irgendwelche Treffer während dieses zweimonatigen Zeitraums.

Wie kann das sein, wenn ich diese Art von Lücke in keinem der anderen Papiere gesehen habe? Es ist, als wären diese Papiere entfernt worden. Vielleicht war derjenige, der diesen Raum vor mir durchsucht hat, hinter derselben Sache her und hat die Beweise mitgenommen - meine Beweise.

Ich stehe auf und eile zurück zum Computer, überzeugt, dass ich die fehlenden Informationen dort finden werde. Richtig, das Passwort. Ich lehne mich im Sitz zurück und denke über ein Passwort nach, als ich eine Schublade unter dem Tisch entdecke, weit weg von der Kante. Wenn man sich nicht zurücklehnt, kann man sie nicht sehen. Ich drücke mich nach vorne, greife den Griff und ziehe daran, aber der Holztisch protestiert ächzend.

"Gut, spiel den Unnahbaren."

Schnell hole ich die Haarnadel aus meiner Tasche, die ich für solche Gelegenheiten aus dem Badezimmer mitgenommen habe. Ich stecke sie in das Schloss und habe es in Sekundenschnelle geöffnet. Darin finde ich ein kleines Notizbuch. Nachdem ich es durchgeblättert habe, stoße ich auf ein hingekritzeltes Passwort.

*ClarkTheGenius47*

Zum Kotzen. Was für ein arroganter Arsch.

In Sekundenschnelle habe ich Zugang zu den Akten, die ich nach Datum sortiert vorfinde und durchforste. Genau wie bei den Papieren gibt es auch bei der Ermordung meiner Eltern eine Lücke, in der Informationen fehlen.

Was zur Hölle? Ich rutsche frustriert auf dem Sitz hin und her. Es macht keinen Sinn.

Ich suche also nach Bryant Ursaring, aber die Suche führt zu keinem Ergebnis. Keine Ergebnisse. Nichts.

"Scheiße", murmle ich.

Bei der Überprüfung der Namen meiner Eltern und sogar meiner eigenen gibt es kein Ergebnis.

Ich sitze auf dem Stuhl und habe Bauchschmerzen, weil irgendetwas nicht stimmt. Wie kann Bryant überhaupt nicht auftauchen? Es ist, als ob er aus dem System gelöscht worden wäre. Aber mein Vater war ein Söldner, und als ich ihre Datenbank überprüfe und auf Südafrika eingrenze, taucht er nicht auf. Allerdings fallen mir die Namen ihrer Freunde auf.

Irritation und Verwirrung toben in meinem Kopf, drehen sich in mir, bis ich nicht mehr klar denken kann.

Wie kann es keine Informationen geben? Das ist einfach nicht möglich ... das kann nicht sein.

Ich lösche den Verlauf meiner Suchvorgänge, dann schleppe ich mich aus dem Zimmer und ziehe die Tür zu, während mich das Ausbleiben von Ergebnissen umtreibt.

"Kann ich dir helfen?", kommt eine raue Männerstimme von hinten. Clark scheint gerade um die Ecke gekommen zu sein und starrt mich fragend an.

Das ganze Blut schießt mir in den Kopf, und ich werde fast ohnmächtig vor Schreck, dass er mich verprügelt.

"Ich darf hier sein", platze ich heraus, straffe die Schultern und schimpfe innerlich mit mir, weil ich mich schuldig fühle.

Clark dringt mit finsterer Miene in meinen persönlichen Bereich ein, seine zusammengekniffenen Augen verbrühen mich. Das nenne ich mal feindselig.

"Warum sollten die Dukes dir trauen? Du schleichst herum und verrätst weder deinen richtigen Namen noch, wer du wirklich bist." Seine Stimme trieft vor Geringschätzung.

Er hasst mich, also weigere ich mich, ihm meine Angst zu zeigen. Ich bin kein ängstliches kleines Mädchen, das in seinen Stiefeln zittert.

"Ach, komm schon, Clark. Seit wann bist du der Wachhund der Dukes? Ich mag dich lieber, wenn du nur der mürrische Interview-Typ bist." Meine Worte sind mit Sarkasmus gespickt.

Sein Gesicht wird noch eine Nuance röter. Er ist kein Fan meines Humors.

"Spiele keine Spielchen mit mir. Du hast keinen Einfluss auf mich. Mir geht es um die Dukes und darum, sie vor Betrügern zu schützen."

Ich verschlucke mich vor Lachen. "Nennst du mich eine Betrügerin?"

Als sich seine Schultern heben und er nicht zurückweicht, macht sich in mir ein Hauch von Panik breit, dass er nicht so leicht zu überlisten sein wird.

"Wenn der Schuh passt." Er schnaubt und richtet sich auf, als hätte er etwas gesagt, was nicht seinem Niveau entspricht. Er fährt sich mit der Hand durch die Haare und starrt mich an. "Was verheimlichst du wirklich vor den Dukes?"

"Sag du es mir, du genialer Typ! Wie auch immer,

genug von unserer netten Unterhaltung, aber ich habe in der Villa noch andere Dinge zu tun."

Sein Gesichtsausdruck ändert sich, und plötzlich bellt er den Wachen zu, dass sie zu uns kommen sollen.

Scheiße, was jetzt?

"Ich habe Mittel und Wege, dich zum Reden zu bringen, und wenn die Dukes es herausfinden, wird es ihnen egal sein, weil du alles verraten haben wirst. Oder du kannst ehrlich sein und jetzt sagen, warum du in diesem Gebäude bist."

Ich schlucke schwer, denn jetzt verabscheue ich ihn wirklich. Die Schwere seiner Worte drückt auf meine Brust, und in dem Moment, in dem ich die Wachen den Korridor hinaufkommen sehe, überkommt mich das Grauen, denn ich habe keinen Zweifel, dass Clark sein Wort halten wird. Und ich bin nicht gerade ein Fan von Folter.

"Ich ... ich habe nur nach dem Ort der Reflexions-prüfung gesucht. Ich habe gehört, dass jemand erwähnt hat, dass sie im Vanguard Manor stattfindet. Ich wollte sehen, was es beinhaltet, bevor ich sie mache, weil ich noch nie davon gehört habe." Ich zucke mit den Schultern. "Und, bist du jetzt zufrieden?"

Sein Gesichtsausdruck verzieht sich, sein saures Stirnrunzeln wird zu einem beunruhigenden Grinsen.

"Gut, gut", sagt er und senkt seinen Tonfall. "Ich bringe dich jetzt gleich hin. Es ist alles vorbereitet und bereit für dich." Er wirft einen Blick auf seine Wache. "Geh und informiere Khaos, dass wir jetzt auf Wunsch unseres Gastes Mina das Reflexionsritual abhalten werden."

"Warte, nein, das habe ich nicht gesagt."

Er packt mich am Ellbogen und zieht mich den Flur hinunter, sein Griff ist fest und unerbittlich.

Mein Herz schlägt mir bis zum Hals, und ich zittere. Warum zum Teufel musste ich mein fettes Maul aufreißen? Jetzt sieh mich an ... Ich bin direkt in die Höhle des Wolfes gelaufen, und er hat seine Zähne gefletscht.

"Benimm dich, dann können wir das Chaos vielleicht in Ordnung bringen." Er mustert mich von oben bis unten. "Und weitermachen."

Bastard.

Ich versuche, ihm meinen Arm zu entreißen, aber seine Finger sind wie Eisen und graben sich in mich. Zwei weitere Wachen gesellen sich zu uns. Plötzlich habe ich das Gefühl, in einer Sackgasse gelandet zu sein.

*Oh, verdammt.*

Ich werde aus dem Vanguard Manor gerissen, in das Herrenhaus gebracht und in einen Raum gezwungen, den ich noch nie zuvor gesehen habe. Mein Herz klopft wie wild, aber ich reiße meinen Arm aus Clarks Griff und stolpere nach vorne, um das Gleichgewicht zu halten.

"Setz dich, Mina. Wir werden auf Khaos warten", grunzt er und deutet auf die beiden Ledersofas, die sich vor einem massiven Steinkamin gegenüberstehen.

Das leere Gitter ist wie ein klaffender Mund, der mich verschlucken könnte. Ich erschaudere bei dem Gedanken. In der Nähe steht ein Mahagonischrank, hinter dessen Glastüren sich Karaffen mit bernsteinfarbenen und rubinroten Flüssigkeiten befinden. Auf demselben Regal stehen Kristallgläser und Becher, während der Rest mit einer Sammlung von Spirituosen gefüllt ist.

Ich sehe mich um und betrachte den Raum - die hohen Fenster, die filmreifen Landschaftsgemälde an den Wänden, die so lebensecht sind, dass sie wie Öffnungen in eine andere Welt wirken. Normalerweise würde ich sie bewundern, aber in diesem Moment habe ich das Gefühl, dass sie sich um mich herumschließen.

So kunstvoll der Raum auch ist, was meine Aufmerksamkeit erregt, ist der Ganzkörperspiegel in der Mitte des Raumes. Er ist anders als alles, was ich bisher gesehen habe - ein dicker Rahmen aus scheinbar unbehandeltem Holz, das nicht mit Werkzeugen bearbeitet wurde. Es ist uneben, mit knorrigen Vorsprüngen und rauen Kanten. Der Spiegel steht aufrecht, scheinbar ohne Stütze.

Meine Arme zittern an meinen Seiten, wohl wissend, dass die Macht, die er in sich trägt, im Reflexionsritual gegen mich eingesetzt werden wird.

Um den Spiegel herum ist ein Kreis aus dicken, weißen Kerzen angeordnet, die darauf warten, angezündet zu werden.

Als ich mich zu Clark umdrehe, steht er an der Tür und spricht mit einer Wache draußen, und außer den Fenstern gibt es keine andere Möglichkeit, zu gehen.

Dieses Gefühl des Eingesperrtseins überkommt mich, während ich durch den Raum gehe und denke, dass ich den Sprung aus dem dritten Stock durch das Fenster sicher schaffen könnte, vor allem in meiner Wolfsgestalt. Ich verschränke meine Finger übereinander, während ich hinaus in den Wald starre, und weiß nicht, wie ich aus dieser Situation herauskommen soll, ohne mich noch tiefer reinzureiten.

Vielleicht ist das so gewollt ..., wenn man den Informationen im Vanguard Manor trauen kann, wurde kein Anschlag auf meine Eltern verübt. Aber ich traue ihnen nicht. Ich glaube nicht, dass Bryant nicht aus Finnland war.

Vielleicht ist es also an der Zeit, reinen Tisch zu machen und die Dukes dazu zu bringen, mir bei den fehlenden Daten zu helfen. Mir läuft es kalt den Rücken herunter, denn ich bin überzeugt, dass sie mir nichts verraten werden. Söldner sind nicht gerade dafür bekannt, ihre Geheimnisse oder Tötungen preiszugeben.

Ich schreite wieder durch den Raum, lasse mich auf das Sofa fallen und betrachte den Spiegel. Schon jetzt gefällt mir das Ding nicht.

Meine Finger trommeln nervös auf der Armlehne, als Khaos den Raum betritt, mit einer königlichen Ausstrahlung, die Macht und Gefahr ausstrahlt. Er scannt den Raum, bis seine Aufmerksamkeit auf mir ruht.

In seiner Gegenwart stockt mir der Atem, meine Muskeln verkrampfen sich, weil er so unglaublich faszinierend ist. Natürlich sind das die falschen Gedanken, aber der Kerl ist mein zukünftiger Partner, und es ist unerträglich schwer, Urinstinkten zu widerstehen. Ich danke meinem Glücksstern, dass Helmis Pille meine Hitze gebändigt hat.

Ich bin auf den Beinen, stehe aufrecht im Angesicht der Gefahr, und ich schlucke. Nichts hat mich auf die Gefühle vorbereitet, die mich durchströmen. Ich fühle mich zu diesem Mann hingezogen, dessen Bizeps sich in seinen Ärmeln spannt und dessen starker Kiefer sich zusammenpresst, als er mich ansieht. Sein Duft überflutet mich in wenigen Augenblicken - waldig und ursprünglich, frisch und ähnlich wie Sex. Es ist, als würde ich mein Gesicht an die Kurve seines Halses schmiegen und ihn einatmen. Es lässt mich zittern.

Clark ist an seiner Seite, seine Lippen verziehen sich zu einem Grinsen, das ich verabscheue.

"Mina", beginnt Khaos. "Ich weiß es zu schätzen, dass du zugestimmt hast, dies freiwillig zu tun."

Clark grinst immer noch.

Ich würde ihn am liebsten in den Spiegel schubsen. Ich setze ein Lächeln auf meine Lippen.

"Das habe ich. Ich bin nicht hier, um Wellen zu schlagen." Im Geiste mache ich mich auf das Schlimmste gefasst, wenn die Wahrheit ans Licht kommt. Ich stelle mir vor, wie Khaos entweder meinen Tod fordert oder mich in seinen Kerker wirft und mich zum Feind ihrer Familie erklärt. Ich habe Geschichten gehört, dass die Brüder Menschen für weit weniger als eine Lüge getötet haben. Bei dem Gedanken läuft mir eine Gänsehaut über die Arme.

Mit angespanntem Gesichtsausdruck schreitet er durch den Raum.

"Willst du einen Drink, um deine Nerven zu beruhigen? Du siehst verängstigt aus."

"Euer Gnaden, ist es nicht besser, wenn wir gleich mit dem Test beginnen?"

Khaos antwortet Clark nicht, sondern hält nur meinen Blick fest. Mein Herz flattert, während sich die Sehnen seines kräftigen Halses biegen und die Muskeln seiner breiten Brust gegen sein Hemd drücken. Es ist unmöglich, sich auf etwas anderes, als ihn zu konzentrieren.

"Das wäre schön", antworte ich, und ein Funke der Vorfreude durchfährt mich.

Ich kann meine Anziehungskraft zu Khaos nicht ignorieren, und unter anderen Umständen würde ich mich glücklich schätzen, seine Schicksalsgefährtin zu sein. Ich seufze innerlich und weiß genau, wie widersprüchlich ich klinge, aber ich lebe im Haus von Gold und Granat, wo so viele Söldner wohnen. Morde sind fast alltäglich geworden, aber das bedeutet nicht, dass ich mit jemandem zusammen sein möchte, der am Tod meiner Eltern beteiligt war.

Er geht zum Mahagonischrank, wo er eine Karaffe mit einer bernsteinfarbenen Flüssigkeit auswählt und sie in zwei Becher schüttet. Die Getränke schimmern in dem sanften Licht. Er schlendert zu mir herüber und streckt mir ein Glas entgegen, das andere hält er fest in der Hand. Als sich unsere Finger berühren, schießt ein Funkenschlag durch meine Arme. Meine Gedanken werden von dem Moment verschluckt, als er mich auf der Party küsste und ich nicht genug davon bekommen konnte. Selbst jetzt starre ich auf diese Lippen und möchte sie wieder schmecken.

Ich bin mir nicht sicher, was mit mir los ist, vor allem weil die Pillen meine Hitze dämpfen. Als ich mich wieder meinem Getränk zuwende, sehe ich im Augenwinkel, dass Clark einfach nur dasteht und uns beobachtet.

Es erfüllt mich mit einem gewissen Stolz, dass Khaos mich in diesen intimen Moment einbezieht, während Clark merklich am Rande steht. Ein Teil von mir schwelgt im Stillen in dieser Tatsache.

"Auf die Beruhigung deiner Nerven", verkündet Khaos und hebt sein Glas an die Lippen. Das beruhigende Timbre seiner Stimme ist das Gegenteil von der Unruhe, die sich in meinem Magen zusammenbraut. Er nimmt einen Schluck, wobei seine blassblauen Augen nie von den meinen abschweifen.

In diesem Moment fällt mir auf, wie die Ruhe, die er ausstrahlt, sich mit einem fast unterstützenden Neigen seines Kopfes verbindet, als würde er mir insgeheim sagen, dass alles in Ordnung sein wird. Wenn er dann die Wahrheit erfährt, überkommt ihn bestimmt ein unerwartetes Schuldgefühl. Wird er mich dann immer noch mit der gleichen Zuversicht ansehen? Mit der gleichen Bewunderung, an die ich mich gewöhnt habe?

Ich schiebe diese Gedanken beiseite und erinnere mich daran, dass jede Entscheidung, die mich an diesen Punkt gebracht hat, ein notwendiger Schritt, auf dem Weg zu meinem ultimativen Ziel war - herauszufinden, wer meine Eltern getötet hat, und es ihm heimzuzahlen, damit mir das nie passiert.

Mit einem tiefen Ausatmen nippe ich am Whiskey und lasse seine Wärme meine Kehle hinuntergleiten.

Als der Duft der Kerzen, die Clark anzündet, den Raum erfüllt, ersticke ich an der schweren Atmosphäre des Raumes und huste.

"Und wie genau funktioniert das?", frage ich sanftmütig. "Es kommt nicht jeden Tag vor, dass man einen magischen Spiegel sieht." Das Grinsen in meinem Gesicht fühlt sich gezwungen und schwer an.

Khaos nimmt unsere Gläser und stellt sie auf den kleinen Couchtisch in der Ecke.

"Dieser Spiegel ist kein gewöhnliches Spiegelbild", beginnt er. "Er wurde mithilfe alter Magie hergestellt, ein Geschenk einer mächtigen Zauberin an unsere Familie vor Jahrhunderten."

Mein Blick wandert von dem opulenten Artefakt zu den flackernden Kerzen, während das Wort *Zauberin* in meinem Kopf widerhallt. Diese Art von Magie ist mächtig und meistens auch tödlich genau.

Plötzlich schwanke ich auf den Füßen, denn ich weiß, dass es keine Möglichkeit gibt, mich mit einem Trick aus dieser Situation zu befreien.

"Es ist ganz einfach", fährt Khaos fort. "Wenn du ehrlich bist, bleibt dein Spiegelbild unverändert."

"Und wenn nicht?" Die Frage rutscht mir heraus, bevor ich sie stoppen kann.

Er hält inne, seine Augen verengen sich auf mich. "Es enthüllt die Lüge."

Meine Atemzüge werden schneller, und meine Finger verrenken sich ängstlich gegen meinen Bauch, wo ich sie festhalte.

"Weißt du", murmle ich, innerlich in Panik, und mein Kopf beginnt zu schmerzen. "Manchmal gibt es Gründe, die Wahrheit zu verbergen. Gründe, die ... gerechtfertigt sind. Vielleicht sind also nicht alle Reflexionen im Spiegel wirklich akkurat."

Clark gibt ein Schnauben von der anderen Seite des Raumes von sich, aber ich interessiere mich nur für

Khaos' Reaktion. Er studiert mich und hält seinen Gesichtsausdruck perfekt stoisch.

Einen langen, atemlosen Moment lang erwarte ich halb, dass er mich zu weiteren Informationen über meinen Kommentar drängt. Stattdessen streckt er die Hand aus und nimmt meine Hand in seinen beruhigenden Griff. Seine Hand verschluckt meine, und diese Nähe erinnert mich daran, wie unglaublich winzig ich an seiner Seite bin.

"Wir werden es herausfinden", sagt er mit fester Stimme.

Als wir den Raum durchqueren, schreit jede Zelle meines Körpers danach, zu fliehen, dem Test zu entkommen, aber würde das Weglaufen nicht ihren Verdacht bestätigen? Und schlimmer noch, sie hätten allen Grund, mich zu verfolgen und mich als Verräterin zu behandeln. So oder so, ich bin am Ende.

Bevor ich einen weiteren Schritt mache, halte ich inne und blicke zu Khaos auf, meine Kehle ist eng, ich spüre, wie das Blut aus meinem Gesicht weicht.

"Vielleicht sollten wir das nicht tun", flüstere ich, als ich meine Hand von seiner losreiße. "Ich fühle mich nicht so gut."

Gerade als ich mich der Tür zuwende, schwingt sie auf und Eryx und Tallis strömen mit erwartungsvollen Gesichtern herein. Sie halten inne, wie ein Hindernis für meine Flucht.

"Ich hoffe, wir kommen nicht zu spät." Eryx begegnet meinem Blick und schenkt mir eines seiner hinterhältigen Grinsen, das mich innerlich aufleuchten lässt. Tallis sagt kein einziges Wort. Er starrt mich nur an, als ob er all die Lügen, die ich mir ausgedacht und erzählt habe, bereits durchschaut hat.

Etwas in meinen Augen sticht, mein Herz zieht sich zusammen.

Ich kann das nicht tun ...

"Es wird nicht lange dauern." Khaos legt noch einmal seine Hand in meine und zieht mich sanft in den Kreis der Kerzen.

Wenn ich geglaubt habe, ich hätte eine Chance, aus dieser Sache herauszukommen, dann habe ich diese Chance jetzt verloren. Alles, was ich denken kann, ist, dass ich mich darum sorge, sie nicht zu enttäuschen, was die Dukes sagen und tun werden, abgesehen davon, mich zu bestrafen.

Es sollte mir egal sein ... aber es ist mir nicht egal.

Ich starre mich im Spiegel an und hasse, was ich sehe. Die roten Ränder meiner Augen, mein Kinn, das so zittert. Ein Mädchen, das sich die meiste Zeit ihres Lebens versteckt hat. Ein Mädchen, das stark war, weil es keinen anderen Weg kannte, stark zu sein. Ein Mädchen, das kaum überlebt hat oder ... gelebt hat.

Vor meinem geistigen Auge blitzen die Gesichter meiner Eltern auf.

Ich habe nicht alles verloren, um meinen Plan nicht durchzuziehen.

Ich muss das für sie tun.

Eryx und Tallis positionieren sich auf beiden Seiten von mir, um eine bessere Sicht zu haben, denn natürlich traut mir keiner von ihnen wirklich. Und ich werde ihnen gleich beweisen, dass sie recht haben.

Da die Person, die mich ansieht, nicht anders

aussieht, sage ich: "Von meiner Seite aus scheint alles in Ordnung zu sein. Ich denke, wir sind hier fertig."

Und mit all den Kerzen wird es in dem Kreis unerträglich heiß. Ich trete einen Schritt zurück, als Clarks Stimme ertönt: "Da ist es, wo du ..."

Aber sein Satz kommt nie ganz zu Ende, er wird durch eine bloße Handbewegung von Khaos zum Schweigen gebracht.

Khaos lehnt sich dicht an mich heran, die Wärme seines Atems auf meinem Gesicht ist beruhigend, während ich mich fühle, als würde ich in den Höllenschlunden verbrennen.

"Damit der Zauber wirkt, musst du Blut vergießen", murmelt er und drückt mir eine kleine, scharfe Klinge in die Hand.

Ich drehe mich zu ihm um, unsere Blicke kreuzen sich. Ich kann nicht antworten, weil ich zusammenbreche.

"Wie die meiste Magie verlangt sie ein Opfer ... eine Bezahlung", erklärt er und zieht sich dann zurück.

Das Gewicht der vier Augenpaare auf mir macht mich fertig. Aber ich erinnere mich an die Schrecken, die ich bereits erlebt habe - den Tod meiner Eltern, den Zusammenbruch meiner Welt. Ich habe alles verloren.

Wie viel schlimmer kann es also noch werden?

In meiner vorgetäuschten Tapferkeit richte ich mein Rückgrat auf und halte die Klinge entschlossen fest. Ohne zu zögern, schneide ich das Fleisch meiner Handfläche auf. Ich zische auf, als das Blut aufsteigt, und sofort zieht sich eine rote Linie über den Rand

meiner Hand. Der Schnitt ist tiefer, als ich erwartet
hatte.

Mit zittriger Hand drücke ich meine blutende Hand
gegen die eisige Oberfläche. Meine andere Hand
umklammert die Klinge, der Metallgriff gräbt sich in
meine Haut. Ich ziehe meine Hand weg und drücke
meine Wunde gegen die Seite meines Hemdes, damit
die Blutung aufhört.

Wie bei einer echten Horrorshow läuft Blut über
den Spiegel.

Meine Sicht verschwimmt, die Ränder des Raumes
wackeln mit meiner Angst.

Ich konzentriere mich auf die Reflexion des Spiegels, wo sich der Rauch der Kerze seltsam verhält. Wo
vor Sekunden noch Flammen waren, erscheinen sie
jetzt als dünne, langgestreckte Schatten, die sich
ausdehnen.

Keiner in meiner Umgebung reagiert auf die Veränderung. Ist das normal?

Ich greife die Klinge fester und starre auf mein
ovales Gesicht, auf die ozeanblauen Augen, die sich von
meinem dunklen Haar abheben. Vor Erschöpfung
liegen Schatten unter meinen Augen, und trotz meiner
Bemühungen zittere ich auf der Stelle.

"Also fangen wir an", lallt Clark. "Beantworte
einfach meine Fragen. Erstens, wie ist dein Name?"

"Mina Steward", antworte ich mit gespieltem
Vertrauen.

Das Artefakt vor mir reagiert fast augenblicklich,
wird trüb und beschlägt, bis ich mein Gesicht kaum
noch erkennen kann.

Meine Arme zittern an meinen Seiten, weil ich vermute, dass dies der Beweis dafür ist, dass ich lüge. Ich bringe es nicht über mich, die Dukes auch nur anzuschauen, nicht wenn mein Inneres zerspringt, als hätte jemand eine Bombe gezündet.

Die Rauchfahnen der Kerzen im Spiegel verdunkeln sich ebenfalls und erzeugen verzerrte Formen.

"Lügnerin! Ich habe gesagt, man soll ihr nicht trauen. Sie hat uns nicht einmal ihren richtigen Namen verraten." Clark schnaubt, was meine Aufmerksamkeit erregt.

Aber die Dukes konzentrieren sich nur auf mich.

Für einen Herzschlag steht der Raum still.

Clarks Schroffheit lässt mich vor Wut auflodern. Ich bleibe stehen und bin gezwungen, ihn anzuschauen, seine Nasenlöcher, die sich durch seine schwelende Wut aufblähen.

"Wer benutzt in diesem Beruf nicht einen falschen Namen?", schnauze ich und versuche, lässig zu klingen, aber das gelingt mir mit meiner zittrigen Stimme nicht.

Er macht einen bedrohlichen Schritt nach vorne, sein Gesichtsausdruck ist von Wut geprägt.

"Dann solltest du keine Probleme haben, uns deinen richtigen Namen zu sagen, und wer deine Eltern sind. Und warum bist du in Finnland?"

Bevor er näherkommen kann, holt Tallis mit seinem Arm aus und verpasst Clark einen brutalen Schlag ins Gesicht. Durch die Wucht des Schlags wird er auf den Boden geschleudert. Blut rinnt aus der Wunde an seiner Wange, die er sich wimmernd hält.

"So ist es besser. Seine Stimme ging mir auf die

Nerven", stöhnt Tallis, und die Dunkelheit in seinem Gesicht vertieft sich, aber ich könnte ihn dafür küssen. Dann blickt er zu Clark hinunter. "Wage es nicht, in einem solchen Ton mit unserer Schicksalsgefährtin zu sprechen", warnt er ihn kalt. "Das nächste Mal reiße ich dir die Zunge raus."

Eryx atmet laut aus. "Verdammt, wird auch Zeit, dass ihn jemand zum Schweigen bringt."

Ich möchte jubeln, aber ihre Aufmerksamkeit ist wieder auf mich gerichtet, sie sind nicht gerade in fröhlicher Stimmung.

Khaos kommt näher, Schatten spielen auf seinem Gesicht. Sein Gesichtsausdruck ist so intensiv und unerschütterlich, dass ich den Drang bekämpfe, vor ihm zurückzuweichen.

Natürlich warten die Dukes auf meine Antwort, und ich habe den Punkt erreicht, an dem es kein Zurück mehr gibt. Mit kräftiger Stimme lasse ich es raus.

"Mein Name ist Billie Tempest. Ich habe keine Geschwister, und vor sechs Jahren wurden meine Eltern vor meinen Augen kaltblütig ermordet. Was kann ich euch noch erzählen? Dass ich in einem langweiligen Job als Datenerfasserin arbeite und mit meiner besten Freundin zusammenlebe? Dass ich gerade noch verhindern konnte, dass mein Leben außer Kontrolle gerät und ich Angst habe, dass ich als Nächstes umgebracht werde?" Ich wollte nicht verbittert klingen, aber ein Mädchen kann nur so viel ertragen.

Sofort pulsiert der Spiegel mit Leben und strahlt

ein Leuchten aus. Stränge schillernder Energie stürzen auf mich zu und umhüllen mich.

Ein erschrockener Schrei entweicht meinen Lippen, als sich die Energie in mein Fleisch gräbt. Ich zucke zurück, um sie loszuwerden, aber sie kommt und geht in weniger als einer Sekunde, und ich bleibe stolpernd zurück und reibe mir die juckenden Arme.

"Min ... Billie", sagt Khaos fragend und mit dunkler Stimme.

Als ich meinen Blick hebe, sehe ich mein Spiegelbild. Eine Kaskade blonden Haares fällt über meine Schultern und schimmert in starkem Kontrast zu dem dunklen Farbton, der nur wenige Augenblicke zuvor noch da war. Das ... das ist die Farbe, mit der ich geboren wurde. Wie um alles in der Welt ist das passiert?

Ein schockiertes Schnaufen entweicht meinen Lippen.

"Das steht dir besser", bemerkt Eryx.

"Wir haben noch mehr Fragen", sagt Tallis, aber der Rest seiner Worte wird zu Hintergrundgeräuschen, die von meinem pochenden Puls übertönt werden.

Denn es ist nicht nur mein Haar, das meine Aufmerksamkeit auf den Spiegel lenkt, sondern etwas, das mir das Blut in den Adern gefrieren lässt. Mein Blick fixiert sich auf die wabernden Schwaben der Kerzen, die sich nun in die schattenhaften Monster aus meinen Alpträumen verwandelt haben.

Schattenhafte Gestalten lauern bedrohlich im Spiegelbild des Raumes und kommen mir immer näher.

Ich kann mich nicht bewegen, kann nicht sprechen.

Khaos ruft meinen Namen, und ich glaube, er berührt meine Schulter, aber ich kann nicht wegsehen.

Dann wird der Schrecken aus meinem grausigen Alptraum lebendig: Das größte der Monster, genau wie in meinen Träumen, das mit den glühenden weißen Augen, stürzt auf mich zu. Seine knochigen, krallenbewehrten Hände durchbrechen die Barriere zwischen dem Spiegelbild und dem Raum.

Der Juckreiz auf meinen Armen wird stärker, und Panik überkommt mich.

Ich zucke zurück, ein Schrei entringt sich meiner Kehle. Meine Füße stolpern, ich stolpere über mich selbst. Mein Herz hämmert so laut, dass es die Schreie der Dukes übertönt.

In meiner Panik packe ich die Klinge, die ich immer noch in der Hand halte, fester und versuche, den Angreifer abzuwehren, während er sich aus dem Spiegel herauszieht.

"Du kannst nicht hier sein ... du kannst nicht real sein." Aber er hört nicht auf und kommt auf mich zu.

Ich kann nicht schnell genug atmen, und meine Brust hebt sich.

"Versiegle es!", brüllt Khaos irgendwo im Raum. Tallis und Eryx beeilen sich, alle Kerzen auszublasen, aber sie ziehen sich nicht zurück oder reagieren auf das, was ich sehe.

Dann stürzt er sich auf mich.

Ein roher, ursprünglicher Schrei durchfährt mich und gibt das Grauen wieder, das jeden Zentimeter von mir verzehrt, während ich zurückweiche und über die Kerzen stolpere. Bevor ich überhaupt begreifen kann, was ich da sehe, schweben meine magischen Schwerter vor mir.

Ich lasse das kleine Messer fallen und umklammere sie stattdessen. Dann stürze ich mich auf das entkommene Monster.

"Billie, hör auf", brüllt Eryx, aber ich will nicht.

Mein Schwert geht mitten durch den Angreifer hindurch und schneidet in ihn hinein, als würde ich die Luft zerschneiden. Meine Atmung kommt in flachen, panischen Atemzügen. Doch gerade als ich meinen Arm für einen weiteren Angriff schwinge, löst er sich in harmlose Rauchfahnen auf und zieht sich in den Spiegel zurück.

Plötzlich spüre ich Hände auf mir, warm und fest, die mich zurückziehen. Ich reiße mich kurz los und glaube, dass es ein anderes Monster ist, das sich an mich heranschleicht. Ich wirbele herum, meine glühenden Schwerter erhoben, und meine Muskeln spannen sich an. Mein Puls steht in Flammen und dröhnt in meinen Ohren.

Aber sie sind keine Angreifer.

Nur die drei Dukes stehen mit offenen Mündern und aufgerissenen Augen da.

Meine Haut kribbelt, ihr Schrecken, ihre anklagenden Blicke, die mich studieren, als wäre ich verrückt. Es ist zu viel, um damit umzugehen. Der Raum dreht sich in dem Moment, als meine Schwerter aus meinen Griffen gleiten und auf die Haut meiner Arme zurückrutschen. Meine Knie geben bereits nach, und ich lasse mich auf sie sinken.

Alles dreht sich. Alles ist zu viel.

Plötzlich liege ich in Khaos' Armen. Er stürzt mit mir zur Couch und bellt seine Brüder an, damit sie mir Wasser bringen.

"Billie, geht es dir gut?", fragt er und kniet sich vor mich. "Was ist passiert? Was hast du gesehen?"

Tallis und Eryx sind an seiner Seite und gehen nicht weg.

Ich schlinge meine Arme um mich und ziehe meine Knie an meine Brust.

"Sie sind hinter mir her."

"Wer?", fragt er, die Stirn vor Sorge gerunzelt, die Hand auf meinem Knie. "Wer ist hinter dir her?"

Ich schlucke schwer und kann kaum unterscheiden, was Realität ist. Ich lege meine Arme fester um meine Knie und wiege mich auf der Stelle, während die Worte über meine bebenden Lippen kommen.

"Das Monster aus meinen Alpträumen. Es hat mich gefunden."

Die Dunkelheit bricht über mich herein, und im nächsten Moment falle ich zur Seite und werde ohnmächtig.

## 23

## KHAOS

"*S*ie hat Schwerter manifestiert", stottert Tallis und lehnt sich auf der Couch gegenüber von mir nach vorne. "Ich weiß, du hast es uns erzählt, Eryx, aber sie zu sehen, ist einfach unglaublich."

"Etwas, von dem sie behauptet, dass es ihr in die Wiege gelegt wurde." Eryx grinst und wirkt stolz auf sich, als sei er für ihre Fähigkeiten verantwortlich.

Ich bin immer noch dabei, alles zu verarbeiten und so viel zu verstehen, was während des Reflexionsrituals passiert ist, das wir nie abgeschlossen haben. Verdammt, die ganze Zeit über hat sie uns dazu gebracht, sie mit einem anderen Namen anzusprechen. Ich stöhne auf, wenn ich darüber nachdenke, bin wütend darüber, belogen worden zu sein, doch wenn ich mich an die Angst in ihrem Gesicht erinnere, an den unmöglichen Kampf, dem sie sich stellen musste, zerbricht mein Herz.

Sie erinnert mich so sehr an die gequälte Seele, die Eryx geworden war, als wir ihn als kleines Kind vor seinem Entführer, dem Psychopathen, der ihn gequält hatte, gerettet hatten.

Mein Brustkorb verengt sich durch die Schuld, mit der ich mein ganzes Leben gelebt habe, die Schuld, die auf meinen Schultern lastet.

Ich war für ihn verantwortlich, und ich habe es versaut.

*An einem warmen Sommertag dringt das Sonnenlicht durch die Bäume, und die Geräusche von Lachen und Geschnatter erfüllen den umliegenden Park. Überall sind Familien unterwegs, Kinder rennen herum und spielen. Ich stehe da, gerade zwölf Jahre alt, und benehme mich wie ein Erwachsener, was ich hasse. Ich bin kurz davor zu explodieren, weil sich die Wut in meinen Fäusten kräuselt.*

*"Hör auf, ein Kind zu sein. Deine Eltern würden wollen, dass du dich um deine Brüder kümmerst."*

*Die Worte meines Großvaters schießen mir durch den Kopf. Ich hatte nicht die Absicht, in den Park zu gehen, aber er hat mich gezwungen. Also bin ich hier, beobachte meine Brüder und ignoriere meine Freunde.*

*Tallis klettert auf einen Baum, geht zu anderen Kindern, die immer so gesellig sind und mühelos Freunde finden. Eryx ist vier Jahre jünger als ich und sitzt allein am Teich, hockt am Rand und wirft Kieselsteine ins Wasser.*

*"Khaos", ruft jemand, und ich drehe mich um, um Pedro und meine anderen Freunde zu sehen, die mir zuwinken, damit ich zu ihnen in den Park komme.*

*Als ich zu meinen Brüdern zurückblicke, scheinen sie ausreichend beschäftigt zu sein.*

*Das ist unfair. Das ist so ungerecht. Ohne weiter*

*darüber nachzudenken, entscheide ich meine nächsten Handlungen ausnahmsweise danach, was ich will. Meinen Brüdern wird es gut gehen.*

*Ich laufe hinüber zu meinen Freunden.*

*Minuten vergehen. Ich werfe einen Blick zurück, um kurz nachzusehen. Tallis ist immer noch auf dem Baum, und Eryx ist ... nirgends zu sehen. Mein Atem geht stoßweise.*

*"Eryx?", murmle ich leise, während mich eine große Angst durchfährt. Wo ist er hin? Als ich ihn im Park nicht entdecke, flitze ich hektisch zurück zum Teich.*

*"Eryx", rufe ich mit panischer Angst in der Stimme, dass er sich verirrt hat. Mein Großvater wird mich umbringen. Ich renne wie verrückt umher und versuche, seinen Geruch aufzuspüren, aber es gibt so viele Gerüche im Park, dass ich seinen nicht ausmachen kann. Ich stehe wieder am Ufer des Teichs, und die Angst treibt mir das Blut aus dem Gesicht.*

*Ich reiße mir das Hemd vom Leib, während mein Wolf in meiner Brust knurrt, und tauche in das klare Wasser, um verzweifelt nach ihm zu suchen, falls er sich den Kopf angeschlagen hat oder so. Ich weiß es nicht, aber ich drehe durch.*

*Er war zuletzt am Teich ... Er würde nicht hineingehen, oder? Er hat seine Gryffinflügel noch nie benutzt, also würde er nirgendwo hinfliegen.*

*Ich schlage wütend mit den Beinen und suche den Grund des Teiches ab, ohne eine Spur von ihm zu sehen. Ich suche weiter. Meine Lungen schreien nach Luft, während ich tiefer tauche und das Wasser in meinen Augen brennt.*

*Er ist nicht hier unten.*

*Als ich auftauche, schaue ich mich hektisch um, während sich Schaulustige um die Bank versammeln.*

"*Mein Bruder, Eryx*", rufe ich. "*Ich kann ihn nicht finden.*"

*Ehe ich mich versehe, sind alle im Park auf der Suche nach ihm und rufen seinen Namen. Mein Wolf drängt nach vorne, und ich verwandle mich und schließe mich der Jagd an, wie eine manische Kreatur. Bei dem Versuch, seine Fährte aufzunehmen, lande ich auf dem Parkplatz. Ein schwarzer Lieferwagen rast mit quietschenden Reifen vom Parkplatz weg.*

*Moment! Könnte ihn jemand entführt haben?*

*Meine Welt dreht sich, mein Magen sinkt mir in die Beine und ich breche zusammen.*

Ich hasse diese Erinnerung, ich hasse mich selbst, ich hasse es, dass wir zwei Monate gebraucht haben, um endlich den Hexenmeister zu finden, der meinen Bruder für seine persönlichen Experimente entführt hat.

Mir läuft es kalt den Rücken herunter, wenn ich daran denke, wie viel Freude ich daran hatte, meinem Großvater dabei zuzusehen, wie er den Hexenmeister Glied für Glied in Stücke riss.

Das war der Tag, an dem ich erfuhr, dass ich in meiner Position als Duke mein Privileg, ein Kind zu sein, verloren hatte. Meine Brüder mussten sich auf mich verlassen können. Mein Großvater konnte nicht immer in der Nähe sein, und die Leibwächter, die er ernannt hatte, um auf uns aufzupassen, wurden von jedem ausmanövriert, der wirklich motiviert war, an uns heranzukommen. Deshalb musste ich einspringen und uns beschützen.

Jetzt überkommt mich das Gleiche leere, hoffnungslose Gefühl, wenn ich an Billie denke - an ihr Leiden und daran, dass wir am Rande sitzen und nichts tun, um ihr zu helfen, während sie ertrinkt.

Seit ihrer Ankunft hatte ich keine Ahnung, wie weit ich bereits gegangen war, um sie als eine von uns zu akzeptieren, wie sehr ich geschworen hatte, sie zu beschützen. Ein Teil meines Gehirns erinnert mich daran, dass ich es nicht verdiene, Glück zu empfinden, nicht nach dem, was Eryx durchgemacht hat, und dass ich jetzt die Geschichte wiederhole - und mich zurücklehne, während meine Schicksalsgefährtin leidet.

In diesem Moment liegt Billie ohnmächtig in ihrem Zimmer, eine Wache steht vor ihrer Tür. Die Sehnsucht verfolgt mich, zu ihr zu gehen, nachzusehen, ob es ihr gut geht, jedes gottverdammte Detail zu erfahren, was vorhin passiert ist.

Ich hebe meinen Kopf zu meinen Brüdern, die mich beide beobachten.

"Du machst schon wieder so etwas", sagt Eryx.

"Ja, wo man vor sich hinmurmelt, aber eigentlich gar nichts sagt", fügt Tallis hinzu.

Ich ziehe eine Augenbraue hoch. "Nun, zumindest seid ihr beide aufmerksam."

"Wie sieht also unser Plan aus?", fragt Tallis.

"Wir haben ihren richtigen Namen. Ich werde ihre Vergangenheit erforschen und herausfinden, wer ihre Eltern waren und wie ihre Fähigkeit als reine Wolfswandlerin möglich ist", erkläre ich, während in meinem Kopf immer noch die Ereignisse herumschwirren - ihre Schreie, ihre Angst, ihre Magie.

"Glaubst du, sie hat etwas im Spiegel gesehen?", fragt Tallis. "Sie hat die Schwerter geschwungen und ins Leere gestarrt, und ich habe mir ernsthaft Sorgen um ihren Verstand gemacht."

"Ich weiß es einfach nicht, verdammt." Ich fahre mir mit der Hand durch die Haare. "Sie scheint die Illusion zu haben, dass das Monster aus ihren Träumen hinter ihr her ist. Hast du bemerkt, dass sie es einen *Er* nannte? Sie könnte wissen, wer es ist."

"Die Sache ist die, dass sie das Trauma, dass ihre Familie vor ihren Augen getötet wurde, noch nicht überwunden hat. Ist es da nicht normal, anzunehmen, dass derjenige, der sie ausgeschaltet hat, auch hinter ihr her ist?" Eryx steht auf, geht zum Kamin hinüber und streicht mit dem Finger über den Marmorsims. "Sie muss mehr darüber wissen, denn ihre Reaktion war nicht, wegzulaufen und zu wimmern, sondern zu kämpfen, als hätte sie sich auf die Konfrontation vorbereitet."

"Warte", murmelt Tallis und lehnt sich auf der Couch zurück. "Du klingst viel zu logisch, um mein Bruder zu sein, Eryx."

"Fick dich."

"Nein, danke", grunzt Tallis mit einem Grinsen.

Die Tür zum Raum öffnet sich und Clark marschiert hinein, mit zwei Wachen hinter ihm, die uns keine Beachtung schenken. Er ist ein loyaler Arbeiter, aber er weiß nicht, wann er die Grenze überschreitet. Im Moment ist er wütend und brüllt den Wachen Befehle zu, wie sie den Spiegel tragen sollen, während er akribisch das Blut von der Oberfläche abwischt.

"Sie hat jede Nacht Alpträume und zappelt auf dem Bett herum, als würde sie auf Leben und Tod kämpfen."

Tallis zieht eine Augenbraue hoch. "Hat sie das gesagt, oder hast du ihr nachspioniert?"

Eryx grinst seine Antwort.

Ich atme laut aus, aber es gibt nichts, was ich tun kann, um meinen Bruder zu ändern. Seine Leidenschaft ist, dass du für ihn nicht existierst, oder dass er dir ins Gesicht schwirrt, wie eine Mücke und alles zu seiner Sache macht. Es gibt kein dazwischen. Die Tatsache, dass Echo Billie auch anbetet, zeigt mir, dass sie kein schrecklicher Mensch ist.

Ich beobachte, wie die Wachen und Clark den Spiegel aus dem Raum tragen, und sobald sie weg sind, wende ich mich an meine Brüder.

"Hört zu, was wir gerade gesehen haben, war beschissen. Wir wissen, dass sie uns angelogen hat, aber ihren Namen zu verheimlichen ist keine große Sache. Die eigentliche Frage ist, warum? Ich habe das schreckliche Gefühl, dass sie in echten Schwierigkeiten steckt. Ich werde die Fühler nach meinen Kontakten ausstrecken, um weitere Nachforschungen anzustellen." Momentan bin ich zu gereizt und zu besorgt, als dass Billie meine Emotionen vollständig verstehen könnte, also konzentriere ich mich darauf, ihr Geheimnis zu lüften. "Ihr zwei behaltet sie genau im Auge, um sicherzustellen, dass sie das Anwesen nicht verlässt. Wenn sie sich das alles nur einbildet, dann werden wir damit arbeiten. Wenn sie in Gefahr ist, können wir die Welt ausgraben, um sie zu schützen."

"Du bist also damit einverstanden, dass sie uns nicht die Wahrheit sagt?", murmelt Tallis sarkastisch.

"Sag du es mir." Ich knurre, aber meine Stimme ist lässig. "Ist deine Schicksalsgefährtin keine zweite Chance wert?"

"Auf jeden Fall." Er schlägt ein Bein über das andere. "Aber hast du dir auch die Frage gestellt, warum sie in Finnland ist? Warum ist die Person, die sie besucht hat, uns immer noch ausgewichen, obwohl sie aufgefordert wurde, zur Befragung über die fehlenden Informationen in unseren Unterlagen, die wir untersuchen, zu kommen?"

Wellen des Ärgers überrollen mich.

Tallis zuckt mit den Schultern. "Hey, ich will hier nicht das Arschloch sein, nur der Anwalt des Teufels."

"Das klingt für mich so, als wolltest du, dass sie schuldig ist", mischt sich Eryx ein. "Nur damit du dich nicht wieder damit auseinandersetzen musst, jemandem zu vertrauen, richtig?"

Tallis' Brust hebt und senkt sich schnell, seine Mundwinkel sind verkniffen. "Ist das deine Reaktion, wenn ich etwas ablehne, dem du zustimmst?"

Eryx schmatzt und lehnt sich mit einer Schulter gegen den Kaminsims. "Nur wenn es so offensichtlich ist, dass du deine Angst deine Entscheidungen treffen lässt."

"Stimmt, das sagst du, der du so viel Angst hast, dass sie dich verlässt, dass du ihr nachstellst."

"Nun, ich werde euch zwei das ausfechten lassen. Ich habe wichtigere Dinge zu tun." Ich wende mich von meinen Brüdern ab und rolle mit den Augen, als mich Eryx' Worte treffen.

"Glaub mir, sie geht nirgendwo hin. Nicht, nachdem ich ihr einen Tracker injiziert habe."

"Du hast was?", brülle ich, drehe mich um und die Wut, die in meinen Adern brodelt, wird lebendig.

"Wo ist das Problem?", fragt er mit steifen Schultern, während er einige Meter von mir entfernt steht. "Ich habe getan, was nötig war. Damit wir sie das nächste Mal, wenn sie in den Wäldern oder sonst wo verschwindet, finden, bevor sie getötet wird."

Ich knirsche mit den Backenzähnen, weil ich das nicht einmal bestreiten kann, denn ich würde sie in Watte packen, um sie sicher und möglichst nah bei mir zu haben. Ein Gedanke, der mich plötzlich aus dem Konzept bringt ...

"Sie wird verdammt wütend auf dich sein", sagt Tallis, und seine Worte klingen fröhlich.

"Sie wird es nicht herausfinden. Außerdem ist ihre Sicherheit für mich das Wichtigste."

Der Raum verstummt, als die Last der Sorgen und Ängste mich überflutet.

Mein Blick schweift zu Eryx, der mit Tallis scherzt. Er glaubt, dass ein glückliches Leben nach dem Tod nicht nur eine Geschichte ist, sondern die Realität. Normalerweise würde ich mich über solche Gedanken lustig machen.

Ich halte inne, schaue aus dem Fenster, und meine Hand verkrampft sich in meiner Tasche, während ich leise ausatme. Nach allem, was passiert ist - Billie kämpfen zu sehen und die Realität, wie sehr sie etwas ängstigt - glaube ich langsam, dass sie mir schneller unter die Haut gegangen ist, als ich erwartet habe. Aber da ist noch etwas anderes ... Vielleicht wäre ein Happy End gar nicht so schlecht, um daran zu glauben, vor allem, wenn Tod und Betrug unsere Welt umhüllen.

Ich halte es keine Sekunde länger aus - die Unruhe, die mich erdrückt, und die Wut, die in meine Knochen sickert. Die Verwirrung, die sich in meinem Kopf zusammenbraut, ist wie der verheißungsvolle Sturm, der über den Bergen lauert.

Die Nachmittagssonne wirft ihre Schatten über die Landschaft, als ich aus der Hintertür des Herrenhauses stürme und auf allen vier Pfoten lande. Die Verzweiflung, den Mauern zu entkommen, die sich von innen um mich herumschließen, wird zu groß.

Ich schüttle mich, der Wind zerzaust mein Fell. Die Welt um mich herum ist farbenprächtig, jeder Moment erregt meine Aufmerksamkeit, die Gerüche sind scharf. Die hohen Kiefern im Wald hinter unserer Villa rufen nach mir, und meine kräftigen Hinterbeine lassen mich in das dichte Unterholz stürmen. Ein paar Sprünge und ich stürme in den Wald.

Ich sehne mich nach der Jagd, der Verfolgung, der Beherrschung meines Territoriums.

Die Bäume verschwimmen, während sich meine Klauen in die Erde graben und mich schneller vorwärtstreiben. Der Wald umarmt mich - die verrottenden Blätter, der schwere Duft der Blumen, das Flüstern der uralten Bäume. Sie sind ein Teil von mir, verbunden durch meine Blutlinie mit meinem Großvater, dem Gott der Wälder. Jedes Ausatmen ihrer Blätter ist ein Atemzug, den ich in meinen Adern spüre, der Puls des Waldes pocht in meiner Brust. Ich war schon immer in der Lage, mich in den Wald hineinzuversetzen, ich kann sogar spüren, wenn ein Baum verletzt ist.

Aber ich werde abgelenkt, als der verlockende Duft der Beute nach mir ruft.

Meine Ohren zucken bei jedem kleinen Geräusch, aber mein Einatmen fängt alles ein, und ich suche das Gelände nach meinem ersten Ziel ab. Wenn ich nicht klar denken kann, kann ich mir nichts Schöneres vorstellen, als zu jagen und das warme Blut eines frisch erlegten Tieres auf meiner Zunge zu spüren.

Alles, was mich interessiert, ist die Gegenwart und die Flucht aus dem wirklichen Leben, wie schnell ich rennen kann ... Aber egal, wie schnell ich durch den Wald renne, ich kann den Gedanken an ... Billie nicht entkommen.

Seit ihrer Ankunft war ich vorsichtig ... so verdammt vorsichtig, um Abstand zu halten und mich nicht so sehr fallen zu lassen, dass es meine Entschlossenheit erschüttert. So, wie es Eryx und Tallis getan haben. Sie sind völlig fasziniert von Billie, und ich kann es ihnen nicht verdenken.

Bis heute denke ich, dass ich fest daran geglaubt habe, dass ich verstehen muss, mit wem ich mein Leben als Schicksalsgefährte verbringen werde. Aber nachdem ich sie so verletzlich gesehen habe - mit

Tränen in ihren Augen, Angst, die ihr jede Farbe aus dem Gesicht nimmt - hat sich etwas in mir verändert, ist zerbrochen.

Mein Herz schmerzt, ein scharfes Pochen, das sich weigert, mich zu verlassen, und mir wird klar, dass ich einen aussichtslosen Kampf kämpfe.

Das Problem ist nur, dass ich genau da nicht enden wollte - in meiner Besessenheit von ihr zu ertrinken. Zum ersten Mal seit einer gefühlten Ewigkeit habe ich Angst, die Kontrolle zu verlieren und meine Deckung fallen zu lassen. Und in diesem Moment sehnt sich jeder Zentimeter von mir nach ihr und verdeckt alle anderen Gedanken.

Ein Rascheln zu meiner Linken erregt meine Aufmerksamkeit. Ich reiße den Kopf in die Richtung und sehe ein Reh auf einer kleinen Lichtung, das sich am Gras labt. Ein perfektes Ziel für meinen ersten Hunger. Seine Muskeln kräuseln sich unter dem rotbraunen Fell.

Mit einem Energieschub stürze ich mich auf es. Das Reh zuckt zurück und springt in die entgegengesetzte Richtung, aber ich bin ihm auf den Fersen. Die Verfolgungsjagd ist schnell und heftig, mein Herz rast, und ich bin genau dort, wo ich mich am wohlsten fühle.

Bei der Jagd.

Warum kann ich dann Billie nicht aus meinem Kopf bekommen?

---



## 24

Das Halbdunkel in meinem Zimmer ist erdrückend.

Nach dem Aufwachen stürmte die Erinnerung an das Reflexionsritual in meine Gedanken. Dieser Bastard aus meinen Träumen tauchte im Spiegel auf. Wie zum Teufel konnte das passieren? Niemand sonst hat es gesehen, habe ich es mir also nur eingebildet?

Ehrlich gesagt, das macht mir eine Heidenangst - mehr als das, was die Dukes mit ihrer neu gewonnenen Information, dass ich sie angelogen habe, machen werden. Aber das Bild der Figur im Spiegel musste doch in meinem Kopf sein, oder? Obwohl ich einen Moment lang schwor, dass er mich in der realen Welt gefunden hatte und hinter mir her war.

Nachdem ich eine heiße Dusche genommen habe und in mein Nachthemd geschlüpft bin, fühle ich mich in meinem Zimmer unruhig und ängstlich. Ich will unbedingt mit den Dukes darüber reden, aber ich will sie nicht sehen. Das nenne ich einen Zwiespalt.

Da ich die Stille keine Sekunde länger ertragen kann, greife ich nach dem Bademantel und ziehe ihn an, während ich mein Zimmer verlasse. Vor meiner Tür steht eine Wache, die mir mit ihrer imposanten Größe den Weg versperrt. Es scheint also, dass sie mich überwachen lassen.

"Gehst du irgendwo hin?", fragt er und spottet über mich.

"Ich brauche frische Luft. Das ist doch sicher erlaubt?"

Sein Blick schweift über mich, und ich ziehe den Mantel fester über meine Brust.

"Ich habe den Auftrag, dich zu beobachten", sagt er und steht steif wie eine Statue.

Die Frustration steigt und ich schimpfe. "Du kannst mich aus der Ferne beobachten. Wie hört sich das an? Ich kann jetzt nicht hier drin eingesperrt bleiben."

Trotz seines Zögerns dränge ich mich aus meinem Zimmer, und er ist gezwungen, zurückzutreten.

"Gut", brummt er. "Versuche einfach nichts, verstanden?"

"Du hast mein Wort." Dankbar für die kleinste Gelegenheit, den Raum zu verlassen, nicke ich, dränge mich an ihm vorbei und gehe den Korridor entlang. Seine schweren Schritte bleiben dicht hinter mir.

Meine Gedanken kreisen immer wieder um das Reflexionsritual. Ich wurde ohnmächtig, bevor ich genau herausfinden konnte, was die Dukes von meiner Fähigkeit hielten und wie ich mit einem unsichtbaren Gegner in den Kampfmodus ging.

Ihr Götter, die müssen denken, dass ich verrückt geworden bin.

Es sollte mir egal sein, aber jeder Atemzug fühlt sich eng an.

Ich gehe an den doppelten Flügeltüren vorbei, die auf einen Balkon führen, und ändere die Richtung. Als ich nach draußen trete, atme ich die frische, kühle Luft Finnlands ein, während der Schatten des Wachmanns über meine Schultern fällt.

"Bitte, ich brauche etwas Freiraum", flehe ich und hebe mein Kinn in Richtung des breiten Balkons, der sich über die halbe Länge der Mauer des Hauses erstreckt. Ich drehe den Kopf und schaue ihn an. "Du kannst mich von der Tür aus im Auge behalten."

Mit einem Grunzen nickt er und steht da, die Hände über der Brust gefaltet, in dieser klassischen, klischeehaften Bodyguard-Pose.

Als ich auf den Balkon trete, bin ich sofort von der eleganten Anordnung der Möbel beeindruckt - Tische mit polierten Marmoroberflächen, üppige Sitzgelegenheiten und kunstvoll geschmiedete Eisenlaternen, die sich an Stangen im Wind wiegen.

Jenseits des Geländers erstrecken sich die ausgedehnten Wälder. Ich trete näher heran, blicke weiter hinaus auf die sanften Hügel und erinnere mich daran, dass nicht alles auf dieser Welt gefährlich ist und töten will. Es gibt Schönheit inmitten der Dunkelheit.

Als ich nach unten blicke, fällt mir ein riesiger schwarzer Wolf auf, der sich durch das Unterholz am Rande des Hofes des Herrenhauses schlängelt. Seine

Muskeln spannen sich an, als er aus dem Unterholz ausbricht, dann stolziert er auf das Gebäude zu, wobei er mit seinen riesigen Pfoten auf den Boden schlägt, als wäre er der König der Welt.

Ich habe noch nie einen Wolf gesehen, der so groß, so wild, so furchterregend ist. Seine Kraft tanzt meine Arme hinauf, und ein leises Knurren ertönt in meiner Brust als Antwort, weil meine Instinkte die Gefahr spüren.

Dann geschieht das Unmögliche.

Das kolossale Tier erhebt sich mit einem gewaltigen Sprung vom Boden und erreicht die Höhe des Balkons. Ich weiche zurück, als es sich mit gefletschten Zähnen auf den Balkon schwingt und direkt auf mich zukommt.

Plötzlich sind all die Ängste, die Alpträume, der grauenhafte Test und meine Lügen unwichtig geworden.

Nicht, wenn ich kurz davor bin, lebendig gefressen zu werden.

Ich drücke mich an die Wand, meine Instinkte schreien, *lauf nicht weg, wag es nicht, wegzulaufen.*

Meine Haut kräuselt sich bei der Verheißung, dass sich mein Wolf losreißen wird, um dieser Bestie frontal zu begegnen.

Die schwarze Kreatur nähert sich mir unaufhaltsam mit ihren riesigen Pranken, die mir den Kopf abreißen könnten. Die Schulterblätter heben und senken sich bei jedem Schritt. Aber es sind diese kalten, tödlichen, blassblauen, fast weißen Augen, die mir Angst machen und ein schnelles Ende versprechen.

Der Wachmann kommt schließlich mit lässigem Schritt auf den Balkon und begutachtet meine Situation, aber sein distanzierter Blick irritiert mich.

"Du hast lange genug gebraucht", sage ich mit angestrengter Stimme. "Warum ist dieser monströse Wolf hier oben? Kannst du ihn loswerden, bevor er mich tötet?"

Anstatt zu antworten, kichert der Wächter, auch wenn der Wolf mit dem Maul nach ihm schnappt.

Er hält abrupt inne, senkt den Kopf und sagt: "Euer Gnaden, ich überlasse es Ihnen".

Ich erstarre vor Schreck. "Moment, was?" Hat er gerade "Euer Gnaden" gesagt?

Der Realitätscheck überrollt mich. Der Wolf vor mir ist Khaos in seiner Tiergestalt. Das muss er sein. Ich sollte erleichtert sein, dass ich es nicht mit einem wilden Tier zu tun habe, aber die Vorstellung, mich vor Khaos zu verantworten, gefällt mir nicht gerade. Ich hatte kaum Zeit, die Ereignisse während des Rituals zu verarbeiten.

Dem Knurren in seiner Kehle und seinem strengen Blick nach zu urteilen, scheint er sich nicht zu freuen, mich zu sehen.

"Ich verstehe, wenn du sauer auf mich bist", sage ich und versuche, die Situation zu entschärfen. "Ich verstehe es. Aber findest du nicht, dass es ein bisschen ... übertrieben ist, mich wegen ein paar Lügen zu zerstückeln?"

Das Grollen seines Knurrens vibriert in der Luft zwischen uns. Er schließt die Lücke zwischen uns, sein Kopf ist auf gleicher Höhe mit meinen Schultern. Er beschnuppert mich und schiebt plötzlich seine Nase zwischen meine Brüste.

"Hey! Freiraum?" Ich protestiere und drücke meine Hand gegen seinen riesigen Kopf, dessen Fell unter meiner Berührung weich ist. Doch anstatt sich zurückzuziehen, tut er das Undenkbare.

Er hebt sich auf seine Hinterbeine, die Knochen in seiner Wirbelsäule knacken, als ob er sich an seine neue Haltung anpassen würde. Ein Geräusch, das mich normalerweise erschaudern lässt, stört mich nicht so sehr, wenn ich mich um größere Dinge kümmern muss. So groß, dass ich meinen Kopf zurückwerfe, um einen stehenden Wolf anzustarren, der auf mich herab starrt. Er drückt eine Pfote an die Wand hinter mir und sperrt mich damit ein. Ich schlucke schwer und fühle mich, als wäre ich wieder auf der Party und unter ihm an der Wand des Hauses gefangen.

"Déjà-vu, nicht wahr? Das muss deine Lieblingspose in Menschen- und Wolfsgestalt sein."

Sein Blick, der jetzt eher menschlich als wölfisch ist, auch wenn er seine Tiergestalt beibehält, mustert mich. Entscheidet er, wie er mich bestrafen wird?

Mit seinen rasiermesserscharfen Krallen streift er mir das Gewand von der Schulter. Der leichte, seidige Stoff folgt dem Ruf der Schwerkraft und sammelt sich zu meinen Füßen, sodass ich nur noch ein durchsichtiges Nachthemd trage und die Kühle des Abends meine Haut zum Kräuseln bringt.

"Wirklich?", frage ich und versuche, meiner Stimme ein gewisses Maß an Tapferkeit zu verleihen. "Machen wir das jetzt? Wie wäre es, wenn du mir deine menschliche Gestalt zeigst?"

Anstatt zu antworten, legt er den Kopf leicht schief und beobachtet mich. Dann, als wolle er beweisen, dass er keine Befehle von mir annimmt, bewegt sich seine Krallenpfote zu einem dünnen Träger meines Nachthemdes und lässt ihn sanft über meine Schulter und meinen Arm hinuntergleiten.

Mein Verstand rast, und jeder Instinkt schreit danach, wegzugehen, doch ein Teil tief im Inneren von mir will sich nicht bewegen. Vielleicht liegt es daran, dass trotz aller Einschüchterung eine Vertrautheit zwischen uns herrscht, wie ich sie nicht oft erlebt habe.

Sein Blick folgt dem Weg meines heruntergefallenen Trägers, meiner entblößten Brust.

"Khaos." Meine Stimme ist nur noch ein Flüstern, während der kühle Wind uns um die Nase weht.

Meine Brustwarzen verhärten sich, und ich bedecke mich. Die Rückseite seiner Pfote gleitet unter mein Kinn und lenkt meine Aufmerksamkeit auf ihn.

Ein plötzlicher Donnerschlag ertönt, so laut und unerwartet, dass ich auf der Stelle zusammenzucke. Die schiere Wucht des Donners lässt mich zusammenzucken, und es fühlt sich an, als würde das ganze Haus unter seiner Kraft erbeben. Der Wind frischt auf und bringt das erste Tröpfchen Regen. Die Blätter in den nahe gelegenen Wäldern rascheln hektisch.

Khaos hält den größten Teil des Regens davon ab, mich zu erreichen.

"Wir sollten reingehen", schlage ich vor, als ein Blitz über den Himmel zuckt, so hell und plötzlich, dass es mich unvorbereitet trifft und mir das Herz in die Kehle springt. Unmittelbar darauf folgt ein Donnerschlag.

Ich zucke zurück, lehne mit dem Rücken an der Wand und bekomme keine Luft mehr. Ich fange an, mich herauszuwinden, diese Verzweiflung, das Gefühl, gefangen zu sein und fliehen zu müssen, überkommt mich.

Khaos stöhnt und mustert mich, als wolle er entscheiden, ob er mich aufhalten soll.

"Ich muss ins Haus, bitte, Khaos." Die Worte haben kaum meinen Mund verlassen, als ein weiterer Donnerschlag ertönt, diesmal lauter und näher. Ich zucke zusammen, als das Echo der Vergangenheit meine Gedanken überrollt.

Jedes Mal, wenn die Blitze einschlagen, blitzen die Leichen meiner Eltern in meinem Kopf auf. Eine Erinnerung an den Sturm, der in der Nacht des Angriffs wütete. Mein markerschütternder Schrei, ihre leblosen Augen, die auf dem Boden meines Schlafzimmers an die Decke starren.

Als ich wimmere, werden meine Beine unter mir weich.

Roher Schmerz durchzuckt meine Brust, dreht und wendet sich.

"Bitte, ich kann nicht hier draußen sein." Ich stoße mich an Khaos, als er endlich zurücktritt und seine lange Nase rümpft.

Panik krampft sich in meiner Brust zusammen und

drückt auf meine Lunge. Mit rasendem Herzen versuche ich, mich zu bewegen, aber jeder Windstoß fühlt sich wie ein Schlag an. Ich gerate in eine Spirale, meine Atmung wird unregelmäßig, und ich muss nach drinnen.

Khaos fällt auf alle Viere, und ich spüre, wie meine Haut von seiner bevorstehenden Verwandlung kribbelt, nur dass ich mich bereits zur Tür drehe. Meine Haut kribbelt, jedes Haar steht mir zu Berge.

Ein weiterer Donnerschlag, lauter als zuvor, raubt mir den letzten Nerv. Tränen trüben meine Sicht, und kalter Schweiß durchnässt meine Haut. Ein Schrei entweicht meinen Lippen. Ohne zu überlegen, stürme ich nach drinnen, vorbei an den Wachen. Mir ist übel und schwindlig, als würde ich gleich ohnmächtig werden, wenn ich an die toten Gesichter meiner Eltern denke.

Ich renne schneller als je zuvor, weil ich nicht aufhören kann zu sehen, wie meine Eltern immer wieder getötet werden.

Meine Kehle zieht sich zusammen.

Hinter mir tobt der Himmel, aber egal, wie schnell ich dem Sturm entkomme, der mich immer wieder an diese verheerende Nacht erinnert, die Erinnerungen an ihre letzten Atemzüge werde ich nie los.

**Khaos**

*D*as Gewicht in meiner Brust wird mit jedem Schritt, den ich zu Billies Zimmer mache, schwerer. Ich ziehe mich schnell an, um nicht nackt in ihr Zimmer zu stürmen, und bleibe draußen stehen, um zu klopfen.

Doch die Tür schwingt auf und gibt den Blick auf ihr dunkles Zimmer frei, das in einen goldenen Lichtstrahl aus dem Badezimmer getaucht ist. Das Schloss ihrer Schlafzimmertür ist beschädigt, wie ich feststelle. Unbehagen durchströmt mich, umso mehr, als ich ihr Bett ordentlich gemacht vorfinde, ohne Anzeichen eines Kampfes.

Wo ist sie?

Draußen ertönt ein donnernder Knall, als ein leises Wimmern von der Seite des Bettes kommt, außerhalb meines Blickfeldes. Ich gehe auf das Geräusch zu, mein Puls rast in meinen Adern.

In dem Moment, in dem ich sie erblicke, ergreift die Angst mein Herz und lässt mich zusammenzucken, bis ich keine Luft mehr bekomme. Sie hockt in der Ecke, mit dem Rücken an der Wand, die Knie fest an die Brust gepresst. Sie hat das Kinn gesenkt, und alles, was ich sehe, ist die Wand aus blondem Haar, die ihr Gesicht bedeckt.

Sie zittert.

"Billie?" Ich trete näher, aber sie antwortet nicht, und das macht mir Angst. "Was ist passiert? Hat dir jemand wehgetan?" Sie war vom Balkon gesprintet und wieder reingegangen, aber ich dachte immer noch, ich hätte sie mit meinem Wolfsstreich erschreckt. Scheiße, ich bin ein Idiot.

Die Spannung im Raum ist groß. Ihr leises Schluchzen hallt in dem stillen Raum wider. Ich komme langsam näher und knie mich einen Moment neben sie.

"Billie? Es tut mir leid, wenn ich dich erschreckt habe." Ich spreche leise und lege eine Hand auf ihre Knie. Sie stößt mich nicht von sich, also ist sie vielleicht nicht wütend auf mich.

Der Donner kracht so ohrenbetäubend, dass der ganze Raum zittert.

Sie zuckt zusammen und ein Schrei entweicht ihren Lippen, als hätte der Sturm selbst sie verwundet. Sie hält sich stärker an ihren Beinen fest und schaukelt mit geschlossenen Augen hin und her.

Mein Herz zerspringt, als mir klar wird, dass diese starke Frau bei Gewitter wie versteinert ist.

"Billie", murmle ich. "Lass mich auf dich aufpassen. Ich werde dich hochheben und dich an einen friedlichen Ort bringen, okay?"

Sie hebt ihren Kopf nur einen Hauch, und der Anblick ihrer tränenverschmierten Wangen, ihrer gespenstisch blassen Haut und ihrer bebenden Lippen lässt mir die Luft wegbleiben.

Zärtlich nehme ich sie in meine Arme. Sie schmiegt sich an mich, jeder Zentimeter ihres angespannten Körpers zittert noch immer bei jedem Donnergrollen. Ihr Kopf schmiegt sich unter mein Kinn und findet seinen sicheren Platz.

Der Regen prasselt heftig gegen das Fenster. Ich

führe sie aus dem Zimmer, während mich die Erinnerungen mit brennendem Schmerz überfluten. Die schmerzhaften Ähnlichkeiten mit Eryx' Trauma, als wir ihn endlich von diesem verdammten Hexenmeister zurückbekamen, machen mich fertig.

Es wird kein Wort gewechselt, aber das ist auch nicht nötig, als ich spüre, wie sie zittert. Ich muss wissen, wovor sie Angst hat. Wenn es mit dem zu tun hat, was sie heute im Spiegel gesehen hat, muss ich einen Weg finden, sie zu heilen.

Eine Sache, die mir heute Abend an ihr auffällt, ist ihr Duft, den ich tief in meine Lungen einatme. Irgendetwas ist anders an ihr, als ob sie nicht mehr diesen zuckrigen Geruch ihrer Hitze verströmt, der meinen Schwanz packt und nicht mehr loslässt.

Ein wildes Knurren durchfährt meine Brust, weil ich sie beschützen und verzweifelt alles über sie herausfinden will, bis hin zu der Frage, warum sich ihr Geruch verändert hat.

Die Intensität von Billies Angst, das Zittern ihres Körpers, bringt mich dazu, sie an einen sicheren Platz zu bringen, weg von der Wut des Sturms, und ich kenne genau den richtigen Ort.

"Es wird alles gut", versichere ich ihr, drücke sie etwas fester an mich und genieße das Gefühl, dass sie in meinen Armen liegt. Sie klammert sich an mich, ihr Atem geht immer noch rasend schnell.

Wir erreichen das Ende des Korridors, und ich schwinge mich nach rechts in die leere Bibliothek. Ich halte erst inne, als ich in der hintersten Ecke stehe, so weit wie möglich vom Eingang entfernt in einer Sackgasse, aber ich weiß es besser. Ich umklammere sie mit einem Arm und strecke meine Hand nach einem versteckten Knopf aus, der in der dekorativen Tapete versteckt ist.

Es gibt ein gedämpftes Klicken von sich, und augenblicklich schiebt sich ein Teil der Wand zurück und gibt einen schmalen steinernen Durchgang frei. Ich trete hinein, und die Wand schließt sich. Über mir flackert ein schwaches Licht auf.

Der Boden fällt leicht ab, und je weiter ich gehe, desto mehr lässt das dumpfe Dröhnen des Sturms nach und wird bald von einer beruhigenden Stille abgelöst. Als ich am Ende einen Raum erreiche, gehe ich mit Billie hinein, und das Licht geht automatisch an, wie von Zauberhand gesteuert.

In der Mitte steht ein niedriger Tisch mit einem Stapel von Astronomiebüchern aus der Bibliothek, die mir verraten, dass Eryx diesen Platz zuletzt besucht hat. Ein paar Plüschsessel, eine längere Couch, die sich um einen gemütlichen Kamin drängt, und ein Bücherregal füllen den Raum. An der Decke befindet sich ein Wandgemälde mit komplizierten Details, das einen klaren Nachthimmel darstellt.

Mein Großvater zeigte mir den Ort, als ich noch ein Kind war. Ein Ort, von dem er mir sagte, dass ich ihn brauchen würde, wenn die Welt sich gegen mich aufbäumt. Wenn alles so viel wurde, dass ich an einer Bruchstelle war. Ich nutzte den Ort ständig, vor allem, um von meinen Brüdern wegzukommen. Aber es ist unmöglich, etwas vor ihnen zu verbergen. Sie haben mein Versteck in kürzester Zeit durchschaut. Jetzt ist es ein gemeinsamer Zufluchtsort, wenn einer von uns ihn braucht.

Billie hat sich in meinen Armen nicht gerührt, also lasse ich mich mit ihr auf dem Schoß auf der Couch nieder.

"Weißt du, was ich an diesem Ort mag?", flüstere ich. "Dass hier die Zeit stillzustehen scheint."

Ihr Atem verlangsamt sich allmählich, und sie hebt den Kopf, ihre Augen sind groß. Dann blickt sie sich im Zimmer um und wischt sich die Tränen von den Wangen.

"Es ist wunderschön", murmelt sie und lässt ihren Blick an der sternenübersäten Decke hängen. "Ist das also deine geheime Serienmörderhöhle, in die du deine Opfer schleppst?"

Ich lache, denn ich weiß, wenn sie Witze macht, geht es ihr besser.

"Du bist mein erstes Opfer. Ich habe noch nie jemanden hierhergebracht, abgesehen von meinen Brüdern, die den Raum benutzen. Er ist perfekt isoliert, das heißt, keine Geräusche von draußen. Manchmal brauchen wir alle eine Flucht aus dieser verdammten Welt ... sogar vor Gewitter."

Ihr Blick senkt sich zu mir, und sie schenkt mir ein süßes, schiefes Grinsen. Dann rutscht sie von meinem Schoß und lässt sich neben mir auf die Couch fallen, wobei sie ihre angewinkelten Beine unter sich verschränkt und mir zugewandt ist.

Zum ersten Mal, seit ich ihr Zimmer betreten habe, bemerke ich, dass sie nur noch ihr dünnes Nachthemd trägt. Ich stehe auf, um die Decke aus dem Regal zu holen. Als ich zurückkomme, lege ich sie ihr über die Schultern, und sie zieht sie an sich.

Ich lasse mich neben ihr nieder und drehe mich zu ihr, wobei ich meinen Arm über die Lehne der Couch lege.

"Du musst mich für so schwach halten, dass ich vor Gewitter Angst habe", sagt sie und ihr Atem geht schneller.

"Die Sache ist die, dass es kein Zeichen von Schwäche ist, mit einer traumatischen Vergangenheit so umzugehen, wie es unser Körper für richtig hält." Ich suche ihr Gesicht nach einer Reaktion ab, aber sie sieht mich nur mit großen blauen Augen an, die mich zu sich rufen.

"Wie das?"

"Nun, es ist ein Beweis für deine Stärke. Es bedeutet, dass du einen Weg gefunden hast, dich deinen Dämonen zu stellen und dich nicht von ihnen auffressen zu lassen."

Sie blinzelt zu mir auf und nickt leicht. "Weißt du, das gefällt mir." Ihre Finger klopfen in einem unbekannten Rhythmus auf ihren Oberschenkel, während sie auf ihrer Unterlippe kaut.

"Das Trauma aus deiner Vergangenheit", wage ich zu fragen und mustere sie genau. "Es war während eines Sturms, nicht wahr?"

Sie lehnt sich gegen die Armlehne des Sofas. "Ist das deine Art, mich dazu zu bringen, mich über meine Vergangenheit zu öffnen?"

"Ich nehme an, dass es etwas mit dem Mord an

deinen Eltern zu tun hat", antworte ich und beschließe, direkt zu sein.

Ihr Gesicht verliert seine Farbe, und der Anflug eines Lächelns verschwindet. Sie wendet ihre Aufmerksamkeit von mir ab, gefolgt von Schweigen.

Und noch mehr Stille.

Aber ich bin eben ein hartnäckiger Bastard, bis ich bekomme, was ich will.

Sanft drückt sie eine Schulter gegen die Rückenlehne des Sofas und seufzt.

"Es war eine wilde, stürmische Nacht vor sechs Jahren, ähnlich wie jetzt", murmelt sie. "Ich erinnere mich an die Schritte in meinem Schlafzimmer, während ich in meinem Bett lag. Zwei Männer griffen mich in dieser Nacht an, und ich dachte, dass ich sterben würde, weil diese Arschlöcher die Absicht hatten, mich umzubringen." Ihre Finger krallen sich um den Stoff der Decke, ihre Knöchel werden weiß.

Ich schäume innerlich auf, als ich höre, was sie durchgemacht hat. Ich werde diese beiden Arschlöcher umbringen.

"Aber meine Eltern stürmten in mein Zimmer, um mich zu retten", erzählt sie weiter. "Sie kämpften gegen die beiden Männer, aber es war nicht genug. Nichts war genug." Ihr Gesicht verändert sich, sie kneift die Augen zusammen und blinzelt frische Tränen weg.

Meine Wut kocht hoch, jeder Zentimeter von mir ist angespannt bei dem Gedanken, dass eine jüngere Billie eine solche Brutalität erlebt hat. Ich lege meine Hand auf ihren Oberschenkel und drücke leicht zu. Ich schwöre mir, herauszufinden, wer ihr das angetan hat, und ihn dafür bezahlen zu lassen.

"Wie bist du entkommen?"

Seufzend sagt sie: "In dieser Nacht habe ich sie zum ersten Mal entdeckt." Sie streckte ihre Arme aus und zeigte mir die magischen Linien auf ihrer Haut. "Wie durch ein Wunder habe ich einen Mann getötet, aber der andere ist geflohen, als meine Nachbarn mir zu Hilfe kamen. Aber weißt du was?"

"Was?" In meinem Kopf dreht sich alles um die Vorstellung, dass diese Männer gekommen sind, um ein junges Mädchen zu töten. Was zum Teufel hatte sie ihnen angetan? Roher, ursprünglicher Zorn baut sich in mir auf und verlangt nach Vergeltung für sie.

"Der vermummte Angreifer, der überlebte, hatte etwas Seltsames an sich. Er nahm nicht nur seinen toten Freund mit, sondern als ich ihm in den Arm schnitt, zischte er und bedeckte schnell die Wunde, als hätte er Angst, dass er Blut hinterlässt."

"Er wollte nicht, dass der Mord auf ihn zurückfällt", sage ich, während mir die Wut auf die Männer, die es gewagt haben, in ihr Zimmer einzubrechen, um sie zu töten, im Nacken sitzt.

"Ja, das verstehe ich, aber da war noch etwas anderes, als ob er mich kennen würde. Und es war ein persönlicher Angriff, nicht nur, um es meinen Eltern heimzuzahlen, weißt du." Sie zuckt mit den Schultern. "Ich weiß es nicht. So hat es sich in dem Moment angefühlt."

"Gab es noch etwas, an das du dich bei ihm erinnerst? Irgendetwas Ungewöhnliches? Seine Stimme, sein Gang, irgendetwas ..." Ich bin am ganzen Körper angespannt und lehne mich näher heran. Sie muss wissen, dass der kleinste Hinweis uns helfen wird, ihn zu finden.

"Ich wünschte, ich wüsste mehr."

Der Raum fühlt sich kleiner und bedrückender an, als mir Eryx' frühere Worte in den Sinn kommen, dass die Mörder ihrer Eltern sehr wohl Pläne schmieden würden, um zu ihr zurückzukehren. Ich bin mehr denn je davon überzeugt, dass er das tun wird. Das erklärt ihre Alpträume, und vielleicht hat die Magie des Spiegels ihre schlimmste Angst manifestiert. Der Mörder, der hinter ihr her ist.

Was die verdammte Frage aufwirft, warum sie. "Ich bin neugierig. Wie hast du es nach all der Zeit geschafft, den Kapuzenmann abzuwenden?"

Sie seufzt und blickt auf den goldenen Anhänger, der an einer Kette um ihren Hals hängt. "Das ist der einzige Grund, warum ich noch am Leben bin. Meine Mutter hat dafür gesorgt, dass mein Anhänger mit einem Zauber versehen wurde, um mich vor ihm zu verbergen." Eine lange Pause lang ist sie still. "Ich glaube, meine Mutter kannte den Mörder gut, aber ich hatte nie die Gelegenheit, sie zu fragen, wer er war."

Sie senkt plötzlich den Blick, bevor sie sich von der Couch erhebt. "Ich zerbreche mir seit Jahren den Kopf und habe nicht einen verdammten Hinweis gefunden, außer dem einen ..." Plötzlich verstummt sie.

"Dem einen was?", dränge ich und greife nach ihrem Handgelenk. Keine Antwort, also lasse ich sie nicht los, weil ich es wissen muss. "Billie!"

Sie reißt ihren Arm aus meinem Griff.

"Ich habe den Namen des Mannes gefunden, der entweder den Anschlag auf mich verübt hat oder an dem Angriff beteiligt war."

"Wer?" In Sekundenschnelle bin ich auf den Beinen, wildes Feuer durchzuckt mich. "Ich brauche den Namen", knurre ich, während die Dunkelheit meine Gedanken einhüllt.

Sie zögert, und das bringt mich innerlich um.

"Billie, ich kann dir nicht helfen, wenn du mir nicht alles erzählst, was du weißt." Sie schließt den Abstand zwischen uns und dreht mir den Rücken zu.

"Bryant Ursaring. Das ist sein Name, und er kommt aus Finnland."

Alles, was sie gesagt hat, geht mir im Kopf herum.

"Deshalb bist du hier, um ihn zu finden und dich zu rächen?"

Sie dreht sich zu mir um, ihre Gesichtszüge sind fest. "Um beide Männer zu finden und herauszufinden, warum sie hinter mir her waren. Dann schneide ich ihnen ihre verdammten Herzen heraus."

Ihre Brutalität ist Musik in meinen Ohren.

"Und deshalb bist du in eines unserer Zimmer im Vanguard Manor eingebrochen? Hast du ihn in den Aufzeichnungen gefunden?"

Sie schüttelt den Kopf. "Es fehlt ein Stückchen Information, genau an dem Tag, an dem meine Eltern gestorben sind."

Ich erstarre bei ihren Worten, das Blut schießt mir in den Kopf, mein Puls pocht in den Ohren. Moment ... die fehlenden Informationen in unseren Unterlagen stehen also irgendwie in Verbindung mit Billies Angreifer?

*Scheiße*. Mein Magen krampft sich zusammen, und in meinem Kopf dreht sich alles, um herauszufinden, was zum Teufel los ist. Jemand versucht, seine Spuren zu verwischen. Ich habe die Herrschaft über Finnland, und alle Anschläge im Land müssen von meinen Brüdern und mir abgesegnet werden.

Heißt das, wir haben dem Tod von Billies Eltern zugestimmt?

Ein eisiger Schrecken durchfährt mich. Unser Team prüft jeden Auftrag für uns, weil wir keine Unschuldigen aus reiner Rache angreifen und auch keine Kinder. Wir haben einen Kodex, nach dem wir leben, und damit der Auftrag durch unser Anwesen geht, bedeutet das, dass mindestens einer der Söldner für uns arbeiten muss.

"Warum fehlen die Daten? Wer versteckt etwas?", fragt sie und schreitet durch den Raum.

"Wir untersuchen dies derzeit selbst, da wir vor kurzem den Verstoß entdeckt haben und einige unserer Daten gelöscht wurden."

Sie fummelt geistesabwesend an den Astronomiebüchern auf dem Tisch herum, als ich mich ihr nähere.

"Warum hast du mir nicht einfach die Wahrheit gesagt?", frage ich. "Es wäre einfacher gewesen. Die Zeit wird den Schmerz heilen. Ich weiß das aus erster Hand und hätte dir gezeigt, wie."

Sie atmete einen schweren Seufzer aus. "Weil du nicht mein Schicksalsgefährte sein solltest. Soweit ich weiß, hättest du meine Ermordung absegnen können.

Und ich musste die Wahrheit herausfinden." Sie hob ihren Blick und begegnete dem meinen, dahinter ist Dunkelheit, aber auch Angst.

Mein Herzschlag beschleunigt sich, denn jedes Wort, das sie spricht, entfacht eine Wut, die tief in meinem Inneren brodelt. Ein kalter, scharfer Stich durchbohrt meine Brust vor Wut.

"Sag mir, Billie, was hättest du getan, wenn du Unterlagen gefunden hättest, die zeigen, dass wir den Hit abgezeichnet haben?" Meine Stimme klingt rau, mein Herz ist verletzt. Das sollte nicht so sein, aber Billie ist mir ans Herz gewachsen, und ich verstehe ihre Absicht. Aber selbst, nachdem sie Zeit mit uns verbracht hat, hat sie nie reinen Tisch gemacht und wollte uns immer noch ausspionieren, um uns ... zu vernichten?

Der Schmerz verschwimmt in meinem Kopf.

"Wenn du glaubst, dass ich hier nicht der Bösewicht bin, liegst du völlig falsch", antwortet sie schließlich. "Du hast keine Ahnung, was ich alles tun werde, damit die bezahlen, die mein Leben zerstört haben. Und wage es nicht, mich anzulügen, dass die Zeit den Schmerz lindert, denn das tut sie verdammt noch mal nicht ..." Sie schnappt nach Luft, ihre Augen glänzen vor Tränen.

Meine Eingeweide rasseln, als würde ich mich kaum zusammenreißen können. Bei jedem anderen hätte ich sie blutend und an der Schwelle des Todes stehen sehen. Aber sie ist meine Schicksalsgefährtin!

"Ich werde ihren Tod rächen und das verantwortliche Arschloch vernichten", sagt sie entschlossen.

"Ich werde dafür sorgen, dass er nie wieder hinter mir her sein wird. Das ist alles, was ich in den letzten sechs Jahren gewollt habe. Alles, woran ich gedacht habe. Vielleicht solltest du mir also nicht vertrauen, denn ich würde es nicht tun." Zitternd wendet sie sich der Tür zu. "Ich möchte jetzt in mein Zimmer zurück."

Ihre Worte sind wie Messer an meiner Kehle.

Ob ich sie dafür hasse?

*Nein, verdammt!* Ich hätte an ihrer Stelle das Gleiche getan. Es sticht wie eine Schlampe, wenn man weiß, dass die Frau, von der ich völlig fasziniert bin, mit dunklen Absichten zu mir nach Hause gekommen ist.

In diesem Moment beginne ich zu verstehen, was sie mir angetan hat, wie verrückt sie mich gemacht hat, welche Wildheit sie aus mir herausgeholt hat. Ich nahm an, dass die schicksalhafte Verbindung, die uns zusammengeführt hat, dafür verantwortlich war, dass ich mich so hysterisch in sie verliebt habe.

Aber jetzt sehe ich die wahre Billie hinter der Maske und den Grund, warum wir füreinander bestimmt sind und warum sie es auch akzeptieren wird. Sie ist innerlich genauso kaputt und dunkel wie meine Brüder und ich. Sie weiß, dass niemand den Tiefpunkt erreicht, ohne wirklich zu verstehen, wie es sich anfühlt, an der Tür des Todes zu stehen und darum zu bitten, eingelassen zu werden.

Ich jage mit einem tiefsitzenden Bedürfnis, Dinge zu zerreißen, zu töten. Eryx gibt sich seinem Gryffin hin, und Tallis versteckt sich hinter seinen aufdringlichen Nachforschungen über jeden, dem er begegnet, um den wahren Schmerz zu verbergen, dass seine frühere Geliebte ihn betrogen hat.

Während mein wildes Mädchen ihre rohe Wut wie eine Rüstung trägt.

Ich bewundere jeden Zentimeter von ihr, auch wenn sie vielleicht daran gedacht hat, uns umzubringen. Damit kann ich leben. Und sie wird sich dazu durchringen, für immer unsere zu sein, kämpfend und schreiend. Sie wird lernen, ihr Schicksal endlich zu akzeptieren.

Rohe Spannung kräuselt sich durch den Raum. Ihre Aufforderung, zu gehen, hängt in der Luft, aber ich bin noch nicht fertig mit ihr. Ich schreite auf sie zu.

"Billie, ohne Beweise bedeutet das vielleicht nicht viel, aber meine Brüder und ich würden niemals einen Anschlag auf ein Kind genehmigen."

Ihr Blick weitet sich, aber sie weicht nicht vor mir zurück. Gut, ich will nicht, dass sie sich mir unterwirft.

"Khaos, nicht."

Bevor sie sich bewegen kann, nehme ich sie in meine Arme. Sie schnappt nach Luft, weil ich so plötzlich komme, aber sie ist leicht, und ich schlinge ihre Beine um meine Hüften, während ich sie mit dem Rücken fest gegen die Tür drücke und sie so festhalte. Ihre Augen blicken mich an, stürmisch und trotzig, während meine vor Verlangen brennen, sie daran erinnern, wer ich für sie bin - ihr Schicksalsgefährte.

"Khaos, bitte ... wir sollten nicht." Ihre zitternde Stimme verklingt, ihre Handflächen drücken fest gegen meine Brust.

"Ich bin hier und werde immer in der Dunkelheit

bei dir sein, Billie. So leicht lasse ich dich nicht von mir weg."

Dann erobere ich ihre Lippen mit meinen. Unsere Münder treffen aufeinander - Zähne, Zungen und ein Tornado von Gefühlen hinter unserem brennenden Kuss.

---



## 25

*I*ch bin atemlos, als Khaos mich küsst. Meine Nippel sind hart und meine Beine umklammern seine Hüften, und ich reibe mich an der Erektion in seiner Hose, während er seine Zunge in meinen Mund steckt.

Sein Atem geht rasant, als seine kräftigen Hände meinen Hintern packen. Erregung umspielt mich, alles, worauf ich mich konzentrieren kann, ist, wo er mich als Nächstes berührt. Er leckt mir über die Lippen, und es kribbelt am ganzen Körper.

Meine frühere Wut hat sich in unbändige Erregung verwandelt, die jeden Zentimeter meines Körpers durchdringt. Ich zittere, bin völlig durchnässt, weil ich mich an seinem Schwanz reibe. Er küsst mich, als ob ich seine ganze Welt wäre. Meine Zehen kräuseln sich bei der Leidenschaft und Sucht, mit der er mich verwöhnt, mich schmeckt, mich einatmet.

Er ist grob, aber ich sehne mich nach dem Schmerz, während er das Feuer in mir entfacht.

Als wir unsere Münder trennen, schnappe ich nach Luft. Als er seine Hand tiefer über meinen Arsch gleiten lässt, erreicht er meine Muschi und schiebt mir kurzerhand zwei Finger hinein. Ich schreie auf, weil sie so dick sind und ich ihn so dringend in mir brauche.

"Bitte, ärgere mich nicht", stöhne ich.

"Du bist so geil, dass ich am liebsten in deinem Körper ertrinken würde, aber hast du es auch verdient?"

Ich versteife mich gerade, als er seine Finger halb herauszieht und sie dann ganz hineinschiebt, um mich zu dehnen.

Zitternd versuche ich, meine Gedanken zusammenzuhalten, denn mein Körper ist bereits an Khaos verloren. Natürlich sage ich mir, dass wir das nicht tun sollten, weil es damit enden wird, dass er mir das Hirn rausvögelt.

Bin ich dazu bereit?

Mein Körper schreit ja, meine Muschi schnurrt um seine Finger, die er tief in mir hat, als ob er dort hingehört, und sich nur ab und zu bewegt, um mich daran zu erinnern, dass er die Kontrolle hat. Das Fünkchen rationalen Denkens, das mir noch geblieben ist, erinnert mich daran, dass ich für immer ihm gehöre, wenn ich es einmal zulasse.

Nenne mich sadistisch, aber ich will das. Doch ein nagendes Gefühl in meinem Hinterkopf sagt mir, dass ich meine Geheimnisse gerade erst mit ihm geteilt habe und noch nicht alle Antworten habe, die ich brauche, oder wie sie in den Mord an meinen Eltern verwickelt waren. Ich habe es eilig, treffe Entscheidungen

aufgrund von Emotionen, und so etwas geht nie
gut aus.

"Hey", sagt er und reißt mich aus meinen Gedanken.
"Konzentriere dich auf mich. Denk nicht zu viel
darüber nach, mein geiler Knallfrosch."

Ich grinse ihn an und schmelze dahin, meine
Antwort ist ein Stöhnen.

"Ist es das, was du willst? Dass ich in dir bin? Dass
du dich öffnest und von mir benutzt wirst?"

"G-Götter", stöhne ich, offensichtlich unfähig, einen
Satz zu formulieren. Ich blinzle zu ihm auf, als er noch
ein paar Mal in mich stößt. Unsere Blicke treffen sich,
seine Zunge liegt auf meinen Lippen. Meine Hände
krallen sich in sein Hemd, meine Beine zittern, weil ich
nicht genug bekommen kann. Meine Gedanken
verzehren sich danach, dass er in mich stößt, mich fickt.

Dann bewegen sich seine Finger zu meiner Klitoris
und gleiten über meine seidigen Falten.

"Ich liebe es, wie du dich an mir reibst, so verzweifelt nach meinem Schwanz verlangst."

"Ja, das tue ich." Er gibt mir riesige Daddy-Vibes,
und das Wort rutscht mir einfach aus dem Mund. "Ja,
Daddy."

Was in aller Welt ist mit mir los?

Er kichert, das Geräusch ist berauschend, während
ich erschaudere und kurz davorstehe, zu explodieren.

Sein Mund ist an meinem Ohr, seine verschlagene
Zunge umschlingt mein Ohrläppchen, bevor er es
zwischen seine Zähne nimmt.

"Gutes Mädchen. Sag Daddy, was du getan hast, um
den Duft deiner Hitze zu mildern?"

Diese Wendung habe ich nicht kommen sehen, und er muss den Schock auf meinem Gesicht gesehen haben. Sich am Rande eines Orgasmus zu bewegen, während man mir hinterhältige Fragen stellt, ist völlig unfair.

Mein Mund öffnet sich und ein Stöhnen entweicht, als er meine Klitoris in engen Kreisen reibt, meine Muschi ist triefend nass, die Brustwarzen so hart, dass ich meine Brüste gegen ihn drücke. Das Letzte, worüber ich reden muss, ist, dass ich meine Hitze blockiere.

"Ich weiß nicht, was du meinst."

Ich zittere, weil ich kurz vorm Platzen bin. Plötzlich lässt er von mir ab und nimmt seine Hand zwischen meinen Beinen hervor. Meine Brust spannt sich an, als er mich herunterlässt. Peinlichkeit schwimmt über meine Wangen, zusammen mit aufsteigender Wut.

Kaum berühre ich den Boden, ziehe ich mich auch schon von ihm zurück, und er packt mich an der Taille und drückt mich an sich.

"Habe ich gesagt, du kannst gehen?"

"Aber du ..."

Er hält mich fest, seine wilden Lippen liegen wieder auf meinen, seine Hand wandert zu meiner Kehle. Er übt nur wenig Druck aus, der mich unter seiner Kontrolle hält, aber nicht, dass ich nicht atmen kann. Ich war schon immer stark, aber auf diese Weise unter seiner Kontrolle zu sein, erfüllt mich mit unerträglicher Erregung. Ich presse meine Schenkel zusammen, will mich befreien, aber er reißt mir das Nachthemd vom Leib.

Ich lehne mich keuchend an ihn, und er sieht mir tief in die Augen.

"Ich brauche dich nackt."

Dieser berauschende Funke in seinen blassblauen Augen, der Wolf, durchdringt mich. Mein eigener Wolf schnurrt durch mich hindurch, zieht mich zu ihm hin und verlangt, dass ich ihn für mich beanspruche.

Er räuspert sich, als er mich loslässt, und zieht sich gerade weit genug zurück, um seinen Blick an meinem Körper hinunterschweifen zu lassen und alles in sich aufzunehmen. Das Kräuseln seiner Mundwinkel könnte genauso gut ein Aphrodisiakum sein.

Mein Körper schwankt auf der Stelle, sein männlicher, erdiger Duft strömt über mich. Ich atme ihn ein, während er mich durchströmt, was es mir schwerer macht, über das Bedürfnis nach ihm hinaus zu denken.

Er studiert mich. "Wunderschön. Ich wusste vom ersten Moment an, dass du mich ruinieren würdest."

Das Spiel, das er spielt, läuft nach seinen Regeln. Das sehe ich jetzt, vor allem, als er seinen Gürtel abschnallt und den Knopf seiner Hose aufreißt, um sie zu öffnen.

Ein riesiger Schwanz kommt zum Vorschein, dick und schwer. Er zieht sein Hemd hoch und über den Kopf und enthüllt seinen Adoniskörper, der aus Stein gemeißelt ist, mit Schichten von Muskeln. Meine Aufmerksamkeit richtet sich wieder auf seine bereitstehende Härte, mein Körper kämpft, um ihm zu widerstehen.

Seine Überheblichkeit ist unübersehbar, er

verhöhnt mich, bis ich in den Armen eines mächtigen Dukes zusammenbreche.

"Wenn du immer noch Geheimnisse vor mir hast, können wir das doch klären, oder?"

Ich schlucke, als er näherkommt und eine Hand zwischen meine Schenkel schiebt. Offenbar bin ich zu schwach, um zu protestieren. Wem mache ich etwas vor? Ich bin hungrig nach ihm.

"Wirst du beenden, was du angefangen hast?", flüstere ich.

Er lässt seine Finger zwischen meine Falten gleiten, und Funken tanzen über meine Nervenenden, die durch diese eine Berührung Feuer fangen.

Ich erschaudere.

"Sagst du mir, was du getan hast, um deine Hitze zu verbergen?"

"Ich weiß nicht, wovon du redest." Ich kaue auf meiner Unterlippe, zittere, während ich auf seinen Fingern reite, dann zieht er sie wieder weg.

"Sei ein gutes Mädchen und knie dich vor Daddy hin."

Mit einem bösen Grinsen im Gesicht knie ich vor ihm nieder und halte seinen Blick fest.

"Ich hätte nie gedacht, dass du darum bittest, Daddy." Ich weiß, dass mit mir etwas nicht stimmt, weil ich den Dukes so leicht nachgebe, aber in diesem Moment, auf Augenhöhe mit einem monströs großen Schwanz, ist mir das egal.

Als er seine Stiefel auszieht, seine Hose fallen lässt und sie zur Seite wirft, bin ich voller Ehrfurcht. Der

Mann ist riesig, hat kräftige Beine, einen soliden Körper, und er gehört mir.

Dann tritt er näher, seine Erektion ist genau da, kurz davor, mir ins Gesicht zu schlagen. Scheiße ist der groß. Und ich bin klatschnass.

"Hände hoch", befiehlt er.

Ich folge seinen Anweisungen, und er nimmt meine beiden Handgelenke in seine große Hand und drückt sie in einer fixierten Position an die Wand über mir. Ich knie vor ihm, die Beine gespreizt.

"Hast du Angst?", fragt er.

Ich schüttle den Kopf. "Hast du?"

Er brüllt ein Lachen und wirft den Kopf zurück.

"Öffne dich für Daddy", säuselt er, wobei sein verführerisches Lächeln nie seinen Mund verlässt.

Mein Körper krampft sich zusammen, das Gefühl seiner Finger auf mir hält noch an. Ich öffne meine Lippen für ihn und halte seinen Blick fest, während er seinen Schwanz in meinen Mund schiebt.

Khaos schmeckt salzig, mit einem Hauch von Honig, als er über meine Zunge gleitet.

"Scheiße, Billie", zischt er und zieht seinen Griff fester an.

Seine freie Hand greift in mein Haar am Hinterkopf und hält mich fest, während er tiefer eindringt. Ich lehne mich in ihn hinein, denn es ist nicht das erste Mal, dass ich jemandem einen blase, aber noch nie einem so großen Mann. Meine Lippen sind bis zum Äußersten gedehnt, in meinem Mund ist kaum Platz.

"Allein das Wissen, dass deine köstliche rosa Muschi

tropfnass auf mich wartet und hungrig ist, macht mich verrückt." Er wird härter, die Spitze seines Schwanzes trifft auf meine Kehle. Tränen steigen mir in die Augen, während ich mich danach sehne, ihn tiefer zu nehmen.

Ich stöhne zustimmend, dann bearbeite ich meine Kehle, um mehr von ihm aufzunehmen. Mein Mund ist fest um ihn gewickelt, als ich spüre, wie er in meine Kehle gleitet. Mit meiner Zunge fahre ich unter seinem Schaft entlang, um ihm das ultimative Gefühl zu geben.

Er stöhnt, sein Körper zittert und er starrt mich mit einem breiten Grinsen an.

"Du ruinierst mich. Der Anblick, dein Mund gefüllt mit meinem Schwanz, ist verdammt sexy."

Ich atme kaum noch, als ich seine Worte höre. Meine Muskeln spannen sich an, aber er lässt mich nicht los und beginnt, meinen Mund zu ficken. Jeder Zentimeter von mir krampft sich zusammen, ein Stöhnen vibriert in meiner Brust, während meine Muschi trieft, wie sehr ich es liebe, auf diese Weise von ihm genommen zu werden.

"Billie ..." Mein Name dröhnt aus ihm heraus, als er seinen Schwanz aus meinem Mund zieht und ihn an meinen feuchten Lippen vorbeischiebt, tiefer, neckischer. "Dein Mund fühlt sich verdammt unglaublich an."

Er trifft die Kurve meiner Kehle, testet mich, geht noch tiefer, und ehrlich gesagt bin ich etwas erstaunt, dass ich noch nicht gekotzt habe. Das hat alles damit zu tun, wie erregt ich bin und wie sehr ich es liebe, seinen Schwanz zu lutschen.

"So ist es gut, nimm alles von Daddy. Öffne deine Kehle für mich." Er kippt seine Hüften gerade so weit, dass er besser rankommt, dann knurrt er: "Ich brauche mehr, Billie. Ich muss deine Kehle ficken."

Ein Schauer durchfährt mich, und ich stöhne auf, während sich meine Brustwarzen bei dieser Vorstellung verhärten.

Seine Hand verheddert sich noch mehr in meinen Haaren und hält mich in einer Position, während er seine Hüften noch ein wenig mehr kippt.

"Willst du das?", fragt er und zieht sich aus mir heraus.

Ich lecke mir über die Lippen, schmecke ihn. Ich zittere vor Erregung, und das starke Gefühl, dass ich kurz davor bin zu explodieren, reizt mich bis zum Äußersten.

"Ja, Daddy. Fick meine Kehle."

"Verdammt!"

Mit seinem Griff in mein Haar gleitet er wieder in meinen Mund und stößt zu. Ich genieße es, unter seinem Kommando zu stehen und die Kontrolle loszulassen, die ich jede Sekunde meines Lebens habe. Das ist etwas anderes. Das ist Ekstase und Flucht. Zu wissen, wie es sich anfühlt, wenn jemand anderes die Kontrolle über mich hat, macht mir Lust auf mehr.

Jedes Mal, wenn er in mich stößt, rollen meine Augen zurück, und er atmet aus und stöhnt lauter. Beim letzten Stoß ist er bis zum Anschlag in mir drin und hält inne. Er hat mich in seiner Gewalt und starrt mich grinsend an. Ich zittere, dann knallt sein Orgasmus in ihn hinein.

Ein Knurren entweicht seinem Mund, als er kommt. Ich arbeite mit meiner Kehle, um alles aufzunehmen und nicht zu ersticken, und bin überrascht, wie viel es ist. Aber ich bin keine, die eine Herausforderung nicht annimmt ... und natürlich nehme ich sie auch jetzt an.

Sobald er sich zurückzieht, lecke ich die letzten Tropfen seines Samens von meinen Lippen und schlucke ihn gierig.

Er lässt meine Hände los, die vom Hochhalten leicht schmerzen, aber als ob er mein Unbehagen spürt, nimmt er mich in seine Arme. Dann liegen seine Lippen auf meinen, er schmeckt sich selbst auf mir, und wir küssen uns so heftig, als könnten wir nie wieder voneinander getrennt werden.

Er setzt sich auf die Couch, mit mir auf dem Schoß, meine Beine spreizen sich über ihn, und ich weiß genau, was er will.

Nach Luft schnappend positioniere ich mich bequem über seiner Erektion und setze mich rittlings auf ihn.

"Mein kleiner Knallfrosch, du hast keine Ahnung, was du mit mir machst."

"Ich habe eine Idee", necke ich ihn. Sein Schwanz ist bereits hart und schmiegt sich zwischen meine Beine. Ich reibe mich an seinem Schaft. "Aber ich werde dich nicht ficken."

Er knurrt, und in seinen Augen liegt eine gewisse Wildheit. "Es fällt dir schwer, die Kontrolle völlig abzugeben, nicht wahr?"

"Hättest du mich anders haben wollen?"

Seine Hände liegen auf meinen Hüften und versu-

chen, mich höher zu führen, damit er in mich hinein-
schlüpfen kann, aber ich schiebe sie von mir weg.

"Jetzt bin ich dran, Daddy." Ich zwinkere ihm zu,
während er sich an mir reibt und seinen Kiefer fest
zusammenbeißt.

Seine Augen glänzen gefährlich sexy, wenn er mich
studiert, und ich erkenne mich selbst kaum wieder. Die
glatte Länge seines Schwanzes an mir ist pure Glückseligkeit, das perfekte Ding, um diesen Juckreiz zu
kratzen.

Diese fleißigen Hände wandern zu meinen Brüsten,
kneten sie und kneifen kräftig in meine Brustwarzen.

Ich zittere, während meine Hüften auf ihm hin-
und herschaukeln, wobei ich ihn immer anschaue. Als
er meine Brustwarze in den Mund nimmt und etwas zu
fest hineinbeißt, verliere ich mich völlig in der wilden
Lust, und ertrinke darin.

Bebend vor Verlangen schreie ich auf, der
Orgasmus durchfährt mich, zerreißt mich. Sterne
tanzen in meinen Augen, während ich nach Luft
schnappe und Lustschübe durch mich hindurch
wirbeln. Ich greife nach Khaos' Schultern und drücke
mich an seine Brust. Ich komme über seinen ganzen
Schwanz, der sich an meine Muschi schmiegt. Jede
Zelle meines Körpers kribbelt, und als ich schließlich
in die Realität zurückschwebe, sacke ich auf seiner
Brust zusammen.

Er zieht mich an sich, seine breiten Hände streicheln meinen Rücken, geben mir Halt nach dem
Sturm, nach unserem Kampf, nach dem harten Orgasmus, obwohl ich immer noch Sterne sehe.

Die Zeit scheint zu verschwimmen und sich zu dehnen, während er da sitzt und wir in den Armen des anderen nach Luft schnappen. Ich habe nie die pure Euphorie verstanden, von jemandem gehalten zu werden, der mich vor der Grausamkeit der Welt schützen würde.

So lange habe ich nur mir selbst vertraut und mir eingeredet, dass ich mich zum Überleben nur auf mich selbst verlassen kann. Während dieselbe Stimme in meinem Kopf mir sagt, dass ich weich bin, weil ich Khaos nachgebe, weil ich seine Gesellschaft genieße, war ich vielleicht nicht ganz korrekt in meinen Ansichten.

Sein Griff wird fester, und mir wird klar, dass es vielleicht auch eine Stärke ist, jemanden zu finden, der einen nicht allein durch die Dunkelheit gehen lässt.

## 26

KHAOS

Die Kälte des Tages schneidet durch meine Kleidung, als ich an der Eingangstür meines neuen Söldnerheims am Rande von Rovaniemi stehe. Es steht einsam an einem Fluss, weit weg von der geschäftigen Stadt. Der Ort gehört mir, ebenso wie das Grundstück. Als Ayla zustimmte, in meinem Team zu arbeiten und Lappland zu erkunden, bot ich ihr und ihrer Freundin Issy diesen Ort an, damit sie sich einleben.

Ich drücke auf die Türklingel, und sie läutet. Augenblicke später schwingt die Tür auf, und Ayla begrüßt mich mit einem breiten Grinsen. Sie trägt enge Jeans und ein lockeres, langärmeliges T-Shirt. Rabenschwarzes Haar fällt ihr kaskadenförmig über die Schultern. Sie strahlt, ist von fesselnder Schönheit und hat diese Art von Lächeln, das einen leicht überrumpelt. In diesem Funken eines Augenblicks kommt mir Billie in den Sinn, ihr verruchtes Grinsen und ihr

Sarkasmus, der mich umhüllt und von ihr besessen macht.

Ich hasse es, sie zu verlassen. Ich hasse es, dass ich, wenn ich die Augen schließe, ihre Angst während des Gewitters wieder erlebe und ihre Worte über ihren Angriff höre. Der brennende Schmerz in meiner Magengrube, sie in Sicherheit wissen zu müssen, verstärkt sich.

Ayla hebt ihr Kinn in meine Richtung, um meine Aufmerksamkeit zu erregen.

"Khaos, du bist aber schnell hier. Wohnst du nicht am anderen Ende der Stadt?" Ihre Augenbrauen ziehen sich zusammen und sie grinst schief.

"Ich mache keine Dummheiten", antworte ich und kichere, als sie mich ins Haus winkt. Ich trete ein, ziehe meine Stiefel aus und schließe die Tür. Ich hoffe, dass sie so schnell wie möglich mit den Nachforschungen über Billies Eltern beginnen kann, dann kümmere ich mich wieder um Billie.

"Ist Issy auch zu Hause?"

Ayla schüttelt den Kopf. "Sie macht einen Spaziergang im Wald. Könnte eine Weile weg sein."

"Das ist in Ordnung", antworte ich. "Ich werde dich nicht lange aufhalten."

Ich habe das Haus nicht mehr betreten, seit es vor dem Einzug von Ayla und Issy umdekoriert wurde. Viele weiße Wände, blaue und grüne Kissen, eine Vase mit Blumen und üppige schokoladenbraune Teppiche.

"Hoffentlich habe ich dich nicht zu einem ungünstigen Zeitpunkt erwischt", sage ich, denn ich weiß, dass ich meine Ankunft so gut wie nicht angekündigt habe.

Die Sache ist die, dass Alya über hochspezialisierte Söldner- und Fährtenleserfähigkeiten verfügt, etwas, das meinem Team schmerzlich fehlt. Ihre Fähigkeiten waren genau das, was ich brauchte, also habe ich sie mir geschnappt, als sich die Gelegenheit ergab.

Sie manipuliert dunkle Magie, ihre Macht dreht sich um Seelen, und sie ist mächtig - die perfekte Verbündete.

Ich folge ihr in das Hauptwohnzimmer, in dem zwei Wände fast vollständig aus Glas bestehen, wodurch die Illusion entsteht, dass der Außenbereich eine Erweiterung des Innenbereichs ist. Der Blick fällt auf einen ruhigen, eingezäunten Rasen mit Bäumen und einer Terrasse.

In der Nähe der Küche bleibt sie an einem großen Holztisch stehen und zieht sich einen Stuhl zurecht. Sie ist ruhig, mehr als bei unserem letzten Treffen vor Wochen, aber unter ihrer ruhigen Erscheinung spüre ich, dass sich ein Sturm zusammenbraut. Sie wartet geduldig darauf, zu hören, was ich von ihr brauche.

Als Leiter ist es meine Aufgabe, dafür zu sorgen, dass jedes Mitglied bereit ist und sich wohlfühlt, unter meiner Führung zu stehen. Ayla ist da keine Ausnahme, denn mit ihren Fähigkeiten ist sie von unschätzbarem Wert.

Als sie den Stimmungsumschwung bemerkt, lächelt sie, als würde sie sich körperlich abschütteln. "Mach es dir bequem. Ich hole unseren Kaffee." Sobald sie sich niedergelassen hat, setzt sie sich mir gegenüber und stellt jedem von uns eine dampfende Tasse Kaffee hin.

"Also, was kann ich für dich tun? Es klingt dringend."

"Ich habe ein persönliches Problem, bei dem ich deine Hilfe gebrauchen könnte", erkläre ich und wähle meine Worte sorgfältig. "In Anbetracht deiner besonderen Fähigkeiten und deines Hobbys, über vermisste Personen zu recherchieren, könnte das für dich von Interesse sein."

Ihre Augen leuchten auf, und sie beugt sich vor und wartet. "Ich höre zu. Du hast die magischen Worte gesagt." Sie grinst halb, aber ich sehe schon, wie sich die Ernsthaftigkeit auf ihre Züge legt.

"Dein Ruf als Informationsbeschafferin ist unübertroffen. Es gibt zwei Personen von Interesse, die du für mich überprüfen sollst. Ihre Unterlagen scheinen *nicht zu existieren*." Ich betone das letzte Wort.

Ayla ist auf den Beinen und holt einen Block und einen Stift von der Küchentheke. "Gib mir alles. Namen, Adressen, Beschreibungen, Lieblingsfarbe ... alles."

Ich nicke. "Lorelei Tempest und Draven Tempest." Gestern Abend hat Billie mir die Namen ihrer Eltern und ein paar Details genannt.

Ayla erstarrt und starrt mich mit zusammengekniffenen Augenbrauen an.

"Du hast von ihnen gehört?", frage ich.

Sie braucht einen Moment, um zu antworten. "Der Nachname kommt mir bekannt vor, aber bevor ich etwas sage, möchte ich keine voreiligen Schlüsse ziehen. Fahre fort."

Ich gebe ihr die Informationen, die ich von Billie

habe - die Adresse ihrer Familie, was sie getan haben, und dass sie beide reine Wölfe waren. Dann gehe ich zu Bryant Ursaring über und mache keinen Hehl daraus, dass er in die Ermordung von Billies Eltern verwickelt sein könnte.

Meine eigenen Nachforschungen haben nur minimale Ergebnisse erbracht, vor allem, weil unsere Aufzeichnungen über sie gelöscht wurden. Und genau hier liegt Aylas Spezialität - die Verlorenen zu finden - und sie ist schnell.

Sie sagt kein Wort, während sie Notizen auf ihren Block kritzelt. Die Bedeutung des Gesprächs nimmt zu, und mein Bestreben, herauszufinden, wer es auf Billie abgesehen hat, hat Priorität. Langsam hebt sie ihren Blick zu mir, mit einer Intensität, die mich verblüfft.

"Weißt du, Khaos", beginnt sie. "Die Sache ist vielleicht gar nicht so schwierig, wie wir denken. Ich bin bei meinen persönlichen Nachforschungen über jemanden mit dem Nachnamen Tempest auf einige ... interessante Hinweise gestoßen. Wenn sich herausstellt, dass es sich um dieselbe Person handelt, wirst du schockiert sein, was ich dir mitzuteilen habe."

Ich ziehe fasziniert eine Augenbraue hoch, und mein Herz klopft in meiner Brust.

"Gib mir weniger als vierundzwanzig Stunden", sagt sie selbstbewusst und tippt auf ihre Notizen. "Wenn es nicht der ist, an den ich denke, sage ich dir Bescheid."

Ein tiefer Atemzug entweicht mir. "Ich verlasse mich auf dich. Wir brauchen Antworten, und wir brauchen sie schnell."

### Billie

Warum kommt der Heißhunger auf Kuchen immer nachts?

Mein Magen knurrt, während ich im Bett liege und nicht schlafen kann. Der Rest des Hauses ist still, aber ich bin wach. Ich kann an nichts anderes denken, als etwas Süßes zu essen. Schokoladenkuchen. Frisch gebackene Kekse. Karamell. Sabbernd krabbele ich aus dem Bett.

Ich ziehe den Bademantel an und öffne leise meine Tür, um die Wache, die Khaos vor meiner Tür haben will, dösend vorzufinden. Nach dem Vorfall mit dem Spiegel hat Khaos gesagt, ich soll das Haus nicht allein verlassen.

Der Mann sitzt auf dem Boden, mit dem Rücken zur Wand, das Kinn auf die Brust gestützt. Anscheinend hat Khaos seine erstklassigen Sicherheitsleute unterschätzt.

Ich schleiche mich auf Zehenspitzen an dem Wachmann vorbei, und sobald ich nicht mehr in seiner Hörweite bin, eile ich die Treppe hinunter. Das Herrenhaus ist so spät ziemlich unheimlich. Ein paar Lichter sind noch an, als ob der Ort nie ganz schlafen geht. Ansonsten ist es gespenstisch still.

Ich eile über den kalten Boden und mache mich auf den Weg in die Küche. Mein Magen ist ausgehungert, während mir Khaos immer noch im Kopf herumspukt. Genauer gesagt, unsere gemeinsame Zeit vor zwei Nächten.

Seitdem habe ich ihn nicht mehr gesehen. Helmi

erzählte mir, dass die drei Brüder zu einem dringenden Treffen mit anderen Familien einberufen wurden und erklärte, dass dies immer wieder vorkommt. Die Frage der *Dringlichkeit* ist fraglich, wenn es um diese Versammlungen geht. Sie kicherte. Ich mag sie wirklich, vor allem, wenn sie nur in mein Zimmer kommt, um nach mir zu sehen, und wir uns dann aber eine Stunde lang unterhalten. Den Rest der Zeit habe ich das Anwesen erkundet und mich irgendwie beschäftigt. Wie durch ein Wunder behandelt mich Clark nicht wie ein Stück Dreck an seinem Schuh.

Er ging sogar so weit, mir mitzuteilen, dass Khaos externe Hilfe in Anspruch nimmt, um die Lücke in ihren Daten zu finden. Ich drücke die Daumen, dass dabei Informationen über die Monster herauskommen, die meine Eltern getötet haben.

Als ich die große Küche erreiche, bin ich allein, mit den hohen Decken, den glänzenden Arbeitsflächen und den Töpfen und Pfannen, die an einem Metallhaken über dem Herd hängen. Im Handumdrehen bin ich am Kühlschrank und schaue mir das Angebot an. Da ich nichts Süßes finde, schnappe ich mir die Flasche mit der Milch. Ich stelle sie auf den Tresen, öffne die Tür zur Speisekammer und stoße einen lauten Schrei aus.

Der starke Geruch von getrockneten Kräutern dringt in meine Sinne, dann ...

"Heiliger Strohsack. Wie groß ist dieser Ort?"

Die Speisekammer ist größer als die gesamte Wohnung, die Sasha und ich damals in Südafrika hatten. Hier gibt es so viele Regalreihen und so viel

Essen, dass ich nicht weiß, wo ich anfangen soll oder wo ich überhaupt den Lichtschalter finden soll. Also stürze ich mich in die ersten paar Reihen, die von den Küchenlampen beleuchtet werden.

Wenige Augenblicke später tauche ich mit einem Arm voller Leckereien auf und lege sie auf den Tresen - ein Glas Schokoladenkekse, ein eingepacktes Brot, das wie ein orangefarbener Mohnkuchen mit weißem Zuckerguss aussieht, Zimtschnecken mit Sirupglanz, eine kleine Dose mit rosa und blauen Makronen und schließlich frisch zubereitete fluffige Marshmallows mit einer Tafel Schokolade. Mir läuft das Wasser im Mund zusammen. Ja, ich habe es übertrieben, also beschließe ich, eine kleine Platte mit einer Kostprobe von jeder Leckerei zusammenzustellen.

Als ich mich bücke, um einen Teller aus dem Regal unter dem Tresen zu holen, hallen Schritte vom Flur herüber. Ich richte mich auf, mein Herzschlag beschleunigt sich. Hat der Wachmann mein Fehlen bemerkt? Oder ist es einer der Dukes? Ich rühre mich nicht, in der Hoffnung, dass derjenige vorbeigeht und mich nicht dabei erwischt, wie ich das ganze Essen verschlinge.

Ein kräftiger Arm schlingt sich um meine Taille, und eine Hand schlägt gegen meinen Mund. Ein plötzlicher Ruck und ich werde durch die Küche in die Speisekammer geschleift. Die Türen schließen sich und machen alles dunkel. Der Geruch von Kräutern ist so stark, dass mir fast die Augen tränen.

Panik ergreift mich, und ich schlage gegen den Angreifer und verfluche mich selbst dafür, dass ich nicht eines der Küchenmesser mitgenommen habe, die ich für solche Fälle in meinem Zimmer aufbewahre. Meine Atemzüge kommen in kurzen, scharfen Stößen gegen die Hand, die sich über meinen Mund legt. Verwirrt, desorientiert und verängstigt stoße ich meinen Ellbogen zurück, aber es macht keinen Unterschied.

Dann schlängelt sich das kalte Gefühl von etwas Lederartigem meine Beine hinauf, dass sich immer fester um meine Beine wickelt, und ein Schrei entringt sich meiner Kehle.

"Still", flüstert die tiefe, männliche Stimme in mein Ohr, mit ihr erreicht mich der vertraute Geruch von verkohltem Holz nach einem alten Lagerfeuer, gefärbt mit dem süßen Duft von Kirschen.

Ich kenne diesen Duft, seine Berührung, seinen Schwanz. Ich stöhne.

"Arschloch", murmle ich gegen seine Hand. "Lass mich los, Tallis!"

Sein Griff lässt nicht nach, und ich kann mir das Grinsen auf seinem Gesicht vorstellen - das gleiche, das er in dem dampfenden Bad getragen hatte. Und schon ist er wieder in seiner Dämonengestalt, was sich daran zeigt, dass sein verspielter Schwanz um meine Beine gleitet.

Sein warmer Atem bleibt an meinem Ohr. "Willst du, dass er uns findet?"

"Er?" Ich atme verwirrt aus und versuche, über die feste Hand hinwegzusehen, die meine Worte dämpft und mein Gesicht halb verdeckt.

Durch den schmalen Spalt, der nicht ganz geschlossenen Speisekammertür sieht man nur die leere Küche und hat einen perfekten Blick auf meine Leckereien auf der anderen Seite des Raumes.

"Er ist dir gefolgt, weißt du das? Nur bist du nicht in deinem Zimmer, und das bedeutet, dass du mir gehörst. Ich war zuerst bei dir."

"Wovon redest du?" Meine Stimme ist hinter seiner Hand fast nicht mehr zu hören. Ich ergreife sie und versuche, sie nach unten zu drücken, aber es ist ein aussichtsloser Kampf. Genauso wie der Schwanz, der sich jetzt an meinem Innenschenkel hochschlängelt und mich mit erregten Schauern überzieht. Wie fair ist es, dass mein Körper in der Nähe der Dukes keine Kontrolle hat?

Ich beiße also auf seinen Finger, und er zischt, aber sein Griff lässt nicht nach.

"Wirklich, jetzt beißt du?"

"Was auch immer es kostet. Und jetzt verschwinde!"

Er lacht leise hinter mir. "Wird nicht passieren. Du wirst wegrennen." Seine Lippen liegen auf meinem Hals, diese gefährlichen, scharfen Reißzähne streifen meine zarte Haut wie eine Drohung, dass ich besser tue, was er verlangt, oder er wird derjenige sein, der beißt.

"Hast du eine Ahnung, wie sich das anfühlt?" Seine Zunge leckt mich von meinem Ohrläppchen die Kurve meines Halses hinunter. "Sich nach deiner Berührung zu sehnen, nach deinem Geschmack, einen ständigen Ständer zu haben?"

Ich bin erst einmal sprachlos. Nicht nur, weil er von so rohen Emotionen spricht, die mir die Brust zuschnüren, oder weil sein Schwanz zwischen meinen Beinen gefährlich hochklettert, sondern weil er, ehrlich gesagt, zwischen mich und den Schokoladenkuchen kommt, auf den ich mich gefreut hatte.

Nur jetzt, wo die Spitze seines Schwanzes unter meine Pyjamahose rutscht, keuche ich auf.

"Hey, das ist nicht fair", murmle ich und versuche, mich zu winden und seinen Schwanz wegzuschieben, aber mit Tallis' Arm um meine Mitte, der meinen Rücken gegen seine Brust drückt, ist es unmöglich, nach unten zu greifen.

"Wusstest du, dass mein Schwanz mit sensiblen Rezeptoren ausgestattet ist? Wo immer ich ihn bewege, spüre ich die Berührung, als ob es meine Finger wären, sogar mein Mund. Na ja, bis auf den Geschmack."

Ich kann nicht anders, als ihn auszulachen, wobei meine Stimme immer noch von seiner verdammten Hand gedämpft wird.

Wie zum Beweis gleitet die Spitze seines Schwanzes über den Spalt meiner Muschi. Ein Schauer überläuft mich, ein elektrisches Kribbeln durchfährt meinen Körper, weil er mich so leicht erregt. Ein Stöhnen schnurrt in meiner Kehle, als er nach meiner Brust greift und eine Brustwarze kneift.

Das Verlangen läuft mir über den Rücken, und ich stöhne auf und lecke diesmal die Innenseite seiner Handfläche, anstatt zu versuchen, Blut zu trinken.

Er stößt meine Beine mit seinem Fuß weiter auseinander, und ich stöhne auf, als sein Schwanz nahe an meinen Eingang gleitet und mich reizt. Ich spüre die

Glätte seiner Dämonenhaut und die runde Spitze, die nur einen Zentimeter eindringt.

"Tallis, bitte ..." Meine Atemzüge kommen so schnell, dass mir heiß wird. Meine Muschi drückt ihn an sich und versucht, ihn tiefer zu nehmen. Mein Körper stößt mich weg und umarmt die Dukes.

"Ich bin süchtig nach dir, nach nur einer Kostprobe", knurrt er in mein Ohr und drückt erneut meine Brust.

Ich zittere und kann mich auf nichts anderes konzentrieren als auf seinen Schwanz zwischen meinen Schenkeln. Ich spüre bereits, wie ich feuchter werde. Ist es schlimm, dass ich einfach will, dass er es tut, anstatt mich zu verspotten?

"Ich glaube, ich habe ein Problem", gesteht er mir ins Ohr.

"Nur ein Problem?", sage ich atemlos. "Oh, wie bescheiden von dir."

Er macht diese Sache, bei der er in seinem schweren Ton lacht und dann seinen Schwanz in mich stößt.

Ich halte seinen Arm fest, denn, sagen wir es mal so, sein Schwanz ist nicht gerade dünn.

"Gefällt dir das?"

Mir fehlen die Worte, also nicke ich, als mein Inneres flattert. Es hat etwas Erotisches, von ihm gehalten zu werden, während er sich an mir vergeht. Es ist eine Fantasie, die ich habe, und irgendwie wissen diese Dukes genau, wie sie sie erfüllen können.

Ein leises Schnurren streicht über meine Kehle, als er tiefer eindringt. Ich spüre die kreisrunden Rippen an seinem Schwanz, als er hineinrutscht. Er umklammert mich und atmet schwer in mein Ohr. Ich kann meine Füße kaum noch spüren, und er hält mich größtenteils aufrecht, während hinter meinen Augenlidern Sterne aufblitzen.

Mein Magen krampft sich zusammen, das Verlangen verschlingt mich. Ich erschaudere und stöhne.

Das ist der Moment, in dem jemand in die Küche spaziert.

"Pssst." Tallis Mund liegt an meinem Ohr, sein Atem ist heiß und schwer, aber sein Schwanz bewegt sich tiefer, dann wieder heraus und wieder hinein, um sicherzustellen, dass er diese gerippten Kreise an meinem Eingang reibt, weil er böse ist. Und er weiß, dass ich nicht widerstehen kann.

Durch den winzigen Spalt in der Tür der Speisekammer sehe ich Eryx. Er ist nur mit einer lockeren Hose bekleidet, sein durchtrainierter Oberkörper ist voll zur Schau gestellt, und ich kann seine Muskeln sehen, das Spiel von Schatten und Licht auf seinen Bauchmuskeln.

Ich bin völlig fasziniert.

"Du magst ihn sehr, nicht wahr?" Tallis flüstert so leise, dass ich ihn kaum höre. Er hält mich besitzergreifend fest und zerrt an meiner Brustwarze über meinem Pyjama-Oberteil.

Da ich meiner Stimme nicht traue, nicke ich, während ich mit den Hüften wippe. Ich beobachte Eryx, der unseren Aufenthaltsort nicht zu bemerken scheint, was ich auf den überwältigenden Duft der

Kräuter in dieser verdammten Vorratskammer zurückführe.

Meine Schenkel spannen sich an und zittern bei Tallis' unerbittlichen Reizen und der Intensität, die er in mir hervorruft. Ich muss mich beherrschen, um nicht aufzuschreien, wie gut es sich anfühlt, von einem Dämonenschwanz gefickt zu werden. Und ich denke an die beiden Schwänze, die er im Gepäck hat und die sich gerade an meinem Arsch reiben, und wie unglaublich sie sich anfühlen würden.

Ich bin so weit auf diesem Weg der Erregung, dass ich nicht mehr aufhören will. Tallis gehört mein Körper, und er weiß genau, wie er spielen muss, damit er nach seiner Pfeife tanzt.

Eryx geht zu den Süßigkeiten hinüber, die ich auf dem Tisch gesammelt habe, und stochert darin herum. Dann klappt er das Glas auf und beginnt, die Schokoladenstückchen zu kauen. Nach drei Stück schnappt er sich zwei weitere und verschlingt sie auf dem Weg zum Kühlschrank.

Ich beobachte ihn und will, dass er meine Kekse in Ruhe lässt, während ich auf einer Welle nach der anderen von Tallis' quälender Erregung schwebe. Schließlich nimmt er seine Hand von meinem Mund und lässt sie an meiner Vorderseite hinuntergleiten, wo ich mit seinem Schwanz wippe. Mit zwei Fingern zieht er meine Lippen auseinander, und ein Finger tippt auf meine Klitoris.

"Soll ich mal was anderes machen?", raunt er mir ins Ohr, während ich beobachte, wie Eryx mit einem riesigen Schinken und einem Glas Gurken unter einem

Arm vom Kühlschrank weggeht. Er schnappt sich eine Klinge und einen ganzen Laib Brot.

Ich gebe ein leises Geräusch von mir, um Tallis zu sagen, dass er auf keinen Fall etwas anderes machen soll.

"Wie wäre es mit einer kleinen Berührung meiner Inkubuskraft genau hier ..." Er drückt auf meine geschwollene Klitoris und sein Schwanz beschließt, sich schneller zu bewegen. Meine Beine geben fast nach, und ich kann nur daran denken, dass ich mehr brauche.

Slick tropft an den Innenseiten meiner Ober- schenkel herunter. Ich erinnere mich an seinen letzten Einsatz der Inkubuskraft, was mich zu einer völlig sexhungrigen Irren gemacht hat. Noch mehr als ich es ohnehin schon bin, was schon viel sagt.

Ich versteife mich, schüttle den Kopf und ziehe mich zusammen, während ich den Kopf drehe und ihn ansehe. "Wage es ja nicht!" Ich spreche so leise, dass es kaum ein Flüstern ist.

Seine Lippen verziehen sich zu einem Grinsen. Scheiße, er wird doch nicht auf mich hören, oder?

Als ich mich umdrehe, starrt Eryx wieder auf meinen Haufen Leckereien, und ich wünsche mir in Gedanken, dass er sich beeilt und die Küche verlässt. Ich bete ihn an, und das Letzte, was ich will, ist, vor seinen Augen, mit einem Schwanz in mir weinend aus der Speisekammer zu fallen.

Ich zweifle nicht daran, dass es ihm Spaß macht und er dann mitmachen will - ich sehe es schon vor meinem geistigen Auge, aber ich bin nicht bereit dafür, wie schnell die Dinge eskalieren. Je mehr ich herumal-bere, desto wahrscheinlicher ist es, dass eine Sache schließlich zu echtem Sex führt. Ich habe kaum noch Kontrolle über meine Hitze ...

Tallis stößt plötzlich tiefer in mich hinein, und ich keuche, dann schließe ich den Mund.

Eryx hält inne und blickt sich im Raum um.

Mein Herz klopft wie wild, als ich spüre, wie Tallis grinsend meinen Kitzler reizt. *Arschloch.*

Feuer durchströmt meine Haut, und Schweiß bricht mir auf der Stirn aus.

Gerade als Eryx meinen Schokoladenkuchen in die Hand nimmt und aus der Küche marschiert, ist Tallis' nächste Berührung an meiner Klitoris wie Elektrizität.

Es schießt durch mich hindurch, brutzelt in meiner Muschi, und ich verliere völlig den Verstand. Euphorie verschlingt mich, während ich aufschreie und meine Knie nachgeben.

Er hält mich hoch, während ich zittere. Die Lust ist so intensiv, dass ich nicht aufhören kann, wieder und wiederzukommen. Mein Körper zuckt, meine Muschi drückt seinen Schwanz, und er zischt hinter mir, aber ich kann an nichts anderes denken als daran, dass ich härter komme, als ich es je für möglich gehalten hätte.

Heißer Schleim tropft heraus, während er mich umhüllt und sagt: "Ich habe dich. Sieh nur, wie schön du bist und über meine Hand und meinen Schwanz kommst."

Als ich schließlich wieder auf die Erde zurück-kehre, erschlafft mein Körper und ich liege in Tallis' Armen, eng an seine Brust geschmiegt. Mein Blick fällt auf seinen Schwanz, der aus mir herausrutscht, dessen Spitze nass glänzt und der in einer kleinen Pfütze aus meiner Wichse liegt.

"Das war umwerfend", säuselt er. "Ich kann es kaum erwarten, bis du bereit bist, dich von mir ficken zu lassen, um dir meine beiden Schwänze zu geben."

Ich bin betäubt und zittere immer noch von einem überwältigenden Orgasmus, aber ich bin erschöpft. Es hat mich jedes bisschen Kraft gekostet, das ich hatte, und es hat mich umgehauen.

"Ich habe gesagt, du sollst deine Kraft nicht einsetzen", sage ich mit knisternder Stimme, kaum in der Lage, deutlich zu sprechen.

Er grinst mich an, beugt seinen Kopf vor und küsst mich. "War das nicht das unglaublichste Gefühl auf der Welt?" Er geht mit mir aus der Küche, mit leeren Händen, ohne meine Leckereien.

"Nun, ja, es war wahnsinnig gut, aber ..."

"Dann sagt dir das alles. Ich wusste genau, was du brauchst, und ich bin immer für dich da. So wie jetzt, ich werde dich ins Badehaus bringen, um dich zu waschen."

Ich blinzle ihn an und verenge meinen Blick auf ihn, weil ich nicht weiß, was er jetzt vorhat.

"Und was wirst du tun?"

Sein Mundwinkel kräuselt sich nach oben. "Ich, mein süßes Mädchen mit der köstlichsten Muschi, werde es wiedergutmachen. Ich verspreche es."

"Warte ... was willst du wiedergutmachen? Dass du mich als Geisel in der Vorratskammer gehalten und mich dann so sehr angetörnt hast, dass ich es genossen habe, mit deinem Schwanz Sex zu haben, oder, dass du mich mit deiner Inkubusmagie berührt hast?"

Die volle Leuchtkraft seines Lächelns ist atemberaubend. "Du wirst sehen."

"Um ehrlich zu sein, deine Überraschungen machen mir Angst. Ich bin auch ohne sie glücklich."

Er studiert mich, als würde er mich auswendig lernen, und ich gebe mir große Mühe, nicht in Ohnmacht zu fallen vor diesem Dämon, der mich in den Wahnsinn treibt.

"Mach dich auf eine Überraschung gefasst." Dann küsst er mich wieder, und ich kann nicht anders, als mich von seinem Charme mitreißen zu lassen, von diesem berauschenden Duft und davon, wie wahnsinnig gut er aussieht, selbst in seiner Dämonengestalt. Obwohl er mich wütend macht, fächle ich mir immer noch Luft zu. "Ach, und übrigens, ich hasse dich", knurre ich. "Du hast mich um meinen Schokoladenkuchen gebracht."

"Ich liebe dich auch, meine Schöne."

Das Wasser des Bades plätschert sanft gegen meine Schultern, während ich in seiner Umarmung schwebe. Ich fühle mich völlig entspannt, aber eine gewisse Vorfreude kann ich nicht abschütteln. Tallis hat mich in das riesige Bad gebracht, das einer Höhle ähnelt, und mir versprochen, es noch einmal zu tun. Das macht mir Angst, erregt mich aber auch.

Ich kann es nicht erklären, aber die Gefühle in mir für diese Dukes verändern sich. Sie sind viel unterschiedlicher, als ich erwartet hatte, aber ich übernehme mich und muss meine Gefühle zügeln.

Schwerer gesagt als getan.

Gerade als ich über den Sinn meines Lebens nachdenke, knarrt die Tür zum Bad auf.

Tallis tritt ins Licht, und zwar in seiner menschlichen Gestalt, nur mit Jeans bekleidet. Aber meine Aufmerksamkeit bleibt an dem dekadenten Schokoladenkuchen mit Zuckerguss in seiner Hand hängen, der auf einem goldenen Teller präsentiert wird und aus dessen Spitze zwei Gabeln herausragen.

Mir läuft das Wasser im Mund zusammen, meine Augen werden groß. Ich bin völlig sprachlos, denn das ist nicht der Kuchen, den ich aus der Speisekammer geholt habe. Es riecht nach frisch gebackener Schokolade.

Ein sexy Lächeln umspielt seine Lippen.

"Was ist das?", stöhne ich schließlich laut und nicke in Richtung des Desserts, wobei ich versuche, ruhig zu bleiben und mich nicht zu sehr aufzuregen. Nur für den Fall, dass das ein Test ist und er mich damit verspotten will. Dann werde ich ihn offiziell umbringen.

Sein Grinsen weitet sich zu einem breiten Lächeln aus.

"Betrachte es als mein Friedensangebot. Eryx hat meinetwegen deinen Kuchen gestohlen, also habe ich dir meinen berühmten Dämonen-Schokokuchen gebacken. Frisch aus dem Ofen, so sehr, dass der Zuckerguss schmilzt, also muss er schnell gegessen werden."

"Warte." Ich höre auf, im Wasser zu schwimmen, und lasse meine Füße auf den Boden sinken. "Du backst?"

Seine Augen leuchten, und ich genieße es, die Begeisterung in ihnen zu sehen, wie stolz er auf seine Schöpfung blickt. "Du wärst überrascht, wie viele Dinge ich kann."

Einen Moment lang starren wir beide auf die Torte, bevor er sie auf dem Beckenrand abstellt. Er sieht aus, als ob er gleich zu mir springen würde.

"Willst du mit deinen Klamotten baden?", frage ich. "Lässt du deine viktorianische Frauenseite spielen?" Ich strecke ihm die Zunge raus, als er kichert.

Er zieht sich in einer Sekunde aus, und mein Blick senkt sich auf seine Leistengegend, denn das ist die Art von Mädchen, die ich geworden bin. Und er hat nur einen riesigen, schweren Schwanz zwischen den Beinen hängen, der mich dazu bringt, meine Schenkel zusammenzuziehen. Aber das Interessante ist, dass er in Dämonengestalt zwei Drachen da unten hat.

Er hüpft in das Becken und löst dabei eine kleine Flutwelle aus. Flink schnappt er sich den Kuchen und setzt sich auf den Sims im Bad.

"Also, schließt du dich mir an?" Seine Augenbrauen heben sich andeutungsweise.

Ich lächle. "Auf jeden Fall. Wer könnte schon einem Date mit Kuchen und Schaumbad widerstehen?"

Verdammt, habe ich gerade *Date* gesagt?

Ich nehme mir eine Gabel und stürze mich auf das Dessert. Der feuchte und noch warme Biskuit ist samtig und himmlisch auf meiner Zunge. Die Schokoladencreme ist teilweise geschmolzen, aber das tut dem Geschmack keinen Abbruch. Sie ist süß und reichhaltig, und plötzlich stöhne ich auf.

"Oh mein Gott", murmle ich und stecke mir noch eine Gabel voll in den Mund.

"Ich fasse das als Kompliment auf, denn ja, ich bin ein halber Gott und dein Gott." Er grinst mich an. "Außerdem, wenn du weiterhin diese Geräusche beim Essen machst, wirst du den Zuckerguss am ganzen Körper tragen, und ich werde ihn abschlecken."

Ich verschlucke mich fast an meinem Essen, dann breche ich in Gelächter aus.

"Aber im Ernst, du hast diesen Kuchen gemacht? In echt? Oder hast du ihn mit einem Zauberspruch von jemandem aus der Villa herbeigezaubert?"

Er zieht die Brauen zusammen. "Soll ich beleidigt sein, weil du mir nicht zutraust, dass ich so einen tollen Kuchen backen kann?"

"Nein, es ist nur ..." Ich nehme einen großen Bissen und muss jetzt den Mund halten, bevor ich mich noch tiefer reinreite. "Warte." Ich schlucke den Bissen hinunter. "Ist da irgendeine Art von Gewürz in diesem Kuchen? Da ist ein winziges Prickeln auf meiner Zunge."

"Ah, ja." Er strahlt wieder. "Da ist eine Prise Chili drin. Meine eigene Note."

"Das ist lächerlich gut." Ich greife nach mehr, wobei ich bereits ein schönes großes Loch in meine Seite des Kuchens mache.

Er lehnt sich näher heran, so sehr, dass sich unsere Gesichter fast berühren. Mir stockt der Atem, als er mir einen Kuss auf den Mundwinkel gibt und ihn dann ableckt. Als er sich zurückzieht, sagt er: "Du hattest da etwas Zuckerguss."

Mein Herz galoppiert, und je länger ich ihn anstarre, desto mehr kommen mir seltsame Gedanken in den Kopf - wie es wohl wäre, mit einem Mann wie ihm zusammen zu sein? Dann kommen mir die Worte über die Lippen, als ob sie einen eigenen Willen hätten.

"Wie kommt es, dass jemand wie du, der jede haben könnte, allein ist? Ich stelle mir vor, dass du von Frauen überschwemmt wirst, die dich anflehen, mit ihnen zusammen zu sein."

Er schnaubt lachend. "Weil ich auf jemanden wie dich gewartet habe."

Ich rolle mit den Augen und sage: "Hör auf zu lügen. Ich meine es ernst."

Ein Seufzer entweicht seinen Lippen, und er blickt über die dampfende Wasseroberfläche hinaus, aber als er nicht antwortet, beschließe ich, mich zu öffnen.

"Ich habe mir immer wieder gesagt, dass ich keine Zeit für etwas Ernstes habe. Dass ich zuerst den Mörder meiner Eltern finden muss." Ich zucke mit den Schultern.

Er neigt den Kopf zur Seite und mustert mich. "Hat sich das jetzt geändert?"

"Als ich hier ankam, war ich fest davon überzeugt, dass ich die Antwort kenne. Aber jetzt fühle ich so viele Emotionen, und es ist noch komplizierter, weil wir Schicksalsgefährten sind."

"Ich finde, das ist ganz einfach."

Ich werfe ihm meinen besten todernsten Blick zu. "Okay, jetzt du."

Nach einer weiteren langen Pause sagt er: "Ich dachte einmal, ich hätte jemanden gefunden. Eine, von der ich tatsächlich glaubte, sie wäre die Richtige. Und sie spielte die Rolle perfekt, sagte mir alles, was ich hören wollte, tat alles, was ich wollte. Sie verwöhnte mich und stand mir zur Seite. Verdammt, ich war überzeugt, dass das Universum einen Fehler gemacht hatte, als es uns nicht als Schicksalsgefährten auswies." Er blickt gedankenverloren durch den Raum.

Ich hatte nicht vor, seine schmerzhaften Erinnerungen hervorzuholen. Mein Herz schmerzt, wenn ich diese Seite von ihm sehe. Ich schmiege mich an seine Seite, lege mein Kinn auf seinen Arm und möchte, dass er weiß, dass er nicht allein ist.

Tallis lehnt sich zurück, das Wasser steht ihm bis zur Brust und fließt um uns herum, als ob die Düsen eingeschaltet wären.

"Es hat sich herausgestellt ...", beginnt er. "Sie hat mit mir gespielt. Ich hätte es sehen und wissen müssen, dass niemand perfekt ist. Jeder hat Schwächen, die ihn einzigartig machen. Sie war nicht anders. Aber ich war ein Idiot und blind dafür. Sie war nicht aus Liebe mit mir zusammen, nicht einmal aus Verliebtheit. Sie hatte unsere Familie infiltriert, spionierte im Auftrag einer rivalisierenden Söldnerfamilie."

"Diese Schlampe!" Wut flammt in mir auf, etwas Wildes und Beschützendes. "Bitte sag mir, dass sie jetzt aus deinem Leben verschwunden ist, sonst muss ich meine Schwerter auf sie richten", sage ich halb im Scherz, halb im Ernst.

"Sie ist weit weg. Sagen wir es so: Als wir es herausfanden, statteten meine Brüder und ich ihrer Familie einen Besuch ab, den niemand in dieser Familie je vergessen wird." Er mustert mich aufmerksam, seine dunklen Augen zeigen goldene Flecken wie winzige Sternchen. Dann umspielt ein Lächeln seine Lippen. "Ich wusste nicht, dass du einen Hauch des grünäugigen Monsters in dir hast."

Ich lache noch lauter, und der Klang hallt in dem höhlenartigen Raum wider.

"Ehrlich gesagt, ich auch nicht. Wer hätte das gedacht?"

"Weißt du, ich habe niemandem mehr vertraut, seit dieser Beziehung", erklärt er. "Bis ich dich traf."

Mein Herz klopft in meinen Ohren bei seinen Worten, bei der Tiefe, mit der er mich anschaut.

"Das bedeutet, dass ich etwas richtig mache." Ich kichere über meinen Sarkasmus, denn ich habe es geschafft, alles zu tun, was man bei der Jagd auf einen Mörder nicht tun sollte.

Er streicht mir über die Wange und fährt mit den Fingern unter mein Kinn. "Oder vielleicht bedeutet es, dass du anfängst, dich in einen Dämon zu verlieben."

## 27

TALLIS

Ich strecke meine Beine in dem schweren Holzstuhl aus, denn diese verdammten Sitze im Sitzungssaal sind verdammt unbequem. Also stehe ich auf und verlasse den Tisch, an dem Eryx seine Daumen dreht, während Khaos sich einen Kaffee holt. Mein Bruder kann ohne seinen morgendlichen Koffeinschub nicht arbeiten. Er hat uns zusammengerufen, dringend, also sind wir hier. Ich stehe im obersten Stockwerk von Vanguard Manor und blicke hinaus auf die Wachen an der Vorderseite unseres Grundstücks. Der hohe elektrische Zaun um unser Grundstück sorgt für Sicherheit, denn in unserem Geschäft gibt es immer jemanden, der uns umbringen will. Hinter dem Tor liegt eine ruhige Straße, die in die Stadt führt.

Billie geht mir durch den Kopf, wie an jeder zweiten Sekunde des Tages. Sie verzehrt meine Gedanken, und ich will sie unbedingt wiedersehen. Ich muss immer wieder an sie denken, wie sie gestern Abend nackt in der Badewanne lag und ihren Mund an meinem Schokoladenkuchen hatte. Ihr Lachen klingt immer noch in meinen Ohren.

Khaos' Stimme unterbricht meine Gedanken, und ich drehe mich wieder um und lasse mich in meinen Sitz fallen.

"Okay, erzähle es uns. Was ist hier los?", frage ich.

Eryx setzt sich mir gegenüber an den Tisch, während Khaos sich den Platz neben ihm schnappt.

"Ich habe heute Morgen von Ayla einige vorläufige Ergebnisse über Billies Eltern erhalten."

Ich lehne mich vor und bin plötzlich interessiert. Ich dachte schon, es würde wieder ein schnarchiges Treffen werden, bei dem es um die Trefferquoten der Söldner geht und darum, welche Söldnerfamilie eine Fehde mit einer anderen begonnen hat. Manchmal schwöre ich, dass wir es eher mit Kindern als mit Profikillern zu tun haben.

"Lass uns nicht warten", drängt Eryx und beobachtet, wie Khaos die Kaffeetasse von seinen Lippen nimmt und auf den Tisch stellt.

"Ayla hat mir nur ein paar der wichtigsten Ergebnisse mitgeteilt, da sie noch weitere Untersuchungen durchführen muss, aber was sie herausgefunden hat, ist ein guter Anfang."

Eryx und ich sagen kein Wort, sondern beobachten unseren Bruder aufmerksam.

"Erstens scheint es, dass Billies Mutter in einen riesigen Menschenhändlerring verwickelt war, der seit über zwanzig Jahren aktiv ist."

Ich versteife mich in meinem Sitz bei dieser Nachricht, die aus heiterem Himmel kam, aber da wir nichts über sie wussten, war es wohl möglich.

"Also, was?", fragt Eryx und kommt mir damit zuvor. "Sie ist eines der Opfer oder ... was?"

Khaos schluckt schwer. "Nach dem, was Ayla herausgefunden hat, wurde sie vor über einundzwanzig Jahren entführt und in das Arcadia-Portal oben in Portland geschleppt. Und du weißt, dass das, was dort hineinging, selten wieder herauskommt."

Ich rutsche in meinem Sitz nach vorne, die Muskeln sind angespannt, als ich das Wort Arcadia höre. Eine Welt der Wandler, regiert von Pan, dem König von Arcadia. Und ja, das Portal ist jetzt repariert, aber als es zerbrochen war, verschwanden die meisten, die hineingingen. Man hat nie wieder von ihnen gehört ... genau wie von unserem Vater.

Mein Herz klopft gegen meinen Brustkorb.

Er wurde hineingeworfen, und bis heute haben wir unseren Vater in Arcadia nicht finden können.

"Und?", bellt Eryx und reißt mich aus meinen Gedanken. "Was hat das mit Billie zu tun? Okay, ihre Mutter ist wahrscheinlich mit den wenigen Glücklichen, die es tatsächlich geschafft haben, aus Arcadia entkommen. Was hat das zu bedeuten?"

"Nun, zum einen hatte sie keine Erinnerung daran, wie sie nach Arcadia gekommen war und was dort passiert war", fügt Khaos hinzu.

"Und?", fragt Eryx, der heute in einer aufdringlichen Stimmung ist. "Vielleicht ist derjenige, der ihre Mutter nach Arcadia gebracht hat, zurückgekehrt, um sie und den Ehemann zu töten, weil er befürchtete, dass sie ihr Gedächtnis wiedererlangen und die Menschenhändler entlarven würde."

"Das bezweifle ich", füge ich hinzu. "Sie sind in Billies Zimmer eingebrochen und haben sie zuerst angegriffen. Wenn sie die Mutter zum Schweigen bringen wollten, hätten sie es auf die Mutter abgesehen."

Khaos ist still, was mir sagt, dass es noch mehr gibt, dass er noch nicht verraten hat. Es ist die Anspannung an den Rändern seines Mundes.

"Was noch?", frage ich unvermittelt.

Khaos hebt seinen harten Blick zu mir. "Ich glaube nicht, dass Billies Eltern ihr die Wahrheit darüber gesagt haben, was ihre Mutter durchmachen musste. Billie hat mir erklärt, dass ihre Mutter den Anhänger, den sie trägt, mit einem Zauber versehen hat, um sie vor *ihm zu* verbergen ... dem Mann, der sie angegriffen und ihre Eltern getötet hat. Ich bin mir also sicher, dass die Mutter den Mörder gekannt haben muss."

Das Gefühl von eisigen Fingern packt mein Herz. Wie viel genau weiß Billie über ihre Eltern?

Khaos stößt einen rauen Atem aus und fährt sich mit der Hand durchs Haar.

"Laut Ayla waren ihre Eltern reine Wolfsmenschen ohne Magie in ihrer Blutlinie. Der Vater war ein Söldner, die Mutter eine Krankenschwester. Wie erklärst du dir dann die Magie, die Billie ausübt? Und es ist seltsam, dass die Zeitlinien verdächtig gut übereinstimmen. Ihre Mutter verschwand vor etwa einundzwanzig Jahren in Arcadia. Wie alt ist Billie?"

"Einundzwanzig", antwortet Eryx sofort.

Ich schlucke schwer, als wir Blicke austauschen. "Und?", frage ich. "Willst du damit sagen, dass ihrer Mutter in Arcadia etwas zugestoßen ist, das Billie beeinflusst hat?"

"Vielleicht war ihre Mutter schwanger, als sie durch das Portal ging?", fragt Eryx.

Khaos' Blick wird grimmig. "Oder sie wurde in Arcadia von einem anderen schwanger."

"Scheiße!" Ich grunze.

"Natürlich ist das im Moment alles nur Spekulation", murmelt Khaos.

Ich lehne mich in meinem Stuhl zurück, meine Gedanken spielen bereits verrückt. Wenn Billie herausfindet, dass ihr Vater nicht ihr leiblicher Vater ist, könnte sie am Boden zerstört sein.

"Wir erzählen Billie nichts davon, bis wir uns zu einhundertzehn Prozent sicher sind, verstanden?", erkläre ich.

"Scheiße, ja. Nicht so laut", murmelt Khaos und blickt zu Eryx.

Er hebt die Hände in die Luft, um seine Unschuld zu beteuern. "Ich werde kein Wort sagen. Denkst du, ich will ihr das Herz brechen?"

Khaos ist auf den Beinen und zupft an seinem Business-Jackett.

"Fürs Erste lassen wir Ayla weiter an dem Fall arbeiten. Wir erhöhen unsere Sicherheitsvorkehrungen, damit Billie geschützt ist. Wir gehen vom schlimmsten Fall aus und niemand kommt in die Villa oder verlässt sie ohne unser Wissen."

Als er sich zum Gehen wendet, rufe ich: "Hey,

Khaos, gibt es etwas Neues über den Söldner, Bryant oder so, von dem Billie sagte, er sei in die Morde an ihren Eltern verwickelt?"

Mein Bruder nickt und reibt sich den Nasenrücken.

"Es scheint, dass Bryant Ursaring tatsächlich ein Söldner aus Finnland war, also muss er in unseren Akten gestanden haben, aber es gibt keine Details über ihn in unseren Akten. Aber er starb vor sechs Jahren. Man fand ihn in einem Graben, und sein Tod wurde uns nicht gemeldet. Da er weder Familie noch Freunde hat, haben wir niemanden, den wir über ihn befragen können."

"Verdammt", stöhne ich leise vor mich hin, denn ich habe das düstere Gefühl, dass wir gleich etwas Schreckliches aufdecken werden. Und es wird sich um unsere Billie drehen.

Meine Brüder verlassen den Raum, und es kehrt eine schwere Stille ein. Das Gewicht der Nachricht, das unheilvolle Gefühl, das unter meine Haut kriecht, dass Billies Mutter etwas so Schreckliches zugestoßen sein könnte, erdrückt mich.

Aber Billie ist in Sicherheit. Und das wird sie auch bleiben. Das ist das Einzige, was zählt.

Während ich mich aus dem Sitzungssaal schleppe, wird mir die Situation immer klarer, aber mit jedem Schritt fürchte ich, dass wir nicht genug wissen, um genau zu verstehen, gegen welchen Feind wir kämpfen.

**Eryx**

uf dem Weg zum Herrenhaus erinnert mich jedes Klopfen meines Herzens an Billie. Nach dem, was Khaos über ihre Mutter herausgefunden hat, mache ich mir keine Illusionen, dass sie sich der Dunkelheit ihrer Vergangenheit stellen wird. Und es macht mich fertig, zu wissen, dass sie am Boden zerstört sein wird. Ich möchte ihr den Schmerz stehlen, damit ich mich ihm für sie stellen kann. Ich bin schon teilweise ruiniert, was ist da noch ein bisschen mehr?

Das Grunzen meines protestierenden Gryffins hallt tief in mir nach.

"Sag mir nicht, dass du das nicht für sie tun würdest?"

Er verstummt, und ich lache. "Das dachte ich mir schon."

Als ich die Villa betrete, fällt mein Blick sofort auf sie. Sie ist auf halbem Weg die große Treppe hinauf und balanciert auf einem Arm ein paar dicke Bücher. Es ist offensichtlich, dass sie sich abmüht, weil sie auf der nächsten Stufe wackelt und ihre Arme darum kämpfen, die Bücher nicht fallen zu lassen.

Ich eile ihr hinterher, um ihr zu helfen, und gehe ein paar lange Schritte hinter ihr. Als sie sich plötzlich umdreht und mich sieht, stößt sie einen überraschten Schrei aus, und die Bücher purzeln ihr aus der Hand.

"Eryx!"

Aber ich bin schnell. Meine Reflexe sind unübertroffen. Mit einem Schlag fange ich mein wunderschönes Mädchen mit einem Arm um die Taille, mit dem anderen schnappe ich mir ein herunterfallendes Buch, dann ein weiteres.

"Ich habe dich", scherze ich.

Doch das dritte Buch rutscht mir aus den Fingern und knallt mir auf den Fuß.

Ich brülle und zische laut auf, der Schmerz ist stechend und mein großer Zeh pulsiert bereits. Verdammt! Durch den plötzlichen Schmerz verliere ich den Halt, und für einen Herzschlag kippt meine Welt.

Billie schreit auf, während sie mit mir fällt, ihre Arme in die Luft schleudert und die Bücher in meinem Griff fallen.

"Keine Sorge, Süße", murmle ich im selben Sekundenbruchteil, in dem sie sich an mich klammert und ihr Gesicht vor Panik verzerrt. Meine Beine fangen mich schnell auf, als ich rückwärts stolpere, aber ich treffe kaum auf die Stufen.

Mir geht nur eines durch den Kopf - ich werde nicht zulassen, dass sie verletzt wird.

In diesem Moment spüre ich das Summen in meinem Körper ...

"Auf keinen Fall!"

Echo platzt blitzschnell aus mir heraus, wie der große Held, der zur Rettung kommt. *Verflucht sei er.*

Meine Kleidung ist zerfetzt, mein Körper streckt sich. Echo stößt mich weg und übernimmt die Zügel. Ich habe immer noch das Gefühl, in meinem Körper zu sein, nur dass die Steuerung nicht auf mich hört. Ich bin überrascht, dass er mich nicht komplett übernommen und blockiert hat, wie er es normalerweise tut.

Von seinem Rücken aus explodieren die Flügel, spreizen sich weit und fangen die Luft ein, um uns aufzuhalten. Aber der Fallimpuls lässt sich nicht aufhalten, selbst wenn sich die Krallen in die Stufen graben und ihre Kratzspuren hinterlassen, um sich an etwas festzuhalten.

Billie schreit auf, und anstatt mich auf den Aufprall vorzubereiten, spüre ich Echos Absichten, seine Bewegungen. Die Hinterbeine treten aus, und wir werden plötzlich nach oben geschleudert und fliegen durch die Luft.

Der Griff meines Mädchens um mich wird fester, ihre Fäuste klammern sich an die Federn um Echos Hals, ihre Stimme dröhnt meinen Namen.

Dann sausen wir mit unaufhaltsamem Schwung wieder nach oben, bis wir fast an der Decke anschlagen, und Echo hat die übergroßen Bogenfenster im Visier.

Billie zittert und schreit: "Stopp. Wage es ja nicht."

Die Flügel ziehen sich eng an unseren Körper, einer von ihnen liegt über Billie und bedeckt sie vollständig.

Mit einem krachenden Aufprall krachen wir durch das Fenster. Glassplitter fallen in alle Richtungen, und wir schießen sofort nach oben. Mächtige Flügel schlagen durch die Luft, jeder Stoß treibt uns weiter in den Himmel.

Der Wirbelwind der Bewegung lässt die kühle Luft auf uns einprasseln.

Ab und zu werfe ich einen Blick auf Billie, die sich mit blassem Gesicht und großen Augen festhält. Und wenn sie mich ansieht, dann mit einem totbösen Blick. Da ist jemand wütend.

Echo schwingt sein vorderes Bein ungeschickt nach oben, um sich gegen ihren Rücken zu drücken und ihr Halt zu geben, damit sie nicht fällt.

"Lass mich runter", schreit sie, und ihre Stimme ist wegen des Luftstroms kaum zu hören.

Aber Echo rast über das Land, lässt das Anwesen hinter sich und fliegt zu dem Berg, auf den wir uns oft zurückziehen. Ein Ort, den wir für seinen Trost nutzen, weit weg vom Rest der Welt.

Die große Weite des Waldes breitet sich unter uns aus, aber wir nähern uns dem Berg, der sich vor uns abzeichnet und dessen zerklüftete Oberfläche aus Felsen und Bäumen für die meisten Tiere zu steil ist, um ihn zu besteigen. Ich habe den übergroßen Felsvorsprung im Visier, einen Felsvorsprung aus massivem Stein, der sich an den Fels schmiegt. Dahinter liegt der schattige Eingang einer Höhle, ein Ort, an dem ich schon oft geschlafen habe. Wir stürmen darauf zu, berühren plötzlich den Boden und kommen zum Stehen.

Billie reißt sich von Echos Seite los, stolpert und versucht, das Gleichgewicht zu halten, nur wenige Meter vor dem steilen Abhang des Berges.

"Was zum Teufel, Echo? Du musst uns zurückbringen ... sofort." Sie schnappt nach Luft, als Echo einen langen Flügel ausstreckt und ihn ihr auf den Rücken legt, um sie ein paar Schritte zurück und weg von der Kante zu zwingen.

Ich rieche ihren Schweiß, ihre Angst, und ich

wende mich innerlich an Echo. *Höre zu. Du musst mir die Kontrolle überlassen, weil du sie in Angst und Schrecken versetzt. Sieh dir an, was du getan hast. Sie ist den Tränen nahe!*

Echo kommt mit einem lauten Zirpen zurück, schüttelt sich und schreitet abrupt über den Stein-überhang.

*Sie gehört uns, und dies ist unser gemeinsames Reich. Du brauchst sie nicht zu stehlen, wenn sie in Gefahr ist. Wir werden es gemeinsam tun.*

Echo knurrt und reibt sich mit dem Rücken an der Steinwand, während er winselnde Geräusche in meine Richtung macht.

*Du kannst so stur sein, wie du willst, aber du weißt, dass ich recht habe. Du machst ihr Angst. Ist es das, was du willst?*

Er antwortet nicht, sondern starrt nur Billie an, die sich immer noch an die Höhlenwand krallt.

Ich seufze angesichts seiner Hartnäckigkeit und weiß, dass ich diesen Kampf nur gewinnen kann, wenn ich ihm gegenüber ehrlich bin.

*Billie will uns als Einheit. Nicht tagsüber ein Mann und nachts eine rasende Bestie. Und ich weiß nicht, wie es dir geht, aber ich bin total in sie verliebt. Willst du ihre Liebe nicht erwidern? Die wirst du nicht bekommen, wenn du dich weiter als Gryffin aufführst, der sie aus heiterem Himmel stiehlt und auf einen Berg fliegt.*

Echo hält inne. Vielleicht dringe ich endlich zu ihm durch.

Dann stößt er mich zur Seite und hebt vom Sims ab ... Fuck!

"**W**as zum Teufel!", rufe ich aus.

In der einen Sekunde kratzt sich Echo an der Wand und starrt mich intensiv an. Dann stürzt er sich in die Luft. Jetzt macht er irgendwelche verrückten Sachen, wie z. B. seinen eigenen Schwanz jagen oder mit sich selbst kämpfen. Weiß Gott!

Ich blinzle zu ihm hoch, ohne zu wissen, was los ist, aber wenn man bedenkt, wie schnell Echo sich aus Eryx herausgedrängt und mich den Berg hinaufgeschleppt hat, wage ich die Vermutung, dass die beiden um die Kontrolle kämpfen.

Also beschließe ich seufzend, dass ich mich daran gewöhnen sollte. Einen Gryffin als Schicksalsgefährten zu haben, führt zwangsläufig dazu, dass verrückte Dinge passieren.

Ich wende mich der Höhle hinter mir zu und denke mir, dass ich mir den Ort auch mal ansehen könnte, denn der Ausweg besteht darin, entweder eine steile Wand hochzuklettern oder in den Tod zu stürzen. Mit zaghaften Schritten betrete ich die Höhle und reibe mir die Kälte aus den Armen. Zu meiner Überraschung gibt es dort Stapel von Decken und eine einfache Feuerstelle, einschließlich einer Reihe von Küchenbehältern, in denen sich kein Essen befindet. Ich gehe tiefer und finde in den hintersten Ecken verstreute Tierknochen. Ein Schauer läuft mir über den Rücken.

Ich verlasse die Höhle schnell und gehe zum Felsvorsprung, wo ich mich hinsetze und meine Beine über den schwindelerregenden Abgrund unter mir baumeln lasse. Der Boden ist kaum zu sehen, nur ein verschwommener Fleck aus Felsen und Grünzeug. Normalerweise habe ich keine Höhenangst, aber hier wird mir leicht übel, also stütze ich mich auf meine Arme.

Der kräftige Flügelschlag lenkt meine Aufmerksamkeit höher in den Himmel.

Plötzlich kommt Echo mit halsbrecherischer Geschwindigkeit herunter und direkt auf mich zu.

Ich schreie auf, Panik ergreift mich, aber ich habe kaum Zeit, auszuweichen, also ducke ich mich und bedecke meinen Kopf mit meinen Armen.

Er fliegt direkt über mich hinweg, seine Krallen streifen meine Arme und stoßen mich um, bevor er mit einem donnernden Aufprall und einem scharfen Ausatmen hinter mir zusammenbricht.

Ich bin kaum in der Lage, Luft zu holen, als ich durch den Staub und die Trümmer huste, und fahre herum. Der Gryffin ist verschwunden und durch Eryx ersetzt.

Seine Brust hebt sich, und er steht murrend auf, völlig nackt.

"Eryx", murmele ich, stehe auf und gehe auf ihn zu. "Geht es dir gut? Was zum Teufel ist passiert?"

"Verdammt, Echo ist ein sturer Bastard, aber diesmal habe ich mich nicht von ihm zur Seite schieben lassen." Er rappelt sich auf und sagt: "Gib mir eine Sekunde."

Ich kämpfe gegen den Drang an, seinem Blick standzuhalten und ihn nicht auf das zu senken, was da unten hängt, aber ich erhasche einen flüchtigen Blick und keuche laut auf.

Als er in die Höhle marschiert, fällt mein Blick auf diesen knackigen, wunderschönen Hintern, woraufhin ich mir noch fester auf die Unterlippe beißen muss. Augenblicke später ist er zurück, nur mit einer lockeren Hose bekleidet. Es macht Sinn, dass er hier oben Kleidung hat, wenn er in Gryffin-Form ankommt. Außerdem hat er eine Decke über eine Schulter drapiert.

Er ist atemberaubend. Dieser Körper und die selbstbewusste Ausstrahlung, bewirken etwas in meinem Gehirn, dass ich die Fähigkeit verliere, mich auf etwas anderes, als ihn zu konzentrieren. Er streicht sich die unordentlichen Haare aus dem Gesicht, sein Grinsen ist bezaubernd, und die Sonne glitzert in seinen bernsteinfarbenen Augen, die wie Gold aussehen.

"Ich weiß, dass Echo dich heute erschreckt hat, aber er lässt sich mitreißen, vor allem, wenn es um Dinge geht, für die er eine Leidenschaft hat. Vor allem bei dir ... und beim Essen."

Ich kann mir ein Lachen nicht verkneifen. "Hoffentlich nicht in dieser Reihenfolge."

Er grinst, und es ist fast unmöglich, nicht daran zu denken, wie spektakulär er aussieht, wie er mich überragt, mit breiten Schultern und Muskeln überall. Meine Finger kribbeln vor Verlangen, ihn zu berühren und jeden Zentimeter abzutasten. Seine Hose hängt so gefährlich tief auf seinen Hüften, dass er mich mit den scharfen V-Kanten an seinen Hüften eindeutig umbringen will. Und dann sind da noch die offensichtlichen Umrisse seines Schwanzes unter dem dünnen Stoff der Hose. Trägt er sie absichtlich, weil er weiß, dass sie jede einzelne Kante und Linie seines massigen Körpers zeigt?

"Hier oben", sagt er.

Ich hebe meinen Blick. "Hm?"

"Meine Augen sind hier oben, mein Schatz." Ein verschmitztes Lächeln umspielt seine Lippen, er genießt die Aufmerksamkeit.

Ich werde rot, aber da ich nie etwas verpassen will, sage ich: "Ich weiß. Ich bewundere deinen schwarzen Zehennagel."

"Was?" Er starrt auf den Zeh, auf dem das Buch gelandet ist, er ist bereits schwarz, die Haut um ihn herum rot. "Hast du absichtlich das schwerste Buch der Bibliothek getragen?"

Ich lache, als er mit den Zehen wackelt.

"Er scheint noch zu funktionieren." Ich schaue mich in der schönen Landschaft um, atme die klare, frische

Luft ein und höre nur Vogelstimmen in der Ferne. "Was machst du, wenn du hier oben bist?"

Er legt die gefaltete Decke an den Rand und setzt sich dann hin, wobei er eine Seite für mich bereithält.

"Ich nutze den Ort, um meine Gedanken zu beruhigen, wenn mir die Dinge zu viel werden. Manchmal komme ich mit Menschen oder lauten Geräuschen nicht zurecht. Ich brauche Stille."

"Das ist also dein Versteck." Ich trete näher zu ihm und setze mich zu ihm. "Ich verstehe schon. An manchen Tagen würde ich gerne der Welt entfliehen. Du hast Glück, dass du deinen kleinen Zufluchtsort gefunden hast."

Seine Aufmerksamkeit gleitet zu mir hinüber, und ich erzittere vor dem Verlangen in seinen Augen. Er legt eine starke Hand auf meinen Oberschenkel und studiert mich.

"Wenn ich dich ansehe, kann ich nur daran denken, wie sehr ich dich will. Wie ich keinen Teil von mir vor dir verstecken kann, und wie ich mir sage, dass ich auf alles scheißen und dich beanspruchen soll."

"Oh." Es ist nicht meine Art, um Worte verlegen zu sein, aber ich hatte nicht erwartet, dass er das sagen würde, und auch nicht, dass es mich so leicht überraschen würde.

"Ich werde nicht verbergen, was ich fühle", fährt er fort. "Du gehörst mir, und als meine Schicksalsgefährtin musst du dich daran gewöhnen, wie sehr ich dich verdammt noch mal lieben werde. Wie ich dich beschützen und dir alles geben werde, was du brauchst."

Mit flatterndem Herzen lehne ich mich näher heran. "Nur damit du es weißt, du bringst mich gerade zum Schwärmen."

Wann habe ich mich so sehr in diese Dukes verliebt, dass ich alles will, was sie versprechen? Ich habe an meinen Gefühlen festgehalten, oder zumindest gedacht, dass ich das tue, aber ich habe mir etwas vorgemacht. Ich kenne sie erst seit ein paar Wochen, aber ich sehne mich verzweifelt nach ihnen. Ich gebe der verdammten Verbindung zwischen uns die Schuld.

Er stößt das tiefe, kehlige Lachen aus, das mich immer zum Schmelzen bringt.

"Gut", ist alles, was er sagt. "Dann küss mich."

Ich schmiege mich enger an ihn, denn mein Körper antwortet jetzt auf ihn. Ein Arm schlingt sich um meinen Rücken, und er dreht seinen Körper zu mir hin. Seine andere Hand fährt durch mein Haar und schiebt es mir aus dem Gesicht.

Dann küsst er mich, und es ist dominant und eindringlich. Aus irgendeinem Grund hatte ich erwartet, dass er zärtlicher sein würde, aber er zeigt mir den wahren Hunger in seinem Inneren. Er beansprucht meinen Mund, saugt an meiner Unterlippe, streichelt meine Zunge mit seiner ... er ergreift Besitz von mir.

Ich schnappe nach Luft und lege meine Hände auf seine Brust, seine Muskeln sind fest unter meiner Berührung, seine Haut brennt.

Er fährt mit den Fingern an meinem Kiefer entlang, bevor er mein Kinn festhält und mich mit purem Verlangen küsst.

Ich schlurfe näher, stöhne und atme seinen männlichen Duft ein, schmecke ihn. Bei jedem Ausatmen klopft mein Herz schneller. Eine Gänsehaut überzieht meine Arme, das Gefühl, dass er und ich zusammen sind, wogt in meiner Brust.

Es gibt Hunderte von Dingen, die ich ihm sagen möchte, über die Dinge, die er in mir weckt, wie mein Magen allein bei seinem Anblick vor lauter Schmetterlingen flattert, wie ich es nicht erwarten kann, ihn jeden Tag zu sehen.

Unsere Nähe ist nicht genug, aber gleichzeitig macht sie mich schwindelig vor Euphorie. Er ist berauschend.

Ich weiß, was mit mir geschieht, und es macht mir Angst.

Ich verliere mein Herz an Eryx. An seine Brüder.

Als wir uns küssen, bin ich atemlos, aber er grinst, als hätte er den ersten Preis bei einem Marathon gewonnen.

"Spürst du das auch?", fragt er und legt seine große Handfläche auf mein Herz. "Es ist, als ob unsere Seelen sich gegenseitig rufen. So ist es bei mir, seit ich dich zum ersten Mal getroffen habe. Und wenn meine Brüder und ich dich paaren, werden wir für immer miteinander verbunden sein."

"Das Gefühl ist wunderschön." Meine Worte kommen flüsternd heraus, erstickt von einer Flut von Gefühlen. Ich habe das Konzept der Schicksalsgefährten oder die außergewöhnliche Anziehungskraft, die sie aufeinander ausüben, nie wirklich verstanden.

Es ist atemberaubend.

Selbst das Wort *"für immer"* macht mir keine Angst.

Aber ich bin noch nicht bereit, dorthin zu gehen ...
nicht bevor ich die Wahrheit darüber weiß, was mit
meinen Eltern passiert ist.

"Ja, das ist es", sagt er.

Ich lache ihn an, streichle seine Wange und küsse
ihn erneut, denn wie könnte ich diesem unwiderstehli-
chen Mann widerstehen?

"Ich habe keine Ahnung, was du mit mir gemacht
hast", sage ich. "Aber höre nicht auf."

"Ich habe mich danach gesehnt, dass du das sagst."
Im Nu gleitet seine Hand weiter meinen Rücken hinauf
und verankert mich an ihm. Er stupst mich sanft an
und fordert mich auf, mich zurückzulehnen, während
sich sein Körper gegen mich presst. Er verlagert seinen
Körper, und ehe ich mich versehe, liegt er zwischen
meinen Beinen, sein Körper liegt auf meinem.

Mein Herz klopft lauter, denn als ich in seine
Augen blicke, weiß ich, dass dies für mich bestimmt ist.
Ich erkenne mich selbst nicht mehr, aber die Gefühle,
die sich um mein Herz schlingen, sind hartnäckig. Ich
weiß, dass ich mit dem Feuer spiele, denn es gibt noch
so viel, was ich nicht weiß, aber ich kann mich nicht
zurückhalten.

Als er sich herunterbeugt und seine Lippen meine
berühren, gebe ich nach und schlinge meine Beine um
seine Hüften. Er lässt sich Zeit, küsst mich langsam, als
ob er jeden Zentimeter von mir auskosten würde.

Ein Stöhnen entringt sich meiner Kehle, und ich
erwidere seinen Kuss.

Zwischen uns ist nur der dünne Stoff seiner Hose
und der meines Höschens, aber so wie er seinen

Schwanz gegen meinen Eingang drückt, fühlt es sich an, als würde das nicht ausreichen, um ihn am Eindringen zu hindern.

Er atmet laut aus, hat seine Arme auf beiden Seiten meines Kopfes verschränkt, sein Gesicht ist nur wenige Zentimeter von meinem entfernt, unsere Körper glühen. Er bedeckt mich mit Küssen, gleitet hinunter zu meinem Hals.

"So will ich uns haben", murmelt er. "Aber am liebsten nackt und mich bis zu den Eiern in dir vergraben, mein Schatz. Damit du meinen Namen schreist und deine Muschi sich um meinen Schwanz drückt."

Ich schnappe nach Luft, und seine Worte bringen meine Hüften dazu, gegen ihn zu wippen. Irgendwie scheint die Dunkelheit, mit der ich so lange gelebt habe, durch ihn heller zu werden.

Er krempelt mein Hemd hoch, schiebt es mir in den Nacken und schiebt zärtlich die Spitze meines BHs zurück. Er leckt sich über die Lippen und starrt auf meine entblößten Brüste.

"Ich liebe es, wie hart deine Brustwarzen für mich sind, so rosa. Weißt du, ich muss herausfinden, ob sie die gleiche Farbe, wie deine Muschi haben."

Ich lache laut auf. "Ist das deine Art, mich nackt zu machen?" Ich stütze mich auf meine Ellbogen und starre auf diesen schönen Mann hinunter, der seine Lippen um meine Brustwarze legt. Diese süßen Lippen sind verrucht, und er wird daran saugen, bis er mich ausziehen kann.

Ein Stöhnen entringt sich meiner Kehle, während sich mein Körper windet. Ich kann nicht wegsehen, ich liebe es, wie er meine Brust mit wildem Hunger nimmt. Mein ganzer Körper kribbelt bei dem Versprechen, was sein Mund mit mir anstellen kann.

Als er mich loslässt, geht er zur anderen Brust und genießt sie. Sein Blick kollidiert mit meinem, während seine verruchte Zunge über meine Brustwarze streicht. Ein Kribbeln macht sich in meiner Magengrube breit, und in Sekundenschnelle bin ich klatschnass. Gleichzeitig gleitet seine Hand an meinem Körper hinunter und zerrt meinen Rock bis zur Taille hoch.

Ich erschaudere, als sein Körper meine Beine gewaltsam geöffnet hält. Er streicht mit den Fingerspitzen leicht über die Mitte meines Höschens. Seine Berührung ist so zart, dass ich erschaudernd aufstöhne.

"Eryx, mehr", flehe ich.

Ohne seinen Mund von meiner Brust zu lösen, zieht er an dem Gummiband an meiner Hüfte und reißt mir die Unterwäsche vom Leib.

"Hey."

Aber er hat sie schon in seine Tasche gesteckt und wandert an meinem Körper hinunter, wobei seine Lippen auf meinem Bauch Küsse verteilen.

"Du brauchst sie nicht."

Mein Körper spannt sich an, und als er sich zwischen meine Beine kniet, verschwendet er keine Zeit. Er beugt sich vor, und seine Zunge gleitet zwischen meine Falten.

Mein Puls rast.

"Ist es das, *was* du willst?", fragt er.

Sein heißer Atem auf meiner empfindlichen Haut lässt mich keuchen.

"Ja, bitte, ja." Dabei dachte ich, dass mich die Einnahme der Hitzeschutzpille am Boden halten würde. Aber wenn ich so auf der Bremse stehe, dann würde ich ohne die Pille wahrscheinlich schon schwanger sein. Gedanken, die mir Angst machen, und ich schiebe sie beiseite, weil ich nicht bereit bin, darüber nachzudenken.

"Sieh nur, wie schön deine Muschi ist", säuselt Eryx, spreizt meine Lippen, lächelt und studiert mich, als wäre es das Schönste, was er je gesehen hat. Dann wirft er einen Blick zurück auf meine entblößten Brüste. "Ja, dieselbe wunderschöne staubige rosa Farbe. Ich liebe es, wie perfekt du bist."

Ich falle gerade schwer in Ohnmacht, meine Welt dreht sich um Eryx.

Bevor ich reagieren kann, ist seine Zunge auf mir, und er verschlingt mich. Ich schreie auf und zittere, weil er sich so unglaublich anfühlt und mein Körper summt. Sein Kopf ist zwischen meinen Beinen vergraben, und die leckenden Geräusche, die er macht, sind sündhaft.

Er schiebt seine Zunge in mich hinein, und ich schreie auf und steige in den Himmel.

Lecken.

Saugen.

Ich bin zu weit gegangen, und kann nicht mehr daran denken, dass dieser großartige Mann mich zerstören wird.

Zwei dicke Finger gleiten in meine Muschi, und ich wölbe meinen Rücken und spüre die Dehnung. Ich hebe meine Hüften, weil ich diesen Schmerz dringend brauche.

Er pumpt so stark in mich hinein, dass mein ganzer Körper erschaudert. Ich merke, wie er zu mir hochschaut, wie meine Brüste wackeln, und ich liebe es, dass er meinen Körper so sehr genießt. Das bedeutet mir sehr viel.

Sein Mund lässt mich los, aber seine beiden Finger lassen nicht locker.

"Kannst du drei vertragen?"

Mir bleibt der Mund offenstehen. "Nein, das ist zu viel."

Er gluckst. "Ich glaube, du kannst es vertragen, Süße. Du bist so feucht und bereit."

"Eryx." Ich dränge mich vor, um ihn aufzuhalten, aber seine Hand liegt auf meiner Brust, drückt zu, hält mich zurück. Währenddessen schiebt er einen weiteren Finger ein Stück hinein. Ich schreie auf, weil die Dehnung echt ist. Zitternd hebe ich meine Hüften, weil ich es will. "Es wird nicht passen", stöhne ich.

"Oh, Schatz, ich verspreche dir, es wird passen. Ich muss dich vorbereiten, damit du endlich bereit für mich bist."

Ich spüre, wie er langsam seinen dritten Finger weiter hineinschiebt. Das Gefühl ist lächerlich erregend, so gespreizt, so feucht zu sein. Und doch gehen mir seine Worte durch den Kopf, wann wir Sex haben werden. Ich sterbe innerlich, will unbedingt, dass er mich fickt ... und jedes Mal, wenn ich daran denke, einfach nachzugeben, durchfährt mich ein Angstschauer. Dass ich an Männer gebunden bin, die an der Zerstörung meines Lebens beteiligt waren, und wenn auch unwissentlich, muss ich erst die Wahrheit erfahren. Ich habe schon so viel Herzschmerz erlebt, dass ich es nicht ertragen kann, noch einmal auseinandergerissen zu werden.

"Du bist so eng", sagt Eryx, lenkt mich ab und holt mich aus diesen dunklen Gedanken in die Gegenwart zurück. "Ich kann es nicht erwarten, dich zu ficken. Wenn du mir jetzt sagst, dass ich in dir versinken soll, werde ich dich für immer zu meinem Eigentum machen. Sag einfach die Worte ..." Seine Worte sind so aufrichtig, dass ich keinen Zweifel habe, dass er es sofort tun würde.

Ich lasse mich auf den Rücken fallen, reite auf seinen Fingern und weiß, dass ich ihn nicht aufhalten kann. Der Schweiß rinnt mir den Nacken hinunter, der Druck treibt mich so nah an die Explosion, dass ich nicht mehr klar denken kann.

"So ist es gut, meine Hübsche. Du solltest sehen, wie schön du aus meiner Sicht aussiehst." Er hat einen Daumen auf meiner Klitoris, und ich verliere jede Kontrolle.

Der Höhepunkt knallt durch mich hindurch.

Ich schreie, kralle mich in die Decke unter mir, mein Körper verkrampft sich.

"Schrei, lass die Welt deine Stimme hören".

Er hört nicht auf, als er sieht, wie ich mich auf der Decke winde. Das Gefühl ist die reinste Wonne, während ich durch die Wolken fliege und schwebe.

Als ich nach Luft schnappend zusammenbreche,

krabbelt er an meinem Körper hoch und umschließt mich mit seinem.

"Ich habe noch nie etwas Schöneres gesehen", säuselt er, dann nimmt er mich in die Arme und hält mich fest, als gäbe es die Welt jenseits des Bergrückens, auf dem wir stehen, nicht.

Ich schaue ihm in die tiefen, bernsteinfarbenen Augen und scherze: "Du schuldest mir ein neues Höschen, und verdammt, Eryx, das war unglaublich. Ich bin immer noch ganz aufgeregt."

"Ich weiß, und ich liebe deinen Körper." Er küsst meine Mundwinkel.

"Aber was ist mit dir?" Ich schiebe meine Hand zwischen uns hindurch, aber er fängt sie auf.

"Zerstöre diesen Moment nicht. Es gibt nur uns, die Weite der Natur und deine unbestreitbar wachsende Liebe zu mir."

Ich breche in Gelächter aus, aber dann bemerke ich die Intensität in seinem Blick. Oh, er meint es ernst.

"Wie kommst du denn darauf?"

Er streicht mit einem Finger über meine Wange und jagt mir einen Schauer über den Rücken.

"Es ist die Art und Weise, wie deine Augen aufleuchten, wie sie funkeln, wenn du mich ansiehst. Wie sich dein Körper immer näher an mich heranzieht, wenn wir uns nahe sind, unsere Chemie ist aufgeladen. Du merkst es vielleicht noch nicht, aber du liebst mich bereits."

"Mr. Selbstbewusst, hm?" Ich atme plötzlich schnell, denn was, wenn er recht hat? Ich weiß nur, dass ich mich mit jedem Tag mehr zu den Dukes hingezogen fühle. Ihre Anwesenheit macht mich verrückt, und doch kann ich nicht genug davon bekommen. Ist das Liebe?

Er gluckst leise und küsst mich wieder auf das Gesicht. "Nur beobachtet. Und hoffnungsvoll."

Die Aufrichtigkeit und Verletzlichkeit in seiner Stimme berühren etwas tief in mir. So sehr ich meine Gefühle auch abtun möchte, ich kann nicht aufhören, zu denken, dass er recht haben könnte.

"Du brauchst nichts zu sagen", erklärt er. "Ich weiß schon, dass du genauso für mich empfindest wie ich für dich, und ich bin für dich da, wenn du etwas brauchst."

Meine Brust spannt sich an. "Eryx, ich muss herausfinden, wer meine Eltern umgebracht hat, wer mich holen wollte, oder ich werde für den Rest meines Lebens auf der Flucht sein." Eine nagende Angst überkommt mich, dass ich mich für den Rest meines Lebens verstecken werde. "Ich will ehrlich sein. Ich habe Angst vor dem, was ich über meine Eltern und den Mörder herausfinden werde."

"Was auch immer du herausfindest, vergiss nicht, dass du uns hast." Eryx' Lippen schließen sich, als er mich in seine Arme zieht und wir auf der Decke liegen, während eine kühle Brise an uns vorbeirauscht. "Du musst das nicht allein durchstehen."

Ich schließe meine Augen und lege meinen Kopf an seine Brust, um seine tröstenden Worte zu genießen. Aber der Knoten des Grauens in meiner Brust bleibt, vor allem, wenn mich jeder Alptraum daran erinnert, dass ich nie frei sein werde.

"Es ist brutal", flüstert er. "Aber niemand von uns

kann die Vergangenheit ändern. Was auch immer du über deine Eltern herausfindest, denk daran, dass sie ihre Entscheidungen aus einem bestimmten Grund getroffen haben. Es macht vielleicht nicht immer Sinn, aber du darfst dich nicht in Wut oder Reue ertränken."

Seine Worte klingen bei mir nach, doch sie wiederholen sich in meinem Kopf immer wieder und klingen ... herzlich und schmerzhaft.

Ich hebe meinen Kopf und frage: "Weißt du ... weißt du etwas über meine Eltern?" Furcht durchströmt mich.

Er zögert, und für einen kurzen Moment huscht ein Schatten über seine Züge. Dann schüttelt er den Kopf, aber ich habe meinen Blick bereits auf ihn gerichtet.

Er atmet schwer aus und wendet den Blick ab. "Billie, so einfach ist das nicht."

Mein Herz klopft laut in meinen Ohren. "Nicht so einfach? Du sagst, dass du mich liebst, aber du hältst das Einzige zurück, wonach ich all die Jahre gesucht habe."

Er streicht sich mit der Hand durch die Haare. "Ich liebe dich, und genau deshalb versuche ich, dich zu beschützen."

Ich bin auf den Beinen und trete von ihm weg. Ein Gefühl des Grauens überkommt mich. "Wie beschützt du mich, indem du mich im Dunkeln lässt?" Ich schnaufe. "Was weißt du über meine Eltern? Bitte, sage es mir."

Die Tatsache, dass er nichts preisgeben will, zerreißt mich innerlich. Was auch immer die Dukes entdeckt haben, muss wirklich schlimm sein.

"Billie", fleht er und zieht die Schultern nach vorne. "Es gibt Dinge, die ich noch nicht verstehe, also kann ich dir nichts sagen, denn ich werde nicht spekulieren, wenn du nur die absolute Wahrheit brauchst."

Ich starre ihn an, mein ganzer Körper zittert, meine Brust fühlt sich an, als würde sie wie Glasscherben zerspringen.

Er streckt seine Hand nach mir aus, aber ich weiche zurück.

"Nein, nicht."

Der Wind pfeift zwischen uns, und ich atme schnell, mein Puls trommelt. Ich fühle mich, als würde ich ertrinken. Diese alten Wunden, mit denen ich gegen die Welt kämpfe, pochen in mir, und ich hasse es.

"Billie, ich verstehe ..."

"Nein, das tust du nicht." Tränen steigen mir in die Augen. "Du bist ein Duke! Du warst noch nie verängstigt oder allein oder ..." Meine Stimme bricht.

Einen langen Moment lang sagt keiner von uns ein Wort.

"Ich war noch ein Kind, als es passierte", murmelt Eryx schließlich, und ich bin mir nicht sicher, worauf er hinauswill. "Ich wurde meiner Familie entrissen und an einen kalten, dunklen Ort gebracht. Ich habe zwei Monate in einem kleinen Käfig verbracht, wie ein Tier." Er starrt auf seine Hände, Schatten verdunkeln seinen Blick, seine Haltung ist niedergeschlagen.

Ich bin wie erstarrt, mein Gehirn versucht, zu verarbeiten, was ich da höre. Ich erinnere mich, dass er schon einmal kurz etwas erwähnt hat, aber er hat sich damals geweigert, darüber zu sprechen.

"Dieser verdammte Hexenmeister experimentierte an mir, weil er wissen wollte, woher meine Verwandlungsmagie stammt. Gryffins sind selten, also schnitt der Scheißer in mein Fleisch und riss mir die Flügel ab. Dieser Psycho wollte sehen, wie ich funktioniere, und murmelte, er wolle das, was ich sei, für sich selbst replizieren."

Mein Herz zerspringt, mein Magen dreht sich vor Abscheu um. "Eryx." Sein Name kommt mir über die Lippen, wie meine zerquetschten Eingeweide. Ich bin mir nicht sicher, ob er versucht, mich abzulenken, aber es funktioniert.

"Er hat mich mit Elektroschocks gequält, jeden verdammten Tag." Seine Stimme zittert.

"Eryx, es ist alles in Ordnung." Ich trete näher an ihn heran.

Er hebt den Kopf, seine Augen glitzern, sein Gesichtsausdruck gehört zu einem Mann, der besiegt ist, als könnte nichts auf der Welt den Schmerz von seiner Seele nehmen.

"Nein, du musst mein wahres Ich kennen. Denn weißt du, was mich in all der Dunkelheit aufrechterhalten hat? Der unerschütterliche Glaube, dass meine Brüder und mein Großvater mich holen würden, dass sie nie aufhören würden, nach mir zu suchen. Hätte ich mich von meiner Angst überwältigen lassen, hätte ich es nicht geschafft."

Fassungslos wanke ich auf meinen Füßen, während

mir angesichts seines tiefen Schmerzes frische Tränen in die Augen steigen.

"Eryx", stoße ich hervor, greife nach ihm, unsere Finger berühren sich und verschränken sich. "Ich hatte keine Ahnung."

Er umarmt mich fest, und einen Moment lang kann ich nicht aufhören, um ihn zu weinen. Jeder Atemzug, den ich einatme, ist wie ein scharfer Splitter, der ein Teil meiner Seele geworden ist. Das Gewicht seines Leidens als Kind, das Bild von ihm allein, eingesperrt und gequält, reißt ein Loch in mich, das mich nie mehr verlassen wird.

Er streichelt mein Haar, küsst meine Stirn, aber ich spüre seine zitternden Hände an mir.

"Ich erzähle dir das nicht, um dein Mitleid zu gewinnen, Billie. Du musst verstehen, dass Echo aus mir hervorging, sich von mir abspaltete, um seine eigene Persönlichkeit und Entität zu werden, um mich vor der Folter des Warlocks zu schützen ..." Er nimmt einen scharfen Atemzug.

"Ist schon gut." Ich greife nach oben und streiche über seine Wange, spüre die Kälte auf seiner Haut.

Seine Hand ergreift meine, und er sieht mir tief in die Augen.

"Lass mich den Schrecken der Wahrheit deiner Vergangenheit aufnehmen. Lass mich ihnen stellen und deine Stärke sein. So wie Echo es für mich war."

Ich umklammere ihn fester, meine Gefühle peitschen durch mich hindurch, zerreißen mich, die Tränen hören nicht auf.

"Ich will nicht, dass du noch mehr Schmerzen erlei-

dest", flüstere ich. "Nicht für mich, nicht für irgend-
jemanden."

Ohne seine Antwort weiß ich, dass er mir nicht zustimmen wird. Ich will stark sein für ihn, für mich, aber ich zittere, wenn ich höre, wie sehr er gelitten hat.

Und ich fürchte mich zu Tode, dass das, was er vor mir verbirgt, mich völlig vernichten wird.

## 29

KHAOS

ein Kiefer krampft sich zusammen, als die feurige Wut in mir aufsteigt.

Die Mitarbeiter sagen mir, dass Echo Billie in seinen Klauen hatte, durch ein Fenster brach und dann mit ihr wegflog. Was zur Hölle?

Ich bin wütend, balle meine Hände zu Fäusten, und ich kann nicht einmal wütend auf Eryx sein, dass er diesen verdammten Gryffin nicht immer unter Kontrolle hat. Ich stehe am Fenster in meinem Büro und blicke auf den Berg hinter unserem Grundstück, weil ich weiß, dass sie jetzt dort oben sind. Dorthin flieht Echo immer, und ich habe kein Problem damit, aber verdammt!

Wir werden ein großes Problem haben, wenn er glaubt, dass er meine Schicksalsgefährtin regelmäßig dorthin bringen wird.

Ein Klopfen ertönt an der Tür. Ich drehe mich um und sehe, dass Clark seinen Kopf hereinsteckt.

"Hast du einen Moment Zeit?", fragt er.

Ich gebe ihm eine Handbewegung, damit er eintritt. "Was ist hier los?", frage ich, während sich meine Gedanken auf Eryx konzentrieren, in der Hoffnung, dass er die Situation unter Kontrolle hat und dass Billie da oben keine Angst hat, sonst würde ich ihn bei lebendigem Leib häuten.

Clark steht vor meinem Schreibtisch und verschränkt die Finger ineinander, wie er es immer tut, wenn er nervös ist.

"Ich habe alles versucht, was möglich ist, aber ich kann die fehlenden Daten von unserem Einbruch nicht finden. Was ich herausgefunden habe, ist, dass Magie benutzt wurde, um sie zu entfernen. Es gibt eine schwache Spur davon in unseren Daten."

Ich runzle die Stirn. "Welche Art von Magie?" Es gibt verschiedene Formen in dieser Welt, und es gibt Möglichkeiten, Elemente von dem, was zurückbleiben könnte, aufzuspüren. Womit ich Probleme habe, ist, wenn sie gegen mich eingesetzt wird.

"So einfach ist das nicht", sagt er. "Ich habe ein professionelles Team beauftragt, daran zu arbeiten. Sie sagten, dass sie nicht in der Lage waren, die Quelle ausfindig zu machen, aber dass Magie eingesetzt wurde."

"Das ist also eine verdammt nutzlose Information." Ich starre ihn an, Frustration kocht in mir hoch. "Wen auch immer du benutzt hast, streiche ihn aus unseren Büchern und benutze ihn nie wieder." Ausatmend drehe ich ihm noch einmal den Rücken zu, den Blick auf den Berg gerichtet. Vielleicht hat Echo ja die richtige Idee. Verschwinde so weit wie möglich vom Anwesen und allen anderen.

Sie sind schon seit einem halben Tag weg, und wenn sie nicht bald zurückkommen, werde ich sie abholen gehen.

Als ich mich wieder umdrehe, sehe ich Clark noch immer dort stehen, und meine Spannung steigt.

"Du bist immer noch hier?"

Er verbeugt sich und macht einen entschuldigenden Gesichtsausdruck, dann geht er. In letzter Zeit geht mir Clark immer mehr auf die Nerven, und ich kann den Grund dafür nicht einmal genau benennen. Er ist immer da, in meinem Gesicht, steht mir im Weg, ohne mir einen Nutzen zu bringen.

Und warum zum Teufel kommt er und sagt mir, dass er an einer Aufgabe gescheitert ist, für die ich eine Lösung verlangt habe, anstatt eine andere Antwort zu finden?

Kopfschüttelnd verlasse ich mein Büro. Unten im Haupteingang ist das Gryffin-Team bereits dabei, das zerbrochene Fenster zu reparieren. Wir mussten sie als feste Mitarbeiter einstellen, wenn man bedenkt, wie oft Echo in die Villa einbricht. Ich mache mich auf den Weg nach oben, falls ich die Rückkehr von Eryx und Billie verpasst haben sollte. Sie geht mir nicht mehr aus dem Kopf.

Ich bin der Duke, ein hartes Arschloch, das über dieses Land und die hier ansässigen Söldner herrscht, aber ich denke ständig an Billies Bedürfnisse. Das bin ich nicht, aber ich bin es geworden.

Seit ich sie gekostet habe, ihren weichen Körper an

mir gespürt habe, ihr Stöhnen, ihr Scherzen, ihr Lachen gehört habe, sind alle rationalen Gedanken aus meinem Kopf verschwunden. Inzwischen hätte ich der Datenpanne auf den Grund gehen müssen, aber stattdessen werde ich von ihr abgelenkt. Und jedes Mal, wenn ich das tue, schießt das Blut in meinen Schwanz.

Sie ist meine Schicksalsgefährtin. Ich bin ihr Duke.

Das ist alles, was für mich im Moment wichtig ist. Ich muss meine Prioritäten überdenken, und das bedeutet, dass ich mich mit dem Schlamassel auseinandersetzen muss, der in ihrer Vergangenheit ans Licht gekommen ist.

Eine Welle der Spannung steigt in mir auf. Ich nehme zwei Stufen auf einmal und mache mich auf den Weg nach oben, um zu sehen, ob Billie zurückgekehrt ist. An ihrer Tür höre ich leise Schritte von drinnen. Die Vorfreude zieht sich in meinem Brustkorb zusammen. Ich klopfe leicht und stoße die Tür vorsichtig auf.

Ich ertappe sie dabei, wie sie sich über etwas an ihrem Bett beugt und sich etwas in den Mund steckt. Sie richtet sich schnell auf, schluckt, was in ihrem Mund ist, und stößt mit der Hüfte die Nachttischschublade zu.

"Khaos, schön, dich zu sehen", sagt sie mit einer Stimme, die ein bisschen zu zuckersüß ist, um echt zu sein.

"Wann bist du zurückgekommen?", frage ich, trete ein und lehne mich an die Wand neben der Tür.

"Vor nicht allzu langer Zeit." Sie räuspert sich und schiebt sich lose, nasse Haarsträhnen aus dem Gesicht, die von der Dusche stammen, die sie vor kurzem genommen haben muss. "Ich habe nur ... aufgeräumt. Ich habe nicht gerade mit einem Direktflug in die Berge gerechnet, wobei ich mich an einen Gryffin klammere." Sie lacht, aber es ist gezwungen.

"Du scheinst heute anders zu sein", bemerke ich, ohne meinen Blick von ihr zu nehmen.

Sie tritt um das Bett herum und rückt näher an mich heran, während sie das langärmelige Hemd, das sie über einer schwarzen Lederhose trägt, die ihre durchtrainierten, atemberaubenden Beine umspielt, nach unten zieht.

"Ja, das passiert, wenn man denkt, dass man gleich stirbt", stichelt sie, nähert sich der Tür und öffnet sie weiter. "Hast du Lust auf einen Spaziergang? Wir sollten uns vielleicht unterhalten."

Meine Nasenflügel blähen sich auf, und ich atme ihren Schweiß und ihre Angst ein.

Sie will, dass ich aus ihrem Zimmer verschwinde, nicht wahr?

"Sicher." Als sie das Zimmer verlässt, gehe ich zur Seite des Bettes, wo sie kurz zuvor noch gestanden hat. Ich werde das Gefühl nicht los, dass sie mir etwas verheimlicht. Was hat sie gerade geschluckt?

Sie ist schnell und mir schon auf den Fersen. "Hey, der Ausgang ist hier entlang", sagt sie nervös.

Ich ignoriere sie und ziehe die Schublade auf.

"Khaos, bitte nicht ..."

Das kleine durchsichtige Tütchen mit mehreren weißen Pillen, das darin liegt, zieht mich in seinen Bann. Ich schnappe sie mir und wende mich ihr zu, wobei ich meine Wut zurückhalte. Ich weiß, was diese verdammten Pillen sind ... Verdammt! Deshalb riecht sie auch so anders. Sie hat ihre Hitze unterdrückt, und ich bin verdammt wütend. Ich will, dass sie jetzt, wo sie erwischt wurde, die Wahrheit sagt.

"Was ist das, Billie?", knurre ich.

Die Farbe verschwindet aus ihrem Gesicht, und Schuldgefühle blitzen hinter den strahlend blauen Augen auf.

"Das sind meine", sagt sie und versucht, sie mir aus der Hand zu nehmen.

Ich ziehe sie ihr aus der Hand, studiere die kleinen Pillen und stelle fest, dass sie genau das sind, was ich vermutet habe: Hitzeschutzmittel. Sie werden illegal gekauft und dienen dazu, den Partner zu täuschen, wenn das Weibchen noch nicht bereit ist, sich mit ihm zu paaren. Ich habe gehört, dass andere sie zur Schmerzkontrolle benutzen, nur dass sie gefährlich sind.

"Hast du dich wenigstens über die Folgen der Einnahme dieser Pillen informiert?", frage ich und halte die Pillen in meiner Faust zwischen uns.

Trotzig richtet sie ihren Blick auf mich. "Sie sind sicher."

"Wer hat sie dir gegeben? Hat man dir gesagt, was die Folgen sein werden? Dass der Schmerz, sobald du aufhörst, so stark sein wird, dass du ihn nicht mehr ertragen kannst? Die Hitze, die du zu unterdrücken versuchst, verschwindet nicht einfach. Die Hitze bleibt, staut sich in dir auf und kann dich überwältigen."

Sie blinzelt schneller und schluckt häufiger.

"Ich werde dir nicht sagen, wer sie mir gegeben hat", murmelt sie. "Aber ich habe mich entschieden, sie zu nehmen. Meine Hitze wurde immer schlimmer, und nun ja ..." Sie atmet scharf ein. "Die Dinge, die ich für dich und deine Brüder zu empfinden begann, waren zu viel, zu schnell. Ich bin hierhergekommen, um Antworten auf den Tod meiner Eltern zu finden, nicht um ... einfach mit euch dreien ins Bett zu springen." Sie atmet aus und lässt die Schultern hängen. "Aber du brauchst dir keine Sorgen zu machen. Selbst mit Pillen ist es so, als würden sie gar nicht funktionieren. Meine Gefühle sind noch genauso intensiv."

In ihrer Stimme liegt eine gewisse Verletzlichkeit. Sie kämpft, und ich kann es ihr nicht verdenken, wenn die Verbindung zwischen uns so stark ist. In den meisten Nächten ringe ich mit dem Schlaf, weil ich an sie denke, mir einen runterhole oder irgendetwas tue, um mich zu beruhigen. Nichts funktioniert.

"Warum nimmst du sie dann noch?" Ich gehe in ihr Badezimmer und kippe die Pillen in die Toilette, bevor ich sie wegspüle.

"Weil ich Angst davor habe, dass es noch schlimmer werden könnte", sagt sie aus dem Schlafzimmer und seufzt dann schwer. "Also, was jetzt? Werde ich eine vollständige Sklavin meiner Begierden? Und was ist mit den Antworten, die ich suche? Sind sie nicht mehr wichtig?"

Als ich ins Schlafzimmer zurückkehre, geht sie auf und ab, ihre Stirn ist gerunzelt.

"Jetzt warten wir und hoffen, dass die Auswirkungen auf deinen Körper dich nicht so hart treffen, dass sie dich in die totale Hitze treiben. Der Rest ... der kann warten. Er geht nirgendwohin, Billie."

Sie hält abrupt inne und sieht mich mit einem herausfordernden Blick an.

"Du versteckst dich auch nicht mehr vor uns, okay?", sage ich und gehe einen Schritt auf sie zu, verzweifelt bemüht, die Kluft zwischen uns zu überbrücken. Ich will sie unbedingt in die Arme nehmen, um die Spannung in der Luft zu beseitigen. Es gibt so viel an ihr, das ich entdecken möchte, so viel, dass ich ihr in meiner Welt zeigen möchte.

Es fühlt sich an, als würde ich einen Sprint hinlegen, um sie dazu zu bringen, die Augen zu öffnen und zu sehen, wie bereit wir sind, dass sie uns als ihre Schicksalsgefährten akzeptiert.

Sie zieht eine Augenbraue hoch. "Was ist mit dir?"

Ich zucke mit den Schultern. "Ja?"

"Wann hörst du endlich auf, mir Dinge zu verheimlichen?" Ihre Stimme zittert, ihre Arme sind steif an ihrer Seite.

Ich muss nicht herausfinden, worüber sie sich aufregt. Der verdammte Eryx hat sein fettes Maul aufgerissen. Ich hätte wissen müssen, dass er das tut. Mein Bruder könnte kein Geheimnis für sich behalten, selbst wenn sein Leben davon abhinge.

Ich atme tief ein und ersticke an den Gefühlen, die mich innerlich umtreiben. Ich wollte nie, dass sie die Qualen ihrer Vergangenheit erleidet. Aber das Misstrauen, das Brennen in ihren Augen, nagt an mir und an der Bindung, die wir eigentlich kultivieren sollten.

"Höre zu", beginne ich und trete näher an sie heran,

aber sie schreckt zurück, und dieser einfache Akt ist ein Dolch in meinem Herzen. "Ich spiele keine Spielchen mit dir. Manchmal kann Wissen ein zweischneidiges Schwert sein. Fehlinformationen können genauso schädlich sein, wie keine Informationen."

"Weißt du was?", schnaubt sie. "Mich im Ungewissen zu lassen, fühlt sich nicht an, als würdest du mich beschützen wollen. Es fühlt sich wie Gefangenschaft an." Vor allem, weil sie immer noch nicht weiß, ob es mit dem Angriff auf sie oder dem Tod ihrer Eltern zu tun hat.

Mein Bauch tut mir weh, wenn ich darauf reagiere. Dass sie sich eingesperrt fühlt, ist das genaue Gegenteil von dem, was ich mir für sie wünsche.

"Na gut", gebe ich zu. "Ich hätte dir schon früher davon erzählen sollen, und du hättest nicht von Eryx auf einem Berggipfel hören müssen, dass dein Vater vielleicht nicht dein richtiger Vater ist und was deine Mutter durchgemacht hat."

Sie starrt mich an, ihre Wangen sind blass, ihre Augen glitzern. Ich erwarte, dass sie mich mit weiteren Fragen nach allen Einzelheiten löchern wird, aber sie hat sich nicht bewegt, und das macht mir Angst. Ich strecke meine Hand nach ihr aus, aber sie weicht zurück, ihr Atem stockt.

"Ich ... brauche nur einen Moment, okay? Alleine." Sie zittert sichtlich, und meine Brust zieht sich zusammen.

Wie zum Teufel bringe ich das in Ordnung, bringe das Licht in ihre Augen zurück, die Kurve auf ihren Lippen?

"Okay, wenn du das wünschst. Ich werde dir Bescheid geben, sobald meine Freundin eintrifft, und du kannst an unserem Treffen teilnehmen."

Sie nickt und wendet sich von mir ab.

Mein Herz zerbricht, und es bringt mich um, sie nicht in die Arme nehmen zu können und den Schmerz zu vertreiben. Ich habe noch nie so viel für jemanden gefühlt, und sie so verstört im Raum stehenzulassen, macht mich fertig. Ich weiß, dass sie Zeit braucht ... das brauchen wir alle manchmal, aber ich komme wieder.

Zuerst muss ich Eryx aufspüren und ihn erwürgen.

### Billie

Innerlich fühle ich mich wie ein Bruchstück des Lebens, das ich einmal hatte.

Tränen laufen mir über die Wangen, und mein Körper zittert unkontrolliert. Mit schwachen Knien breche ich auf dem Holzboden meines Schlafzimmers zusammen, zusammengerollt und verschlungen von der Last von Khaos' Worten.

Ihm war nicht klar, dass Eryx mir Einzelheiten über meine Eltern vorenthielt, aber jetzt, wo ich die Wahrheit weiß, bin ich nicht bereit, mich mit der Vergangenheit auseinanderzusetzen.

Mein Vater ist zwar nicht blutsverwandt mit mir, aber er ist immer noch mein Vater in jeder Hinsicht. Aber er hat gelogen. Sie haben beide gelogen. Panik brennt durch mich hindurch und bricht wie ein

Tornado über mich herein. Mein Herz rast so stark, so schnell, dass der Raum mit mir schwankt.

Weitere Tränen fließen, der Schmerz in meinem Bauch ist groß. Jeder zitternde Atemzug wird schwerer, und ich drücke mir den Ellbogen in die Seite, zitternd von den Schluchzern, die mich übermannen. Meine Hände sind nass von Tränen.

Die schmerzhafte Qual des Verlustes meiner Eltern war ein ständiger Schmerz, eine Erinnerung an die Leere in meinem Herzen. Ich wünschte mir verzweifelt, ich könnte ihnen in die Augen sehen und sie nach diesen Wahrheiten fragen, um zu verstehen, was wirklich passiert ist und was ihre Gründe waren.

Und die aufkommende Frage: Wer ist mein richtiger Vater?

All diese Fragen, die Qualen, wirbeln in mir herum, als mich plötzlich kräftige Arme umschließen und mich mühelos hochheben. Erschrocken stoße ich einen Schrei aus.

"Ich habe dich", murmelt Khaos beruhigend in mein Ohr. "Ich konnte es nicht ertragen, dich in diesem Zustand alleinzulassen. Ich kann dich einfach nicht so zerschmettert sehen."

Er hebt mich auf die Beine, und ich drehe mich zu ihm um, um mich an seiner harten Brust zu vergraben. Meine Hände halten sich an seinem Hemd fest, als hätte ich vergessen, wie man steht. Seine Arme um mich sind wie Rettungsringe.

"Du zitterst ja ganz schön, mein kleiner Knallfrosch." Plötzlich hat er mich von den Füßen geholt und legt mich auf das Bett, wo er neben mich kriecht. Dann zerrt er mich zu sich und legt sich um mich. Er hält mich fest und streichelt mich.

Ich kann nicht aufhören, zu weinen.

Die Tränen.

Der Herzschmerz.

"Ich werde mich gut um dich kümmern", flüstert er.

Ich versuche zu antworten, aber es kommt nur ein hicksender Schrei heraus, also nicke ich. Ich bin mir nicht sicher, wie ich die Nachricht aufnehmen soll, aber als ich anfange, mich zu beruhigen, drehen sich meine Gedanken. Die Hinweise waren da ... die Magie auf meinen Armen, die unklare Erklärung meiner Eltern, warum ich immer so anders war.

Ich drücke mich näher an Khaos, und er küsst meine Stirn.

"Bitte", sage ich mit heiserer Stimme.

"Alles", antwortet er.

"Bitte missbrauche nicht mein Vertrauen. Ich bin zerstört, und ich glaube blind daran, dass du es nicht tun wirst."

Er legt einen Finger unter mein Kinn, dreht meinen Kopf zurück, damit ich zu ihm aufschauen kann, und wischt mir die Tränen von den Wangen.

"Niemals. Eher sterbe ich, als dass ich dich jemals verrate. Du bist mein Ein und Alles. Meine Schicksalsgefährtin. Meine Liebe."

Ich blinzle ihn an, bewundere seine Worte, das warme Glitzern in seinem Blick. Auch wenn ich innerlich niedergeschlagen bin und nicht weiß, wie ich weitermachen soll.

Die Tränen zu unterdrücken ist ein aussichtsloser

Kampf, also schließe ich die Augen, drücke meine Wange an seine Brust und höre seinem Herzschlag zu. Ich hasse es, wie schwach ich mich fühle, wie alles zu schwer erscheint, weil ich immer dachte, selbst wenn die Welt gegen mich ist, halte ich mich an den Gedanken der Unterstützung und Liebe meiner Eltern. Jetzt kann ich nicht einmal mehr sagen, dass ich allem vertrauen kann, was sie mir gesagt haben.

Khaos große Handfläche streichelt meinen Rücken, die beruhigende Bewegung lullt mich in eine schläfrige Trance ein ... dann schwebe ich davon. Endlich holt mich der Schlaf ein.

Ich erwache in einem schummrigen Zimmer, meine Augen brennen und fühlen sich geschwollen an. Dazu kommt die Schwere der Lügen meiner Eltern, die mein Herz erdrücken.

Ich drehe mich im Bett um und stelle fest, dass ich allein bin. Und dann ahne ich, dass Khaos heute Informationen über meine Eltern erhält. Ich klettere aus dem Bett und verdränge den Kummer, weil ich Antworten brauche. Schnell ziehe ich meine Stiefel an, fest entschlossen, nichts zu verpassen. Ich kenne Khaos gut genug, um zu wissen, dass er mich nicht geweckt hätte, nachdem ich so sehr geweint habe.

Der normalerweise bewachte Korridor ist erstaunlich leer. Seltsam, aber ich habe keine Zeit. Meine Dringlichkeit treibt mich den Korridor hinunter, ich schlängle mich die Treppe hinunter, dann durch weitere Korridore, um Khaos' Büro zu erreichen.

Als ich um eine Ecke biege, stoße ich fast mit einer

schönen Frau zusammen, deren rabenschwarzes Haar ein Gesicht von unbestreitbarer Schönheit umrahmt. Ihr Blick durchdringt mich, ohne dass sie sich darüber aufzuregen scheint, dass ich fast in sie hineingelaufen wäre. Ihre Gelassenheit ist beunruhigend und neugierig zugleich.

"Ich bin Ayla." Sie stellt sich mit einem Hauch von Belustigung in ihren Augen vor und mustert mich, als könne sie in meine Seele blicken.

Während ich noch nach Luft schnappe, blinzle ich zu ihr hoch. "Kenne ich dich?"

Sie schüttelt den Kopf. "Noch nicht, aber ich weiß, dass du Khaos' Schicksalsgefährtin bist."

Ich bin wie erstarrt, denn ihr Eingeständnis trifft mich unvorbereitet.

"Ich gehe jetzt besser. Ich bin spät dran für ein Meeting." Dann eilt sie an mir vorbei, und ich werfe einen Blick zurück und habe keine Ahnung, wer Ayla ist.

Ich notiere mir, dass ich Khaos fragen werde, aber jetzt muss ich ihn erst einmal aufspüren. Ich eile an Helmi vorbei, die mir zuwinkt, und biege schließlich um die Ecke zu Khaos' Büro.

In diesem Moment erregt ein flüchtiger Schatten am Rande meines Blickfeldes meine Aufmerksamkeit. Bevor ich die Bewegung vollständig verarbeiten kann, presst sich eine Hand unsanft auf meinen Mund, und ein berauschender Geruch von etwas Bitterem und krankhaft Süßem erfüllt meine Nasenlöcher.

Panik ergreift mich, als sie mir brutal an die Kehle gehen, und ich kann kaum noch atmen.

Ich stoße gegen die Person hinter mir und trete ihr auf den Fuß.

Aber die Augenwinkel verschwimmen bereits, mein Kopf tanzt.

Meine Gedanken eilen zu den Dukes …

Aber die Dunkelheit bricht über mich herein, und ich breche zusammen, bevor ich reagieren kann. Dann werde ich ohnmächtig.

## 30

BILLIE

Als ich aufwache, schnappe ich nach Luft und fühle mich, als wäre ich gerade aus der Tiefe aufgetaucht, und meine Lungen verlangen nach Sauerstoff. Ich sitze auf einem Stuhl, blinzle schnell und versuche, meine Umgebung wahrzunehmen.

Ich befinde mich an einem Ende eines großen Ballsaals, der durch seine schiere Größe einschüchternd wirkt und von Kronleuchtern schwach beleuchtet wird. Die dicken Vorhänge sind zugezogen und verdecken jeden Hinweis auf Zeit und Ort.

Wo zum Teufel bin ich?

Ich richte mich auf und gehe zwei Schritte vorwärts, als mich ein Schwindelanfall überfällt und ich auf alle Viere zu Boden sacke und darauf warte, dass sich alles aufhört zu drehen.

Mein Herz rast vor Angst und ich zermartere mir das Hirn, um mich daran zu erinnern, wie mich jemand im Korridor überfiel und mich dann mit dem in Beruhigungsmittel getränkten Tuch, das er vor mein

Gesicht hielt, betäubte. Ein Schauer läuft mir über die Arme.

Ich bin entführt worden, und niemand wird wissen, wo ich bin. Ich weiß nicht einmal, wo ich bin.

Schwere Schritte hallen in dem höhlenartigen Raum wider, und ich schiebe mich auf meine unsicheren Füße, als ein vertrautes Gesicht aus den Schatten auftaucht. Ich blinzle heftig und mein Herz klopft wie wild bei dem Mann, der auf mich zukommt.

"Awstin?" Was macht mein Onkel hier? War er für meine Entführung verantwortlich?

Er eilt zu mir herüber und hilft mir zurück auf den Sitz.

"Billie, du musst stillhalten."

"Hast du mich unter Drogen gesetzt?" Ich stöhne und schiebe ihn von mir weg. Panik macht sich in meinen Knochen breit, dieses unheilvolle Gefühl in meiner Brust, dass etwas wirklich nicht stimmt. Ich stecke in einer Welt voller Probleme, doch wenn ich in sein Gesicht sehe, erinnert er mich so sehr an meinen Vater. Sie sehen sich so ähnlich, dass es weh tut, ihn anzustarren.

Awstin hat meine Frage nicht beantwortet, als ich mich auf dem Sitz niederlasse und versuche, die Angst zu besänftigen, warum ich so lethargisch bin.

"Bitte sag mir, dass du nicht versuchst, mich vor den Dukes zu retten? Und wo sind wir?"

Er packt mich an den Schultern, seine festen Finger graben sich ein. Mit einem gewaltigen Seufzer mustert er mich, die Lippen zu dünnen Linien verzogen, als ob ich ihn irgendwie enttäuscht hätte. Ich bin so verwirrt.

"Ich habe es meinem Bruder gesagt, verdammt, ich habe ihm ein Dutzend Mal gesagt, dass du ihm Unglück bringst und es ihn umbringen wird."

Seine Worte sind wie Rasierklingen an meiner Kehle, und ein Teil von mir ist unsicher, ob ich ihn richtig verstehe.

"Wovon redest du? Geht es dir gut?"

Er schnauft, und je länger ich ihm zuschaue und seine Worte darüber wiederhole, dass er meinem Vater gesagt hat, dass ich Unglück bringe, desto mehr ersticke ich in wachsender Panik.

Er zieht sich zurück, nimmt sich einen anderen Stuhl und setzt sich vor mich, sodass sich unsere Knie berühren.

"Ich habe dir so viel zu erzählen, und wir haben nicht viel Zeit." Sein Gesichtsausdruck ist angespannt, und er blickt immer wieder erwartungsvoll über meine Schulter. "Aber ich denke, du solltest die Wahrheit erfahren. Das ist das Mindeste, was ich für meinen Bruder tun kann. Aus irgendeinem Grund hat er dich wie sein eigenes Kind geliebt."

"Warte ... du weißt, dass er nicht mein Vater war?"

"Gut, dann weißt du es, und wir können schnell weitermachen."

Schaudernd lehne ich mich zur Seite und versuche, mit den Beinen in diese Richtung zu schlurfen, denn ich muss hier unbedingt raus. Dem opulenten Ballsaal, den Tapeten und Vorhängen nach zu urteilen, sieht es aus wie in der Villa der Dukes. Wenn ich hier nur rauskomme, finde ich vielleicht Hilfe.

Ich schiebe meinen Sitz zurück und stehe auf, aber

ich falle genauso schnell wieder nach vorne. Schnell klettere ich auf die Knie, schwer atmend, erschöpft, mit schmerzenden Muskeln.

"Was zum Teufel hast du mir gegeben?" Ich stöhne.

"Etwas, um dich zu verlangsamen", schnappt Awstin und packt mich an meinem Hemd, als wäre ich nichts weiter als eine dürre Straßenkatze, und schiebt mich zurück in den Stuhl. "Ich habe dir genügend Beruhigungsmittel gegeben, um dich zu zähmen, bis *er* kommt."

"Er? Wer zum Teufel kommt denn da?" Meine Gedanken kreisen, und mein Herz schlägt mir gegen die Rippen. Ich glaube, ich werde ohnmächtig. "Bitte, bringe mich zurück zu den Dukes, dann können wir das klären."

"Scheiß auf diese Bastarde. Sie sind mir in die Quere gekommen, als ich dich in meinem Haus hatte, als ich das hier hätte beenden können", knurrt er und der Wolf in ihm flammt hinter seinen Augen auf. "Hör mir gut zu, Billie. Ich werde das nicht beschönigen."

Ich zittere, mein Körper fühlt sich schwer und erschöpft an. Ich hasse es, ihn so gefühllos mit mir reden zu hören oder die Tatsache, dass er Dinge über meine Familie weiß, in die ich nicht eingeweiht war.

Ich sitze fest und zische mit zusammengepresstem Kiefer: "Ich höre zu." Mein Plan ist, dass, wenn er lange genug redet, meine Lethargie nachlässt und ich dann meine Magie einsetzen kann. Doch jedes Mal, wenn ich mich darauf konzentriere, meine Schwerter zu rufen, sticht ein scharfer Schmerz in meinem Hinterkopf. "Was musst du mir sagen, um dein Gewissen zu beruhigen?", schnauze ich.

Seine Miene ist finster, als würde er sich über das freuen, was er gleich preisgeben wird.

"Vor einundzwanzig Jahren wurde deine Mutter gefangen genommen und in einen Menschenhändler-ring hineingezogen. Etwas, das nicht allzu ungewöhn-lich ist", sagt er beiläufig, während ich versuche, vor Schreck nicht in Tränen auszubrechen. "Aber ein bestimmter Betreuer war ... von ihr fasziniert."

Jedes Wort ist wie ein weiterer Felsbrocken, der auf meiner Brust lastet, und ich kann kaum atmen, als ich die Wahrheit höre. Alle Erinnerungen an meine Mutter bestehen aus ihrer Freundlichkeit, ihrem Lächeln, ihrer Liebe. Sie hat mir nie etwas von ihrer Geschichte erzählt, sondern so getan, als sei ihr Leben banal gewe-sen. Und doch ... zerbricht mein Inneres.

"Er stieß sie in das Arcadia-Portal, wo er sich ihr anschloss. Ich habe keine Ahnung, was passiert ist, aber als sie schließlich aus dem Portal entkam, war sie schwanger."

Ich atme scharf ein und drücke mich gegen den Stuhl, als könnte ich mich nicht weit von meinem Onkel entfernen. Doch dann fallen mir Khaos' Worte ein, die mir die Geschichte erzählen, dass mein Vater nicht mein Fleisch und Blut ist ...

Die Realität erdrückt mich.

"Sie ... sie war mit mir schwanger", keuche ich und spreche das Offensichtliche aus, aber die Nachricht verblüfft mich immer noch. "Wer ist mein Vater?"

Ein Grinsen kräuselt sich auf seinen Lippen. "Dein

richtiger Vater ist ein verdammter Bastard mit dunklen Kräften, und bevor deine Eltern sich vor allen versteckt haben, habe ich ihn gewarnt, dass Vayr zurückkommen würde, um das Kind zu holen ... dich zu holen. Und dass er meinen Bruder töten würde, um das zu erreichen."

Vayr ... ist das der Name meines Vaters? Ich zittere so sehr, dass ich meine Arme an meinen Körper pressen muss, um mich zu beherrschen.

Die Vergangenheit holt mich aus der Nacht des Angriffs ein. Die dunkle Gestalt, die versucht hat, mich zu töten.

Übelkeit dreht sich in meinem Magen, und ich muss mich übergeben. Mir kommt die Galle hoch, als ich die Wahrheit höre, dass mein richtiger Vater meine Eltern getötet hat, um an mich heranzukommen. Es erklärt, warum meine Mutter den Anhänger um meinen Hals verzaubert hat, um mich zu schützen, warum sie auch einen trug, der mit meinem identisch war, um nicht mit Magie aufgespürt zu werden, warum sie mir mit ihrem letzten Atemzug sagte: *"Verlass dieses Haus, ändere deinen Namen, geh zu niemandem in der Familie, sonst wird er dich finden."*

Ein Schluchzen entringt sich meiner Kehle, rau und schmerzhaft. Die Wahrheit ist zu viel, zu intensiv. Ich habe meine Eltern geliebt. Jetzt bricht das Leben, das ich zu haben glaubte, in sich zusammen. Ich bemitleide nicht mich, sondern die Qualen und all die Geheimnisse, mit denen meine Eltern lebten, die sie versteckten, dass sie ihr Leben völlig umkrempelten, um mich zu schützen.

"Zum Weinen ist es zu spät, Butterblume", spottet mein Onkel.

Als ich mit verschwommenen Augen zu ihm aufschaue, wie er über mir steht, möchte ich ihm am liebsten das verdammte Gesicht abreißen. Ich drücke die Tränen weg und versuche, Worte zu formulieren, um alles zusammenzufügen.

"Also, was dann?" Ich schnappe zu, kämpfe gegen die Lethargie und den Nebel in meinem Kopf an. "Welche Rolle spielst du in dieser Sache? Bekommst du eine fette Belohnung dafür, dass du meinem richtigen Vater sagst, wo ich bin? Ist das der Grund, warum ich hier bin?"

Er bellt ein Lachen und packt mein Kinn, um mich zu zwingen, ihm ins Gesicht zu sehen, aber ich nutze meine Kraft und trete ihm ins Knie. Es reicht nicht aus, um ihn wegzustoßen, aber er stolpert zurück und stößt seinen Stuhl aus dem Weg.

"Hör zu." Er ragt über mich hinaus. "Deinetwegen ist mein Bruder gestorben, und diese Zahlung ist längst überfällig. Ich tue nur das Richtige und bringe die Dinge in Ordnung. Ich habe so lange versucht, dich von ihnen wegzuholen, aber deine Mutter ist nie von deiner Seite gewichen. Sie misstraute mir und mochte mich nie."

"Fick dich. Und ja, meine Mutter hat gesehen, was für ein feiges Schwein du bist." Ich stoße nach vorne, aber sein Handrücken kommt aus dem Nichts, knallt in die Seite meines Kopfes und wirft mich aus dem Stuhl. Ich schreie auf wegen der Schärfe, die über meinem Schädel knackt.

Ich weigere mich, vor meinem Onkel schwach zu werden ... nur werde ich ihn nicht mehr so nennen, denn er bedeutet mir nichts.

Er rückt sein Hemd zurecht und schüttelt sich, als wäre es harte Arbeit gewesen, mich zu schlagen.

Ich bin wütend auf mich selbst, dass ich die Warnung meiner Mutter, sich von Familienmitgliedern fernzuhalten, nicht beherzigt habe.

Ich stelle mich auf die Beine und kämpfe gegen die Erschöpfung in meinen Muskeln an. Ich zittere vor Wut, aber ich lasse nicht zu, dass er mich zu Boden stößt.

"Wenn du dich rächen willst, dann tu es selbst. Lass mich leiden."

"Setz dich verdammt noch mal hin. Die Art von Leid, die ich dir zufügen kann, kommt nicht an das heran, was Vayr für dich auf Lager hat."

"Du verdammter Mistkerl. Vayr hat deinen Bruder getötet, nicht mich, als er mich holen kam."

Der Nerv in seiner Schläfe pulsiert. "Und das wäre nicht passiert, wenn mein Bruder verdammt noch mal auf mich gehört hätte und dich losgeworden wäre. Ich habe ihm gesagt, er soll die Schlampe abservieren und euch beide verlassen."

Meine Wölfin ist in meiner Brust, aber als ich sie rufe, passiert nichts. Ich spüre sie, aber die Erschöpfung hat ihr noch mehr zugesetzt. Zur Hölle.

Ein beklemmendes Gefühl macht sich in meiner Brust breit, als ich seinem Blick standhalte und ihn als das betrachte, was er wirklich ist ... ein verdammtes Arschloch. Ich habe schon viele gerissene Leute kennengelernt, aber das Glitzern in seinen Augen ist etwas ganz anderes. Da ist Zorn und Dunkelheit, eine wilde Wut, die er kaum unterdrücken kann. Er ist nicht der Mann, für den ich ihn einst hielt, und die Erkenntnis trifft mich wie ein Schlag in die Magengrube.

Er stößt mir eine Hand in die Brust und lässt mich zurücktaumeln.

Ich verfehle den Sitz und schlage auf dem Boden auf. Er lacht über mich.

Die Wut blendet mich. Diese Schwäche irritiert mich.

"Du hast sechs Jahre lang an diesem Groll festgehalten", spucke ich aus. "Du schmorst in deiner Verbitterung und wartest nur auf den perfekten Moment, um zuzuschlagen. Wie erbärmlich! Glaubst du wirklich, dass diese Rache alles ersetzen wird, was du verloren hast?"

Ich erhebe mich vom Boden, meine Muskeln zittern. Jede Bewegung ist wie eine kolossale Aufgabe, und ich spüre, dass mein Adrenalin Überstunden macht, um mich oben zu halten.

"Verbitterung?" Awstins Stimme schneidet scharf. "Ich lebe mit dieser Qual seit einundzwanzig verdammten Jahren, seit mein Bruder sich in deine Mutter verliebt hat ... und in dich." Sein Gesicht verzerrt sich vor Zorn. "Jahr für Jahr sah ich mit Schrecken zu, wie sie sich den Angriffen deines echten Vaters ausgesetzt sahen, weil ich wusste, dass es nur eine Frage der Zeit war, bis mein Bruder den ultimativen Preis zahlen würde ... und das alles nur deinetwegen.

Aber als ich den Kontakt zu ihnen verlor, rate mal, wer an meine Tür klopfte und nach dir suchte?"

Ich schlucke schwer, weil ich nicht will, dass er antwortet ... "Vayr." Sein Name fühlt sich in meinem Mund knirschend an.

Er hält inne, und es bricht mir das Herz zu hören, wie viel meine Eltern für mich ertragen haben, wie sehr sie mich geliebt haben.

"Ich hatte ein Gespräch mit einem hiesigen Söldner, den, den du gesucht hast. *Bryant*. Vor sechs Jahren wurde er diskret für einen Job angeheuert, etwas inoffiziell, weil das Ziel minderjährig war. Die Dukes genehmigen keine Morde an Kindern, aber Bryant war dafür bekannt, besondere Aufträge auszuführen. Da er bei den Dukes registriert war, musste er alle Aufträge über sie abwickeln. Da erfuhr ich, dass er einen Insider im Anwesen der Dukes hatte, der die Unterlagen fälschte, um Morde zu vertuschen. Stelle dir also meine Überraschung vor, als ich herausfand, dass Bryant von Vayr angeheuert wurde ... um ihm zu helfen, dich zu eliminieren - für den Fall, dass die Dinge aus dem Ruder laufen."

"Für Bryant ist es auf jeden Fall in die Hose gegangen, weil ich ihn bei ihrem Angriff getötet habe." Wut kocht in mir hoch. Der Raum wird enger um mich herum, jeder Atemzug wird kürzer, schärfer, jedes Wort, das er sagt, schneidet in meine Seele.

"Kein wirklicher Verlust." Er grinst.

"Und du", beginne ich, kaum fähig zu sprechen. "Du hast Vayr gesagt, ich sei auf dem Anwesen des Dukes, nicht wahr? So hat er mich gefunden." Bei jedem

Einatmen hebe ich den Kopf, meine Hände ballen sich zu Fäusten.

"Ich habe es versucht, glaube mir, aber ich konnte ihn nicht aufspüren." Er kichert vor sich hin, und ich möchte ihn am liebsten durch die Wand schubsen. "Das hast du ganz allein geschafft, mithilfe dieses magischen Spiegels. Du hast ihn genau wissen lassen, wo du bist. Aber keine Sorge, er hat mich bald darauf mit einem Plan gefunden."

"Fick dich und fick ihn." Das kalte Metall des Stuhls beißt in mich hinein.

Das ferne Knarren der Tür auf der anderen Seite des Ballsaals durchbricht Awstins Lachen.

Mein Kopf schwirrt herum, jeder Nerv ist angespannt, die Schwere in meinem Körper lässt nicht nach.

Dann betritt jemand mit einem schwarzen Mantel und bedecktem Kopf den Raum.

Gleich nach ihm betritt eine Gestalt den Raum. Ich erkenne das schwarze Haar, das aus seinem Gesicht gestrichen ist und im Licht der Scheinwerfer glänzt.

Verdammter Clark.

Bei dem Neuankömmling wird mein Blut zu Eis. Clark schleppt diesen verdammten Spiegel herein und stöhnt dabei.

"Beeil dich", schreit Awstin. "Ihr habt euch ganz schön Zeit gelassen."

Clark grummelt in der Ferne.

Mir geht durch den Kopf, was sie tun werden. Natürlich ist er darin verwickelt. Er ist ein Wurm, und ich wusste vom ersten Moment an, dass man ihm nicht trauen kann. Er ist an so vielem schuld, und die Dukes haben keine Ahnung, dass er sie unterwandert hat.

Mein Herz klopft wie wild, ich habe bereits Angst vor dem dunklen Fremden.

Awstin marschiert rüber, um Clark zu helfen, der aussieht, als würde er den Spiegel fallen lassen ... wofür ich nur beten kann.

Ich stehe auf wackligen Beinen und durchsuche hektisch diesen Teil des Ballsaals, der keinen Ausgang hat, sondern nur Stapel von Stühlen und zusammenge-klappte Tische. Ich eile zu den Vorhängen und reiße sie zurück, um die Aufmerksamkeit von jemandem zu erregen. Schon dabei schnappe ich nach Luft, mein Körper zittert.

Hinter dem Fenster ist in der Ferne der Wald zu sehen. In diesem Moment wird mir klar, dass wir uns mindestens zwei Stockwerke hoch in der Villa der Dukes befinden, und dass sich unter uns der Hinterhof befindet. Nur, dass da draußen niemand ist. Ich klopfe gegen das Glas, das kaum ein klopfendes Geräusch macht.

"Verschwende deine Zeit nicht, niemand kontrol-liert diesen Raum", behauptet Awstin hinter mir, seine Hand greift plötzlich nach meinem Haar und zieht mich zurück.

Meine Beine geben nach, der Raum beginnt sich zu drehen, und ich kann es nicht aufhalten. Awstin zerrt mich an den Haaren auf die Beine, und ich schreie auf und greife nach seiner Hand, um ihn aufzuhalten. Ich stolpere auf meinen Füßen, er bleibt stehen, und Clark starrt mich mit diesem blöden Grinsen an. Gott, ich verabscheue ihn.

"Ich mag sie so. Schwach. Wenn wir sie erst einmal los sind, wird im Anwesen alles wieder normal sein."

"Warum?", spucke ich aus und dränge mich ihm entgegen. Meine Glieder fühlen sich immer noch an, als wären sie aus Blei. Jede Bewegung, jeder Versuch, mich zu wehren, wird durch das Beruhigungsmittel, das sich noch in meinem Körper befindet, gebremst. Es ist, als hätte man mir die Energie entzogen und mich zerbrechlich gemacht. Und ich hasse es!

"Weil ich es nicht mag, dass du Khaos' Aufmerksamkeit von mir ablenkst." Clarks Stimme entweicht seinen Lippen. "Und außerdem wird meine Bezahlung dafür sorgen, dass ich ein luxuriöses Leben führe, sobald es erledigt ist." Das selbstgerechte Grinsen breitet sich auf seinem Mund aus, und der frühere Ekel überkommt mich.

Instinktiv schlage ich zu und treffe mit meiner Faust sein Gesicht. Es ist kein verheerender Schlag, aber kräftig genug, um ihn zurückweichen und wimmern zu lassen. Ein Punkt für mich.

Mit einem Knurren in der Kehle packt er meinen Arm und reißt ihn nach hinten, zieht mich fest an sich, seine Brust an meinen Rücken. Schmerz schießt meinen Arm hinauf, verstärkt durch den scharfen Biss seiner Fingernägel, die meine Haut durchbrechen.

Sein Atem ist in meinen Ohren, er grunzt. "Ich denke, es ist an der Zeit, dass du deinen richtigen Vater kennenlernst."

Er stößt mich vorwärts, und die Kraft schleudert

mich direkt in die hoch aufragende Gestalt in einem schwarzen Mantel.

Ich zucke augenblicklich zurück, mein Herz droht zu zerspringen, so schnell schlägt es. Ich blicke auf und keuche laut. Ich stehe Auge in Auge mit meinem Alptraum. Der Mann aus meinen Träumen mit glühenden Augen steht vor mir. Dieselbe Gestalt, die vor Jahren in mein Schlafzimmer einbrach, um mich zu töten.

"Hallo, mein Kind." Seine Stimme ist kehlig. Er greift nach mir, und ich bin nicht schnell genug. Seine Finger, kalt und krallig, greifen in mein Haar. In dem Moment, in dem er meinen Kopf berührt, durchströmt mich ein Energieimpuls, der mir das gibt, was mir gefehlt hat ... Kraft. Es ist, als ob ich sie von ihm abziehe.

"Selbst jetzt nimmst du mir noch die Macht", knurrt er so laut, dass die Wände des Raumes zu wackeln scheinen.

Clark und Awstin weichen beide zurück.

Er reißt meinen Kopf zurück, damit ich ihn ansehe. Mit der anderen Hand wirft er seine Kapuze ab, und das schwache Licht enthüllt sein Gesicht - ein Gesicht, das ich schon einmal gesehen habe.

Ich erinnere mich an einen Tag vor unserem Haus, als er sich so laut mit meinem Vater gestritten hatte, dass die Behörden kamen. Noch in derselben Nacht packten wir unsere Sachen und zogen weg, kappten alle Verbindungen zu allen, die wir einst kannten. Meine Mutter sagte, ich solle vergessen, dass ich diesen Mann jemals gesehen habe ...

Seine eisblauen Augen fixieren mich mit einem Blick des Triumphs. Mit seinen hohen Wangenknochen und der scharfen Kieferpartie wirkt er majestätisch, vor allem in seinem schwarzen Gewand, das offen ist und seine schwarze, taillierte Jacke und die darunter liegende Hose und Stiefeln enthüllt. Erst als er näher rückt, fällt sein langes, weißes Haar von den spitzen Ohren.

Die erschreckende Wahrheit dämmert mir - er ist ein Fae. Wenn ich diese Eigenschaften teile, die Magie auf meinen Armen ... dann bin ich zum Teil Fae. Ich weiß nicht, wie ich mich fühlen soll, denn ich habe den Fae, die ich in Südafrika getroffen habe, nie viel Aufmerksamkeit geschenkt. Was ich weiß, ist, dass ihre Magie gewaltig und gefährlich ist. Es gibt einen Grund, warum man sagt, dass man nie einen Handel mit den Fae eingehen soll - man kann ihnen nicht trauen.

Mein Vater hat meine Träume besucht, immer mit Schatten, mit dem Tod.

Ein schrecklicher Schmerz durchzuckt mich, dass dieselbe Dunkelheit meine Magie antreibt.

"Endlich", murmelt er und lässt mir einen Schauer über den Rücken laufen. "Weißt du, wie lange ich dich gejagt habe?"

"Manche Dinge lässt man besser in Ruhe", sage ich mutiger, als ich mich fühle.

Er zieht mich fester an den Haaren, und ich kratze an seinem Arm, aber er zuckt nicht einmal mit der Wimper.

"Du bist genau wie deine Mutter, unfähig, deine

Gedanken für dich zu behalten, immer Widerworte zu geben und keinen Respekt zu zeigen."

"Du bist nichts für mich. Lass mich los!", fordere ich.

"Ja, du hast recht. Ich bin nichts für dich. Du bist nur ein Fehler. Aber du hast mir etwas weggenommen. Und selbst jetzt nimmst du mir immer noch meine Energie." Er reißt meinen Arm hoch und fährt mir mit seinen Krallen in den Ärmel. "Diese Magie gehört mir." Er deutet auf die alte Schrift auf meiner Haut. "In dem Moment, als du geboren wurdest, hast du sie mir weggenommen. Und ich will sie zurück", knurrt er.

Plötzlich zerrt er mich quer durch den Raum.

Vor Schreck stolpere ich mit den Füßen übereinander, dann wirft er mich vor dem Spiegel zu Boden.

"Wir können nicht koexistieren", sagt er. Ich weiche zurück, aber er stößt mich zu Boden, dann tritt er auf meinen Rücken und drückt mich flach auf den Boden. Die kalten Bretter drücken gegen meine Brust, sein Stiefel drückt auf meinen Rücken.

Die Angst packt mich, eine Urangst, die schreit, dass ich sterben werde.

Er singt in einer mir fremden Sprache. Die Atmosphäre im Raum wird dicht und schwer. Der Spiegel beginnt unheimlich zu leuchten.

Verzweifelt zapple ich unter seinem Stiefel und schabe über den Holzboden, während ich verzweifelt versuche, mich von ihm und dem Spiegel zu entfernen.

"Bitte", flehe ich. "Tu das nicht."

Sein Gesang ist unerbittlich, und mir stehen die Haare auf den Armen zu Berge. Ich werfe einen kurzen

Blick zu Awstin. Er beobachtet mich mit einem kalten Lächeln auf den Lippen. Clark starrt mit demselben verstörenden Grinsen.

Sie amüsieren sich köstlich. Diese Arschlöcher wollen, dass ich verletzt werde, dass ich sterbe.

Ein scharfer, stechender Schmerz beißt in meinen Arm, und ich zucke zusammen. Als ich mich wieder umdrehe, kommen dunkle Ranken aus dem Spiegel und umschlingen meinen Arm wie eine Leine.

Der Schrecken verschlingt mich.

Verzweifelt kämpfe ich gegen ihn an, ziehe mich verzweifelt zurück.

Vayrs Fuß hebt sich von meinem Rücken, aber die Energie des Spiegels zieht mich näher an seine glänzende Oberfläche.

Ein Schrei reißt aus meiner Kehle. Unbeholfen versuche ich, mich umzudrehen und aufzustehen, kämpfe gegen die Kraft an, die mich in die Umarmung des Spiegels zieht.

"Awstin, dein Bruder würde nicht wollen, dass du das tust. Bitte hilf mir."

"Nun, mein Bruder hat nicht gerade auf mich gehört, als ich ihn bat, dich loszuwerden. Nennen wir es Schicksal."

"Genieß die Show", spottet Clark hinter mir. "Ich habe gehört, es ist ein ziemliches Spektakel, wenn jemandem die Magie entrissen wird. Schmerzhaft ist es auch."

Ich drücke meine Fersen in den Boden und versuche, mich gegen den unerbittlichen Sog zu stemmen.

Mein Vater ... nein, so werde ich nie an ihn denken.

Vayr singt immer noch, seine Augen sind zu diesem Zeitpunkt völlig weiß.

Scheiße!

Der brennende Schmerz in meinem Arm wird stärker, und ich schreie, Tränen laufen mir über die Wangen.

Dies ist nicht meine Zeit zum Sterben ... nicht, wenn ich so viel habe, wofür ich lebe, und drei Schicksalsgenossen, die ich wirklich liebe.

---

## 31

## KHAOS

"*S*cheiße, sie wird am Boden zerstört sein. Ein dunkler Fae hat ihre Mutter geschwängert. Ihr Vater ist ein gottverdammtes Arschloch, das in einem Menschenhändlerring arbeitet." Tallis fährt sich mit der Hand durch die Haare, seine Lippen sind dünn und gespannt.

"Wir sagen es ihr heute. Sie muss die Wahrheit erfahren", schlage ich vor, so sehr ich auch weiß, dass es sie zerstören wird. Aber sie in meinen Armen zu halten, während sie weinte, hat mich völlig fertig gemacht. Ihre Vergangenheit ist genauso zerrüttet wie unsere, und es macht mir klar, wie gut sie zu uns passt. Und das heißt, wir werden es ihr gemeinsam sagen, für sie da sein. Sie wird nie wieder allein sein.

"Bist du sicher, dass Ayla mit den Informationen über Billies Vergangenheit richtig liegt?" Eryx wirft einen Blick auf die Tür, durch die Ayla uns vor wenigen Minuten verlassen hat. Er presst seinen Kiefer zusammen, ein Sturm von Emotionen brennt in seinen

Augen, während er hinter einem Stuhl steht, der mir gegenübersteht, und seine Knöchel sind weiß, weil er die Lehne so fest umklammert.

"Ich setze mein Leben darauf", sage ich.

"Dann werde ich dieses Arschloch vernichten", erklärt Eryx. "Für das, was er Billie und ihrer Mutter angetan hat. Wir spüren ihn auf und schalten ihn aus. Wir haben jetzt einen Namen ... Vayr Giedene."

"Stimmt", schnauze ich, meine Nerven sind am Ende. "Er ist ein Gauner, der seit Jahren seine Macht im Menschenhändlerring sammelt."

"Wen kümmert schon seine Vergangenheit", schnauzt Eryx. "Ich will ihm den Kopf von den Schultern reißen."

"Ich bin mit von der Partie. Lasst ihn uns fertig machen. Ich werde ihn lebendig verbrennen. Aber ich will nicht, dass er einfach so stirbt." Tallis bricht in ein wahnsinniges Gelächter aus.

Ich stehe auf, nicke und grinse. "Wir spüren ihn heute auf."

Es klopft an der Tür, die plötzlich aufschwingt. Ayla, sonst so gelassen, stürmt herein und sieht aus, als wäre sie einen Marathon gelaufen. Ihre Wangen sind gerötet, und ihre Brust hebt sich, aber ihre Augen sind scharf, auf die Art, dass ihnen nichts entgeht.

Ich bewege mich schnell um meinen Schreibtisch herum, um auf sie zuzugehen, und mein Magen dreht sich vor Sorge um ihre Rückkehr.

"Alles in Ordnung?"

Meine Brüder sind sofort an meiner Seite.

"Ich habe gerade Vayr, Billies Vater, gesehen." Ihre Worte prallen auf mich ein.

"Was? Wo?", fragt Tallis.

Meine Schultern heben sich. Ich werde diesen Hurensohn umbringen, wenn er glaubt, dass er in mein Haus kommen kann.

Ayla richtet ihre Haltung auf. "Ich war auf dem Weg aus dem Haus, als ich an ihm vorbeiging. Er war nicht allein. Ein kleinerer Mann mit dunklem, glattem Haar und einer schnabelartigen Nase begleitete ihn, als sie in die Villa eilten."

"Clark", knurrt Tallis. "Ich habe euch allen gesagt, dass er ein verdammter Mistkerl ist."

"Wie kannst du sicher sein, dass es Vayr ist?", fragt Eryx.

Sie rollt fast schon mit den Augen. "Ihre Auren. Jeder ist einzigartig, aber die Auren von Familien schwingen bei mir mit. Ich kann Beziehungen zuein-ander spüren. Als ich vor einer Stunde in der Villa ankam, bin ich auf Billie gestoßen, und genauso wie ich gesehen habe, dass sie als eure Schicksalsgefährtin mit euch dreien verbunden ist, kann ich ihre Familien-bande spüren."

Als mächtige Hexe setzt Ayla Todesmagie ein, wobei ihre Spezialität etwas mit Seelen zu tun hat. Ein weiterer Grund, warum ich die Chance ergriffen habe, mit ihr zu arbeiten.

"In welche Richtung?" Ich knurre und stürme bereits auf die Tür zu, die Dringlichkeit hämmert in mir.

"Der Vordereingang ist der Ort, an dem ich sie zuletzt gesehen habe."

Ich wende mich der Tür zu, um zu gehen, und meine Brüder tun es mir gleich.

"Khaos", ruft Ayla, und ich werfe einen Blick über meine Schulter zu ihr. "Sei vorsichtig. Ich habe einen starken Anstieg dunkler Energie bei ihm gespürt."

"Wird gemacht. Ich danke dir für alles."

Sie zuckt gleichgültig mit den Schultern. "Jetzt werde ich mich auf andere Recherchen konzentrieren, die ich begonnen habe. Aber du schuldest mir etwas für diesen Job, also rechne damit, dass du dich bald revanchieren musst."

"Alles klar." Ich stürme aus dem Büro, Tallis und Eryx sind schon einige Schritte voraus. Eryx springt vom Balkon auf die untere Etage, Tallis tut es ihm gleich. Ohne zu überlegen, mache ich es ihm nach, und in meinem Kopf pocht es.

Wir erreichen den Vordereingang in wenigen Sekunden, aber er ist nicht in Sicht.

"Er ist zu Billie gegangen. Dieser Bastard muss ihn direkt in ihr Zimmer gebracht haben", stoße ich hervor und eile bereits die Treppe hinauf.

Eryx platzt heraus: "Warte mal kurz. Ich werde sie schneller finden."

Ich drehe mich um, ringe nach Luft und sehe ihn mit geschlossenen Augen und hochgezogener Stirn.

Tallis stupst mich an. "Was macht er da?"

Ich zucke mit den Schultern. "Keine Ahnung, aber wir haben keine Zeit für so was. Eryx!"

Dann reißen seine Augen auf. "Ich habe sie. Sie ist

noch in der Villa. Hier entlang!" Ohne zu warten, rennt er wie ein Wahnsinniger die Treppe hinauf. Über die Schulter ruft er: "Weißt du noch, wie du an dem Sender gezweifelt hast, den ich ihr eingepflanzt habe? Wer lacht jetzt?"

Vor lauter Spannung, sie finden zu müssen, kann ich Eryx nicht einmal Widerworte geben. Wir müssen sie unbedingt finden. Dann bringe ich nicht nur diese verdammte Vayr-Fae um, sondern reiße Clark persönlich das Rückgrat heraus, weil er uns verraten hat.

"Sie ist im Ballsaal", knurrt Eryx und stürmt den Korridor hinauf.

Ich werfe mich nach vorne, erreiche die Tür als Erster und trete, ohne zu zögern, mit dem Absatz mit aller Kraft dagegen. Die Tür zersplittert, schwingt auf und gibt den Blick auf meinen Alptraum frei.

Clark und ein unbekannter Mann mit auffallend weißem Haar und Bart beobachten mit raubtierhaftem Vergnügen, wie Billie um ihr Leben gegen unseren reflektierenden Spiegel kämpft. Sie wird näher herangezogen, ihre Füße graben sich in den Boden, während sich dunkle Ranken, die aus dem Spiegel quellen, um einen Arm schlingen und sie näher an die Oberfläche zerren. Mein erster Gedanke ist, dass er versucht, sie zu verschlucken, um sie uns zu entreißen. Neben ihr steht eine hochgewachsene Gestalt in einem dunklen Umhang, die einen Zauberspruch singt und über meinen Knallfrosch wacht.

Mir fröstelt es in den Knochen, und ich bin wütend auf diesen Bastard, weil er meiner Schicksalsgefährtin wehgetan hat.

Alle drei, außer Billie, drehen sich in unsere Richtung.

Wut peitscht in mir auf, wie ich sie noch nie zuvor gespürt habe. Sie ist urwüchsig, der Wolf in mir drängt nach Befreiung, nach Kampf.

"Billie, halt durch, wir sind da", rufe ich.

Sie verdreht den Kopf, die Angst steht ihr ins Gesicht geschrieben. Unsere Blicke treffen aufeinander, und ein Funken Hoffnung glitzert in diesen wunderschönen blauen Augen.

"Das wurde auch Zeit", ruft sie.

Clark verkriecht sich in der Nähe des älteren Mannes mit dem Bart.

Der hochgewachsene Mann mit dem schwarzen Mantel und den spitzen Ohren schenkt mir ein breites Grinsen.

So treffe ich also auf Vayr.

Und er steht kurz vor dem Tod.

Ich stürze mich auf ihn, bereit, den Fae in Stücke zu reißen.

Meine Brüder haben die gleiche Idee.

Mit einer Handbewegung schickt Vayr eine Schockwelle auf uns zu, eine Luftwand, die uns nach hinten schleudert, als wären wir nur Ameisen. Wir krachen auf den Boden.

"Ist das alles, was er hat?" Eryx zittert bereits, und Echo bricht in Sekundenschnelle aus ihm heraus, wobei er seine breiten Flügel ausbreitet, und sein Gefieder sträubt. Er stößt ein donnerndes Brüllen aus, das mehr nach einem Löwen als nach seinem Adler klingt.

Tallis' Kleidung wird von seinem Körper gerissen und er nimmt seine Dämonenform an. Dann stürmen wir alle los, um diese Mistkerle zu vernichten. Echo stößt erneut einen wilden Kampfschrei aus.

Mein Adrenalinspiegel ist auf Hochtouren, aber ich bin kaum ein paar Schritte vorwärtsgekommen, als sich ein brutaler Griff von etwas Festem, das sich eiskalt anfühlt, um meinen Arm krallt. Überrumpelt werde ich nach hinten gezogen. Meine Füße verlieren das Gleichgewicht, und ich stolpere, als ich zurückschnappe und mich meinem Feind mit einem Knurren zuwende.

Vor mir steht eine hohe, schattenhafte Gestalt ohne erkennbare Merkmale, nur mit ausgehöhlten Augenlöchern und verlängerten Fingern. Rauch wabert von seinem Körper, ein Zischen kommt aus seiner Kehle.

Der Instinkt gewinnt die Oberhand. Ich greife an, werfe meine Fäuste, ziele auf den Kopf des Bastards, aber meine Faust fegt durch ihn hindurch, als würde ich einen Nebel treffen. Verdammte Scheiße! Sie sind aus der Dunkelheit geschmiedet, doch ihr Griff um meinen Arm fühlt sich verdammt fest an.

Als ich versuche, ihn abzuschütteln, blicke ich zurück und sehe, dass vier der Schatten auf Echo liegen, vor allem auf seinen Flügeln, und ihn festhalten, aber ich kann Tallis nicht sehen.

Billie schreit um Hilfe.

Vayrs Gesang wird lauter, seine Stimme hallt im Ballsaal wider.

"Clark, du verdammtes Stück Scheiße. Wenn du dich jemals rehabilitieren wolltest, damit ich dich später nicht umbringe, ist das deine Chance", schreie ich, gerade als zwei weitere Schatten aus den dunklen Ecken des Raumes auftauchen. Sie kommen mit der vollen Wucht des Sturms auf mich zu, und ich bin in Sekundenschnelle außer Atem.

In diesem Moment gehen die Lichter über uns aus, und wir werden in die Dunkelheit gestürzt.

Angst durchströmt mich, und Clark ist irgendwo im Raum und gluckst.

Etwas greift mich an und raubt mir die Sinne. Ich schlage mit dem Rücken hart auf dem Boden auf, das Gewicht lastet auf mir wie ein Berg.

Die Dunkelheit droht uns zu verschlingen, uns zu vernichten, bevor wir Billie überhaupt erreichen können.

"Licht", brülle ich verzweifelt. "Tallis, wir brauchen jetzt Licht, verdammt."

Plötzlich legt sich ein gewebeartiger Schatten um mein Gesicht, eine kalte Kraft, die mir den Atem raubt. Eine erschütternde Panik macht sich breit, und ich kämpfe dagegen an, trete und strample gegen einen Feind, den ich nicht berühren kann.

Blitzschnell entfacht ein feuriger Glanz ein paar Funken.

Der Schatten, der mich erstickt, springt von mir ab.

Ich schnappe nach Luft und blinzle gegen das sengende Licht der höllischen Flammen an, die aus Tallis' Händen aufsteigen.

Die Luft um uns herum knistert vor Energie, als der sich windende Schatten kreischt und zurück in die Dunkelheit kriecht. Es sind Dutzende von ihnen, und es macht mir Angst, dass wir kaum eine Chance haben.

Als ich mich umdrehe, sind meine Brüder da, und wir eilen zu Billie.

"Wir müssen mit dem Feuer einen Kreis bilden, um die Schatten fernzuhalten", befehle ich.

Mein Blick ist auf Billie gerichtet, die schreiend vor dem Spiegel steht und deren Hand fast in die Oberfläche des Spiegels gerutscht wäre.

"Ich bin hier", rufe ich und bemerke, dass Vayr sich auf die andere Seite des Spiegels begeben hat, um mit Clark und seinem Kumpel, die beide wie versteinert aussehen, zu singen. Oh, sie haben nicht einmal gesehen, wie echter Horror aussieht, bis sie mir gegenüberstanden.

Im selben Sekundenbruchteil eile ich Billie zu Hilfe und rufe: "Echo, schalte diesen verdammte Fae aus."

Hinter mir fällt mir die plötzliche Bewegung von Tallis auf. Er stößt seine Hände nach außen, und eine Flammenwelle bricht aus ihnen hervor. Die Flammen drehen sich spiralförmig nach außen, wirbeln und spucken Glut, während sie schnell jeden im Raum in einen Ring aus loderndem Licht einschließen. Die feurige Barriere schließt sich und nimmt den größten Teil des Ballsaals ein, sodass wir alle mit Vayr und den anderen beiden eingeschlossen sind.

Er darf seinen Posten nicht verlassen. Wenn er seinen Posten verlässt oder die Konzentration verliert, geraten die Flammen außer Kontrolle und breiten sich mit einem unbändigen Hunger aus, der das gesamte Haus verschlingt.

Wir haben einen Mann weniger, aber Echo und ich haben das hier.

Vayr schreckt zurück, ein Grinsen verrät seine Besorgnis.

Jenseits des Kreises zischen die Schatten zurück und halten Abstand.

In Sekundenschnelle stürze ich mich auf Billie und an ihre Seite. "Ich bin hier." Meine Arme legen sich fest um ihre Taille. "Ich habe dich." Sie lehnt sich zitternd an mich, als eine plötzliche Kraft sie nach vorne reißt und uns beide mit erstaunlicher Stärke zu sich reißt.

Ein Schrei entweicht ihren Lippen, als ihre Hand mit der Oberfläche des Spiegels zu verschmelzen beginnt. Entsetzen ergreift mich, als die Kraft sie noch tiefer zieht. Weitere schwarze Ranken schießen aus dem Spiegel und ergreifen ihre freie Hand. Billies Atem kommt in kurzen Atemzügen, Schweiß steht auf ihrer Stirn, und sie zittert unkontrolliert.

"Khaos, bitte hilf mir. Bitte." Ihre Bitten bringen mich um, weil ich mich hilflos fühle.

Echo und Vayr sind in einen Kampf verwickelt, bei dem der Gryffin angreift und der Fae ihn immer wieder gegen den Boden stößt. Die beängstigende Szene wird noch intensiver, als Clark hinzukommt und mit einem über den Kopf erhobenen Stuhl auf Echo einschlägt, sobald dieser am Boden liegt.

Aber Billies Schreie machen mich fertig, und sie ist meine Priorität. Ich weiß, dass Echo auf sich selbst aufpassen kann.

"Bring die Fae zum Schweigen, Echo", belle ich, denn ich muss die Gesänge beenden, um Billie zu retten.

Angesichts der erdrückenden Last ihrer Schreie

und der Tatsache, dass Echo keine Fortschritte macht, schießt mir eine verzweifelte Idee durch den Kopf.

Ich stürze mich auf den Spiegel, schlage mit allem, was ich habe, gegen den Rahmen und die Rückwand. Wenn ich ihn zerstöre, hat dieser Alptraum ein Ende. Doch mit jedem Schlag fühlt es sich an, als würde ich mit meinen Fäusten gegen einen Felsbrocken prallen. Der Schmerz strahlt meine Arme hinauf, meine Knöchel bluten, also nehme ich die Kraft meines Wolfes.

Billie weint noch lauter, und ich eile zu ihr, nehme sie in den Arm und versuche, sie aus dem Spiegel zu ziehen. Meine angespannten Muskeln lassen mich zittern.

"Hör zu, Billie. Ich werde dich nicht gehen lassen", schwöre ich. "Kämpfe dagegen an. Konzentriere dich auf deine Magie."

Sie nickt, aber ihre Angst zerreißt mich.

"Khaos, finde seine Schwachstelle", schreit Tallis über den Tumult hinweg. "Jedes Stück Holz hat eine, und du kannst dich mit deiner Kraft auf sie einstimmen."

Die Verzweiflung lässt Tallis' Worte einen Funken in mir entzünden. Ich war schon immer in der Lage, mich mit Bäumen und der Natur zu verbinden und mich auf sie einzustimmen. Normalerweise kann ich mich mit dem Herzen eines Baumes verbinden, aber der Holzrahmen des Spiegels ist totes Holz. Ich konzentriere mich trotzdem, zwar spüre ich den Atem des Waldes nicht, aber darunter spüre ich ein schwaches Summen, ein winziges Zittern in der linken unteren Ecke des Rahmens.

"Halt durch", flüstere ich Billie zu. "Ich bin ja da."

Ich werfe mich zu diesem Teil des Spiegels, gehe in die Hocke und fahre den Rahmen ab, bis ich einen fast unbemerkten Riss in der Maserung entdecke. Es ist ein Bruch, eine Schwachstelle. Adrenalin durchströmt mich, und mit einem tiefen Knurren ziehe ich mich zurück.

"Billie, zieh ... zieh so fest du kannst, jetzt!"

Ich werfe meinen Fuß nach vorne, meine Ferse landet mit Wucht. Das Holz ächzt, und Entschlossenheit ergreift mich. Ich trete weiter mit der Ferse auf die Stelle, wieder und wieder. Jeder Aufprall hallt lauter in meinem Ohr wider, mein Atem geht stoßweise.

Bei einem weiteren kräftigen Schlag gibt es einen gewaltigen Knall. Der Riss weitet sich schnell aus und schlängelt sich den Rahmen hinauf. Sofort zerbröckelt das Holz, Stücke fallen mit lautem Getöse auf den Boden. Der Spiegel, der für den Bruchteil einer Sekunde wackelte, fällt nach hinten.

Billie wird durch die Wucht des Loslassens heftig nach hinten geschleudert, ihr Schrei durchdringt das Chaos. Ich springe in Aktion und stürze mich mit ausgestreckten Armen auf sie. Gerade noch rechtzeitig fange ich sie auf und ziehe sie an meine Brust.

"Du bist in Sicherheit."

Der Raum füllt sich mit einem ohrenbetäubenden Krachen, als der Spiegel zerbricht und die Splitter in Hunderte von Stücken zerspringen, die das Licht von Tallis' Flammen überall reflektieren.

Vayr brüllt und stürzt sich auf den Spiegel.

Alles verschwimmt zu einem Wirbelsturm der Bewegung.

Ich verlasse Billies Seite und springe auf den Fae zu, wobei mein Wolf im selben Herzschlag aus mir herausspringt.

Meine Pfoten stampfen mit voller Wucht auf den Boden, während ich angreife.

Ich stürze auf ihn zu, lasse ihn zurücktaumeln und stoße ihn von den Füßen. Er stöhnt und reißt die Arme in die Höhe. Ich versenke meine Zähne schnell in seiner Schulter und zerreiße das Fleisch. Blut fließt an meinem Kinn herunter, während er vor Schmerz aufheult.

Genauso schnell brennt es in meiner Seite und ich fliege plötzlich quer durch den Raum. Ich knalle gegen einen Stapel Stühle und knurre wütend. Meine Rippen schmerzen, aber ich gebe nicht auf. Ich schüttle den Aufprall ab und stürze mich noch einmal auf ihn.

Erneut strömt Magie aus seinen Händen. Dunkle Blitze schießen auf mich zu, und bevor ich ausweichen kann, treffen sie mich brutal.

Ich zucke zusammen, als die Angriffe wie Schläge auf die Brust wirken.

Ich taumle atemlos nach hinten. Aber ich bin nicht einmal annähernd so weit, das hier zu beenden.

Eine dunkle Gestalt stürmt an mir vorbei und stößt mit dem Fae zusammen. Ein heftiger Kampf entbrennt, bis Tallis kurz darauf zur Seite geschleudert wird.

"Du verlässt diesen Raum heute in einem Leichensack", brüllt Tallis dem Fae entgegen.

Vayr stolpert, was mich glücklich macht, bevor er sich Tallis und mir zuwendet.

Doch aus den Augenwinkeln sehe ich, wie Billie auf ihren Vater zuschießt und ihm in den Rücken fällt. Ihre Entschlossenheit, ihre Stärke erwärmt mein Herz. Sie hält sich an einem Schwert fest, das bedrohlich aus ihrer Hand glänzt.

Tallis und ich stürzen uns auf sie und Vayr. Aber in dem Moment, in dem der Wichser sich umdreht, um sich ihr zuzuwenden, stürzt sich Billie auf ihn. In ihren Bewegungen gibt es kein Zögern, nur pure Entschlossenheit. Mit einem kräftigen Stoß treibt sie ihr Schwert tief in seine Brust.

Seine Augen weiten sich vor Schreck, ein knisternder Schrei entringt sich seiner Kehle. Unglauben zeichnet sich auf seinem Gesicht ab. Er sinkt auf die Knie und stößt ein Stöhnen aus.

Billie tritt zurück, und ich ziehe sie in meine Umarmung.

"Für meine Eltern, du Psychopath", spuckt sie aus.

Ein plötzlicher, durchdringender Schrei erfüllt den Raum, fast ohrenbetäubend, und kommt von den Schatten im Raum. Sie zucken zusammen, schrecken vor dem feurigen Licht zurück, aber genauso plötzlich sind sie wieder still. Und vor uns ist der Fae mit dem Gesicht nach unten auf den Boden gefallen. Er ist tot.

Fae zu töten ist so gut wie unmöglich, aber ich habe gehört, dass es funktionieren kann, ihre eigene Magie gegen sie einzusetzen.

Tallis stöhnt: "Wird auch Zeit, dass er tot ist. Ich weiß nicht, ob es jemandem von euch aufgefallen ist, aber ich habe die Kontrolle über das Feuer verloren, aber verdammt noch mal durchgehalten."

Ich kann nicht anders, als über ihn zu lachen, wenn man bedenkt, was uns allen gerade noch bevorstand.

Das Licht geht flackernd an, und ein schriller Schrei lässt uns alle zu Echo umdrehen.

Er schnappt mit seinem klaffenden Maul nach Clark und beißt ihn, verschlingt seinen Kopf und reißt ihn mit einem wilden Kopfschütteln ab. Das Blut spritzt über die Wand und den älteren Mann, der plötzlich vor Schreck schreit.

"Echo hat versprochen, jemandem den Kopf abzureißen", murmele ich, hauptsächlich zu mir selbst. Dann stöhne ich auf, vor allem, als ich nur noch höre, wie er auf den Schädel einhämmert.

Ich schaue zu Billie hinunter, und sie rümpft die Nase. "Du küsst diesen Mund."

"So schlimm ist es nicht." Dann geht sie zu dem älteren Mann hinüber, ihr Schwert immer noch in der Hand. "Sag mir, Onkel, gibt es einen Grund, warum ich dich nicht erledigen sollte?"

Zitternd fällt er auf die Knie, sein Gesicht ist mit Clarks Blut bespritzt.

Das ist also ihr verdammter Onkel! Arschloch. Er verdient es zu sterben.

"Hab bitte Mitleid, Billie. Ich habe meine Familie geliebt und verloren, genau wie du. Ich verspreche, dir zu zeigen, dass ich ein anderer Mensch bin."

Sie starrt ihn an, und meine Brüder und ich tun das Gleiche, gespannt, was sie tun wird.

Tallis taumelt zu uns, wieder in seiner menschlichen Gestalt, seine Arme sind vom Feuer bis zu den Ellbogen schwarz verkohlt.

"Ich bin dafür, ihm keine weitere Chance zu geben." Seine Stimme schallt durch den Raum.

Billie zuckt mit den Schultern. "Du hast meinen Schicksalsgefährten gehört, und ich bin geneigt, auf ihn zu hören." Sie wendet sich von ihm ab und lächelt uns an, während sich ihr Schwert auflöst und zurück in ihren Arm gleitet.

Echo schwenkt auf den Mann zu, der vor Angst zu schreien beginnt. Billie positioniert sich zwischen Tallis und mir, ihr Blick ist auf die sich entfaltende Szene gerichtet, während Echo das Kommando übernimmt.

Die Krallen des Gryffins schließen sich um den Mann, und die plötzliche Kraft lässt ihn einen entsetzlichen Schrei ausstoßen. Mit einem kräftigen Flügelschlag schleudert Echo ihn in die Luft und zerschmettert die Fenster, sodass die Glasscherben nur so fliegen. Er zerreißt den Vorhang und nimmt dabei die Hälfte davon mit. Der Rest flattert in der Brise.

"Nun, der Raum musste ohnehin renoviert werden", sagt Tallis.

Ich drehe Billie an den Schultern zu mir hin. "Wie geht es dir? Bist du irgendwo verletzt?"

"Ich stehe immer noch unter Schock, glaube ich, wegen des Beinahe-Todes und all dem. Außerdem ..." Sie hebt die Hände und schiebt die Ärmel bis zu den Ellbogen hoch. "Ich habe eines meiner Schwerter verloren. Ich hasse meinen richtigen Vater, verdammt. Er hat versucht, mir alles wegzunehmen. Aber am

Ende habe ich immer noch ein Schwert und meine drei Schicksalsgefährten."

"Ich habe es gar nicht bemerkt", sage ich. "Die Magie des Spiegels muss sie dir entzogen haben." Nur auf einem Arm ist noch Tinte zu sehen. Tallis streckt die Hand aus, um sie zu berühren, und sie starrt auf seine verbrannten Arme und deutet auf sie.

"Tallis, du bist verletzt!" Sie keucht.

Er lacht. "Ist schon gut. Feuerverbrennungen tun Dämonen wie mir nicht weh, und das hier wird im Handumdrehen heilen."

Sie atmet leichter und blickt zu mir auf. "Ich habe keine Ahnung, wie ich das überlebt habe, und es fühlt sich immer noch surreal an. Aber ich brauche eine Sache." Sie drückt sich an mich, und ich nehme sie in die Arme, weil ich ihr nicht nahe genug sein kann.

Beim nächsten Einatmen nehme ich den zuckrigen, glitschigen Duft auf, den sie mit den Pillen zu lange vor uns versteckt hat. Und sie beäugt mich intensiv.

"Oh, warum riechst du so gut?" Tallis ist da, drückt seine Nase an ihren Hals und atmet tief ein.

Ich sehe Billie in die Augen.

"Es ist Zeit."

"Ja, ich spüre, dass es sehr schnell geht. Bevor ich den Verstand verliere und nicht mehr klar denken kann, bring mich in dein Zimmer. Die Antwort ist ja."

Tallis heult vor Aufregung, und ich eile aus dem Ballsaal. Das chaotische Durcheinander wird später aufgeräumt. Die Toten gehen nirgendwo hin.

Im Moment braucht meine Schicksalsgefährtin uns.

## 32

"Halt dich am Kopfteil fest, kleiner Knallfrosch. Du wirst es brauchen", fordert Khaos und legt mich auf sein Kingsize-Bett.

Ich halte mich immer noch an ihm fest und bin nicht bereit, ihn loszulassen. Jede Zelle in meinem Körper ruft nach ihm, braucht seine Berührung, seinen Kuss, seinen Schwanz. Mein Inneres ist feucht und geschwollen, und ich stöhne jedes Mal, wenn ich meine Schenkel zusammenpresse.

Die Matratze mit den schwarzen Laken unter mir ist fest, und sein Zimmer hat etwas Sexuelles an sich. Vielleicht liegt es an den dunklen Wänden und den schwarz gerahmten Fotos aus dem Wald, die die Wand zieren. Es ist nicht das, was ich erwartet habe, aber ich liebe dieses Gefühl, als wäre ich draußen in der Wildnis. Ich stelle mir vor, wie ich hier nachts schlafe, nackt unter den Laken, und mich von ihm verwüsten lasse.

Khaos kniet neben mir auf dem Bett, während seine Finger über meine Wange streichen.

"Du hast keine Ahnung, wie schön du da draußen warst, als du gekämpft hast. Du bist alles, was ich mir von einer Schicksalsgefährtin wünsche. Und jetzt bin ich bereit, dich für mich zu beanspruchen."

Ich hebe meinen Blick zu diesem mächtigen Mann mit seinem hübschen, scharf geschnittenen Gesicht und den blassblauen Augen, die sich nach mir sehnen, und zittere bei seinen Worten. Noch nie war jemand so leidenschaftlich zu mir, so unnachgiebig, dass ich die Richtige für ihn bin. Es ist unglaublich.

Ich lehne mich gegen seine Hand, und die vertraute Hitze, die ich unterdrückt habe, durchflutet mein Inneres. Wo sie vorher intensiv aufstieg, ist sie in diesem Moment wie ein Tornado, der mich mit Grausamkeit durchreißt.

Ein Stöhnen entweicht meinen Lippen, während sich meine Brustwarzen verhärten. Feuer bricht in mir aus, und meine Gedanken beginnen sich zu vernebeln.

Er atmet ein, seine Nasenlöcher blähen sich auf, und ein Stöhnen durchfährt seine Brust.

"Ich liebe es, wie du riechst." Er steht über mir und verdrängt den Rest des Raumes. "Bist du bereit für das hier .... nach allem, was du gerade durchgemacht hast?"

Ich lege eine Hand in seinen Nacken und ziehe ihn zu mir herunter. Unsere Münder treffen aufeinander, und ich küsse ihn, um ihm zu zeigen, wie verzweifelt ich mich nach ihm sehne. Atemlos fahre ich mit meiner Zunge in seinen Mund und bin bereits klatschnass.

Seine Hand liegt auf meiner Brust, er drückt zu,

sein Atem rast. Seine sengende Hitze verschlingt mich, und ich hebe mein Becken, so bedürftig.

Er löst sich schwer atmend von meinen Lippen und greift nach unten, um den prallen Schwanz in seiner Hose zu richten.

"Lass ihn raus", säusle ich und weiß, dass ich nicht, wie ich selbst klinge, aber so geil zu sein, dass ich kaum atmen kann, passt auch nicht zu mir. Nun ... offensichtlich bin ich das, wenn ich in der Nähe der drei Dukes bin.

"Ich bin bereit", keuche ich. "Ich hatte lange Zeit, darüber nachzudenken, die Wahrheit über meine Vergangenheit zu erfahren, darüber, wer die Dukes wirklich sind. Und weißt du was?"

"Was?", knurrt er, als würde er sich kaum noch zusammenreißen können. Er leckt sich über die Lippen, sein Blick wandert an meinem Körper hinunter und zurück zu meinem Mund.

Ich wälze mich auf dem Bett, greife nach ihm, ziehe an seinem Gürtel und will ihn loswerden.

"Dass ich zu lange vorsichtig war, obwohl ich auf meinen Instinkt hätte hören sollen, dass ich bei dir und deinen Brüdern sicher bin."

Seine Mundwinkel verziehen sich zu einem Grinsen, während er sich das Kinn reibt. "Was ich da höre, ist, dass du es bereust, nicht schon früher mit uns Sex gehabt zu haben?"

"Vielleicht." Ich kichere. "Gott, wem mache ich was vor? Ja." Ich rolle auf ihn zu, bereit, ihn in diesem Stadium zu bespringen.

Tallis stolziert ins Zimmer, schließt die Tür und

stellt sich an das Ende des Bettes, die Hände in die Hüften gestemmt. Er tut das, was er immer tut - er lenkt mich ab. Das hypnotisierende Gesicht des Mannes, die markanten Wangen und der Kiefer, umrahmt von längerem, dunklem Haar. Wie um alles in der Welt konnte ich ihm so lange widerstehen?

Er beobachtet mich, wie ich mich auf dem Bett winde und meinen Finger krümme, um ihn zu mir zu rufen. So wie er es mit mir in der Badewanne gemacht hatte.

"Sie sieht fertig aus", murmelt Tallis und beginnt, sein Hemd aufzuknöpfen. Ich sehe, dass seine Arme immer noch schwarz verkohlt sind, aber das scheint ihn nicht zu stören, und es ist mir egal, solange er keine Schmerzen hat.

"Bei dir klinge ich wie ein Brathähnchen im Ofen", stichle ich.

"Oh, meine geile Kleine, ich werde dich so gut ausstopfen."

Ich breche in Gelächter aus.

Khaos reißt sein Hemd auf und zeigt seinen spektakulären Körper. Meine Schenkel beben, meine Muschi flattert, als wüsste sie, was kommt, und kann es kaum erwarten.

"Sie hat zu viele Klamotten an", sagt Tallis, der mich bereits an den Knöcheln packt und quer über das Bett zerrt.

Ich schreie auf, meist vor Freude, der Rest aus purer Erregung.

Seine Hände wandern an meinen Beinen hinauf, öffnen meine Knöpfe und den Reißverschluss. Er bewegt sich schnell und reißt mir Jeans und Unterwäsche in einem Zug herunter.

Mein Herz klopft laut, als ich meine Beine zusammenziehe, aber als Khaos ein Knurren ausstößt, verändert sich etwas in mir, und mein Körper reagiert sofort auf den Klang. Ich beuge mich ihm entgegen und drücke ihm meine Brüste entgegen.

"Ich liebe es, wenn sie das tut", neckt Tallis.

Khaos' Lächeln ist ansteckend. "Das ist eine dieser Bewegungen, die meinen Schwanz so verdammt hart machen."

"Kommt Eryx auch zu uns? Ich will alle meine Schicksalsgefährten dabeihaben."

Während mein Hemd quer durch den Raum fliegt und Khaos' Lippen auf meiner Schulter liegen, während er meinen BH-Träger über meinen Arm gleiten lässt, halte ich Tallis' Blick stand.

"Er wird bald zurück sein", sagt Tallis und zieht sein Hemd aus. "Vertrau mir, er wird es nicht verpassen wollen, sich mit dir zu vereinen."

Allein diese Worte zu hören, lässt mich vor Aufregung beben. Ich tue es tatsächlich - ich akzeptiere meine Schicksalsgefährten, Partner, die mein Leben teilen werden. In Zukunft werde ich nie mehr allein sein. Mir gehen so viele Gedanken durch den Kopf, davon, es Sasha zu erzählen bis hin zum Umzug nach Finnland, aber als Tallis seine Hose fallen lässt, bin ich sprachlos.

Im Handumdrehen verwandelt er sich in seine Dämonenform.

Ich keuche, meine Zehen kräuseln sich schon,

weil er so viel größer ist, diese Hörner, die scharfen Zähne, der Schwanz, der sich schon um mein Bein schlängelt. Aber was mich interessiert, sind die beiden großen Schwänze, die aufrecht stehen. Dick und mit Sperma bedeckt, sind sie übereinandergestapelt, als wären sie für den vorderen und hinteren Eingang gemacht.

Sie erschrecken und erheitern mich zugleich.

"Ich glaube, sie will beide in sich haben." Tallis spottet und ist entspannt, aber als er beide in seine riesige Handfläche klatscht, erinnere ich mich daran, wie er in dem beheizten Bad über meinen ganzen Bauch und meine Brust gekommen ist, und wie sehr er gekommen ist.

"Da könntest du recht haben", sagt Khaos und zieht seine Hose in Rekordzeit aus.

Als ich mich umdrehe, muss ich daran denken, wie riesig und köstlich Mr. Big Cock war, als er mir einen Deep Throat verpasste.

"Ich habe die Qual der Wahl." Ich greife nach Khaos, meine Finger schlingen sich um seinen Schaft. Er zischt, und ich liebe es, einem so starken Mann wie ihm dabei zuzusehen, wie er sich auflöst.

"Wir haben keine *Wahl*", erinnert mich Tallis. "Heute werden wir dich alle ficken. Tief und schnell, und füllen dich mit unserem Samen."

"Samen, hey?" Ich bin nicht dumm und weiß, dass die Wahrscheinlichkeit groß ist, dass es zu einer Schwangerschaft kommt ... Darum geht es ja in erster Linie, wenn ich läufig werde. Die Vorstellung macht mir keine Angst, nicht wenn ich weiß, dass ich nicht allein sein werde und drei Männer habe, die mich lieben.

"Wir werden dich füllen, dich schwängern, ein Baby in deinen Bauch legen", sagt Tallis. Sein Schwanz schiebt sich zwischen meine verkrampften Beine. Er grinst, und ich kenne ihn gut genug, um zu wissen, dass er eine Reaktion von mir will.

Ein erregter Schauer überläuft mich, als er sagt, dass er sich mit mir fortpflanzen wird. Es hat etwas, von diesen drei Dukes dominiert zu werden, das mich wild macht.

"Ach, tatsächlich?", sage ich, während ich langsam auf die Knie gehe und meine Hand beginnt, Khaos in meiner Faust zu streicheln. "Und was wäre, wenn ich sagen würde, dass ich viele Babys haben möchte?"

"Verdammt, ja, ich werde von den Dächern schreien." Tallis hält meinem Blick stand, diese dunklen, dämonischen Augen sind ernst, dann senkt sich sein Blick zwischen meine Beine. "Du bist schon so feucht für uns."

Okay, das ist nicht ganz nach Plan gelaufen. Tallis ist die letzte Person, von der ich erwartet hätte, dass sie verzweifelt nach einer Familie sucht.

"Ich will auch eine große Familie", fügt Khaos hinzu und löst meine Finger von seiner Erektion, damit er sich neben Tallis stellen und mich anstarren kann. "Ich bin bereit, eine zu gründen."

"Okay, ihr überrascht mich beide."

In diesem Moment spüre ich, wie Tallis' Schwanz sanft über meinen Innenschenkel streicht.

"Spreize dich weiter", fordert Khaos mit diesem

dominanten Ton, der in mich eindringt und sich um mein Inneres windet und mich zwingt, ihm zu gehorchen.

Khaos schnurrt, und Tallis atmet schwer.

Ich spüre, wie ich mich erhitze, wie ich meine Beine spreize und wie sich meine Muskeln entspannen. Dann schiebt sich der Schwanz zwischen meine glitschigen Falten und dringt in mich ein.

Stöhnend wölbt sich meine Brust nach oben, während sich meine Wände um seinen Schwanz schließen. Ein Schauer überläuft mich, und ich wiege meine Hüften, weil ich mehr will ... so viel mehr.

"Verdammt, ich könnte dir den ganzen Tag zusehen", stöhnt Khaos und hält seinen Schwanz in der Hand, Tallis tut dasselbe, und sie amüsieren sich köstlich, wie der Schwanz mich neckt.

Mein Atem stockt, und mit ihm kommt eine unerträgliche Erregung. Die Muskeln spannen sich an, und ich schreie auf, weil der Schmerz in mir wächst. Die Luft wird im Bruchteil einer Sekunde dicker, und alles in mir schreit nach meinen Gefährten.

"Es wird immer intensiver und schneller", schaffe ich, zu sagen. "Ich liebe deinen Schwanz, aber ich brauche mehr, bitte."

Die Männer klettern auf das Bett und krabbeln auf mich zu.

"Du hast sie gehört. Sie braucht uns jetzt", knurrt Tallis wie ein ausgehungertes Raubtier, sein Schwanz zieht sich aus mir heraus, bevor er zu meiner Klitoris hochgleitet und sie reibt.

Ein Geräusch, das eher einem Schrei gleicht, und

ein Stöhnen überrollen meine Kehle, als Tallis plötzlich seinen Körper zwischen meine Beine schiebt.

"Ich will sie zuerst", fleht er fast und blickt zu
Khaos auf.

"Ist es das, was du willst?", fragt mich Khaos.

Ich nicke und schlage um mich, bereit, sie beide zu
packen und über mich zu ziehen.

"Bitte, fick mich einfach. Der Schmerz tut mir weh.
Ich habe mich so lange darauf gefreut. Ich will mich
mit dir paaren, als deine Schicksalsgefährtin."

Meine Haut kribbelt vor Erwartung, ihre Düfte
strömen auf mich ein. Khaos lässt seinen riesigen
Schwanz auf meine Brust plumpsen, während er sich
auf meinen Arm spreizt, seine Hand auf meiner Brustwarze, kneift, drückt. Seine andere Hand schlingt sich
unter mein Knie, während Tallis die andere drückt,
beide halten mich offen.

Ihre erdigen, männlichen Düfte überschwemmen
mich, während die Feuchtigkeit aus mir herausrieselt.
Mein Magen schmerzt, und meine Brüste fühlen sich
geschwollen und so empfindlich an.

Diese dunklen Augen halten mich fest, als die
Spitze seines Schwanzes in mich eindringt. Aber als er
innehält und die zweite Spitze sich in mich hinein-
zwängt, erstarre ich.

"W-Warte, nicht beide im selben Loch", stottere ich.

Tallis grinst. "Natürlich, es sind zwei auf einmal. Du
bist für sie gemacht, für uns."

"Mir läuft das Wasser im Mund zusammen, wenn
ich nur zusehe", sagt Khaos und beugt sich an meinem
Körper herunter. Mit seinem Finger, der Tallis'

Schwanz ersetzt, spielt er mit meiner Klitoris und kneift sie.

Eine Urlust spannt meine Haut an, und mit ihr kommt die Angst, dass es so wehtun wird, dass ich es nicht ertragen kann. Als Tallis seine beiden Spitzen in mich stößt, schreie ich auf und winde mich. Der dehnende Schmerz findet den verletzlichen Teil von mir, der so empfindlich und reaktionsfreudig ist, dass ich das Gefühl habe, mit tausend Orgasmen zu explodieren.

Aber die Angst kehrt zurück, und plötzlich rutsche ich rückwärts und ziehe mich von seinen Schwänzen zurück. In dem Moment, in dem ich mich von ihm losreiße, durchzuckt mich ein furchtbarer Schmerz - scharf und tief - als würde ich in zwei Hälften geschnitten werden.

"Billie", gurrt Khaos und legt seine Hand auf meine Schulter. "Du brauchst keine Angst zu haben, aber wenn du nichts tust, wird dein Schmerz unerträglich werden."

Mein Kopf dreht sich, Verwirrung mischt sich mit dem Schmerz, und die Erregung, die darunter brodelt, ist ein seltsames Gefühl, das ich noch nie erlebt habe.

Ich drehe mich um und denke, wenn ich aufstehe, wird es mir besser gehen.

Außer, dass große Hände meine Hüften packen und mich quer über das Bett zurückziehen, mich auf meinen Bauch legen.

"Du wirst nirgendwo hingehen. Was du brauchst, ist ein Schwanz, und zwar jede Menge davon." Tallis hat seine Hand zwischen meinen Schenkeln, gleitet nach oben, wo noch mehr Gleitmittel herausrutscht. Dann hebt er meine Hüften an, sodass mein Hintern hoch in der Luft ist. Als seine Finger die Länge meiner Muschi streifen, erschaudere ich.

Das ist beunruhigend, aber es bringt mich auch dazu, einfach aufzugeben.

Khaos kniet sich vor mich, seinen schweren Schwanz in der Hand, und hebt ihn an meinen Mund. "Es gibt kein Weglaufen, Knallfrosch. So werden wir deinen Schmerz beenden und unser Band knüpfen."

Ich habe keine Zeit zu sagen, dass ich darüber nachdenke, denn Khaos schiebt mir seinen Schwanz in den Mund. Tallis hat seine beiden Schwänze an meinem Eingang und gleitet in mich hinein.

Das schimmernde Bedürfnis durchströmt mich und verdrängt den Schmerz, aber ich kann nicht entscheiden, was besser ist. Vor lähmenden Schmerzen zu weinen oder dasselbe mit der Erregung zu tun, die mich erwürgt und verlangt, dass ich gefickt werde, bis ich ohnmächtig werde.

Tallis lässt sich Zeit, aber die Ausdehnung von zwei Schwänzen in mir bringt mich ins Schwitzen.

Ich schreie vor Vergnügen und dem Drang, mehr zu nehmen. Seine Finger graben sich in meine Hüften, als er tiefer in mich eindringt, im Doggy Style.

Khaos gleitet tiefer in meinen Mund, und dieses wilde Verlangen durchströmt mich. Die Nippel sind hart, die Muschi quillt über, ich schließe meine Lippen fester um seine pralle Erektion und sauge ihn aus.

Jeder Zentimeter von mir summt. Hitze umhüllt mich, und je tiefer sie beide eindringen, desto stärker erschaudere ich. Mein Körper zuckt, meine Hüften wippen, mein Atem geht schnell.

Tallis bewegt meine Hüften, um mir den Zugang zu erleichtern, und plötzlich stößt er in mich hinein. Ich weiß nicht, wie ich es schaffe, zwei Schwänze auf einmal zu nehmen. Aber ich spüre es, und das Lust-Schmerz-Gefühl lässt mich laut aufstöhnen.

Ich schlage um mich, aber keiner lässt mich los. Sie halten fest, Tallis stößt bis zum Anschlag in mich hinein. Meine Wirbelsäule krümmt sich, als intensives Vergnügen durch mich rollt.

Dann verändert sich etwas in mir. Es beginnt mit einem Zittern in der Magengrube, das mich durchfährt, und entwickelt sich schnell zu einer Explosion des Kribbelns. Überall, wo die Funken mich berühren, ist es, als würde ich gebrandmarkt werden, und mein Herz steht in Flammen.

Tallis ist in meinem Kopf, in meinem Herzen, und die Intensität dessen, was ich fühle, gibt mir das Gefühl, dass meine Seele mit seiner verschmilzt.

Plötzlich schwebe ich, bin nicht mehr an die Realität gebunden, und zum ersten Mal habe ich keine Angst. Ich ertrinke, aber ich will nicht gerettet werden, weil Tallis an meiner Seite ist.

Ich spüre seinen Herzschlag, der mit dem meinen verbunden ist. Das überwältigende Gefühl von Zugehörigkeit und Glück, das ich so lange nicht mehr erlebt habe, treibt mir Tränen in die Augen. Während ich mich an Tallis verliere, weiß ich, dass unser ewiges Band uns zusammengeschweißt hat, und ich werde nie wieder allein sein, weil er für immer in meinem Herzen sein wird.

Ich keuche um Khaos' Schwanz herum, als wäre ich aus einem Traum gerissen worden. Tallis atmet laut aus, ein erschrockener Laut in seiner Kehle. Meine beiden Männer ficken mich, bis ich nicht mehr klar denken kann, bis ich vor einem berauschenden Orgasmus erzittere und stöhne. Ich komme hart, meine Wände umklammern Tallis' Schwänze.

Khaos zieht sich aus meinem Mund zurück, und der Schrei in meiner Brust entweicht.

Ich lasse mich auf das Bett fallen und ziehe mich von Tallis herunter. Ich drehe mich um, weil ich weiß, dass ich noch nicht einmal annähernd fertig bin, aber ich brauche eine Verschnaufpause.

"Ich habe die Verbindung gespürt", flüstere ich, und meine Kehle fühlt sich heiser an. "Es ist wunderschön."

Die Liebe in Tallis' Augen ist neu. Ich stehe auf und werfe mich in seine Arme. Er umarmt mich und küsst mein Gesicht.

"Ich wusste nicht, dass es sich so anfühlen kann."

Ich liebe es, wie sich sein Körper an meinem anfühlt. In seiner Dämonengestalt ist er wärmer, und das liebe ich.

Khaos liegt in meinem Rücken, seine Hände auf meiner Taille, sein Atem an meinem Ohr.

"Bist du bereit, weiterzumachen?"

"Ja, bitte", sage ich und drehe mich, um in seine Arme genommen zu werden. Sein Mund ist auf meinem, und ich küsse ihn mit Funken. Tallis ist immer noch hinter mir, sein Mund auf meiner Schulter und an meinem Arm. Es hat etwas Berauschendes, sie beide zu spüren, aber ich fühle die Leere von Eryx' Abwesenheit.

Als hätte er meine Gedanken gelesen, springt die Tür auf, und er stürmt herein, splitternackt.

"Scheiße, sagt mir, dass ich nicht zu spät bin." Er schnappt nach Luft, und wir sehen ihn alle an. Ich lache, weil ich weiß, dass er wahrscheinlich irgendwo in der Villa ein weiteres klaffendes Loch verursacht hat und dann nackt durch die Villa gerannt ist. "Echo war heute schwer zu bändigen, aber ich bin ja da, mein Schatz."

Er gesellt sich zu uns, seine Hand auf meiner Wange, und er drängt sich vor, unsere Münder treffen sich, die Zungen verflechten sich, diese kraftvolle Art, wie er mich küsst, bringt mich zum Brennen.

"Es ist nie zu spät", flüstere ich. "Ich hätte bis zum Ende der Tage auf dich gewartet."

Plötzlich reißt mich Khaos kichernd von ihnen weg. "Ihr werdet beide warten müssen. Jetzt bin ich dran." Diese tropischen, ozeanblauen Augen sind auf mich gerichtet, und ich schmiege mich an ihn, schlinge meine Beine um ihn.

"Ich habe darauf gewartet, dass du mich einforderst", necke ich.

"Ist das so?"

Ich beuge mich vor und lecke ihm die Lippen, wobei ich am ganzen Körper zittere.

"Ich möchte, dass du mich immer so ansiehst, wie du es jetzt tust. Als ob ich dein Ein und Alles wäre." Er schmiegt sich an mich, und wir schaffen es nicht einmal bis zum Bett. Er drückt mich an die Wand, seinen Mund auf den meinen. Ich schlinge meine Beine um seine Hüften und sein massiver Schwanz stößt in mich.

"Mein schöner Knallfrosch, ich hätte nie gedacht, dass ich die Liebe finden würde, dann kamst du in mein Leben und hast alles zerstört."

Plötzlich sind Eryx und Tallis da, auf beiden Seiten von uns, die Augen auf mich gerichtet, als könnten sie es nicht ertragen, weg zu sein.

"Ich genieße diese ganze Aufmerksamkeit und ..." Meine Worte verwandeln sich in ein Stöhnen, als Khaos in mich eindringt. Es gibt keine Pause, er nimmt sich einfach, was ihm gehört - mich. Meine Muschi umklammert ihn, während er mich fickt.

Meine beiden anderen Männer haben nur Augen für mich. Sie lehnen an der Wand und beobachten mich, während ich stöhne und mich an Khaos festhalte. Es gibt keinen Groll, nur pure Glückseligkeit.

Khaos küsst mich, und ich verliere mich in ihm, während Tallis und Eryx sich mir nähern und ihre Lippen auf meinen Hals und meine Arme legen.

"Du bist so schön, wenn deine Muschi gefickt wird", säuselt Tallis in mein Ohr, während Eryx, der meine Brust in seiner Hand hält und drückt, schwer atmet, als ob er sich kaum noch auf den Beinen halten könnte.

Ich schiebe meine Zunge in Khaos' Mund. Seine Hüften schieben sich in die Höhe, dann umhüllt uns ein berauschendes Gefühl. Wir schweben durch den Wald und entgleiten ihm. Der starke Duft der Kiefern, der Natur und des Waldes, erfüllt meine Sinne. Mein

Geliebter ist eins mit der Natur, und sie umgibt mich. Die Liebe, die ich für ihn empfinde, vertieft sich, als ob geschmolzenes Gold unsere Herzen zusammenhält.

Die schiere Intensität, die sich zwischen uns ausbreitet, ist atemberaubend, jeder Zentimeter in mir schreit, dass ich nicht genug davon bekommen kann, ihm so nahe zu sein. In diesem Moment sind wir eins, während alles andere verblasst.

Ich möchte weinen angesichts der Schwere der Emotionen, die mich durchströmen, und als ich die Augen öffne, sind wir uns so nah, dass wir die Luft des anderen einatmen.

"Hallo, meine Schicksalsgefährtin."

Ich stoße einen Freudenschrei aus. Die ganze Zeit über hört er nicht auf, in mich zu pumpen. Ich bin tropfnass, aber das scheint meine Männer anzuturnen.

Das Wort 'für immer' ist zu unzureichend, um die Ewigkeit zu beschreiben, nach der ich mich mit meinen Männern sehne. Plötzlich ist Eryx da, sein Arm liegt auf meiner Brust. Mit einem spielerischen Knurren schlüpft Khaos lächelnd aus mir heraus und übergibt mich dann Eryx, als würde ich nichts wiegen.

Eine Welle nach der anderen von Emotionen durchströmt mich, Tränen steigen mir in die Augen. Ich habe nie verstanden, wie mächtig Schicksalsbindungen sein können. Sicher, ich habe gehört, dass sie variieren, besonders wenn sich Mischformen verbinden, aber was ich fühle, übersteigt meine Erwartungen.

Die Emotionen sind überwältigend.

Eryx flüstert: "Bist du bereit, dich umhauen zu lassen und mein zu werden?"

"Ich brauche das." Ich liege auf dem Rücken auf dem Bett, und er liegt auf mir, zwischen meinen Beinen, wie oben auf dem Bergvorsprung.

"Ich möchte dich beobachten, wenn ich dich zum ersten Mal ficke, um mir jede Reaktion einzuprägen, um zu sehen, wie wunderschön du bist, wenn ich dich fülle."

Ich kippe mein Becken nach oben, um ihn besser aufnehmen zu können, und sein dicker Schwanz dringt in mich ein. Wie bei meinen anderen Schicksalsgefährten pressen sich meine Wände um Eryx zusammen. Mit seinen Armen auf beiden Seiten von mir, die mich festhalten, um mich ganz für sich zu haben, dringt er weiter in mich und spreizt mich.

Ich wimmere, als er in mich stößt, und die Spannung auf seiner Stirn verrät mir, wie sehr er sich zurückhält. Er stößt rein und raus, die fiebrigen goldenen Augen verlassen meine nie. Khaos und Tallis stehen neben dem Bett und beobachten alles, die Hände auf ihren Schwänzen. Ich will sie alle, aber Eryx zieht mich in seine Welt.

Je härter er mich fickt, desto mehr erzittere ich. Seine Lippen liegen auf meinem Hals, seine Zähne streifen über meine Haut.

Die Intensität steigt in mir an. Ein Mädchen kann nur so viel ertragen, wenn es von drei Männern nacheinander beansprucht wird. Dennoch bebe ich unter Eryx und stöhne nach mehr.

"Ja, genau so, fester." Das Bett knarrt unter uns, während mein Herz flattert.

Der Raum verblasst, und ein elektrisches Kribbeln

durchfährt mich und setzt meine Haut in Flammen. Es sind nur Eryx und ich, und wir sind im Himmel, die Sterne blinken um uns herum, und der kleine Abstand zwischen uns ist wie ein Abgrund. Es ist zu weit, zu viel. Es schmerzt mich, den Raum zu schließen. Unsere Herzen schlagen im Rhythmus, seine Gedanken vermischen sich mit meinen, unsere Seelen verschmelzen.

Die Luft um uns herum knistert, und die Fäden der Liebe zwischen uns hallen durch die Zeit. Die magnetische Anziehungskraft, die mich zu ihm und ihn zu mir macht, brodelt, kocht über in einer explosiven Welle von Gefühlen.

Und es ist so viel mehr ... mit Eryx bin ich zu Hause. Ich habe endlich zu mir selbst gefunden.

Seine Küsse lassen mich in die Realität zurückschweben, mit Tränen in den Augen, und sie sind auch in seinen. Der Faden zwischen unseren Seelen ist unzerstörbar, zauberhaft.

Plötzlich fange ich an, zu weinen. Ich habe noch nie eine solche Intensität gespürt. Noch nie wurde ich so sehr geliebt, schon gar nicht von den drei Männern, die ich zuerst für meine Feinde hielt.

Eryx hält inne, bleibt aber tief in mir vergraben. Dann küsst er meine Tränen weg. Khaos und Tallis liegen auf beiden Seiten von mir.

"Ich habe keine Worte für das, was ich gerade erlebt habe, aber es war etwas, das ich nie vergessen werde", murmle ich.

Ihre Blicke verharren auf mir, und keiner spricht zuerst, aber ich weiß, dass sie es auch spüren. Dann küssen sie mich, und Khaos' Flüstern kitzelt in meinen Ohren.

"Wir gehören jetzt und für immer zu dir. Nichts ändert das. Niemand nimmt dich uns weg."

"Ich habe noch nie so viel Liebe in meinem Herzen gespürt, und alles, woran ich denken kann, ist, dass ich wieder in dich hineinmuss, bevor ich explodiere", fügt Tallis hinzu.

Ich kichere, als Eryx wieder in mich hinein und wieder herausstößt.

"Ich stelle mir vor, dass wir mindestens die nächste Woche mit unserer Schicksalsgefährtin zusammenbleiben und sie ficken."

"Eine Woche?" Ich schnaufe.

"Nicht lange genug", fügt Khaos hinzu.

"Einverstanden. Ein Monat ist ein guter Zeitraum", sagt Tallis.

"Stimmt, ihr träumt alle", platze ich heraus.

"Siehst du einen von uns lachen?," murmelt Eryx, während er das Tempo erhöht.

Ich erschaudere, als sich der Schleim zwischen meinen Beinen sammelt. Das Bett bewegt sich wieder mit uns allen darin durch Eryx' Stöße.

"Ich werde nicht einmal mehr geradeaus gehen können", sage ich.

"Wir werden dich herumtragen", sagt Khaos.

Aber ich kann nicht mit Worten reagieren, sondern nur mit Schreien, denn die Reibung von Eryx' Schwanz ist wie Feuer. Plötzlich zieht er sich von mir hoch, hält gerade lange genug inne, um meine Beine anzuheben und meine Knöchel zu fassen. Er hält sie hoch, hebt meinen Hintern vom Bett ab, um besseren Zugang zu haben, und hämmert in mich hinein.

Khaos und Tallis knien auf beiden Seiten von mir, ihre Schwänze ragen heraus. Mein Körper sehnt sich nach ihnen, und ich greife nach ihren Schäften und bearbeite sie schnell.

Es ist ein Wunder, dass das Bett nicht kaputtgeht.

Aber ich zerbreche, als der Höhepunkt über mich hereinbricht. Ich komme so heftig, dass ich so laut schreie, dass jeder in der Villa mich hören kann.

Eryx stürzt weiter, während meine Hände meine Männer bearbeiten, dann verlieren sie die Kontrolle.

Tallis kommt als erster, Bänder von Sperma spritzen über meine ganze Brust. Ich lenke seinen Schwanz nach unten, um uns nicht zu bespritzen, während ich von einem unglaublichen Höhepunkt geschüttelt werde.

Khaos heult auf, sein Schwanz pulsiert in meiner Faust, weißes Sperma verteilt sich auf mir.

Eryx knurrt und stößt einen seltsamen vogelähnlichen Laut aus, als er ein letztes Mal zustößt, wo er fast bis zu den Eiern in mich eindringt. Er kommt in mir, und ich spüre die Hitze seines Samens.

Ich schnappe nach Luft, breche auf dem Bett zusammen und bin von innen und außen mit Sperma bedeckt.

"Wunderschön", murmelt Khaos und küsst mich auf die Wange. "Und du gehörst jetzt uns."

Die Welt scheint plötzlich an ihrem Platz zu sein, als ob jeder Zentimeter von mir sich mit einem Zweck verbunden fühlt. Früher verbrachte ich zu viel Zeit damit, mich zu verstecken und mir einzureden, dass ich niemanden brauche.

Aber ich habe mich geirrt.

Hier bei meinen Schicksalsgenossen zu sein, ist das, wonach ich mich gesehnt habe. Dies ist mein Zuhause, meine Familie.

"Nun, ihr habt lange genug gebraucht, um euch endlich zu bewegen. Gut, dass ich das Warten wert bin", sage ich.

Plötzlich kitzelt mich Tallis. "Wir haben *dich* warten lassen?"

Khaos fängt an zu lachen.

Eryx ist immer noch in mir vergraben, als hätte er nie vor, mich zu verlassen.

Bis jetzt habe ich noch nie so ein Glück erlebt ... aber Tallis weigert sich, mit dem Kitzeln aufzuhören. Ich heule vor Lachen und versuche, mich wegzuwinden. Also schnappe ich mir ein Kissen.

"Du wolltest einen Krieg. Los geht es!", erkläre ich und kichere, als sich meine Männer auf mich stürzen.

# EPILOG
## BILLIE

Die Winterkälte ist heftig, aber in unserem schicken Glas-Iglu ist es gemütlich und kuschelig. Ich sitze bequem zwischen meinen Schicksalsgefährten, Khaos zu meiner Linken, sein breiter Arm als Kissen unter meinem Kopf, und zu meiner Rechten Tallis, dessen muskulöser Unterarm mir als zweites Kissen dient. Eryx liegt ausgestreckt neben Tallis und deutet auf die hellen Fackeln am Himmel über uns.

Wir liegen auf dem Rücken und starren durch die lichtdurchlässige Kuppel nach oben, wo es zum Glück gerade nicht schneit, sodass die leuchtenden Rot- und Violetttöne des Polarlichts über den tiefschwarzen Nachthimmel tanzen.

Es ist schon einige Monate her, dass mein richtiger Vater mich gefunden hat, und dann ... nun, ja, habe ich ihn getötet. Was hat er erwartet, als er mit den gleichen Absichten zu mir kam?

"Wusstest du, dass das Nordlicht entsteht, wenn

geladene Teilchen von der Sonne auf die Erdatmosphäre treffen?"

Eryx stöhnt. "Wirklich, Mr. Enzyklopädie. Danke, dass du die Stimmung mit Wissenschaft ruinierst."

Tallis gluckst und Khaos heult vor Lachen, bevor er sagt: "Na ja, irgendjemand muss ja hin und wieder Licht in die trübe Welt bringen."

"Ich würde lieber über Billie reden." Tallis dreht sich um und legt seine große Handfläche auf meinen winzigen Babybauch. "Wir wissen, dass sie Zwillinge bekommt, aber die Frage ist, nach wem werden sie kommen?"

"Nach mir", antworte ich wahrheitsgemäß. Wir haben dieses Gespräch schon oft geführt, und es endet immer in Debatten, die unweigerlich zu Babynamen führen, über die wir noch nicht entschieden haben.

"Ich sagte doch, es ist ein Mädchen und wird ein Gryffin. Ich habe gespürt, wie sich mein Samen mit ihrem Ei verbunden hat, als wir uns gepaart haben."

Tallis lacht noch lauter. "Natürlich hast du das."

"Ich will zwei Mädchen", sagt Khaos, beugt sich vor und küsst mich auf den Kopf. "Und sie sollen so schön und gefährlich sein wie ihre schöne Mutter."

"Danke, Babe. Du bringst mich schon wieder zum Schwärmen." Ich schmiege mich an Khaos, als Eryx plötzlich von den Felldecken unter uns aufspringt.

"In Ordnung, Echo besteht darauf, dass er rauskommt und sagt, dass er an der Reihe ist, mit Billie zu kuscheln."

"Nein!", schreien wir fast unisono. Das Letzte, was wir brauchen, ist ein Gryffin im Glas-Iglu.

Doch unsere Proteste werden ignoriert. Ein Kribbeln von Energie erfüllt den geschlossenen Raum, und in Sekundenschnelle ersetzt ein riesiger Gryffin Eryx, der seine gewaltigen Flügel gegen die Glaswände ausbreitet. Jede Bewegung versetzt uns in Panik und wir versuchen, aufzustehen.

In wenigen Augenblicken werde ich von den Füßen gerissen, ein Schrei bleibt mir im Hals stecken, als ich zu Echo gezogen werde, ebenso wie Khaos und Tallis, trotz ihrer fuchtelnden Arme.

Sekundenlange Bewegungen, Federn, ein peitschender Löwenschwanz, und schon liegen wir alle wieder auf dem Boden, eingebettet in Echos Flügel, deren Spitzen sich zusammenrollen, um uns an Ort und Stelle zu halten.

Ich bin zwischen meinen beiden Männern eingeklemmt. Echo hat seinen riesigen Flügel über uns wie eine Warnung, falls wir glauben, dass wir irgendwo hingehen.

Ich schnappe nach Luft und habe keine Ahnung, was gerade passiert ist.

"Nun, das ist ... intim", bemerke ich, während ich mich mit meinen Männern an einen Gryffin kuschle.

"Wenn ich frei bin, schwöre ich, dass Eryx mich nicht kommen sehen wird."

Khaos kichert, als könne er nicht aufhören. "Ich habe schon von Gruppenumarmungen gehört, aber das?" Er heult, dann zwinkert er mir zu und streicht mir eine Feder aus dem Gesicht.

Ich drücke mich an seine Brust, und wir alle starren in den Himmel.

"Das ist perfekt, wenn du mich fragst", sage ich. "Echo *ist* einer von uns und verdient auch Kuscheln."

Ich liege da, mit meinen Schicksalsgefährten, den Männern, die bald Väter und ich Mutter sein werden, und denke an alles, was ich erlebt habe. Und trotz der verrückten Reise fühlt sich etwas in mir richtig an.

Als ob ich genau hier hingehören würde.

**Blättern Sie die Seite um für einen köstlichen**

# DÄMONEN-SCHOKOLADENKUCHEN

*Zutaten:*

- 1¼ Tassen Mehl
- 1 Tasse Kristallzucker
- ½ Tasse ungesüßtes Kakaopulver (Backkakao)
- 1 Teelöffel Backpulver
- ¾ Teelöffel Salz
- 1 großes Ei
- ¾ Tasse Milch
- ⅓ Tasse Pflanzenöl
- 1½ Teelöffel Vanilleextrakt
- ¾ Tasse kochendes Wasser

- ½-1 Teelöffel Chilipulver (je nach
  Schärfevorliebe)



- Backofen vorheizen: Heizen Sie den
  Backofen auf 175°C (350°F) vor. Eine runde
  24cm Kuchenform einfetten und bemehlen.
- Trockene Zutaten: Mehl, Zucker, Kakao,
  Backpulver, Natron, Salz und Chilipulver in
  eine große Rührschüssel sieben.
- Nasse Zutaten: Das Ei, die Milch, das
  Pflanzenöl und die Vanille hinzufügen. 2
  Minuten lang auf mittlerer Stufe schlagen.
- Kochendes Wasser hinzufügen: Geben Sie
  das kochende Wasser zu der Mischung. Der
  Teig wird dünnflüssig sein, aber das ist nicht
  schlimm.
- Backen: Den Teig in die vorbereitete runde
  Form gießen. 30-40 Minuten backen, oder
  bis ein Zahnstocher oder Kuchentester in
  der Mitte sauber herauskommt.
- Abkühlen: Den Kuchen etwa 10-15 Minuten
  in der Form abkühlen lassen, dann auf
  einem Gitterrost vollständig abkühlen
  lassen.

## Schokoladenglasur:

*Zutaten:*

- ½ Tasse ungesalzene Butter, erweicht

- 2⅔ Tassen Puderzucker
- ¾ Tasse ungesüßtes Kakaopulver
- 1/3 Tasse Milch
- 2 Teelöffel Vanilleextrakt
- Eine Prise Salz

*Anweisungen:*

- Butter und Kakao mischen: In einer großen Rührschüssel die Butter cremig und leicht schlagen. Langsam den Kakao hinzugeben und mischen, bis er gut vermischt ist.
- Restliche Zutaten hinzufügen: Nach und nach Puderzucker, Milch, Vanille, Chilipulver und Salz hinzufügen. Glattrühren. Wenn der Zuckerguss zu dick ist, etwas mehr Milch hinzufügen. Wenn er zu dünn ist, mehr Puderzucker hinzufügen.
- Den Kuchen glasieren: Sobald der Kuchen vollständig abgekühlt ist, verteilen Sie eine großzügige Menge Zuckerguss auf der Oberseite und den Seiten des gesamten Kuchens

Genießen :)

# ÜBER MILA YOUNG

Die Bestsellerautorin Mila Young packt alles mit dem Eifer und der Tapferkeit der Märchenhelden an, über die sie als Kind gelesen hat. Sie erschlägt Monster, echte und imaginäre, als gäbe es kein Morgen. Tagsüber arbeitet sie als Marketing-Expertin an einer Tastatur. Nachts kämpft sie mit ihrem mächtigen Schwert und erschafft Märchenerzählungen und sexy Geschichten für die Zeit danach.

Möchtest du mehr und mehr von Mila Young lesen? Dann abonniere noch heute hier.

Tritt Milas **Wicked Readers Gruppe** bei, um exklusive Inhalte, aktuelle Nachrichten und Werbegeschenke zu erhalten. Klicke hier.

*Für weitere Informationen...*
milayoungauthor@gmail.com